中国京剧选本研究
（1790—1949）

The Study on Selected Works of Chinese Peking Opera
(1790—1949)

李东东　著

中国社会科学出版社

图书在版编目(CIP)数据

中国京剧选本研究:1790—1949/李东东著. —北京：中国社会科学出版社，2023.6
ISBN 978-7-5227-1731-9

Ⅰ.①中… Ⅱ.①李… Ⅲ.①京剧—剧本—文学研究—1790-1949 Ⅳ.①I207.32

中国国家版本馆 CIP 数据核字(2023)第 061708 号

出 版 人	赵剑英
责任编辑	王小溪
责任校对	赵雪姣
责任印制	戴　宽

出　　版	中国社会科学出版社
社　　址	北京鼓楼西大街甲 158 号
邮　　编	100720
网　　址	http://www.csspw.cn
发 行 部	010-84083685
门 市 部	010-84029450
经　　销	新华书店及其他书店

印　　刷	北京君升印刷有限公司
装　　订	廊坊市广阳区广增装订厂
版　　次	2023 年 6 月第 1 版
印　　次	2023 年 6 月第 1 次印刷

开　　本	710×1000　1/16
印　　张	25.5
插　　页	2
字　　数	344 千字
定　　价	139.00 元

凡购买中国社会科学出版社图书，如有质量问题请与本社营销中心联系调换
电话：010-84083683
版权所有　侵权必究

出 版 说 明

为进一步加大对哲学社会科学领域青年人才扶持力度，促进优秀青年学者更快更好成长，国家社科基金 2019 年起设立博士论文出版项目，重点资助学术基础扎实、具有创新意识和发展潜力的青年学者。每年评选一次。2020 年经组织申报、专家评审、社会公示，评选出第二批博士论文项目。按照"统一标识、统一封面、统一版式、统一标准"的总体要求，现予出版，以飨读者。

全国哲学社会科学工作办公室

2021 年

序

谭 帆

李东东博士于2015年9月来到华东师范大学思勉人文高等研究院攻读博士学位,作为导师,我对他还是比较了解的。东东对中国京剧选本的研究已有颇为丰厚的积累,他在四川大学跟随丁淑梅教授攻读硕士学位时,就已围绕《梨园集成》《戏考》等京剧选本展开研究,并在《戏曲艺术》《红楼梦学刊》等学术刊物上发表了多篇论文。他的硕士学位论文《〈梨园集成〉研究》也在认真修改和增补的前提下,于2019年在四川大学出版社出版。

读博期间,东东沿着原有的研究方向扩大了研究范围,择定"中国京剧选本研究"为题,最终完成了近30万字的博士学位论文,另有40余万字的编年综录。这篇史料翔实、观点新颖、论述清晰的博士学位论文获得了外审专家和答辩专家的一致好评。2019年6月,东东博士毕业后跟随朱恒夫教授做师资博士后,并顺利入职上海师范大学人文学院。在这个过程中,东东为了继续自己的研究兴趣,也为了完成师资博士后"留下来"的考核任务,他以博士学位论文为基础,申请2020年度国家社科基金后期资助暨优秀博士论文出版项目并获得了立项。不仅如此,东东还将中国京剧选本的编年综录申请了2022年度教育部哲学社会科学研究后期资助项目,也获得了立项。

戏曲选本是中国戏曲史不可或缺的重要内容之一。但对这一领域的研究尚有两个明显的不足。一是从戏曲史角度看,选本研究重点关注的是以杂剧、传奇为主体的戏曲选本。从现有研究资料来看,戏曲选本研究肇始于郑振铎《中国戏曲的选本》一文(《小说月报》1930年1月),其中虽有关于京剧选本《梨园集成》和《戏考》的介绍,但研究并不深入。其后,日本学者青木正儿的《中国近世戏曲史》、周贻白的《中国戏剧史长编》等也对相关戏曲选本展开了讨论。近二十年以来,戏曲选本研究有明显进展,其中以赵山林《中国戏曲传播接受史》(上海人民出版社2008年版)和朱崇志《中国古代戏曲选本研究》(上海古籍出版社2004年版)最具代表性。然而京剧选本作为中国戏曲、中国戏曲选本的有机组成部分,其重要价值与独特意义虽然也得到了学界的认可,但尚未真正被深入研究,包括理论研究、历史研究和文献整理。二是从京剧研究角度而言,当下学界偏重表演一端,京剧选本作为承载京剧剧目文献最为集中、最为丰厚的史料场地,没有得到充分的重视和深入的研究。

正是在这样的研究背景下,本书对于中国京剧选本的研究就有了重要的意义。在我看来,东东对中国京剧选本的研究有如下特色和价值。

其一,打开了京剧文本文学研究的新领域。现有的京剧研究成果大体偏于演出史料、剧坛掌故、名角逸事等表演研究层面。而以选本为中心的研究,既是对以往京剧研究的突破,又可以更加立体多元地观照京剧乃至中国戏曲的研究格局。

其二,全面梳理并探讨了1790—1949年间中国京剧选本的发展规律与文本价值,同时对1949年以后中国京剧选本的发展走向进行了思考总结。在中国古代文学与中国戏曲史研究领域,对中国京剧选本的综合整理与研究是一项尚未展开的工作。本书既从文献形态与历史发展角度整体观照了中国京剧选本的内在发展规律,更从京剧选本本体研究角度出发,深刻探讨了它的选本理念、选篇内容、文学特性等内涵,同时还对京剧选本的插图、广告等副文本内容进行深入梳理与研究。

其三,提炼出了不少京剧选本的理论内涵。京剧选本并非只是简单的京剧剧本合集,而是带有鲜明编选意图、时代审美取向与价值观念的文学选本。本书从选本理论、京剧理论、选本经典化等三个层面论证了中国京剧选本的理论内涵和价值，并由此充分关注了中国京剧选本理论价值所依托的时代文化背景。

东东原来的博士学位论文题目是《中国京剧选本研究》，文章虽然也对1949年以后中国京剧选本的发展及其相关问题进行了探讨，但是限于写作时间和篇幅等问题，并未深入展开。因此，本书在申请项目和出版的过程中，听取了专家意见，最终将出版专著的书名修改为《中国京剧选本研究（1790—1949）》。这种严谨的学术态度是值得称道的。其实，据我所知，东东对1949年以后的中国京剧选本研究也正在努力展开，尤其是他在攻读博士学位期间曾赴台湾"中央"大学进行为期半年的访学，搜集了1949年以来中国台湾、香港等地出版的京剧选本文献，相信这也会为他接下来的研究工作提供坚实的基础。

东东是个福将，从求学到就业，从工作到成家，一路过来都非常顺畅。期待东东能够不断开拓新的研究领域，取得更大的学术成绩。

2023年2月7日

摘 要

中国京剧选本作为中国戏曲史、中国戏曲选本的有机组成部分，它的重要价值与独特意义虽然得到学界相关论著的认可，但却并未被更为深入地研究。有鉴于此，本书拟从文献历史研究、比较研究、文学研究、理论研究、副文本研究五个维度构建中国京剧选本研究（1790—1949）的整体格局。

其一，历史演进与文献形态维度。中国京剧选本的发生是在中国古代戏曲选本进入转型阶段之后开始的，它与中国京剧史学发展轨迹基本吻合，但又呈现出相对"延迟"的特点。这种"延迟"恰好证明京剧选本的出现是对京剧历史阶段特征的忠实记录与伴随反映，同时补充京剧历史发展阶段的史学面貌。伴随着时间的发展，中国京剧选本的出版地域代表也在不断变化；时空双轴立体坐标的构建，有助于整体鸟瞰中国京剧选本的历史演进轨迹。

文献形态的演变既是基于物质技术的革新，又是因由编选作者的个体差异。技术革新层面，近代以来出版印刷技术的不断变革，带来中国京剧选本文献形态的迅速更新——从刻本到抄本、从石印到铅印。版本形态的发展同时带来中国京剧选本类型模式的变化：先以剧选、词选为主，后有谱选、腔选加入。编者差异层面，以代名、名伶、书局为主体的隐性编者与以戏班老板李世忠、现代编辑王钝根、京剧名伶冯春航为代表的显性编者，分别从不同层面反映出中国京剧选本编选作者与编辑出版的重要关联。

其二，选本之"选"与比较研究维度。如何选、选什么、为何选等一系列问题的提出与探讨是中国京剧选本之"选"所要重点关注的。在以表格统计与选篇列目作为基础研究方法之时，对于选本篇目入选频率的数据统计及其比较研究则是选本之"选"的具体研究范畴。作为选本，既要将其作为整体进行选本中心的比较研究，又要就其选择的内容进行选篇中心的比较研究。选本中心的比较研究是在纵向历时与横向共时两轴发展基础之上完成的，选篇中心的比较研究则是在剧目中心的演绎流变层面与选篇内部的结构组成层面具体展开的。

其三，选本之"本"与文学研究维度。以中国京剧选本作为文本中心的选本之"本"研究，既是对于选本内容的具体、深入探讨，又是在表演中心之外开辟京剧研究的新领域。脚本实录作为中国京剧选本贯穿始终的基本理念，既是基于京剧舞台格局变化的综合反映，又是对剧目文本前后更新的忠实记录。以京剧等为代表的戏剧研究在承认表演中心发展格局重要作用的同时，更要关注文本中心客观存在的具体价值。而从结构、主题等层面展开京剧选本的文学研究，是对京剧剧本个案进行文学研究的积极尝试与有益探索。

其四，理论形式与内涵价值维度。中国京剧选本的理论承载形式主要包括标题与解题、序跋与凡例、内容与排序、考述与评介等几个方面，而其内涵价值主要围绕选本理论、京剧理论、选本经典化三个方向展开。选本理论方面，京剧选本通过标题与解题、序跋与凡例、内容与排序等外在表现形式所表现出的选本理论，主要包括选本功能及其价值定位、文体意识与剧种独立两个方面。京剧理论方面，通过考述与评介等形式表现出的京剧理论，既有文学层面的题材溯源、流变以及文本批评，又有表演层面的观演理论与导演批评。选本经典化层面，京剧选本不断选择与淘汰的过程即是京剧剧目的经典化过程，京剧选本经典化的现象、方式、结果与影响都是理论探讨的重要组成部分。

其五，副文本研究：插图与广告维度。基于副文本理论的研究视域，中国京剧选本的插图与广告皆是与正文本剧选、全文本选本密切关联的副文本内容形态。插图方面，从绘图到照片，既是物质技术革新的演变过程，也是图像中心转移与文本阐释疏离的变化过程。广告方面，从作为广告内容的京剧选本与作为广告媒介的京剧选本两个角度，探讨副文本广告与正文本剧选及全文本选本间的传播规律与消长关联。

关键词：京剧选本；历史；文献；比较；文学；理论；副文本

Abstract

As an organic part of the history of Chinese opera and the anthology of Chinese opera, the important value and unique significance of the anthology of Chinese Peking Opera have been recognized by the academic circles, but it has not really launched a more in-depth study. In view of this, this paper intends to construct the overall pattern of the research on the selection of Chinese Peking Opera from five dimensions: literature history, comparative study, literature research, theoretical research andparatex research.

Firstly, the dimension of historical evolution and literature form. The occurrence of the selected works of Chinese Peking Opera began after the transition of the selected works of ancient Chinese operas. It basically coincides with the historical development of Chinese Peking Opera, but shows the characteristics of relative "delay". This "delay" just proves that the emergence of selected works of Peking Opera is a faithful record and accompanying reflection of the characteristics of the historical stage of Peking Opera, and at the same time complements the historical features of the historical development stage of Peking Opera. With the development of time, the regional representations of the selected works of Chinese Peking Opera are constantly changing. The construction of space-time biaxial three-dimensional coordinates can help us to have a bird's eye view of the historical evolution of the selected works of Chinese Peking Opera.

The evolution of literature form is not only based on the innovation of material technology, but also on the individual differences of the authors selected. Technological innovation: Since modern times, the continuous change of publishing and printing technology has brought about the rapid change of the literature form of selected works of Peking Opera in China, from engraving to transcription, from lithography to lead printing. At the same time, the development of edition forms has brought about changes in the types and modes of Chinese Peking Opera anthologies: first, the selection of plays and ci-poems, and then the selection of music and tunes. Editor differences: The implicit editors with the proxy, famous actors and bookstores as the main body and the dominant editors represented by the theatre troupe owner Li Shizhong, modern editor Wang Blungen and Peking Opera actress Feng Chunhang reflect the important relationship between editors and editors and publications of selected works of Peking Opera from different levels.

Secondly, the dimension of selection and comparative study. How to choose, what to choose, and why to choose a series of questions are the focus of the selection of Peking Opera in China. When tabular statistics and selected items are used as the basic research methods, the data statistics and comparative study of selected items frequency are the specific research areas of selected articles. As an anthology, we should not only make a comparative study of the anthology center as a whole, but also make a comparative study of the anthology center on its selection content. The comparative study of anthology centers is based on the development of vertical and horizontal synchronic axes, while the comparative study of anthology centers is carried out at the level of deductive rheology and the internal structure of anthology centers.

Thirdly, the "origin" of the selected works and the dimension of literary research. The study of "Ben" of the selected works of Chinese Peking

Opera as the text center is not only a concrete and in-depth discussion of the content of the selected works, but also a new field of Peking Opera research outside the performance center. As the basic idea throughout the selection of Chinese Peking Opera, script recording is not only a comprehensive reflection of the changes in the stage pattern of Peking Opera, but also a faithful record of the updating of the script text. While acknowledging the important role of the development pattern of performance centers, drama studies, such as Beijing Opera, should pay more attention to the specific value of the objective existence of text centers. It is an active attempt and beneficial exploration to carry out literary research on the selected versions of Peking Opera from the perspectives of structure and theme.

Fourth, the theoretical form and connotation value dimension. The theoretical bearing forms of the selected works of Chinese Peking Opera mainly include title and problem solving, preface and postscript, common examples, content and ranking, textual research and comment, etc. Its connotative value mainly revolves around the selected works theory, Peking Opera theory and the canonization of selected editions. On the theory of anthology: The anthology theory of Peking Opera through the external manifestations of title and problem-solving, preface and postscript, common examples, content and order mainly includes two aspects: anthology function and its value orientation, stylistic awareness and the independence of drama genre. As for the theory of Peking Opera, the theory of Peking Opera expressed through textual criticism and commentary includes not only the traceability, evolution and text criticism of the subject matter at the literary level, but also the theory of viewing and director criticism at the performance level. Classification of selected works: The process of continuous selection and elimination of selected works of Peking Opera is the process of classicization of selected works of Peking Opera. The phenomena, ways, results and effects of classicization of selected works of

Peking Opera are important parts of theoretical discussion.

Fifth, para-tex research: illustrations and advertising dimensions. From the perspective of para-tex theory, the illustrations and advertisements of Chinese Peking Opera anthologies are closely related to the content form of para-tex, which is closely related to the original anthologies and full-text anthologies. Illustration: From drawing to photograph, it is not only the evolution process of material and technological innovation, but also the change process of alienation between image center transfer and text interpretation. Advertising: From the two perspectives of Peking Opera Selection as advertising content and Peking Opera Selection as advertising media, this paper explores the communication law and the growth and decline relationship between para-tex advertisement and text selection and full-text selection.

Key words: Peking Opera Anthology; History; Literature; Compare; Theory; Para-text

目　　录

绪　论 ……………………………………………………（1）
　一　选题缘起与概念界定 ……………………………（2）
　二　研究现状与文献述评 ……………………………（10）
　三　研究思路与方法 …………………………………（20）

第一章　历史演进与文献形态 …………………………（27）
　第一节　阶段演进与地域分布 ………………………（27）
　　一　时间发展的阶段演进特征 ……………………（28）
　　二　空间分布的出版地域代表 ……………………（42）
　第二节　版本形态与选本类型 ………………………（52）
　　一　版本系列的典型形态 …………………………（52）
　　二　选本形式的基本类型 …………………………（80）
　第三节　编选作者与编辑出版 ………………………（90）
　　一　隐性编者与编辑出版 …………………………（90）
　　二　显性编者与编辑出版 …………………………（97）
　本章小结 ………………………………………………（116）

第二章　选本之"选"与比较研究 ………………………（118）
　第一节　选本中心比较研究 …………………………（119）
　　一　纵向发展：不同时段选本流变比较研究 ………（119）
　　二　横向共时：同一时段同类选本比较研究 ………（128）

第二节　选篇中心比较研究 ……………………………（141）
　　　一　剧目中心演绎流变比较研究 ………………………（142）
　　　二　选篇内部结构组成比例研究 ………………………（156）
　　本章小结 ……………………………………………………（167）

第三章　选本之"本"与文学研究 ……………………………（169）
　　第一节　脚本实录的标准与发展 ………………………（171）
　　　一　从案头剧本到场上脚本 ……………………………（172）
　　　二　从戏班脚本到名伶脚本 ……………………………（178）
　　第二节　文本中心的现实与依据 ………………………（183）
　　　一　被忽略的文本中心：从表演中心到文本中心 ………（183）
　　　二　选本之"本"：文本中心的集合与文学研究的依据 …（201）
　　第三节　文学研究的维度与方向 ………………………（207）
　　　一　结构：独角戏·二角戏·三角戏与人物关系场 ……（207）
　　　二　主题：差异性主题呈现与独特性主题探索 ………（219）
　　本章小结 ……………………………………………………（230）

第四章　理论形式与内涵价值 ………………………………（232）
　　第一节　选本理论 …………………………………………（233）
　　　一　文本功能与价值定位 ………………………………（233）
　　　二　文体意识与剧种独立 ………………………………（243）
　　第二节　京剧理论 …………………………………………（254）
　　　一　剧目文本的文学批评 ………………………………（254）
　　　二　舞台表演的观演理论 ………………………………（265）
　　第三节　选本经典化 ………………………………………（277）
　　本章小结 ……………………………………………………（284）

第五章　副文本研究：插图与广告 …………………………（287）
　　第一节　插图：技术革新·中心转移与文本阐释 ……（288）

一　技术革新与插图概览 ………………………………（289）
　　二　中心转移与阐释疏离 ………………………………（299）
第二节　广告:广告内容·广告媒介与关联传播……………（325）
　　一　现象梳理:广告内容与广告媒介 …………………（326）
　　二　本质探源:选本传播与文本关联 …………………（333）
本章小结 ………………………………………………………（337）

结　语 ………………………………………………………（339）

余　论　1949 年以后中国京剧选本发展略论 ……………（342）

附　录　《中国京剧选本(1790—1949)》版本信息一览 ………（347）

参考文献 ……………………………………………………（360）

索　引 ………………………………………………………（373）

后　记 ………………………………………………………（381）

Contents

Preface ·· (1)
   Origin and Conceptual Definition of Topic Selection ············ (2)
   Research Status and Literature Review ···························· (10)
   Research Ideas and Methods ··· (20)

Chapter 1 Historical Evolution and Document Form ········ (27)
  Section 1   Stage Evolution and Regional Distribution ············ (27)
    1   The Stage Evolution Characteristics of Time
       Development ··· (28)
    2   Representation of Publishing Regions in Spatial
       Distribution ·· (42)
  Section 2   Version Form and Selection Type ······················ (52)
    1   Typical Form of Version Series ······························· (52)
    2   Basic Types of Selected Books ································ (80)
  Section 3   Editorial Authors and Editorial Publishing ············ (90)
    1   Implicit Editors and Editorial Publishing ···················· (90)
    2   Explicit Editors and Editorial Publishing ···················· (97)
  Summary of this Chapter ··· (116)

**Chapter 2 Selection and Comparative Study of Selected
           Works** ·· (118)
  Section 1   Comparative Study of Selected Centers ············· (119)

    1 Longitudinal Study: A Comparative Study on the Changes of Selected Works at Different Time Periods ……………（119）

    2 Cross-Sectional Study: A Comparative Study of Similar Selected Works at the Same Time Period ………………（128）

  Section 2 A Comparative Study of Selected Text Centers ……（141）

    1 Comparative Study on the Evolution of Drama Center Deduction ……………………………………………（142）

    2 Research on the Proportion of Internal Structure Composition in Selected Articles …………………（156）

  Summary of this Chapter …………………………………（167）

Chapter 3 Selected Texts and Literary Research …………（169）

  Section 1 The Standards and Development of Script Recording ………………………………………（171）

    1 From Reading Script to Performing Script …………（172）

    2 From Theatrical Script to Celebrity Script …………（178）

  Section 2 The Reality and Basis of Text Center ………………（183）

    1 Ignored Text Center: From Performance Center to Text Center ……………………………………………（183）

    2 Selected Texts: The Collection of Text Centers and the Basis for Literary Research ………………………（201）

  Section 3 The Dimension and Direction of Literary Research …………………………………………（207）

    1 Structure: Single Character Play, Two Character Play, Triangle Play and Character Relationship Field …………（219）

    2 Theme: Differentiated Theme Presentation and Unique Theme Exploration ……………………………（230）

  Summary of this Chapter …………………………………（232）

Chapter 4　Theoretical Form and Connotative Value ……… (233)

Section 1　Anthology of Selected Books Theory ……………… (233)

1　Text Function and Value Positioning …………………… (233)

2　Stylistic Awareness and Dramatic Independence ……… (243)

Section 2　Peking Opera Theory ……………………………… (254)

1　Literary Criticism of Dramatic Texts …………………… (254)

2　The Theory of Stage Performance Observation ………… (265)

Section 3　Classicization of Selected Books ………………… (277)

Summary of this Chapter ………………………………………… (284)

Chapter 5　Paratext Research: Illustrations and Advertising ……………………………………… (287)

Section 1　Illustrations: Technological Innovation · Center Shift and Text Interpretation ……………………………… (288)

1　Technological Innovation and Overview of Illustrations … (289)

2　Center Shift and Interpreting Alienation ………………… (299)

Section 2　Advertising: Content of the Advertisement · Advertising Media and Related Communication ……………… (325)

1　Phenomenon Sorting: Content of the Advertisement and Advertising Media ………………………………………… (326)

2　Explore the Essence: Selected Books Dissemination and Text Correlation ………………………………………… (333)

Summary of this Chapter ………………………………………… (337)

Conclusion ……………………………………………………… (339)

Further Discussion　On the Development of Selected Works of Chinese Peking Opera after 1949 ……… (342)

Appendix List of Version Information of Selected Chinese Peking Opera（1790 – 1949） ·········· （347）

References ··· （360）

Index ··· （373）

Postscript ·· （381）

绪　　论

选本作为中国古代文学文献著录保存的重要方式，源远流长。从先秦"孔子删诗"，至齐梁昭明《文选》，文学选本的概念与形态渐趋明晰。选本源于诗文，并随中国文学的文体发展进程而不断演进。因此，直至宋元戏曲勃兴，中国古代戏曲选本才能在此基础之上得以发生。戏曲选本之于戏曲文献的整理与保存、戏曲文学的鉴赏与批评、戏曲史学的历时发展与阶段特征、戏曲传播的空间分布与阶层互动等，均有重要作用。

清代中期以来，花雅之争愈演愈烈，花兴雅衰的分野格局日趋鲜明。最终京剧博采众长，逐渐成为花部诸腔的集大成者，代表了清代中期以后中国古代戏曲发展格局的整体走向。作为中华民族的艺术精粹，京剧不仅舞台演出繁盛，而且数量丰硕的选本文献随之勃然兴起。自光绪六年（1880）安徽竹友斋刊本《梨园集成》发行以来，京剧选本产生已有140多年，各类选本文献纷然面世，其中有500余种存世。[①] 单就存世文献的数量来看，京剧选本早已超过元明清三代以戏文、杂剧、传奇为主体的戏曲选本的总和。因此，对其进行关注研究，既可观照花雅之争以后中国戏曲史发展走向的转折与新变，又可补充复原京剧及与其密切相关的花部地方戏崛起勃

[①]　按：关于"最早的京剧选本"问题，学界尚有争议，然而可以确定的是，《梨园集成》为现存可见具有确切年代可考的早期京剧选本，因此我们以其作为具体研究起点。对于"最早的京剧选本"问题的争论，书中另有详论，此不赘述。

兴的历时过程。探求中国京剧选本之中呈现出的时代美学接受思想与经典剧目流变传承现象，借鉴京剧剧目创作经验与发展规律，可为反思当下戏曲发展困境以及振兴戏曲艺术提供可能的方法与路径。与此同时，关注中国京剧选本的域外藏录与翻译传播现象，不仅有助于历史文献的回流与保护，而且有助于民族优秀文化的"走出去"。

一　选题缘起与概念界定

清代中期以后，花雅之争的戏曲格局逐渐炽热，最终花部诸腔得以胜出。日本学者青木正儿的《中国近世戏曲史》将乾隆末至清代末视为"花部勃兴期"[1]，周贻白的《中国戏剧史长编》设有"清代戏剧的转变"与"皮黄剧"两章，专门讨论花部的兴起及其代表剧种——皮黄的发展。[2] 其后，花雅之争得到越来越多的关注。这种趋势投映在中国古代戏曲选本的发展历程之中："以钱德苍的《缀白裘》为代表，从乾隆时期开始，戏曲选本在内容、形式诸方面都进行了一系列的调整，是为戏曲选本的转型。戏曲选本转型期的主要特征表现在三个方面：文人文化层的退场、昆腔选本的衰变和花部诸腔选本的崛起。"[3] 由此可见，花部诸腔戏曲选本的崛起即是对花兴雅衰戏曲格局的记录与呈现。

尽管花部诸腔选本的崛起以乾隆二十九年（1764）宝文堂刊行《时兴雅调缀白裘新集初编》兼收"梆子腔"戏本作为发端，但是皮黄合奏、徽班进京（乾隆五十五年）之后，京剧作为花部诸腔的集大成者脱颖而出，代表了清代中期以后中国古代戏曲发展格局的整体走向与戏曲美学的接受风尚。伴随京剧勃然兴起的京剧选本，一跃成为清代中期以后戏曲选本中的翘楚与主流。中国京剧选本作为承载京剧剧目文本最为集中、丰富的文献史料，是一个亟须得到

---

[1] ［日］青木正儿：《中国近世戏曲史》，王古鲁译著，蔡毅校订，中华书局2010年版，第323页。
[2] 参见周贻白《中国戏剧史长编》，上海书店出版社2007年版，第457—650页。
[3] 朱崇志：《中国古代戏曲选本研究》，上海古籍出版社2004年版，第23页。

重视和发掘的课题对象；其在中国戏曲史上更是具有重要的地位和独特的价值，因此值得展开研究。

研究对象既已明确，下面我们需对相关研究概念、范畴以及时段进行梳理与界定。

京剧是中国古典戏曲剧种之一，京剧选本自然也属于中国古代戏曲选本类型之一；有关中国戏曲选本的研究概念与范畴界定最早见于郑振铎的《中国戏曲的选本》一文：

> 所谓"戏曲的选本"，便是指《纳书楹》、《缀白裘》一类选录一部戏曲的完全一出或一出以上之书本而言。像《雍熙乐府》，像《九宫大成谱》，像《太和正音谱》，那都是以一个曲调为单位而不是以一出为单位而选录的。那不是戏曲的选本，乃是"曲律"与"词律"一类的书，专供作词的人之用一样。……
>
> 戏曲的选本，可分为二类。第一类如《纳书楹》，本不是供一般人阅读的，乃是专供唱曲者之用的。……第二类像《缀白裘》，它是不注音谱的，其目的也似乎与他们两样。它不仅供给专门的伶工或爱美之"票友"用的，它且是给一般人以戏曲的精华，而使之尝一鼎脔的。[①]

郑振铎关于戏曲选本的定义可以概括为两个关键词："出选"与"书本"，并且"出选"包括是否标注音谱两种形式。强调"出选"，是为排除剧选与曲选；强调"书本"，是为界定戏曲选本的载录媒介。因此可以看出，该论大体符合中国古代戏曲选本的基本文献特征，但是定义偏于狭窄。

其后，朱崇志《中国古代戏曲选本研究》依据既有研究基础，

[①] 郑振铎：《中国戏曲的选本》，载《郑振铎古典文学论文集》下册，上海古籍出版社2009年版，第510页。

并且结合选题所涉具体研究范围，重新界定了戏曲选本概念：

> 这里所谈及的戏曲选本，是指戏曲选家根据一定的意图、依据一定的编选原则和编选体例，在浩如烟海的古代戏曲作品中选择具有代表性的单剧、单出或单曲汇聚而成的作品集。在外在形式上，戏曲选本表现为剧选、出选、曲选三种形态；而在内层价值上，它则分别具有清读、清唱、表演的功能。①

相对于郑振铎"出选"的概念标准，朱崇志认为"剧选"与"曲选"同样属于戏曲选本的概念范畴，并用"作品集"对应郑振铎"书本"的定义标准，同时指出不同类型的戏曲选本具有的价值功能区别。笔者认为，朱崇志关于戏曲选本的概念界定是对中国古代戏曲选本综合特征的集中归纳与高度概括，因此更加符合中国古代戏曲选本的发展历史与阶段特征，值得借鉴。

但是，京剧作为中国戏曲代表剧种之一，有关京剧选本的研究概念又有诸多细节问题。具体来看，本书所涉京剧选本是指以选录京剧为主（京剧占选录总目一半以上）的剧选、出选、曲选，在具体表现形式方面，同时还应包括将京剧唱段词选、京剧唱腔谱选、演员演出剧本选、京剧作家作品选等四种综合在内的书本选集。本书强调将"书本选集"作为京剧选本的基本单位，是因为在京剧发展过程之中还有以唱片、报刊、磁带、光盘等其他多种载录媒介形式出现的选集，它们作为京剧选集同样具有很高的史料文献价值，但是并不符合"选本"概念，因而不在本书研究范围之内。

同时需要关注的是，京剧选本之中关于"京剧"一词的界定："把'京剧'作为这种戏曲表演艺术的称谓，虽然在光绪二年二月初七（1876年3月2日）《申报》的报道《图绘伶伦》里已经出现，但直到1899年底的20多年里，在《申报》大量相关的报道中，'京

---

① 朱崇志：《中国古代戏曲选本研究》，上海古籍出版社2004年版，第2—3页。

剧'作为一个单独的名词，只出现过4次，可见它远非人们对这种戏剧样式的通用称谓。然而此时京剧作为一个独立剧种，早已成熟。"① 可以看出，通用的"京剧"一名实际是在京剧作为一个独立剧种发展成熟之后很长一段时间才被确认和接受的。而在具体历史语境之中，"皮黄""皮簧""京调""京戏""平剧""国剧"等多种称名一直相互指涉而又纠缠不清；投映在京剧选本的发展过程之中，这些称名皆在不同历史阶段用以指代京剧选本。因此，本书所做的京剧选本研究，是指包括"皮黄""皮簧""京调""京戏""平剧""国剧"等共用称名在内的选本的研究；它们的出现与使用不但共同构成京剧选本历史文献的重要组成部分，而且代表不同历史阶段京剧选本的具体文献形态。

至此，对于京剧选本的概念辨析与范畴界定已经基本明确。接着，需对京剧选本的发展历程以及本书所涉具体研究时段做出梳理和说明。具体来看，清代中期以后，伴随花雅之争日趋分明的戏曲史学发展格局，"文人文化层的主动退场、花部诸腔的再次崛起引起了戏曲选本的明显转变"②。然而一般认为，"京剧孕育形成于1790年（清乾隆五十五年）左右—1880年（光绪六年）左右"③，我们认为这一时期同样属于京剧选本的发生阶段。光绪六年，安徽安庆竹友斋刊刻皮黄选本《梨园集成》为现存可见确切可考的早期京剧选本，自其产生至今140多年中，尚无一部有关京剧选本的目录学专著可供使用。因此，仅能依据京剧史学著作、剧目辞典、文献综录以及其他相关资料，对京剧选本进行梳理和考察。

初步统计结果显示，京剧选本发展至今，文献存留总数约有460种，且不包括存目文献。大体分布情况如下：

---

① 傅谨主编：《京剧历史文献汇编（清代卷）》第1册，凤凰出版社2011年版，前言第6页。
② 朱崇志：《论清代中期戏曲选本的转型》，《东莞理工学院学报》2006年第5期。
③ 北京市艺术研究所、上海艺术研究所编著：《中国京剧史》上卷，中国戏剧出版社1990年版，第8页。

（1）1790—1911（清代后期）：约50种；[①]

（2）1912—1949（民国时期）：约230种；

（3）1949—　　（1949年以来）：约180种。

应该指出，这一统计结果整体偏于保守，尤其是对清代后期与民国时期两个阶段而言。并且，这一统计结果尚不包括台湾、香港等地出版的京剧选本。近代以来，伴随印刷出版事业的迅速发展，京剧选本乘时蔚然兴盛。然而，受到"词曲小道""不登大雅之堂"一类文学观念的影响，京剧选本虽然出版发行较多，但是印刷制作相对粗糙，因而大多选本犹如昙花一现，未能得到著录保存。更兼长期以来"贵古贱今""重雅轻俗"的文献辑录观念与近代以来战火烽烟不断等多重因素的影响，京剧选本留存难上加难。尽管如此，我们还是相信，现存可见的京剧选本足以代表各个阶段的文献总貌。尤以清末时期《梨园集成》24册、"三庆班"系列京调脚本，清末民初北京打磨厂"堂印本"系列选本，民国时期（1912—1949）《戏考》（《顾曲指南》）40册、《戏曲大全》12卷/10册、《戏学指南》16册等文献的保存为代表，比较典型并且全面地反映出时代选本的整体特征。与此同时，相关存目选本也为各个阶段的选本发展面貌提供了证明。

相对而言，1949年以后的京剧选本出版在延续此前格局的同时有所新变。尤其是"文化大革命"结束之后，面对百废待兴的文化事业，抢救、保护与振兴京剧成为重要任务之一，京剧选本的重新整理出版迎来新的阶段。当然，新的繁荣发展也基于前代累积。由此可见，中国京剧选本的发展历史是一个前后续接而又彼此照应的连续过程。但就整体格局来看，传统剧目仍是京剧选本题材编选与出版的主流。并且，1949年以后，尤其是从1951年5月5日中央人民政府政务院颁发《关于戏曲改革工作的指示》开始，京剧选本的

[①] 按：包含部分定为"清末民初"但是具体刊行年代不详的选本，具体原因留待后文分析。

编辑工作越来越多地受到政治政策的影响，特别是在1964—1979年间，京剧选本进入"革命现代戏"选本的集中出版阶段。因此，本书在整体观照中国京剧选本历时发展格局的前提下，以1790—1949年作为断代研究的具体时段界限，具体原因有以下三点。

第一，虽然京剧产生的确切年代现无定论，但是学界基本认同京剧孕育生成于清乾隆五十五年四大徽班进京之后，《中国京剧史》基本认定清乾隆五十五年至光绪六年为京剧孕育形成期。[①] 与此同时，虽然光绪六年安徽竹友斋刊本《梨园集成》为现存可见较早的京剧选本，但是并不能够完全排除还有更早的选本文献有待发现的可能。毕竟学界有关最早的京剧选本认定的问题现有争议。周贻白认为"'皮黄剧'的刊版印刷，似不自《梨园集成》始，著者藏有光绪二年活字本'京曲'一册，共收'徽调'四出，为《探母回令》、《三娘教子》、《乌盆记》、《战北原》，全书共有几册，已不可知"[②]。赵景深指出民国八年（1919）经由苕溪灌花叟主裱订整理而成的《醉白集》是"最早的京剧总集"[③]。同时，又有部分学者认为《梨园集成》即"最早的京剧剧本集"[④]。笔者认为，断言《梨园集成》为最早的京剧选本确实不妥，但是周贻白指出的"活字本'京曲'"一册未见他著载录，暂且存疑。《醉白集》现藏复旦大学图书馆，经由笔者确认，该集现存44册，收剧137种，实为清代后期至民国初期以刻本、抄本、石印本等合缀而成的"百衲选本"。并且"醉白集"一名当为民国八年苕溪灌花叟主裱订整理之时所取，因此并不能够代表清代后期京剧选本的文献样貌与命名方式，故而更不

---

① 参见北京市艺术研究所、上海艺术研究所编著《中国京剧史》上卷，中国戏剧出版社1990年版。
② 周贻白：《中国戏剧史长编》，上海书店出版社2007年版，第594页。
③ 赵景深：《最早的京剧总集〈醉白集〉》，《戏曲论丛》第一辑，甘肃人民出版社1986年版。
④ 丘慧莹：《清代楚曲剧本及其与京剧关系之研究》，新北：花木兰文化出版社2012年版，第7页。

能以"最早的京剧总集"论之。①

因此可以看出:"《梨园集成》是现存刊行年代较早、汇编剧本较多的皮簧剧本选集。它对了解清代咸丰、同治年间戏曲舞台上的演出剧目状况,具有重要的史料价值。"② 同时不能排除其他更早选本文献存在的可能。故严谨起见,笔者选择得到当下学界普遍认同的清乾隆五十五年——四大徽班进京的时间作为理论上京剧选本可能产生的最早时间上限;而在实际文献梳理与研究之中,笔者仍将光绪六年《梨园集成》的刊行作为现存可见京剧选本的研究起点,同时参照周贻白、赵景深等前辈学者的相关论述。

第二,从京剧选本的历史发展脉络与演进逻辑规律来看,中国京剧选本的发生是在中国古代戏曲选本进入转型阶段之后开始的,它与中国京剧史的发展轨迹基本吻合,但又呈现出相对"延迟"的特点。因此,1949年以后的京剧选本虽然存在新变现象,但就整体而言,仍是对此前出版高潮的延续与回归。而从文献数量来看,仅1912—1949年间的京剧选本存留下的已占总数的一半,尚不包括存目文献与散佚文献。所以,我们有理由相信,1790—1949年间的京剧选本文献形态足以代表中国京剧选本自发生至鼎盛高潮阶段的总体面貌,这也将是我们展开具体研究的主要时段范围。

至于1949年以后中国京剧选本中呈现出的阶段性特征,我们既在文中进行观照梳理,又在"结语"与"余论"章节进行单独讨论。如此,我们既可以对1790—1949年间的京剧选本进行更加具体、细致、深入的研究,又可以较为全面地把握中国京剧选本发展演变的整体脉络。

第三,本书所做的京剧选本研究的主体时段是1790—1949年,按照现行历史分期来看,这个时段跨越古代(1790—1840)、近代

---

① 按:有关《醉白集》的具体文献形态与价值,后文另有详论。
② 中国大百科全书总编辑委员会《戏曲 曲艺》编辑委员会:《中国大百科全书·戏曲 曲艺》,中国大百科全书出版社1983年版,第194页。

(1840—1919)、现代（1919—1949）三个时期，但是我们仍将《中国京剧选本研究（1790—1949）》这一课题整体归入中国古代文学学科范畴之内进行展开。原因有四点。一是，京剧剧种的孕育生成及其选本的发生年代均在清代，并且以京剧选本为代表的花部戏曲选本的萌生实际是中国古代戏曲选本进入转型时期的重要内容特征之一。二是，就其文体形式而言，京剧唱词以七字句与十字句为主，与中国古代诗歌及说唱文学同源异流；板腔体音乐建制也是从中国古典戏曲曲牌体音乐发展过渡而来的。三是，关于"现代戏剧"的研究论著，诸如《中国现代戏剧史稿》讨论1899—1949年间的"现代戏剧"史学问题之时，即便承认"（京剧）作为传统旧戏的代表"占据舞台"霸主"地位，但是仍将话剧作为"现代戏剧"的唯一典型体裁进行研究。[①] 因为京剧毕竟是"传统旧戏"，不是"现代新剧"，它的题材内容、场上演出皆应属于古典范畴。四是，我们可以看出，京剧虽在中国文学史跨度上历经古代（1790—1840）、近代（1840—1919）、现代（1919—1949）乃至当代（1949—　），但它不论是在发生年代、主要题材，还是在文体形式、音乐建制诸方面，均属中国古代文学发展流脉。因此，我们应该承认，作为中国戏曲史研究内容之一的中国京剧选本研究，确应属于中国古代文学专业范畴。

第四，在明确本书关于京剧选本研究的概念范畴与具体时段之后，我们还需对研究对象里的"中国"加以说明。京剧虽然起源于中国，但是并非仅在中国演出。伴随京剧在日本、新加坡等国家的传播，京剧选本也在这些国家陆续出版。因此，本书所探讨的"中国京剧选本"之"中国"，既是基于优秀民族文化传播的视角，也是出于京剧选本出版地域的考量。换言之，本书所涉研究内容主体是指中国大陆和香港、澳门、台湾地区出版的京剧选本，暂不包括日本、新加坡等国出版的京剧选本。

综上所述，本书是在中国古代文学学科范畴之内，探讨作为中

[①] 参见陈白尘、董健《中国现代戏剧史稿》，中国戏剧出版社1989年版。

国戏曲史研究课题之一的中国京剧选本。主要研究内容包括中国出版的以选录京剧为主（京剧占选录总目一半以上）的剧选、出选、曲选类书本选集，具体研究时段集中于1790—1949年间，实际研究起点始于现存可见较早的京剧选本《梨园集成》（1880），同时在相关章节的具体论述及"结语"与"余论"部分呈现1949年以后的中国京剧选本研究的相关问题。

二　研究现状与文献述评

现今学界尚未有专门研究京剧选本的论著，但是我们仍可根据相关研究论题由表及里、层层深入地梳理选题所涉文献问题。具体来看，可从以下三个层面进行中国京剧选本研究的文献述评：戏曲选本研究、京剧及其历史文献研究、京剧选本研究。

（一）戏曲选本研究

戏曲选本研究的相关论著虽然鲜有专门针对京剧选本的内容，但是其在研究方法与理论范式层面做出的探索与创新，仍然值得我们借鉴学习。

关于中国戏曲选本研究的讨论，关注较早、影响较大的是郑振铎的《中国戏曲的选本》一文，该文详细界定了"戏曲选本"的概念与范围，并且采取梳理文献目录的方式呈现其对中国戏曲选本研究所构建的基本框架与范式。更为重要的是，郑振铎在关注以杂剧、传奇为主体的中国古代戏曲选本的同时，指出京剧选本《梨园集成》与《戏考》二书所具有的重要价值："上面的一个表，完全是关于杂剧传奇一部分的；今更将《梨园集成》及《戏考》二书之内容各列一表于后，以明皮黄戏内容之一斑。皮黄戏的戏本决不止这些数目，然最流行者也不过如此而已。"[①] 可以看出，郑振铎关于戏曲选本的研究不仅采取表格方式进行对比，而且详细开列选篇目录，用

---

① 郑振铎：《中国戏曲的选本》，载《郑振铎古典文学论文集》下册，上海古籍出版社2009年版，第545页。

以证明以《梨园集成》与《戏考》为代表的京剧选本所选篇目基本体现了时代舞台最为流行的盛况。在此基础之上，郑振铎还总结出皮黄戏本的四个来源：昆剧、小说、（作家）创作、梆子腔。总体而言，《中国戏曲的选本》一文采取表格梳理与目录分类的方式，对以杂剧与传奇为主的戏曲选本进行文献整理与宏观评介，同时关注以《梨园集成》和《戏考》为代表的京剧选本的特殊文献价值。这种创见，不仅能为中国戏曲选本的研究构建基础框架、奠定理论范式，而且有助于我们更加明确地了解中国京剧选本之于全部中国戏曲选本的价值与意义。

《中国戏曲的选本》之后，关于中国戏曲选本的研究可从专著与论文两种文献层面分别进行梳理。到目前为止，涉及中国戏曲选本研究的专著为数不多。赵山林的《中国戏剧学通论》（安徽教育出版社1995年版）、《中国戏曲传播接受史》（上海人民出版社2008年版）两本专著，从不同角度讨论了戏曲选本的相关问题。《中国戏剧学通论》从戏剧文献学视角出发，围绕戏曲剧本选集、戏曲剧本单出选集、戏曲与散曲（俗曲）选集三个层面对戏曲选本的概念辨析与内容分类进行解题研究。《中国戏曲传播接受史》专门设有"明代的戏曲选本"与"清代的戏曲选本"两章，从文学传播接受视角对明清两代戏曲选本的发展进程、文献形态进行勾勒与研究。可以看出，两部专著基本接受并秉承郑振铎关于中国戏曲选本研究所做的框架建设，并在研究的概念、方法、视角等方面不断创新推进，为后来学者的相关研究打开视域、拓展空间、发散思维。

专著之中，朱崇志的《中国古代戏曲选本研究》（上海古籍出版社2004年版）一书最具典型意义。该书是首次以中国古代戏曲选本作为独立研究对象的专著，分别从戏曲选本的源流论、文本论、思想论、文献论四个层面做了相关专题研究。同时，附录部分"中国古代戏曲选本叙录"梳理了自《元刊杂剧三十种》产生以来至清代末期《楚曲十种》在内的85种中国古代戏曲选本，并对每种选本做了较为详细的版本介绍与选目开列叙录工作。《中国古代戏曲选本研究》在承继前人的同时，对"戏曲选本"的概念与范畴重新进行了发展修订，并且在此基础之上对戏曲选本内部研究的相关问题展开探讨。需要特别指出的是，该书"戏曲选本的转型"一节已经开始探讨清代乾隆时期至宣统三年，花雅之争以后戏曲选本转型阶段的早期京剧选本发生问题。同时，"叙录"部分收录《梨园集成》《真正京都头等名角曲本》等京剧选本6种。《中国古代戏曲选本研究》作为现今学界有关中国古代戏曲选本研究为数不多的代表性专著之一，首次全面、系统地梳理了戏曲选本发生、发展、成熟、转型各个历史阶段的特殊样貌，并且依据多重主题研究视角切入戏曲选本内部研究。其中关于花部地方戏选本的论述，以及"叙录"对清代末期部分京剧选本的收录，既厘清了京剧选本之于古代戏曲选本史学发展脉络的价值与地位，又为京剧选本研究的文献梳理提供了目录线索。

戏曲选本的研究专著还包括张俊卿的《明清戏曲选本的流变》（云南大学出版社2016年版），该著以明清两代戏曲选本为例，进行具体剧目流变的比较研究。

相对而言，关于戏曲选本研究的论文不仅数量较少，而且视域分散、未成体系。首先，吴敢的《〈中国古代戏曲选本·剧本选集〉叙录》（上、下）（《徐州教育学院学报》1999年第2、3期）、《〈中国古代戏曲选本叙录〉选目》（《艺术百家》1999年第2期）、《说戏曲散出选本》（《艺术百家》2005年第5期）系列文章依据剧本选集、散出选集、零星选集三种分类方法，对戏曲选本做了文献整理叙录工作及相关探讨。其次，朱崇志的《中国古典戏曲选本研究刍议》（《重庆工商大学学报》2004年第3期）、《论清代中期戏曲选本的转型》（《东莞理工学院学报》2006年第5期）两篇文章，是其在专著之外对戏曲选本的研究方法、花雅之争的选本转型等问题进行的专题研究。再次，俞为民的《明代选本型曲谱考述》[台湾《戏曲学报》第六期（2009年12月）]则以明代选本型曲谱为中心，对其基本特征、产生原因、类别归属进行了深入研究。最后，孙霞的

《20世纪戏曲选本研究概述》(《戏曲艺术》2006年第2期)从戏曲选本文献搜集与整理、戏曲选本研究两个方面对20世纪戏曲选本研究格局进行了总体梳理与评述。

同时,围绕戏曲选本的研究文献还应包括文化背景、剧目流变、新见文献、理论建设四个方面。

首先,文化背景主要包括文人心态、地域文化、"宗元"思想、传播接受四个层面。具体来看,其一,文人心态方面以冯玉玺《清代戏曲选本中的"导演意识"——以〈缀白裘〉和〈审音鉴古录〉中的〈琵琶记〉折子戏为例》(《四川戏剧》2016年第2期)、冯衍《〈六十种曲〉与明代文人心态》(《艺术百家》2009年第4期)、伍光辉《论晚明文人戏曲选本的编辑理念》(《求索》2013年第3期)为代表。其二,地域文化方面以刘建欣《地域文化与明清戏曲选本编选者》(《晋阳学刊》2015年第1期)为代表。其三,"宗元"思想方面以刘建欣《明清选本"宗元"研究》(博士学位论文,黑龙江大学,2014年)、《戏曲"宗元"思想与明清戏曲选本》(《学术交流》2014年第2期)及杜桂萍《明清戏曲"宗元"观念及相关问题》(《中国社会科学》2018年第3期)等为代表。其四,传播接受方面以孙霞和崔玥《试论明万历年间传奇选本的文本传播》(《徐州工程学院学报》2007年第5期)、赵兴勤《折子戏·短剧·单齣选本与戏曲传播》(《徐州工程学院学报》2007年第1期)、尤海燕《明代戏曲声腔流变管窥——以明代折子戏选本为视角》(《菏泽学院学报》2013年第4期)、王良成《从选本看中国古代下层观众的戏曲审美追求》[《阜阳师范学院学报》(社会科学版)2016年第1期]为代表。这类研究综合探讨了明清戏曲选本的生成传播机制,打开了更为广阔的文化视野。

其次,根据选本文献爬梳剧目(戏曲故事)流变的研究颇为丰富。以周秋良《观音本土故事戏论疏》(中国戏剧出版社2008年版)、张文德《王昭君故事的传承与嬗变》(学林出版社2008年版)、张雪莉《〈牡丹亭〉评点本、改本及选本研究》(博士学位论文,复旦大学,2010年)、康保成《〈四郎探母〉源流考》(《戏剧艺术》2016年第6期)等为代表的论著,逆向考察剧目(戏曲故事)在戏曲选本中的流变,为选本角度的戏曲经典化研究提供了思路。

再次,戏曲选本文献的考述整理新见颇多。孙崇涛和黄仕忠《风月锦囊笺注》(中华书局2000年版)、孙崇涛《风月锦囊考释》(中华书局2000年版)、郭英德《稀见明代戏曲选本三种叙录》[《清华大学学报》(哲学社会科学版)2007年第3期]、黄婉怡《戏曲散出选本〈冰壶玉屑〉叙考》[台湾《戏剧研究》第12期(2013年7月)]、陈志勇《稀见明末戏曲选本四种考述》(《文化遗产》2014年第1期)等论著,既为稀见戏曲选本文献做了整理介绍工作,又为戏曲选本乃至戏曲史学研究补充了新的材料。

最后,戏曲选本的理论建设相对薄弱。以李志远的《戏曲选的批评学建构探析》(《求是学刊》2017年第1期)为代表,该文围绕批评功能、批评形态与批评特点三个方面深入发掘戏曲选本的理论价值,提出戏曲选本理论批评框架建构的可能。

(二) 京剧及其历史文献研究

虽然京剧历经的时间相对较短,但是相关研究成果却十分丰硕。我们可从中国戏剧史中的京剧研究、专门的京剧研究、京剧历史文献整理研究三个方面着手,梳理京剧及其历史文献之中涉及的京剧选本研究问题。

第一,中国戏剧史中的京剧研究。从日本学者青木正儿《中国近世戏曲史》(中华书局2010年版)开始关注花部戏曲勃兴以来,中国戏剧通史类著作基本均有涉及京剧问题。其中周贻白《中国戏剧史长编》(上海书店出版社2007年版)、叶长海《中国戏剧研究》(福建人民出版社2006年版)、傅谨《中国戏剧史》(北京大学出版社2014年版)较具代表性。这类著作多以宏观历时的眼光,高屋建瓴地揭示出京剧在中国戏剧史上的地位与作用。青木正儿与周贻白分别从不同层面论述了京剧选本《梨园集成》之于花部戏曲的重要价值,尤其是周贻白关于《梨园集成》的选录篇目、文体属性、断代缘由等问题的探讨，推进了学界关于早期京剧选本的认知。叶长海《中国戏剧研究》虽然涉及京剧问题的篇幅有限，但却专门指出京剧选本的分类及其价值，从而说明了京剧选本之于中国戏剧研究的独特意义。

而以清代、近代、20世纪三个阶段为例的断代体戏剧史中，京剧研究更为突出。戏剧史著方面，秦华生和刘文峰《清代戏曲发展史》（旅游教育出版社2006年版）、金登才《清代花部戏研究》（中华书局2014年版）、贾志刚《中国近代戏曲史（1912—1949）》（文化艺术出版社2011年版）、傅谨《20世纪中国戏剧史》（中国社会科学出版社2016年版）等著分别梳理了清代、近代、20世纪三个阶段中国戏剧史学发展的脉络与走向，从中可以连续见出京剧在不同历史阶段的发生发展情况。需要特别指出的是，金登才《清代花部戏研究》是一部专门研究清代花部戏的重要著作，而京剧是花部戏的集大成者，此著作中关于部分清代京剧剧目的研究也为京剧选本研究提供了文献线索。

史料编年方面，王汉民和刘奇玉《清代戏曲史编年》（巴蜀书社2008年版）、赵山林《中国近代戏曲编年（1840—1919）》（华东师范大学出版社2008年版）、陈洁《民国戏曲史年谱（1912—1949）》（文化艺术出版社2010年版）从史料编年著录着手，条理清晰地勾勒出京剧历时演进轨迹。与此同时，丁淑梅《清代禁毁戏曲史料编年》（四川大学出版社2010年版）、张天星《晚清报载小说戏曲禁毁史料汇编》（北京大学出版社2015年版）从禁戏角度提供清代京剧的禁毁史料。虽然史料编年方面的著作鲜有专门涉及京剧选本的内容，但是它们却从文化生态与历史语境方面还原了京剧选本产生发展的具体环境，值得我们关注。

第二，专门的京剧研究。京剧产生以来，相关史学研究论著层出不穷，其中尤以北京市艺术研究所、上海艺术研究所《中国京剧史》（中国戏剧出版社1990—2000年版）最具代表性。该著凝聚诸多专家之力，详细编撰京剧历史发展所涉方方面面，资料翔实、论述充备。于质彬《南北皮黄戏史述》（中华书局2014年版）一书，通过梳理皮黄戏的形成与进京徽班的嬗变，指出皮黄戏新秀——京剧的产生与发展脉络。苏移《京剧发展史略》（北京燕山出版社2013年版）则在修订前著《京剧二百年概观》（北京燕山出版社1989年版）的基础之上，重新爬梳论述京剧发展历程。王芷章《中国京剧编年史》（中国戏剧出版社2014年版）作为史学编年著作，辑录上自清代乾隆五十五年，下迄民国八年，清末至近代的京剧史料。

除此之外，专门的京剧研究还应包括围绕京剧文学、声腔、流派、理论诸多方面做出的探讨。其中代表性著作包括徐凌霄《皮黄文学研究》（世界编译馆北平分馆1936年版）、郭文生《近代皮黄剧韵》（中国戏剧出版社2015年版）、董维贤《京剧流派》（中国戏剧出版社2006年版）、钱穆《中国京剧中之文学意味》（载钱穆《中国文学论丛》，生活·读书·新知三联书店2002年版）、颜全毅《清代京剧文学史》（北京出版社2005年版）、袁国兴《非文本中心叙事——京剧的"述演"研究》（广东人民出版社2013年版）。此类著作对京剧进行了专门化与细致化的研究，选取京剧研究专题之一进行深入发掘，视角各异而又相互补充，共同构成京剧研究的多个层面。可以看出，有关京剧研究的论著中，史学研究成果最为显著，同时文学、音乐、理论等个案问题研究也取得了重要成果。概而论之，这些专著之中关于京剧选本的讨论或是零碎分散、不成体系，或是将其作为背景材料，加以引用。总之，京剧选本并未作为研究中心而引起学界的足够重视。然而，这些关于京剧史学、文学，以及音乐、理论的研究成果又与京剧选本存有难以切断的文本关联，甚至这些研究课题本就属于京剧选本研究所涉内容。因此对其进行综述，不仅可以审视京剧研究可能涉及的多个问题层面，而且有助于为京剧选本研究奠定扎实基础，打开思路与视野。

第三，京剧历史文献整理研究。傅谨主编《京剧历史文献汇编

（清代卷）》（含续编）（凤凰出版社 2011—2013 年版）分别以专书、清宫文献、报刊、日记、笔记、图录等多种门类进行汇编整理，囊括清代京剧相关文献史料，内容翔实、分类清晰，是京剧历史文献整理的杰出代表。与此相同，民国以来，各类关于京剧的日记、信札、著述、回忆录等文献亦丰富多彩。围绕京剧演员舞台演出的资料整理，诸如和宝堂主编《于连泉花旦表演艺术》（中国戏剧出版社 2016 年版）、傅谨主编《梅兰芳全集》（中国戏剧出版社 2016 年版）等；围绕文人关于京剧的评论，诸如曹其敏、李鸣春编《民国文人的京剧记忆》（中国戏剧出版社 2013 年版），齐如山《国剧浅释》（中国戏剧出版社 2015 年版）等。凡此论著，均从历史文献钩沉入手，还原京剧史学面貌。

在这些京剧历史文献整理著作之中，我们需要特别认识的是关于京剧选本的整理问题。其一，傅谨在《京剧历史文献汇编（清代卷）》前言中指出：

> 我最初的设想，是在各地专家学者们的支持下，全面搜集从徽班进京以来与京剧的诞生以及发展相关的所有重要历史资料。首先确定把剧本排除在外，不是因为剧本不重要，而是由于京剧剧本流传较多，积累丰厚，前人已经做了很有价值的工作，它们的搜集整理固然仍需努力，却不像史料那么迫切。①

其二，朱万曙主持整理编纂的《全清戏曲》，同样基本排除京剧选本：

> 本编纂虽然名为《全清戏曲》，主要收录的却是清代传奇、杂剧等古典文体形态的剧本文献。对于"花部"地方戏的收录，

---

① 傅谨主编：《京剧历史文献汇编（清代卷）》第 1 册，凤凰出版社 2011 年版，前言第 2 页。

拟确定这样几个标准：一是产生年代确考的作品，如《缀白裘》中所收的"花部"散出；二是有明确作者归属的作品，如余治的《庶几堂今乐》；三是文体形态上体现由古典向现代转型的作品。①

如此一来，大批清代后期产生的京剧选本无法得到收录整理。而实际上，京剧剧本的整理工作虽在前人汇辑而成的部分京剧选本之中得到体现，但是并不充分。更兼"重古轻今""重雅轻俗"的文献著录观念导致清代以来京剧选本流失散佚严重，文献资料搜集整理难度较大，因而相关研究至今尚未充分展开。由此可见，京剧选本的重要价值虽然得到学界一致认可，但是由于相关整理研究尚缺乏关注，因而仍有极大空间可供开拓。

（三）京剧选本研究

到目前为止，学界尚无专门以京剧选本作为整体研究对象的论著。有关京剧选本研究的问题可以分为目录学著作与选本个案研究两种类型。

其一，目录学著作中有关京剧选本文献的收录主要体现在黄仕忠《日藏中国戏曲文献综录》（广西师范大学出版社 2010 年版）一书中。该著第四编"花部曲本及选集"分为"京调·皮黄""乱弹""高腔""梆子腔""影戏"五类，收录日本所藏京剧（京调·皮黄）选本文献共计 32 种，同时详载相关版本目录信息。日本所藏京剧选本文献的著录与介绍，既为京剧的域外传播接受提供了鉴证，又为域外汉籍的整理与回流工作奠定了基础。同时，吴新苗《清代京剧史料学》（中国文史出版社 2017 年版）之"清代京剧文学的刊刻、收藏和整理"章节也对部分京剧选本做了相关文献信息介绍。此外，《中国古代戏曲选本研究》之"叙录"，以及《中国京剧史》（中国戏剧出版社 1990—2000 年版）与《中国戏曲志》（中国 ISBN

---

① 朱万曙：《〈全清戏曲〉整理编纂的理念》，《文艺研究》2017 年第 7 期。

中心等 1990—2000 年版）、《中国京剧艺术百科全书》（中央编译出版社 2011 年版）等著亦有相关选本著录介绍。

其二，京剧选本个案研究主要围绕《醉白集》《梨园集成》《戏考》《二黄寻声谱》等少数几种较具有代表性的选本展开。

首先，赵景深《最早的京剧总集〈醉白集〉》（《戏曲论丛》第一辑，甘肃人民出版社 1986 年版）认为民国八年（1919）题名"苕溪灌花叟主"裱订整理的《醉白集》为"同治年间的木刻本"，因此《醉白集》是早于光绪六年（1880）刊刻的《梨园集成》的"最早的京剧总集"。其后，《中国戏曲志·上海卷》（中国 ISBN 中心 1996 年版）、《京剧文化词典》（汉语大词典出版社 2001 年版）等著亦有相关载录。我们认为，《醉白集》实际经由灌花叟裱订整理，原貌已难全见，更兼其中所收戏本刊刻体例不一、版本信息难觅，因此将其称作"最早的京剧总集"显然不妥。但是，我们应该承认《醉白集》裱订收录的京剧戏本仍有文献史学价值。

其次，关于《梨园集成》的研究最早见于石兆原《读〈梨园集成〉》（《文学季刊》1934 年第一卷第二期）一文。该文详细介绍了《梨园集成》的版本信息、选刊体例、剧目文体属性等，为《梨园集成》的相关研究奠定了扎实基础。其后，黄菊盛《从太平军降将到戏班老板——〈梨园集成〉编者李世忠考》（《戏曲研究》第二十九辑，文化艺术出版社 1989 年版）对于《梨园集成》的编选者李世忠的身份属性及其与京剧选本《梨园集成》间的关系进行了探讨论述。再后，李东东《竹友斋刊本〈梨园集成〉文献述评》（《戏曲艺术》2014 年第 3 期）、《李世忠与〈梨园集成〉编选考》[《戏曲研究》第一一二辑（2019 年第 4 期），文化艺术出版社 2020 年版]及其专著《〈梨园集成〉研究》（四川大学出版社 2019 年版）基于前辈学者的相关研究，对《梨园集成》之中收录剧本数量与剧本属性的错误认知进行辨认，并且围绕所收 48 种剧本（昆曲 3 种，皮黄 45 种）展开了更为具体、细致的研究。

再次，是以《戏考》为中心的研究论文。美国学者陆大伟《〈戏考〉

中的现代意识》[《戏曲研究》第七十四辑（2007年第3期），文化艺术出版社2007年版]、《梅兰芳在〈戏考〉中的影子》（《文化遗产》2013年第4期）两篇论文分别探讨了民国时期《戏考》编辑出版中体现的"现代"意识与《戏考》对于梅兰芳演出剧照及其演出戏本的收录保存状况。日本学者松浦恒雄《〈戏考〉在民国初年的文化地位》[《京剧与现代中国社会·第三届京剧学国际学术研讨会论文集》（下册），文化艺术出版社2010年版]一文详细探讨了《戏考》的版本、作者及其在民国初年的文化影响等问题。李东东、丁淑梅《〈戏考〉本民初京剧旦本红楼戏七种研究》（《红楼梦学刊》2014年第4期）则择取《戏考》所收旦本红楼戏七种为例，探讨民国时期欧阳予倩、梅兰芳、荀慧生等人关于京剧红楼戏的编演与传播情状。李东东《京剧选本〈戏考〉的成书及其影响》（《文化遗产》2020年第6期）则从《戏考》的编辑作者王钝根入手，探讨其成书与出版过程，并对其所带来的文化影响等进行了深入研究。

最后，陈晓娟《郑剑西〈二黄寻声谱〉研究》（《戏曲艺术》2019年第4期）与李桂月《双红堂藏〈绘图京调十七集〉研究》（硕士学位论文，四川大学，2017年）分别从京剧曲谱及日藏戏曲文献角度入手，关注京剧选本研究。

综上所述，学界现今未有关于京剧选本研究的专门论著出现。但是，围绕戏曲选本研究、京剧及其历史文献研究、京剧选本研究三个方面进行由表及里的推进综述，一方面可以见出京剧选本研究之于中国戏剧发展史学意义重大却又缺乏关注，另一方面可以借鉴学界相关研究成果，为京剧选本研究提供可能的研究路径与理论方法。

三 研究思路与方法

由文献综述可以看出，学界目前有关戏曲选本或者单种京剧选本的研究已经各自取得一定成果，但就整体而言，这些研究成果尚未引起足够重视，并且缺少整体宏观视野与格局。因此，本书拟在借鉴吸收相关研究成果的基础上,结合京剧选本自身发展规律及其独特文献文本价值,做出如下研究思路与方法的探讨。

第一,爬梳文献形态、提炼演进规律。应该看到,京剧选本的文献系统相对驳杂,并且散佚严重。这些困难甚至是近代文学研究的通病:"笔者近年从事中国近代戏曲、文学的研究,愈来愈强烈地感到,面临的最大问题不是如何运用材料并在此基础上形成见解、确立观点,而是文献资料的难以搜求、极度匮乏,每生无米为炊之叹。信乎阿英等先生所感叹的,寻找近代文献资料实际上比获得明代以前的文献资料更加不易。由于战乱连年,政局动荡,湮没与毁掉的文献不计其数,加之时间较近,文献家向来重古而轻今,详远而略近,近代文献多不被重视。因此,想要对近代以来的文献资料进行比较全面的清理,几乎已不大可能。"① 诚然如此,贵古贱今、详远略近的文献著录观念已经导致近代文献多被忽视,更兼"重雅轻俗"的文学研究观念使得京剧选本文献的保存尤显困难。

尽管如此,穷尽式的文献搜集整理方法仍是我们需要秉承的基本原则。在此基础之上,梳理提炼典型文献形态的典型样貌,从而前后勾连呈现京剧选本历史演进的基本规律。我们拟从光绪六年(1880)安徽竹友斋刊本《梨园集成》开始,爬梳京剧选本从产生至1949年的发展脉络,结合京剧史学演进轨迹,分析选本发展的阶段特征,进而把握内在逻辑演进规律。与此同时,再对京剧选本的出版地域进行分类考察,力求建立京剧选本生成的时间轴与空间轴坐标体系。更进一步,还需根据京剧选本的版本形态与题材类型等基本文献特征,对其进行分类整理,归纳总结京剧选本的内在文本价值。需要特别指出的是,在一定程度上,选本史即戏曲史。京剧选本的发生发展与京剧历史进程轨迹基本同步而又呈现相对延迟的特征,因此可以根据这种延迟特征重新审视京剧历史。总而言之,基于选本文献视角,不仅可以梳理京剧选本自身形态演变发展的历

---

① 左鹏军:《关于蔡莹和他的〈味逸遗稿〉》,《博览群书》2001年第3期。

时规律，而且有助于京剧史学研究开辟新的领域、打开别样视角。

第二，详细展开京剧选本的内部研究。京剧选本的内部研究应该包括两点。

其一，以选本之"选"为中心，对京剧选本的选择频率、选择结果进行统计，并且在此基础之上展开比较研究。从郑振铎开始，关于戏曲选本的研究即已建立了一种以表格统计与选篇列目为基础的研究方法。这种研究范式对选本之"选"的具体篇目及其入选频率进行了统计，因此值得我们借鉴。但是根据中国京剧选本的发展特征，在以表格统计与选篇列目作为基础方法之时，还应从选本中心与选篇中心两个角度具体展开京剧选本的比较分析研究。选本中心的比较研究应从横向共时与纵向历时两个方面切入，选择典型样本进行统计、比较、分析。选篇中心的比较研究则应根据选篇内容的剧选与词选特征，分别加以比较分析，同时还应对选篇内部结构的组成进行比较分析与研究。通过比较研究，可以见出选本之"选"的不同态度以及审美标准的差异特征。

其二，以选本之"本"为中心，对京剧选本中的文本特征及其文学特性进行具体深入研究。毋庸讳言，尽管学界已有相关研究著作尝试展开京剧文学的研究，但是京剧及其所代表的花部地方戏的文学特性一直未能得到真正认可。中国京剧选本的大量存在，恰从文本文献形态的角度证明京剧具有从文本中心展开研究的可能。京剧的文本中心是以脚本实录作为标准的，而在以表演中心观照京剧研究之时，以京剧选本为核心的文本中心同样应该得到重视。在将选本作为文本中心研究时，京剧的文本文学研究便有得以展开的基础与可能。从戏剧结构到人物关系，从个性主题到经典母题，从角色形象到行当特征……凡此皆可成为京剧选本文学研究的具体维度与方向。当然，选本之"本"及其文学研究是对京剧表演中心与表演文学研究格局的补充，只有将文本与表演互为参照，才能真正全面展开京剧研究、深入了解京剧剧种。

第三，关注京剧选本中的理论形式及其内涵价值。郭绍虞在其

《中国文学批评史》中指出，整理、选择、品第、批评诸环节既是文学选本的生产过程，也是文学理论的实践过程。① 而在戏曲选本领域："戏曲选集对戏曲的批评不同于曲品、剧品或曲话、剧话等戏曲理论专著，它有自己独特的形式，大致说来包括如下诸类：以选、弃剧作形式批评，以序、跋形式批评，以评点形式批评（首批、眉批、段批、句批、字批、尾批），以作品的分类和次序编排批评，以及对剧本文字、情节作有意更改或增删的批评等。"② 具体来看，京剧选本中的序跋与凡例、考述与简介、品第与体例等，皆是戏曲理论批评的典型形态，对其进行归纳提炼，既能探寻选家批评意识，又可丰富戏曲理论功能。应该指出，这些理论形式及其价值内涵基本包括选本理论和京剧理论两个方面。与此同时，京剧选本的理论功能还应体现在其对京剧流派、剧目、唱段的经典化作用方面。通过梳理京剧选本与流派、剧目、唱段的相互经典化演进过程，既可探求读者（观众）接受美学的价值取向，又可重估经典流派、剧目、唱段的时代意义。因此，有关京剧选本理论形式与价值内涵的研究可从选本理论、京剧理论、选本经典化三个方面展开论证。

第四，发掘京剧选本的副文本价值。1979 年法国文论家热拉尔·热奈特在《广义文本之导论》中首先提出"副文本"概念，并在随后不断扩展论证。我们认为，"副文本"是相对于"正文本"而言的，并且二者共同构成"全文本"，而在中国京剧选本研究的副文本领域，主要有插图和广告两部分。

京剧选本的插图，是由中国古代戏曲插图发展演化而来的。但是伴随着近代技术革新，京剧选本的插图呈现许多新的动向：无插图—有插图—无插图的阶段变更、从绘图到照片、从文学情节场景到舞台表演场景……这些皆是京剧选本图像研究所需关注和思考的

---

① 参见郭绍虞《中国文学批评史》，上海古籍出版社 1979 年版。
② 杜海军：《论戏曲选集的戏曲批评与价值》，《广西师范大学学报》（哲学社会科学版）2009 年第 5 期。

重要问题。与此同时,"书籍的插画,原意是在装饰书籍,增加读者的兴趣的,但那力量,能补助文字之所不及,所以也是一种宣传画。……我并不劝青年的艺术学徒蔑弃大幅的油画或水彩画,但是希望一样看重并且努力于连环图画和书报的插图;自然应该研究欧洲名家的作品,但也更注意于中国旧书上的绣像和画本,以及新的单张的花纸"①。可以看出,作为副文本内容之一的插图很早就已得到关注。发掘副文本插图与正文本剧选/唱段的互文关系,以及正、副文本共同构成全文本选本的多种方式,有助于打开文本内容、深度解读文本关系。

广告行为,古已有之。伴随近代商品经济的勃兴发展,狭义范畴的商业广告得以产生。在此文化生态环境之中,兼具广告内容与广告媒介双重属性的京剧选本随之而生。就中国京剧选本而言,副文本广告的研究范畴是指以京剧选本为文本中心,探讨附着在其上的各种副文本广告。这些广告既有关于京剧选本自身的,也有关于其他商品的。因此,京剧选本一边作为广告内容,一边作为广告媒介,二者共同构成中国京剧选本副文本广告的研究内容。关注京剧选本副文本领域的广告内容与广告媒介属性,可以发掘其与正文本剧选/唱段的文本关联程度,由此追索全文本选本具有的大众性、通俗性、流通性、商品性等传播特征,同时有助于还原京剧选本生长的具体文化生态背景环境。

以上即关于本书研究思路的思考,下面再对研究方法进行探讨。应该看到,京剧选本研究作为中国戏曲选本研究的分支与细化,必然须对前辈学者相关研究方法进行学习借鉴。但是,京剧作为花部戏曲剧种的杰出代表,选本文献呈现出的极具个性之处更加值得深入发掘。因此,研究京剧选本,应该在既有研究基础之上,根据京剧选本自身的文本特征与发展规律,寻求最为契合选题内容的理论方

---

① 鲁迅:《"连环图画"辩护》,载《鲁迅全集》第四卷《南腔北调集》,人民文学出版社2005年版,第458—460页。

法与研究路径。

首先，以文献学研究方法作为基础和前提。文献搜集、校勘整理、目录分类、综录编写四种方法是京剧选本研究所涉文献整理的必要前提。在此基础之上，结合图表绘制与分析，直观呈现京剧选本发展演变的跨时段、跨地域乃至跨文化分布情状，进而探析京剧选本的流变传播样态。

其次，宏观把控与微观分析相结合。以中国京剧历史演进进程作为宏观把控的基本视角，整体观照京剧选本的史学脉络、阶段形态与综合样貌，同时重点研究具有典型代表意义的个案选本，以个案分析的微观视角反观京剧选本的宏观发展格局。探讨不同阶段个案与整体之间相互作用影响的内在逻辑关联，做到历史脉络、阶段特征、代表选本的线、面、点多维立体结合研究。

再次，文学研究与文化研究互为表里。现有关于京剧的研究基本偏于演出史料文献的整理层面，偶有涉及京剧文学的论著，也是将其限于"表演文学"一隅。然而，京剧选本的存在恰恰证明了剧本文献的重要价值，对其进行关注研究既可重点发掘选本文学的特殊价值，又可打破现有研究壁垒。京剧选本作为时代畅销商品，其与京剧繁盛、名伶效应、近代出版、商业广告等一系列文化现象密不可分。因此，以京剧选本为中心，采取以小见大的研究视角，既要清楚它的文献内涵，又要关注它的文化外延，如此才能全面审视京剧选本。

最后，总结规律与归纳观点的理论方法。京剧选本起自花雅之争以后，时处中国古典戏剧收束阶段而又受到西方戏剧观念影响。因此，散见于京剧选本中的文献特征、理论观点等内容，需要我们立足于选本进行提炼总结，从而对比研究其与中国古典戏曲理论、近代西方戏剧理论的同异之处。

综上所论，学界有关中国古代戏曲选本的研究已经取得阶段性成果，但是有关京剧选本的研究尚未得到足够关注。因此，我们可以在前辈学者相关研究成果的基础之上，进行拓宽研究领域、细化研究细节的工作。总体而言，本书对中国京剧选本的研究主要围绕以下三个方面展开。第一，以1790—1949年作为本书具体研究的时段，基于文献学研究方法对其进行目录分类与综录编写，梳理呈现京剧选本文献的整体样态；从时间发展与空间分布角度，综合分析京剧选本文献的生长轨迹。第二，融通以往有关京剧选本的个案研究格局，整体把握宏观史学发展脉络，具体分析微观典型个案，做到历时观照与专题分析的有机结合。第三，京剧作为近代中国戏剧领域的杰出代表，对其选本进行研究，要从更为广阔的文化空间、历史语境着手，发掘隐存在京剧选本中的时代因素，并且努力分析其与京剧选本之间的相互作用关系。

具体来看，本书设计包括两大部分。一是正文部分，从文献、文学、理论、副文本四个层面分别论述京剧选本的发展流变、形态特征、文学意蕴、理论内涵和文化价值。二是附录部分，对京剧选本发生至1949年出版发行的京剧选本尽可能地考订版本、目录、附录和主要内容，进而完成附录表格《中国京剧选本（1790—1949）》版本信息一览表的制作；同时，对残存选本文献尽可能地进行存目录入工作。

第 一 章

历史演进与文献形态

中国京剧选本文献的重要价值不言而喻，但是长期以来由于受到"贵古贱今""重雅轻俗"等文献辑录观念的影响，清代以来京剧选本散佚流失严重。现今学界虽然偶有学者指出京剧剧本文献的重要意义，但却囿于种种原因并未具体展开关注。[①] 因此，要对中国京剧选本进行深入研究，首先需要明确它的历史演进脉络与基本文献形态。

第一节 阶段演进与地域分布

一般认为："京剧的前身是徽戏（徽调）、汉戏（楚调）、昆曲、秦腔、京腔，并受到民间俗曲的影响。"[②] 更为重要的是，京剧的孕育形成起自西皮、二黄的交融合奏："皮黄戏，以唱西皮调、二黄腔为主或者兼唱这两项声腔的剧种的总称，然习惯上专指京剧。"[③] 因

[①] 傅谨主编《京剧历史文献汇编（清代卷）》第1册前言（凤凰出版社2011年版）与朱万曙《〈全清戏曲〉整理编纂的理念》（《文艺研究》2017年第7期）均指出京剧剧本文献的重要性，但是限于体例原因，皆将其排除在外。

[②] 北京市艺术研究所、上海艺术研究所编著：《中国京剧史》上卷，中国戏剧出版社1990年版，第6页。

[③] 于质彬：《南北皮黄戏史述》，中华书局2014年版，第2页。

此,早期的京剧选本也被称作皮黄戏曲选本。当然也应看到,虽然当时在习惯上用皮黄戏专指京剧,但是实际上皮黄腔系剧种繁多,京剧只是其中的典型代表之一。

由上可以看出,京剧的孕育生成情况十分复杂。京剧选本作为京剧剧本文献的整合结晶,虽在产生时间方面尚有争议,但是基于京剧作为独立剧种发生演进的现实规律,京剧选本必然是在京剧形成并且独立发展之后才有可能出现的。所以,我们将京剧选本可能出现的时间上溯至与京剧孕育生成的时间同步,由此往下梳理京剧选本演进发展时间脉络的阶段特征,同时寻找京剧选本出版地域空间分布的典型代表,力求建立京剧选本时空双轴生成演变的坐标体系,从而由此追索时空演变现象背后的本质原因。

一 时间发展的阶段演进特征

京剧选本的阶段演进是在京剧史学发展变动的影响之下得以进行的,但是并不能就此认为京剧选本的时间发展脉络会与京剧史学的历时阶段进程完全吻合。实际上,京剧选本因由自身文献形态的基本特征,呈现出的历时演进规律更加值得关注。

(一) 发生阶段:1790—1880 年

在中国戏曲发展史上,"花部兴起是戏曲史上的一次革命,是中国戏曲在民间普及,走向近代的重要标志"[1]。这种变革现象投射在中国古代戏曲选本的发展历程方面,便是自清代乾隆时期开始至宣统三年,中国古代戏曲选本进入转型阶段。"戏曲选本转型期的主要特征表现在三个方面:文人文化层的退场、昆腔选本的衰变和花部诸腔选本的崛起。"[2] 花部诸腔选本的崛起当然包括京剧选本的发生。然而学界一般认为"京剧孕育形成于 1790 年(清乾隆五十五

---

[1] 金登才:《清代花部戏研究》,中华书局 2014 年版,第 3 页。
[2] 朱崇志:《中国古代戏曲选本研究》,上海古籍出版社 2004 年版,第 23 页。

年）左右—1880 年（光绪六年）左右"①，我们认为这一时期同样属于京剧选本的发生阶段，原因如下。

京剧的产生是在花部诸腔勃然兴起之时，京剧选本的出现同样是在中国古代戏曲选本进入转型阶段之后、花部诸腔选本异军突起之时。清代光绪六年，正是现存可见较早的京剧选本《梨园集成》的刊行年代。尽管学界有关最早京剧选本的产生问题尚未达成统一认识，但是安徽竹友斋刊刻的《梨园集成》确实集中体现了花雅之争以后，发生阶段京剧选本的综合特征，其在文献形态方面与此后诸种京剧选本存在明显差异。正因如此，我们才将得到学界普遍认同的清代乾隆五十五年四大徽班之一三庆班入京献艺的时间作为京剧选本理论上可能产生的最早时间。实际上，现存可见较早的京剧选本《梨园集成》则是晚至光绪六年才出现的。即便赵景深等学者认为"最早的京剧总集"《醉白集》所收的部分刻本产生于同治八年（1869），其时仍然属于这一时段。

作为京剧选本发生阶段典型代表的《梨园集成》收剧 48 种：皮黄 45 种，昆曲 3 种。② 值得一提的是，虽然《梨园集成》自具选刊目录，但是目录与正文选篇数量不符，并且其中并未明确区分皮黄与昆曲的属性差异。这种花雅兼收、属性不明而又数量悬殊的选篇现象，恰恰说明了清代后期花兴雅衰的戏曲生态格局之下，处于发生阶段的中国京剧选本尚未脱离以昆曲传奇等为代表的中国古代戏曲选本的影响。因此，《梨园集成》虽然处于京剧选本的发生阶段，却又同时保留着中国古代戏曲选本转型阶段的特殊印记。具体来看，《梨园集成》一方面保留刻本时代戏曲选本的基本文献特征，另一方面又在编者身份与编排体例之上崭露新生。尤其是在编者身份方面，《梨园集成》编者李世忠先是太平军降将，后为戏班老板，典型地反

---

① 北京市艺术研究所、上海艺术研究所编著：《中国京剧史》上卷，中国戏剧出版社 1990 年版，第 8 页。
② 按：有关《梨园集成》的收剧总数以及皮黄、昆曲的各自数目，学界存有争议，下有详论。

映出中国古代戏曲选本转型时期最为鲜明的特点——戏曲选本与文人文化层的整体疏离。① 经由戏班老板编纂而成的《梨园集成》，在封面上强调"遵班雅曲"即已证明其是戏班脚本，而非文人创作。而在刊刻体例方面，《梨园集成》首创依据剧目故事内容所属朝代为序的编排方式，也可视作发生阶段京剧选本的自我突破与努力创新。与此同时，《梨园集成》虽未明确区分皮黄与昆曲的属性差异，但在剧本内部大量标注【西皮】【二黄】等板式，或者昆曲曲牌、工尺。一方面可以据此辨别戏曲文体的属性差异，另一方面也可从中寻找早期京剧选本西皮、二黄融合嬗变的历史发展轨迹。凡此种种，皆是发生阶段京剧选本刊本形态的典型特征。

发生阶段的中国京剧选本还应包括以《皮黄曲本四十八种》等为代表的清代（内府）抄本和合缀本《醉白集》中的部分剧本。发生阶段的京剧选本留存十分艰难："至于剧本，现在还能看见一些辗转相传的手抄本，清升平署档案中就还保留不少，但多是光绪年间誊录的。"② 抄本系统的京剧选本大多不著年代信息，而且由于抄写者的个体差异导致抄本文献形态千差万别。但是根据相关版本信息、清代档案文献以及清代京剧剧目发展演变的历史进程，我们仍可大致推测发生阶段京剧选本抄本文献的基本特征：花雅兼收、花部之中皮黄戏本为主而又兼收其他花部戏本、抄本笔迹形态驳杂。尤其皮黄戏本为主而又兼收其他花部戏本问题，显示出发生阶段的京剧选本尚未完全独立的文献形态特征，因此保留着中国古代戏曲选本转型阶段花部戏曲剧种之间相互纠缠影响的历史痕迹。至于《醉白集》，它的版本情况较为复杂，其中部分木刻剧本应属发生阶段，但就整体而言，难以称作"总集"或者"选本"，具体情形，后文另有详述。

---

① 参见朱崇志《中国古代戏曲选本研究》，上海古籍出版社 2004 年版，第 23 页。

② 北京市艺术研究所、上海艺术研究所编著：《中国京剧史》上卷，中国戏剧出版社 1990 年版，第 90 页。

（二）新变阶段：1881—1914 年

约从光绪七年至民国三年，京剧选本开始步入新变阶段。从光绪年间上海文宜书局《绘图三庆班三套京调脚本》48 册至民国三年上海改良小说书局《中华共和梨园界京戏脚本》12 册，新变阶段的京剧选本中，特征最为显著的是强调"绘图""名班""京调""脚本"等关键词的"绘图京都××班京调脚本"系列，展现了中国京剧选本进入戏班中心的阶段发展特征。

这批选本强调名班脚本，多数选本每剧前附相关剧情插图，同时正文内页标明"京都头等/壹等名角×××（名伶）曲本/脚本"。就其命名方式而言，"明显出自戏班与书坊的合作，如《绘图京都义顺和班京调脚本》《绘图京都三庆班京调》等选本均只有书坊名而不署编者，显然刊行者认为标题所提供的信息即已足够"[①]。书坊与戏班的合作只是这类选本可能得以刊行的前提条件，更为重要的是这类选本呈现出戏班中心的重要阶段特征。其实，这类选本标题中的"义顺和班""三庆班"等并非"书坊名"，而是戏班名，甚至这类选本封面标题中从未出现过"书坊名"。因此与其说它们是"戏班与书坊的合作"，不如说是中国京剧选本进入戏班中心阶段的新变特征；标题强调"××班"即为一种戏班中心积极有效的品牌宣传热点，无须赘述其他信息。颇具代表意义的是，这类选本尤以入京最早的三庆班冠名最为通行、显著。

三庆班是清代乾隆五十五年第一个进京献艺的徽班，其后迅速成为京城戏班榜首："且今之人，又称若部（笔者按：三庆部）为京都第一。当演戏时，肩摩膝促，笑语沸腾。革鼓金铙，雷轰谷应，绝无雅人幽趣。"[②] 可以看出，三庆班的演出盛况使其成为四大徽班之首，更是享誉京城。因此，戏班中心的京剧选本多以三庆班命名，

[①] 朱崇志：《中国古代戏曲选本研究》，上海古籍出版社 2004 年版，第 28 页。
[②] （清）三益山房：《消寒新咏》卷四"陈喜官"，载傅谨《京剧历史文献汇编（清代卷）》第 1 册，凤凰出版社 2011 年版，第 142 页。

呈现出名班效应的时代特征，证明自《梨园集成》之"遵班雅曲"而来，戏班中心的京剧选本更加鲜明地体现在其标题上。与此同时，封面标题在强调名班脚本的基础之上，所选戏本皆又标注"名角曲本/脚本"，这种冠名方式显示出京剧发展史上戏班中心向名伶中心过渡的阶段特征。

戏班中心的标题冠名特征之外，新变阶段的中国京剧选本同时集中凸显"绘图"与"脚本"特征。"绘图"与"脚本"的标题方式是中国京剧选本进入新变阶段才开始出现的，并且基本只存在于这一阶段。值得注意的是，新变阶段的京剧选本多以"京调"称名，虽然此时"京剧"一名已经出现，但是并未得到广泛应用。结合"绘图""京调""脚本"以及"××班"等数个关键词，可以看出新变阶段的中国京剧选本基本借助标题命名即可完整传达选本中心内容信息。这种关键词连缀的题名方式，最为直接鲜明地代表着中国京剧选本进入新变阶段之后亟须标榜选本特色的阶段特征。

新变阶段的中国京剧选本还包括以《攀香山房抄戏词》《杂记词本》《消闲录》等为代表的系列抄本。这批抄本具有两个较为突出的特征，一是开始对抄本形态的选本进行命名，二是集中抄录某类脚色唱词底本。对于抄本形态选本进行命名的处理方式，显示出抄本系列的中国京剧选本发展至此开始具有明确独立的选本意识，并非再是对戏班脚本进行单纯的文献记录。抄本作者开始有意识地将所抄内容进行选择和分类，从而按照一定标准进行组合与命名，构成新的抄本系列选本方式。而在脚色唱词底本方面，新变阶段的抄本中开始出现以某类脚色唱词底本为主的词选现象。最具代表的是《消闲录》，集中抄录以旦脚为主的唱词底本，这种现象既可以说明抄本系列京剧选本分类标准的具体化与细致化，又可以看出京剧脚色行当分类的不断清晰以及旦脚行当得到发展与重视的历史阶段特征。需要指出的是，抄本形态的京剧选本发展至此基本接近尾声。

（三）鼎盛阶段：1915—1935 年

民国四年至民国二十四年，中国京剧选本的发展进程步入鼎盛阶段。鼎盛阶段的演进特征主要有两个方面：其一，京剧选本不断进行自我突破，形态各异的选本类型得到集中发展；其二，经典选本出现，并且不断影响后来选本。

中国京剧选本进入鼎盛阶段的重要标志不仅表现在其出版发行方面不断进行扩张，更为重要的特征是在选本类型方面追求突破创新，具体表现在如下几个方面。

第一，版本信息不断完善，版权意识得到凸显。迄今为止，《梨园集成》是我们能够寻找到的确切标注刊刻时间与刊刻机构等基本版本信息的"现存最早的（京剧）剧本集"。[①] 然而，自此之后新变阶段的京剧选本鲜有相关版本信息标识，尤其缺少具体出版日期，这就导致部分选本的断代归属模糊，仅能大致归入"清末民初"时段。然而，民国元年以来，尤其是在京剧选本进入鼎盛阶段以来，版本信息的著录基本成为选本发行的必备要素之一。这种版本信息综合包括京剧选本出版/再版时间、出版机构、编辑作者与作者分工（印刷作者与发行作者）、发行机构与发行地域、订购价格与订购方式等。详细明确的版本信息著录不仅为方便后人文献辑录编年，更为重要的是展现出鼎盛阶段的中国京剧选本开始具有完整独立的版本意识，从而可以看出中国京剧选本的出版与发行不断得到重视而趋向正规化。

与此同时，鼎盛阶段的中国京剧选本在出版发行方面开始逐渐凸显版权意识："版权所有""不许复制""此书有著作权，翻印必究"等版权标识随处可见。版权意识凸显既能对部分选本的版权利益起到一定的保护作用，又可有效激发京剧选本出版业内的良性竞争，从而使其具有产生多种选本类型的可能，进而达到进入鼎盛阶段的有利条件。

第二，"求全"意识的彰显。虽然《梨园集成》在其命名方式

[①] 参见北京市艺术研究所、上海艺术研究所编著《中国京剧史》上卷，中国戏剧出版社1990年版，第90页。

上强调"集成",并在《自序》中说明编选方式属于"集千狐之腋",但实际上,《梨园集成》收剧数量有限,未能尽显"集成"样态。而从鼎盛阶段开始,中国京剧选本不管是在标题命名还是在具体实践方面,皆在彰显汇集大成的"求全"意识。"求全"意识最早体现在《戏考》(又名《顾曲指南》)40册的出版方面。需要指出的是,尽管1912年8月10日开始,上海申报馆就已辑录出版《戏考》第一册,但是最终完整出版《戏考》40册的工作是由上海中华图书馆完成的。因此,《戏考》可以作为中国京剧选本鼎盛阶段的典型代表。《戏考》分册发行、系列出版,每册收剧10余种,总计收剧530种(包含少数昆曲剧本与其他地方戏剧本),其被认为"是民国时期最早也是最大的一个京剧剧本合集"[1]。

其实,《戏考》不仅是中国京剧选本鼎盛阶段收剧数量最多的选本,甚至超过1949年以后整理结集的《京剧丛刊》50集(收剧160种)[2]、《京剧汇编》109集(收剧498种)[3]、《京剧传统剧本汇编》30卷(收剧500种)[4]等几种体量庞大的"汇编"选本。可以看出,鼎盛阶段的京剧选本开始自觉呈现"求全"意识并且不断践行发展。这种"求全"意识同时可在相关选本的命名方式方面得到彰显,例如各种加以"大全""大观"作为选本标题后缀的组合命名方式,皆是"求全"意识的极力体现。当然,我们也应看到,即便鼎盛阶段的多数选本在标题命名与整理编辑方面不断彰显"求全"意识,但是能够真正媲美《戏考》收剧数量的选本实难寻觅。其余选本对"求全"意识的理解与运用,更多偏向自我标榜与宣传广告方面。

第三,分类体系清晰完善。中国京剧选本进入鼎盛阶段之前,

---

[1] 吴新苗:《清代京剧史料学》,中国文史出版社2017年版,第173页。
[2] 参见中国戏曲研究院编辑《京剧丛刊》,新文艺出版社、中国戏剧出版社1953—1959年版。
[3] 参见北京市戏曲编导委员会、北京市戏曲研究所编辑《京剧汇编》,北京出版社1957—1983年版。
[4] 参见北京市艺术研究所编纂《京剧传统剧本汇编》,北京出版社2009年版。

所收剧目并未形成分类，甚至绝大部分选本缺少目录。这种情形基本反映出发生与新变阶段的中国京剧选本缺乏对选择对象的系统认识以及清晰明确的分类标准。进入鼎盛阶段之后，中国京剧选本开始依据自身选择标准建立起相对完善的目录分类体系，基本按照行当门类与音乐板式两种类别各自展开。

行当门类以《戏曲大全》12 卷 10 册、《绘图京调大观》2 册、《新编戏学汇考》10 册等为代表。《戏曲大全》所收内容先以剧种进行分类：京剧 102 种、广东剧 2 种、昆剧 16 种、昆滩 10 种、大鼓词 13 种、弹词 8 种、道情 2 种 7 大种类。其中京剧一种独领风骚并又按照行当门类详细分作 10 类：老生剧 36 种、净剧 9 种、生旦剧 10 种、武生剧 9 种、小生剧 3 种、老旦剧 3 种、花衫剧 11 种、花旦剧 7 种、梆子旦剧 5 种、丑剧 9 种。《绘图京调大观》与《新编戏学汇考》则是基本围绕生、旦、净、丑四大行当进行更为细致的行当内部划分。音乐板式方面则以《京曲工尺谱》1 册最具典型，该本按照西皮、二黄等京胡音乐板式具体分作 10 类。由此可见，分类体系的建立与完善，尤以行当门类的具体划分为代表，既是中国京剧选本进入鼎盛阶段以来自我认知不断清晰明确的发展过程，也是京剧行当内部各自发展健全并且日趋独立成熟的重要阶段特征。需要重点指出的是，鼎盛阶段按照行当门类进行分类的体系建设不断演变发展，最终成为 1949 年以后行当流派选本得以独立出现的基本前提。

第四，剧目考述与评介的加入。从《戏考》开始，鼎盛阶段的中国京剧选本对入选剧目的故事题材流变与舞台演出情状进行考述和评介，这种方式主要呈现在以剧选为主的选本之中。以《戏考》为例，剧目考述与评介的加入，是其标题中"考"字部分的具体表现与重点阐释，同时也是"顾曲指南"一名中"指南"作用的彰显。需要指出的是，剧目考述与评介部分的加入，更为重要的意义在于编选作者对于入选剧目的导读与阐释可能形成一种关于剧本文学的审美批评或者舞台表演的导演理论，因此其对中国京剧选本呈现出的理论形式与内涵价值具有极为关键的作用与意义。

第五，新鲜元素的融入与发展。鼎盛阶段京剧选本融入的新鲜元素主要包括音乐元素与广告元素两种。

音乐元素方面，虽然中国古代戏曲选本中已有以曲牌为单位的曲选类型选本，但是这种选本未能得到足够的重视，甚至最初不被认作戏曲选本。其实，以曲牌为单位的戏曲选本偏重"曲"的层面，强调演唱功能，自然属于戏曲选本范畴。京剧选本作为中国古代戏曲选本的发展分支，在曲选类型的选本方面最初仍是继承工尺谱标注的方式。进入鼎盛阶段之后，曲选类型的京剧选本开始融入新的音乐元素，主要包括对名伶唱片的工尺标注与西方乐谱标注两个方面。工尺标注以《二黄寻声谱》1册与《二黄寻声谱续集》1册为代表，西方乐谱标注以《风琴胡琴京调曲谱大观》4集为代表。在传统工尺谱标注的基础上，融入现代名伶唱片与西方乐谱理论等元素，进行京剧选本音乐功能的强调与凸显，不仅是对京剧演唱教学方法的积极尝试，而且有利于打开中国京剧选本更为广阔的传播渠道。

广告元素方面，中国古代图书出版的广告行为由来已久，但其更多偏向广义层面"广而告之"的人际传播行为。近代以来，伴随西方文明传入与商业文明发展，图书出版市场的商业广告出现。但就中国京剧选本领域来看，自其发展进入鼎盛阶段以来，有关京剧选本的商业广告开始不断出现；与此同时，京剧选本也在作为广告媒介开始承接广告。广告元素的出现，使中国京剧选本开始重点凸显其所具有的商业消费属性与大众传播属性。

第六，系列出版现象的生成。鼎盛阶段的中国京剧选本基本形成两种相互独立的系列出版现象：一是多册发行，同一选本分册（分集/分卷）并且分期连续出版；二是单册发行，不同选本因其共属同一出版机构或者具有同一出版形态，从而构成同一出版系列现象。前者以《戏考》40册等为代表，后者以北京（北平）打磨厂中心的"堂印本"系列选本为代表。

中国京剧选本进入鼎盛阶段以来，逐渐形成出版高潮，其中重要标志之一便是同一选本的多册发行现象。这种分册发行、系列出版的现象有别于发生或新变阶段同一选本的多卷刊行样态，以《梨园集成》24 册与《戏考》40 册为例进行对比。《梨园集成》虽然也是分卷发行，但是这种分卷并不存在时间方面的先后差异，而是对于同一选本的同时刊行，分卷是出于对版装订的考虑。《戏考》的分册发行则是需要历经不同的时间，出版方式更像同一杂志的分期发行。当然，与杂志分期不同的是，这种分期并不遵循特定的时间规律进行，更多是随编随出状态。然而正是这种带有随机意味的分册发行状态，体现出了鼎盛阶段的中国京剧选本对出版市场的能动选择与积极适应：若选本出版受到市场追捧，则会不断延续这一选本系列继续分期出版；反之，如若受到市场冷遇，则可随时终止以辟新的选本名称进行系列分期出版。

相对而言，单册发行的不同选本由于共属同一出版机构或者具有同一出版形态的系列出版则更显灵活。这种出版现象尤以北京（北平）打磨厂中心的"堂印本"京调唱本系列最具代表性。北京（北平）打磨厂中心的京剧选本集中由泰山堂、致文堂、老二酉堂以及杨梅竹斜街中华印刷局等几个出版机构集中出版。它们多以单册发行，每册收剧数量三五种不等，且以剧选为主，少数兼收词选。北京（北平）打磨厂中心的京调选本系列虽然最早见于清代末期，但是集中出版并且形成气候却在京剧选本进入鼎盛阶段之时，因此可以作为鼎盛阶段中国京剧选本系列出版现象的典型代表之一。单册发行的系列出版虽然更加灵活，但是也因未能遵循同一选本名称而显得相对松散随意；并且这种单册发行的随意出版状态不利于京剧选本的集中传播与文献保存。

鼎盛阶段的中国京剧选本不断进行自我突破，使得形态各异的选本类型得到集中发展之时，也为阶段特征之二——典范选本的确立奠定了扎实的基础。

我们认为，中国京剧选本能够步入鼎盛阶段的重要标志不仅在于百花齐放的选本类型方面，更具影响意义的是典范选本得以确立。经典选本得以确立的重要特征主要表现在两个方面：一是经典选本的编选方式受到广泛追捧与模仿；二是经典选本不断得到再版或重版，影响深远。而这两个方面的重要特征皆在以《戏考》为代表的京剧选本中得到确切体现。

第一，经典选本的编选方式受到广泛追捧与模仿方面。从《戏考》开始，鼎盛阶段的中国京剧选本出现了几个比较明确的转折特征：其一，分册发行的编辑形态；其二，剧前考述与评介内容的加入；其三，"求全"意识的彰显；其四，每册卷首加入时代名伶照片。凡此种种，皆被《戏考》之后的京剧选本持续追捧与模仿。更具典型意义的特征是，后起选本不断借助《戏考》之名进行自我标榜：《京戏考》1册、《戏考大全》两种各1册、《大众京戏考》1册、《全出京戏考》1册、《新京戏考》1册、《京剧小戏考》两种各1册、《京剧新戏考》1册、《新编大戏考》1册、《京剧大戏考》1册、《新编京剧小戏考》1册……以"戏考"二字命名的京剧选本不仅盛行于鼎盛阶段，甚至一直延续至今。毫无疑问，各类名以"戏考"的后续选本深受《戏考》影响，并且希望借助"戏考"之名增强自己的传播力度、扩大自己的传播范围，由此可见鼎盛阶段《戏考》选本的典范意义。而在此时，"戏考"更多具有的是典范选本的品牌意义，因为各类选本虽然借助"戏考"之名，却无"戏考"之实；许多选本有"戏"无"考"，缺少《戏考》树立起的剧前考述环节。

更加值得关注的是，因其典范意义影响深远，《戏考》甚至成为其他选本所要公开挑战和超越的对象。1938年前后出版的《京戏汇考》6集在其扉页发刊广告词中写下这样一段文字：

> 《京戏汇考》是：学戏的导师！是：观剧的良友！学戏时……将此书为脚本：得无师自通之益；观剧时……将此书为指南：有一见便明之乐。全出剧本：不同普通《戏考》等书。

有说白—有场面；包括整出的戏剧；有唱句—有动作；首尾完全不稍缺。是老伶工秘笈中脚本！非跑龙套口头上传述！最最完善惟此《京戏汇考》。

可以看出，这则发刊广告文案在对《京戏汇考》进行宣传介绍之时，却将"普通《戏考》等书"作为比较对象进行自我美化与拔高。由此可见鼎盛时期的《戏考》及其影响下的系列模仿选本不仅传播深远，而且成为同类选本中的众矢之的。有意思的是，《京戏汇考》虽然自称不同于《戏考》之类选本，但其实际编选体例方面同样受到《戏考》的影响。

第二，经典选本不断得到再版或重版方面。鼎盛阶段的中国京剧选本具有经典意义的另一重要特征是广受市场欢迎，从而不断得到再版或重版。《戏考》作为鼎盛阶段最具代表意义的京剧选本，从其面世开始，就不断再版。"《戏考》，吴下健儿、大错述考，顿根（笔者按：钝根）编辑。1912年开始出版，至1925年共出版40册，先后由申报馆、中华图书馆发行，期间前期出版的又不断再版乃至十版，在当时京剧繁荣的背景下该丛书颇受欢迎。1933年上海大东书局将全40册再版。1990年上海书店影印合编为5册出版。"①

其实，《戏考》的出版影响不止于此。1949年以后台湾里仁书局（1980）和上海书店（1990）先后对《戏考》进行影印再版。前者仍以《戏考》（《顾曲指南》）为名，分作11册精装；后者更名为《戏考大全》，分作5册精装。需要辨明的是，"里仁书局本和上海书店本同以大东书局重印本为底本，可是后者并没有发现第35册不过是凑数的假货（里仁书局本反而找到中华图书馆本的原本代替）。前者的不全之处在没有全找到中华图书馆每册有的'名伶小影'（后者只有大东书局本的演员剧照和便装照，体例，内容，与数量跟原

---

① 吴新苗：《清代京剧史料学》，中国文史出版社2017年版，第173页。

本不一样)"①。由此可以看出《戏考》的畅销程度与经典意义经过鼎盛时期的反复再版，加之此后的影印重版得到不断加强。

当然，经典选本的再版与重版现象并不止于《戏考》一种。再版方面：《京调大观》第一集即有"中华民国十五年十二月七版"，第二集也有"中华民国十五年十一月六版"；《唱曲大观》（又名《京调唱曲大观》）第一册亦有"中华民国十八年三月十五日八版"等等。重版方面：《戏考》之外，还有内蒙古大学出版社 2011 年根据民国三十七年前后南腔北调人编选的《戏典》（平装本 16 册，精装本 4 册）重新编辑出版的《民国版京剧剧本集》6 辑等。凡此共同构成鼎盛阶段中国京剧选本不断再版与重版的重要现象，这种现象产生的深远影响对于鼎盛阶段的部分选本能够最终成为经典具有极为关键的促进作用。

综合来看，鼎盛阶段的中国京剧选本不仅是在发生与新变阶段的经验基础之上做了诸多创新与突破，更为重要的是，这种创新与突破带来的深远影响既为当时京剧选本的市场营销取得不俗成绩，又为其后选本的延续与发展起到经典示范作用。

(四) 延续阶段：1936—1949 年

中国京剧选本进入延续阶段的重要特征是，该阶段的选本不论是选本类型还是出版模式，基本是对此前鼎盛阶段的承袭与延续。当然，延续阶段的中国京剧选本也在主、副标题命名方面有了新的突破。

鼎盛阶段的中国京剧选本不仅在数量方面独具优势，更为重要的是其在选本类型方面呈现出的诸体兼备特征。相对而言，延续阶段的中国京剧选本之所以是鼎盛阶段的承袭，最为重要的原因便是这一阶段并未形成较具特色的选本类型。更令人费解的是，鼎盛阶段部分较具特色的选本类型进入延续阶段之后反而消失不见；这种情况既能说明延续阶段京剧选本出版热情的消退与冷却，又能反衬

---

① [美] 陆大伟：《梅兰芳在〈戏考〉中的影子》，《文化遗产》2013 年第 4 期。

鼎盛阶段选本类型的创新与丰富。究其原因，可从以下两个方面分析。其一，就其内部发展规律来看，"京剧自1917年左右—1938年左右，趋于鼎盛时期，形成一个空前的高峰"①。可以看出，京剧选本的发展鼎盛与京剧史学的空前高峰基本达到统一，因此鼎盛之后物极必反的消长规律自然形成延续阶段相对下滑的发展趋势。其二，也是极为重要的外部环境影响的原因，1937年全面抗日战争与1945年解放战争相继发生，导致京剧选本的出版工作失去相对稳定的外部环境。战火连绵自然影响文化事业发展，出版行业也呈凋敝状态，因此延续阶段的中国京剧选本整体发展呈现相对消退的特征也属情理之中。

在出版模式方面，延续阶段的中国京剧选本不仅直接承袭鼎盛阶段的典范样态，甚至出现偷龙换凤的"抄袭"现象。民国二十七年上海大文书局三版的《京戏大观》（又名《最近新编京戏大观》）三册虽在标题称名方面强调"最近新编"，但是内页排版却与《戏考》别无二致。《京戏大观》不仅在其正文页上排版直接署名"戏考"，而且所收剧目大多亦与《戏考》重出。颇具意味的是，上海中华图书馆出版的《戏考》只有40册，但是《京戏大观》的第一册内题"戏考/四十六"，第二册内题"戏考/四十七"。更为夸张的是，第三册正文剧目的第一种前题"戏考第二十八册"，且与中华图书馆《戏考》的第二十八册第一种《童女斩蛇》收剧完全相同，同时前题"钝根编辑　志强正曲　大错述考　燧初校订"。由此可见，这种选本实则是从《戏考》中的相关选篇直接转嫁而来，甚至不断沿用《戏考》之名以图扩大自身影响。这种延续不仅可以当作《戏考》的影响来看，更是整个延续阶段对鼎盛阶段的承接，甚至"抄袭"。

当然，延续阶段的中国京剧选本虽在选本类型与出版模式方面

---

① 北京市艺术研究所、上海艺术研究所编著：《中国京剧史》上卷，中国戏剧出版社1990年版，第9页。

出现承袭现象,但是其在主、副标题的命名方面则有新的探索与突破。

其一,就其主标题命名方面,延续阶段的中国京剧选本基本不再使用鼎盛阶段"戏""戏曲""戏剧"一类较为笼统综合的概念,而是在"京戏""京调""京剧"三种称名之间不断更换。虽然"京调"一名此前已经频繁使用,但是"京戏"与"京剧"之名用于选本标题上则是延续阶段新的突破。尤其"京剧"一词的使用,从中既可以看到京剧这一剧种逐渐发展成熟,并且得到普遍认同的演进过程,也可以证明中国京剧选本虽然整体进入延续阶段,但是仍在不断发展突破。这种主标题命名"京剧"的做法不仅表现出选本对自身文体特征与选篇内容逐渐清晰的认知过程,而且有助于厘清京剧与其他同时期剧种间的复杂关系。因此,这种新的命名方式迅速得到认可与普及。

其二,就其副标题缀入方面,延续阶段的中国京剧选本在主标题上加入前缀或者后缀,用以阐释选本特色与文本内容几乎成为定式。延续阶段的中国京剧选本在副标题缀入方面基本形成相对稳定的方式——前缀"名伶秘本"四字,同时可能辅以其他前缀或者后缀。强调"名伶秘本"的前缀方式,其实是延续阶段京剧选本自我宣传的营销手段;因为这些选本的实际内容并未真正突破鼎盛阶段的固有格局,仅能在标题包装方面巧用心思。

其三,需要特别指出的是,中国京剧选本进入延续阶段的截止时间应该迟至1953年前后。我们将其断代至1949年,原因有二:一是便于文章整体时间格局控制在1949年以前;二是1949—1953年前后的京剧选本同样属于延续阶段,并未出现新的突破,故而在此予以说明,不再进行单独讨论。

二 空间分布的出版地域代表

与中国京剧选本时间发展的阶段演进特征相对应的,是其不断发展扩大的空间分布出版地域代表。整体来看,中国京剧选本发展历程中，安庆、京津、上海、安东四个地域是其最具典型意义的出版地域代表。

(一) 安庆

现存可见较早的中国京剧选本《梨园集成》在其封面左下题作"板存安省倒扒／狮竹友斋刷印"。安省，也即安徽省；"倒扒狮，至今仍为安庆繁华街道。历史上这里是安庆刊刻发行书籍的一个重要的场所"①。为何以《梨园集成》为代表的早期京剧选本的出版地域代表会在安徽安庆，这是一个值得关注和发掘的现象。

一般认为，京剧的产生与清代乾隆五十五年前后四大徽班进京献艺有着极为密切的关联。应该看到："1790年进京之徽班，已不是纯徽戏班，而是一个以徽戏为主，同时吸收其他声腔剧种的综合戏班。"② 具体来看，以徽戏为主的徽班之所以能够进京献艺，并且迅速获得成功，确实有着极为关键的地理优势：

> 徽戏的老家是安徽的首府安庆，安庆地处我国繁华地区中心，位于长江中游，是水陆交通枢纽，随着商业的发展，南方各戏班的流动巡回，多路经此地。例如早在明代，江西的弋阳腔、江苏的昆山腔便流传到了安徽，之后北方的北曲，西部的梆子腔，都曾流传到安徽，特别是乾隆时期，乾隆帝的六次南巡，陕西、四川、湖北、江西等地的戏班往扬州集中，也都要路经安庆。因此徽戏以它优越的地理位置，有条件广泛地吸收我国的各地方戏曲声腔曲调的特长，使徽戏的声腔曲调丰富多彩，就徽班进京时来看，徽戏就包括有二簧、昆曲、吹腔、高拨子……各类声腔。而其曲调，既富有高亢激越之优长，又颇

---

① 田砚农：《〈梨园集成〉及其编者李世忠》，载方兆本《安徽文史资料全书·安庆卷》，安徽人民出版社2007年版，第619页。

② 北京市艺术研究所、上海艺术研究所编著：《中国京剧史》上卷，中国戏剧出版社1990年版，第46页。

具浑厚深沉之特色。这不仅加强了声乐的美感,更重要的是加强了声腔曲调的表现能力。因此,徽剧一旦进入北京,与那平直高亢的京腔和低回沉闷的昆曲相对照,更显出徽戏声腔曲调的多姿多采以及它那强劲的表现能力,从而受到了北京广大群众的欢迎。[1]

可以看出,作为当时安徽首府的安庆,因其水陆交通的优越条件成为南北、东西往来必经之地;各地声腔戏班在此云集、相互交融,使得徽戏博采众长,最终脱颖而出,成为能够进京献艺的地方优秀戏曲种类。与此同时,徽班与京剧的演变生成始终保持着水乳交融的密切关联,当时许多著名伶人皆出自安庆地区。由此可见,安庆作为徽戏孕育发展之地,不仅天时、地利俱佳,而且在优秀伶人的培养方面也独具人和优势。因此,早期京剧选本《梨园集成》诞生于安徽安庆,确实有其深刻而丰富的历史原因。

除此之外,《梨园集成》能够刊于安庆,还有更为鲜明的时代现实因素。首先,《梨园集成》编者李世忠虽为河南固始人,但是晚年"居安庆省城"[2],并且因其行为乖张最终为安徽巡抚裕禄斩杀于安庆。[3] 因此,编纂作者李世忠与安庆关联密切。其次,李世忠居安庆期间,曾在此开办科班,"这个科班的教师学生大都是安徽籍人,杨月楼又曾一度参加这个科班任教"[4]。与此同时,这个科班还包括同治、光绪年间徽班著名小生演员产桂林,其与杨月楼都是安徽安庆怀宁人。[5] 并且,根据《梨园集成》文本所反映的具体情况来看,

---

[1] 北京市艺术研究所、上海艺术研究所编著:《中国京剧史》上卷,中国戏剧出版社1990年版,第49—50页。

[2] 刘体智:《异辞录》卷二,刘笃龄点校,中华书局1988年版,第78页。

[3] 参见赵尔巽等撰《清史稿》卷四二《列传·裕禄》,中华书局1977年版。

[4] 黄菊盛:《从太平军降将到戏班老板——〈梨园集成〉编者李世忠考》,《戏曲研究》第二十九辑,文化艺术出版社1989年版,第140页。

[5] 黄菊盛:《从太平军降将到戏班老板——〈梨园集成〉编者李世忠考》,《戏曲研究》第二十九辑,文化艺术出版社1989年版,第140—141页。

负责校刊戏本的"怀邑工贺成",应当也是安庆怀宁人。再次,《梨园集成》实际收录选篇皆是当时流行于安庆、汉口等长江流域的常演剧目。"《梨园集成》所收的四十多种皮黄戏,实际上就是这个时期在南方京、徽、汉混合班社的上演剧目。……《梨园集成》中的《祭风台》显然就是这种在南方流行的徽班剧目。至于各剧中的大段唱词更是比比皆是,唱腔板式运用也与后来不同,从中可以看到皮黄戏剧目发展变化轨迹。"[1] 最后,《梨园集成》产生于安徽安庆,不仅证明了徽戏之乡——安庆与早期京剧的孕育生成以及京剧选本刊刻发行有着天然密切的血脉关联,而且反映出徽班进京之后,作为发源地的安庆地区依然保持着得天独厚的戏曲发展优势。

总而言之,安庆作为中国京剧选本较早的刊行地域,确实有其深刻的历史背景与特殊的时代原因。早期京剧选本《梨园集成》在安庆刊行的地域分布现象,"恰好填补了四大徽班入京后,普遍认为安庆梨园'门前冷落车马稀'的一段空白,用铁的事实,雄辩地说明这个戏剧之乡,在四大徽班入京后,依然是笙歌盈耳;他(笔者按:李世忠)办起科班,振兴了戏曲教育;聘请罗致人才,壮大了演员队伍;编印成套剧本,交流和传播了戏曲文化,和全国许多大剧种建立了血缘关系"[2]。进而可知,安庆作为早期京剧选本的发源之地,从其空间分布的出版地域代表角度来看,确实有其特殊的地理意义与时代成因,值得深入发掘。

(二)京津

北京作为中国京剧选本出版的第二个地域代表,有其应运而生的时代背景。同时,北京地区的京剧选本出版状况也有其独特的生成轨迹。

---

[1] 参见黄菊盛《从太平军降将到戏班老板——〈梨园集成〉编者李世忠考》,《戏曲研究》第二十九辑,文化艺术出版社1989年版,第142—143页。

[2] 田砚农:《〈梨园集成〉及其编者李世忠》,载方兆本《安徽文史资料全书·安庆卷》,安徽人民出版社2007年版,第619页。

四大徽班进京之后与当时活跃在北京地区的昆曲、京腔、梆子腔等相互影响发展，最终京剧逐渐孕育生成。京剧之"京"首先代表的即是地域意义，其与徽戏之"徽"、川剧之"川"、"秦腔"之"秦"等的用意相同，皆是代表某一戏曲种类的实际地域归属。因此，京剧作为当时北京地区的优秀剧种之一，实际代表着地域文化的时代发展状况。同时，伴随京剧在北京地区的炽热发展，中国京剧选本的出版中心转向北京也是顺理成章的。

然而，北京地区的京剧选本最初应是以抄本的形式流传的，随后才有北京打磨厂和杨梅竹斜街为中心的"堂印本"京调唱本系列选本出现。抄本形态的中国京剧选本既有清代宫廷内府的精美抄本，也有民间个人抄写的相对粗糙的文本，但是基本皆无作者署名，遑论出版机构。相对而言，单从中国京剧选本的出版地域角度来看，能够整体代表北京地区京剧选本出版情况与水平的仍是北京打磨厂和杨梅竹斜街为中心的"堂印本"京调唱本系列。具体来看，清代以来北京地区的京剧选本出版情况大致如下。

首先，出版机构林立，皆以坊刻私营为主。"清代北京有很多私商设立的书坊及刻字铺，主要分布在东城隆福寺和南城琉璃厂，据张秀民先生《中国印刷史》所列，可考者有老二酉堂……致文堂……泰山堂……宝文堂……文茂斋等，约有一百一十二家。这些书铺子，有的只是南泛苔船，北走平川，南搜北售，不过经销而已。有的专事刻字，承接公私书肆委托，出工镌板，为他人刻书。有的前市后厂，既刻印又经销。把整个北京的刻书出版业推向了历史上的最高峰。其中有若干家颇负盛名，也刻过许多好书，为清代北京的刻书出版增添光辉的一页。"[①] 可以看出，当时满市林立的私营坊刻机构是北京地区最具代表性的出版行业发展状况。

其次，东、西打磨厂和杨梅竹斜街成为京调唱本系列选本出版

[①] 李致忠：《清代北京图书出版杂俎》，载《北京出版史志》编辑部编纂《北京出版史志》第6辑，北京出版社1995年版，第65—66页。

最为集中的地方。先以老二酉堂为例,其名原为二酉堂,明代即已开始书坊生意,清代乾隆时期已经称作老二酉堂。它最先在琉璃厂,后来迁至前门外打磨厂。我们可以看到的早期石印本京调唱本基本为老二酉堂发行,由此可见其是较早着手印制发行京调唱本的坊刻书肆。同时,北京作为中国京剧选本的出版中心,更多集中体现在以东、西打磨厂和杨梅竹斜街为代表的京调唱本印行方面,"北京解放前书店到底有多少?……总计从事图书出版贩卖的书店、书摊达425家。……这425家书店中有近百家集中在现今宣武区的东、西琉璃厂、南新华街和杨梅竹斜街。……此外,则是集中在东西打磨厂的老二酉堂、学古堂、文成堂、泰山堂和文达、益昌、宝文堂等书局。……其中,值得一提的是成立于1866年的宝文堂……它除了印售上述这些书籍外,出版的戏曲、曲艺唱本,品种之多,数量之大,在北平以至华北、东北,都居首位"[①]。由此可以看出,打磨厂和杨梅竹斜街的"堂印本"京调唱本系列是清末民国时期北京地区京剧选本印刷发行最为集中的地方,其中尤以打磨厂的老二酉堂、泰山堂、宝文堂、致文堂以及杨梅竹斜街的中华印书局等最为显著。

再次,京调唱本系列选本是丰富与驳杂的。在看到打磨厂和杨梅竹斜街为清末民国时期北京地区中国京剧选本出版集中繁荣之地的同时,也应看到具体优缺之处。北京地区京调唱本系列选本的优点在于它的丰富性:篇幅短小、随印随发、数量丰硕、传播方便迅速。然而它的缺点也是显而易见的:相互重出的驳杂现象极其频繁,因其随印随发导致过于驳杂而难成体系,并且不易保存,散佚情况严重。

最后,再来看一下与北京毗邻并且在京剧选本出版方面深受其影响的天津地区。天津地区以大胡同江东书局出版的京调唱本为代表,其在版本形制、选篇内容、出版发行等诸多方面与北京地区别无二致,

---

[①] 刘向勃:《解放前的北平书店补略》,载《北京出版史志》编辑部编纂《北京出版史志》第5辑,北京出版社1995年版,第147—148页。

从中可以看出影响和承继关系。当然,随着中国京剧选本出版事业的不断发展,天津逐渐出现较具地方代表性的选本系列,如民国二十八年前后天津成文信书局出版的《京剧大全》系列等。但就整体而言,天津与北京一直保持着紧密联系并且深受其影响。

(三) 上海

自从鸦片战争上海开埠以来,高度发展的城市化进程迅速带动了近、现代出版事业的繁荣。

就中国京剧选本的出版来看,上海作为新兴的商业中心城市,的确有其得天独厚的优势。"上海在明代及清道光以前刻书不多。后有抱芳阁、翼化堂善书局等刊不少善书宝卷。一八四〇年英帝国主义发动鸦片战争至一八四二年不平等《南京条约》之后,上海为五口通商之一,成为西方资本主义各国对我国进行经济掠夺和文化侵略的重要据点。外国教会及商人设立铅、石印所,创办报刊,宣传宗教,麻痹人民,灌输媚外崇洋思想。……又因经营出版事业有利可图,故光绪前后上海新开设之书店如雨后春笋,均采用西法印书,上海乃代替北京,成为全国最大的出版中心。"① 上海作为"西法印刷"中心,由于印刷技术的革新与普及,一跃成为近代以来最具影响的出版地域中心,并且这种出版中心格局得到不断发展。"从地区上看,民国时期有三大出版中心,它们是:上海、北京、重庆。上海是一座工商业城市,它的地理位置有利于对外贸易和国际文化交流。它较早拥有铅印设备和技术,诞生了有名的商务印书馆、中华书局、世界书局、开明书店这样一大批大型的出版企业。按《民国时期总书目》一个分册中3800种书籍的统计,其中65%的书为上海出版,占了绝大多数。"② 其中,中华书局、世界书局、开明书店等大型出版企业在民国时期争相出版各种类型的京剧选本。由此可见,

---

① 张秀民:《中国印刷史》,上海人民出版社1989年版,第589页。
② 邱崇丙:《民国时期北京出版的文学图书》,载《北京出版史志》编辑部编纂《北京出版史志》第3辑,北京出版社1994年版,第115—116页。

上海不仅是近、现代以来最为重要的出版地域中心，而且在京剧选本的出版发行方面也占据重要位置。

上海作为中国京剧选本出版地域中心的优势早在光绪时期就已崭露头角。光绪年间，上海连续出版名以"绘图京都××班京调脚本"系列的选本，并且一直延续至民国三年前后，形成中国京剧选本出版的首个高潮。有趣的是，这些标题署名"京都××班"的系列选本，绝大多数来自上海的出版机构（表1-1）。

表1-1　　　　上海出版"绘图京都××班京调脚本"一览

序号	选本名称	存数	出版机构	出版时间
1	京都三庆班京调十集	8册	上海海左书局	光绪三十二年
2	绘图三庆班三套京调脚本	48册	上海文宜书局	光绪年间
3	绘图京都三庆班京调十二集	12册	上海集成图书公司	清代末期
4	绘图京都三庆班京调二集	7册	上海观澜阁	清代末期
5	绘图京都三庆班京调全集	1册	上海文宜书局	清代末期
6	京都三庆班京调脚本（杂缀本）	3册	上海文宜书局 上海章福记书局	清代末期
7	京都三庆班京调脚本甲集	1册	上海文宜书局	清代末期
8	绘图京都三庆班京调十二集	12册	上海观澜阁	清代末期
9	改良布景京都三庆班京调十五集	13册	上海茂记书庄	清末民初
10	京都三庆班京调脚本（杂缀本）	10册	上海章福记书局 上海文宜书局	清末民初
11	绘图京都三庆班京调全集	12册	上海鸿文书局	清末民初
12	中华共和梨园界京戏脚本	12册	上海改良小说书局	民国三年

通过表1-1可以看出，清代光绪年间以来，上海各大书局对中国京剧选本的出版已形成相对固定的模式，并且成功占据市场份额。同时需要指出的是，表1-1所列尚不包括部分可以确定为上海地区出版，但是具体出版机构不详的选本。因此，上海作为近代以来市场份额最大的出版中心，对中国京剧选本的发展与传播具有极为关

键的促进作用。

值得思考的是,这些标题冠名"京都"与"京调"的选本系列为何出自上海而非北京?我们认为有以下三个方面的原因。第一,上海作为近代新兴城市,对于外来事物的接受与包容程度相对更高,因此新兴出版印刷技术得到较好的运用与普及。这点从此类选本的刊印技术皆属石印即可得到证明。第二,京剧虽然最初兴于北京,但是传入上海后同样受到热烈追捧,所以上海地区拥有中国京剧选本的受众基础。第三,虽然"解放前我国著名的出版社多集中在上海,但在高等学府林立的'文化古都'北平,许多上海的出版社都设有分支机构"[①]。由此可知,上海的出版机构能够及时有效地了解北京地区的文化市场行情,并且迅速做出反应,进而取得成功。

其实,上海作为近代以来的商业出版重镇,其对中国京剧选本出版与发行一直处于不断探索创新之中。民国时期上海申报馆、上海中华图书馆、世界书局、文明书局、大东书局、泰东书局、大美书局、大文书局、春明书店、中央书店、上海儿童出版社等多家出版机构都曾先后进行中国京剧选本的出版发行工作。因而才有基础形成中国京剧选本欣欣向荣的鼎盛局面,也才使得上海能够成为中国京剧选本出版地域的中心。

(四)安东

安东(今辽宁省丹东市)地区作为中国京剧选本出版地域代表之一,是一种独特且具有典型代表意义的文化现象。

安东成为中国京剧选本的出版地域代表有其独特的历史原因。1932年3月清朝末代皇帝溥仪潜逃东北,并在日本扶植下建立傀儡政权——伪满洲国(1932年3月1日—1945年8月18日),溥仪登基称帝。安东地区的京剧选本出版便是在这一特殊历史阶段中发生的。具体来看,安东地区的京剧选本出版与同时期北京、上海等地

[①] 刘向勃:《解放前的北平书店补略》,载《北京出版史志》编辑部编纂《北京出版史志》第5辑,北京出版社1995年版,第147页。

保持一致，同时略有创新性尝试，试以《京戏汇考》与《京戏大观》两种为例分析如下。

《京戏汇考》（一名《名伶秘本/京戏汇考》），安东成文信书局出版。存有两种版本系统：其一为6集本，每集单行，1938年初版；其二为每3集结为1册的合订本，分作1、2两册，1939年初版。两种版本中，除单行本第六集收剧7种，比合订本第二册收录的第六集最后多出《连营寨》1种外，其余完全相同。署名著作人：孙虚；发行人：刘祥；印刷人：童绥；印刷所：成文信书局。所收剧目每剧前附"剧情说明"与"登场人物"介绍；正文分上、下两栏格式。

《京戏大观》1943年在长春出版。编辑兼发行者：张魁善；印刷者：和木本久；印刷所：满洲新闻社印刷所；发行所：五星书林。所收剧目每剧前附"剧情说明"与"登场人物"介绍，正文分作上、中、下三栏格式。

由上可以看出，以《京戏汇考》和《京戏大观》等为代表的安东地区的京剧选本出版，深受北京、上海等地经典选本的影响，因此才会出现《京戏汇考》扉页发刊广告公开"叫板"《戏考》的现象。但是其在具体排版方式方面又有创新：加入"登场人物"的简介说明，能够带给读者对剧本角色分工的预览效果；采用两栏或者三栏的排印模式，使剧本内容更加清晰。

笔者认为，伪满洲国时期安东地区京剧选本出版现象更为重要的文化意义是，它证明了即便在较为困难的特殊历史阶段，京剧选本的发展依然能够顽强地绽放自身的艺术魅力，并且不断获得读者（观众）支持。安东作为中国京剧选本出版地域代表的现象，不仅证明了京剧传播范围广阔，具有落地生根的顽强生命力；而且在一定程度上反映出作为文学选本的京剧选本在不同地区、特殊境遇中仍然具有出版发行市场，其与北京、上海等出版重镇形成相辅相成而又相互影响的出版地域关联现象，因此值得特别关注。

第二节　版本形态与选本类型

近代以来，出版印刷技术不断革新，京剧选本的发展历程便在这种革新中呈现出版本形态的阶段性演进特征，其中不同版本系列的典型文本面貌集中代表着中国京剧选本版本形态的差异特征。因此，对不同版本系列的典型形态进行梳理归纳，同时结合典型版本的个案分析，有助于我们更加清楚地认知中国京剧选本版本发展的系列形态特征。在此基础上，对中国京剧选本的基本类型进行分类整理与原因探析，不仅有利于理解不同类型选本的文本功能定位，而且便于重估选本价值。

一　版本系列的典型形态

1840年鸦片战争以来，伴随着西方坚船利炮迅速涌入中国的还有近代以来日新月异的科技文明。在出版印刷领域，传统木刻雕版印刷技术不断遭到西方石印、铅印技术的急遽冲击。单就中国京剧选本的版本发展形态来看，刻本、抄本、石印本、排印本的系列变革形成了京剧选本文本形态的差异特征；而在不同形态的存本系列中，较具典型的京剧选本个案集中表现出某一版本系列的综合样貌。因此，由典型个案分析见出整体面貌，将是我们关注版本系列的典型文本形态所需遵循的研究方法。

（一）刻本系列：以《梨园集成》与《醉白集》为例

雕版印刷的刊刻技术自从唐代发明以来，便在中国古代出版印刷史上占据重要地位。相对而言，中国京剧选本的产生虽然处于传统刊刻技术的式微阶段，但是现今所能看到的早期京剧选本仍是采用传统社会最为普遍的雕版刊刻方式完成的。其中，尤以光绪六年（1880）安徽竹友斋刊本《梨园集成》最具代表性；同时，民国八年（1919）经由苕溪灌花叟主裱订整理的《醉白集》部分刻本也较有参考价值。

《梨园集成》作为戏班老板李世忠与安庆书坊竹友斋合作刊刻的早期京剧选本,其在版本形态方面极具典型地代表了刻本系列的版本文献形态特征。《梨园集成》的存本情况可以分作国内和域外两种。

其一,国内藏录方面:中国艺术研究院戏曲研究所藏本,上海图书馆藏本等。另外,《续修四库全书·集部·戏剧类》(第1782册)载有题为"《梨园集成不分卷》[清]李世忠编"的影印本,前题:"据中国艺术研究院戏曲研究所藏,清光绪六年竹友斋刻本影印,原书版框高一七〇毫米,宽二五二毫米。"① 《续修四库全书》为连版影印,不分卷册。同时,国内藏本还有高等学校中英文图书数字化国际合作计划网站电子照排本等。② 《梨园集成》封面横题"光绪庚辰新刊",下分三栏:左上竖题"遵班雅曲",中间大字竖题"梨园集成",右下竖题两行"板存安省倒扒/狮竹友斋刷印"。前有作者《自序》两篇:一署"蓼城良臣李世忠跋",一署"蓼城松崖氏再叙"。《自序》之后为原书目录,题作"新著选刊由(笔者按:曲)本目次",后题"洪都南烟傅炼编次曲目"。正文每页10行,单行21字。每有角色提示、科介动作、砌末设置及角色自报"俺""本帅""本王""吾乃"之类文字均作小字处理,用以区别念白唱词等。而其所用曲牌板式诸如【风入松】【倒板】之类,均作小字斜印处理,以作提示。

其二,域外藏录方面:《梨园集成》的域外藏录主要见于日本,日本东京大学东洋文化研究所双红堂文库藏本《梨园集成》24册。该种题名:"新著选刊曲本 光绪六年庆邑王贺成校刊本;安徽竹友斋重刊本 子目资料";内容分类:"集—词曲—曲选—南北曲(清)";索书号:"双红堂—戏曲—169"。内有"东洋文/化研究/所

---

① 《续修四库全书》编纂委员会:《续修四库全书·集部·戏剧类》第1782册,上海古籍出版社2002年版。

② 高等学校中英文图书数字化国际合作计划网站,http://www.cadal.zju.edu.cn/Index.action,2014年7月15日。

图书""东洋文库"等印章。全书外版高宽约 231 毫米×140 毫米，内框高宽约 169 毫米×123 毫米。该种保留《梨园集成》刊刻之后分册发行的具体样态，但是并非"重刊本"；除其第 3 册所收《大香山》一种结尾处存有阙文之外，其余均与国内藏本无异。但其分册发行的版本形态，更好地保留了早期京剧选本刊刻流播时的文本特征。域外藏本除双红堂所收 24 册之外，另据黄仕忠《日藏中国戏曲文献综录》所载："京都大学文学部（十八册　233×139），天理图书馆·92—203（十六册），东洋文库·藤（藤田丰八）·Ⅳ—8—A—32（二十册）。"① 这些域外藏本的出现，不仅证明了《梨园集成》作为早期京剧选本流播影响之盛，而且对于综合把握刻本系列的中国京剧选本版本形态具有十分重要的辅助补充价值。

具体而言，以《续修四库全书》影印版本为例，该本影印之前附有《续修四库全书》对《梨园集成》收剧目录的重新考订整理，这种目录完全依据正文戏本全名及其出现的先后顺序进行编次，兹录于下。

《新著孙猴子闹天宫全曲》《新著自焚摘星楼全本》《新著百子图全曲》《新著大香山全本》《新著火牛阵》《新著双义节全本》《新著烧棉山全曲》《新著湘江会曲文全本》《鱼藏剑全本》《新著剐蟒台全曲》《新著长坂坡全本》《新著战皖城全曲》《新著祭风台全本》《新著反西凉全曲》《新著取南郡全本》《新刻濮阳城全部》《新著骂曹全曲》《新著乔府求计全曲》《新著麟骨床全本》《新著因果报全部》《新著蝴蝶媒全曲》《新著临江关全本》《新著秦琼战山曲文全本》《新著南阳关全曲》《新著摩天岭全曲》《新著珠沙印全本》《新著药王传全曲》《新著芦花河全曲》《新著桃花洞全曲》《新著薛仁贵回窑全曲》《新著薛蛟观画曲文全本》《新著天开榜全本》《新著沙陀颁兵程敬思解宝曲文全本》《新著风云会全本》《新

---

① 黄仕忠：《日藏中国戏曲文献综录》，广西师范大学出版社 2010 年版，第 326—327 页。

著斩黄袍全本》《新著碧尘珠全本》《新著双龙会全本》《新著求寿全曲》《新著红阳塔全曲》《新著杨四郎探母全曲》《新著闹江州全本》《新著五国城全曲》《新著红书剑全本》《新著姜秋莲捡芦柴曲文全本》《新著观灯全曲》《新著双合印全曲》《新著走雪全曲》，总计47种剧本。

需要特别指出的是，《梨园集成》原刊目录只有46种，缺少《新著珠沙印全本》[又作《珠砂（印）》]一种；《续修四库全书》影印本重新校订目次时已经注意到这一误漏现象，因此补入构成47种。但是，这种重新校订工作依旧不够完善，因为《梨园集成》实际收剧有48种。实际上，《梨园集成》收剧数目的统计差异，一直存在于相关研究中：

> 《梨园集成》不是李世忠个人的作品集，而是当时戏曲舞台流行剧目的汇编本。书中共收大小剧目47种……笔者看到的是上海图书馆藏本，周贻白在《中国戏剧史长编》中所列《梨园集成》目录为48种，多一《绿牡丹》，当为另一种增订本。①

> 《梨园集成》共收录大小剧目47种……此外，周贻白在其《中国戏剧史长编》中所列《梨园集成》目录为48种，多一《绿牡丹》，当是另一增订本。②

可以看出，田砚农基本承袭黄菊盛《梨园集成》收剧47种的说法，并且这种认知也体现在《中国大百科全书·戏曲　曲艺》③、朱崇志

---

① 黄菊盛：《从太平军降将到戏班老板——〈梨园集成〉编者李世忠考》，《戏曲研究》第二十九辑，文化艺术出版社1989年版，第132—133页。
② 田砚农：《〈梨园集成〉及其编者李世忠》，载方兆本《安徽文史资料全书·安庆卷》，安徽人民出版社2007年版，第618页。
③ 中国大百科全书总编辑委员会《戏曲　曲艺》编辑委员会：《中国大百科全书·戏曲　曲艺》，中国大百科全书出版社1983年版，第193—194页。

《中国古代戏曲选本研究》①、吴新苗《清代京剧史料学》② 等著作中。更有甚者，诸如青木正儿《中国近世戏曲史》等著直接按照《梨园集成》原刊目录计算，忽略了目录漏刊的《珠沙印》一种，误作46种。

《梨园集成》收剧数量的差异主要表现在《珠沙印》与《绿牡丹》两种的统计认知方面。《珠沙印》一种较为明显，《梨园集成》正文实有收录，只是原刊目录漏印，因此导致部分学者统计出现46种之误。当然，这种情况易于辨认，所以学界大多著作将《珠沙印》一种加入，皆以47种为准。然而，对于《绿牡丹》一种，是否如黄菊盛等学者认为的"当是另一增订本"，则需仔细辨别。先看周贻白之论："'皮黄剧'的总集，旧有《梨园集成》一书，系光绪六年（一八八〇年）安徽竹友斋刻本，题作'蓼城李世忠著，洪都传炼（笔者按：当作"傅炼"）编目，怀邑王贺成校刊'，其目录前则作'新著选刊曲本'。共收剧本四十八种（目录列四十六种，漏刊《珠砂印》、《绿牡丹》两种），'昆曲'、'皮黄'兼有，皆不著撰人。"③ 周贻白虽然指出《梨园集成》收剧48种，并且说明目录漏刊《珠沙印》和《绿牡丹》两种，但是并未具体说明版本形态漏刊的原因，因此也就造成了黄菊盛等学者认为周贻白所用《梨园集成》当为"另一增订本"的认知讹误。

事实上，早在1934年的《文学季刊》上就已发表石兆原的《读〈梨园集成〉》一文，对此问题有更加精确的论述：

> 《梨园集成》，题蓼城李世忠著，洪都傅炼编目，怀邑王贺成校刊，清光绪庚辰六年，[公元一八八（笔者按：当作"一八八〇"）] 安徽竹友斋刊本，实为选本，非创作也，故目录之

---

① 朱崇志：《中国古代戏曲选本研究》，上海古籍出版社2004年版，第258—259页。
② 吴新苗：《清代京剧史料学》，中国文史出版社2017年版，第170—171页。
③ 周贻白：《中国戏剧史长编》，上海书店出版社2007年版，第592页。

前，题曰"新著选刊由（曲）本目次"。全书共收剧四十七种（实为四十八种，见后）其中秦腔三（《长坂坡》，《战山》，《捡柴》），昆曲五（《绿牡丹》，《闹江州》，《濮阳城》，《闹天宫》，《百子图》，二五两种夹用皮黄。）只占全数六分之一，余皆为皮黄。

……

以上计四十六种，而唐朝有《珠砂印》一种，演武则天时唐功臣保太子李旦与周兵相战事，目录中遗落。又《五国城》第十一叶至十八叶，有《绿牡丹》一种，演花振芳携妻女扬州访婿故事，未另列目，只附于《五国城》下，然二者实不可合而为一，合此二种计之共四十八种也。①

根据上引文献可以看出，石兆原不仅指出《梨园集成》版本刊刻中的误漏，而且具体指出相关原因。然而遗憾的是，这篇文章并未得到足够重视，因此其后相关研究论著并未及时辨明其中缘由，从而导致一错再错。直至近年来李东东的三篇相关论著才又重新发覆，指出《梨园集成》收剧实为48种，并且同样说明原因。②实际上，《梨园集成》原刊目次漏收的《珠沙印》与《绿牡丹》两种，在其原作之中皆可找到明证。

《梨园集成》的刊本形态还表现在其新创断代选刊的排序体例方面。虽然这种依据剧情故事发生朝代的排序方式并不精准，但其确实关注到了不同朝代故事的入选频率差异。正文每剧标题："新著×××全本（曲）"，其下或有"怀邑王贺成校刊（订）"字样，这种标题方式得到此后石印本系列选本的广泛认可与承继。另据《梨园集成·自序》两篇所载，选本刊刻工作是为"爰付手民"或

---

① 石兆原：《读〈梨园集成〉》，《文学季刊》1934年第1卷第2期。
② 参见李东东《〈梨园集成〉研究》（四川大学出版社2019年版）、《竹友斋刊本〈梨园集成〉文献述评》（《戏曲艺术》2014年第3期）、《李世忠与〈梨园集成〉编选考》（《戏曲研究》2019年第4期）。

曰"付彼手民"而成，因此正文之中脱、讹、缺、误情况较为严重，而且多用俗字。其中《剐蟒台》一种阙文较多，实为残本。当然，这种刊刻误漏的版本形态恰恰说明《梨园集成》作为戏班脚本的可贵之处："此外尚有一最可宝贵者在，即此书所收戏剧，皆为伶人之脚本，非若今日之剧本，辗转钞袭，远去本真也。其证如左：吾人一阅此书，觉其讹字满纸，即深于戏剧智识者，有时亦几不知其所云为何，令人有不知校对者责任何在之感。及细思之，始知此正其可贵处，盖以旧时伶人多不识字，其所录剧本，讹谬乃为必然，此等处正可保其本真，非校对者之未尽责也。"① 可见，讹误情况作为《梨园集成》一类早期京剧选本版本形态中的常见现象，正是其作为地方戏曲样态生长崛起时的客观记录。

《梨园集成》作为刊本系列的典型代表，其与戏班脚本的密切关联更多见于版本细节方面。首先，封面标注"遵班雅曲"，证明其为戏班演出所用脚本。其次，详细标注角色、科介、砌末、声腔板式等舞台演出提示信息；尤其科介一类，《摩天岭》等以武打见长的剧目十分详尽地标明武打场次及其科介安排。再次，《火牛阵》等剧对服装、脸谱、髯口等角色装扮信息予以详细说明，证明当时舞台扮演情况，从中可以见出同一剧目舞台演出的历时发展流变过程。最后，《碧尘珠》等细致安排灯戏场次，基本还原当时舞台演出的场次调度情况。凡此，综合证明《梨园集成》作为早期京剧选本刊刻系列的典型代表，较为完整地呈现出了刻本形态的版本风貌。

刻本系列的早期京剧选本还应关注《醉白集》所收部分脚本。相对《梨园集成》，《醉白集》的版本形态更为复杂。有关《醉白集》的考述最早应是赵景深《最早的京剧总集〈醉白集〉》一文，原文相关论述如下：

> 最早的京剧总集是光绪六年（1880）李世忠编的《梨园集

---

① 石兆原：《读〈梨园集成〉》，《文学季刊》1934年第1卷第2期。

成》十八卷，共收京剧四十七出。但最近我买到一部《醉白集》，虽是灌花叟主在民国八年（1919）裱订，他却保存了同治年间的木刻本。这部书共有六十册，其中四十册分为元、亨、利、贞每函十册，另二十册较小，分为乾坤二函，真可以说是洋洋大观。《醉白集》可能是从《缀白裘》想起书名的，同时编者爱饮白烧酒，故名。

我这里只先谈四册木刻本，首页都注明是"江西抄本"，这四册木刻本都是嘉兴聚宝堂翻刻的。……这就是有名的《草桥关》的后面部分。

灌花叟主这本书是亨集第五册，下面还收了《斩姚期》和《上天台》（即《打金砖》），却真是抄本，这大约也是从江西班抄本取来的。《上天台》最后写明是"同治八年新刻打金砖真本终"。同治八年即公元1869年，比《梨园集成》要早十一年。①

赵景深购买《醉白集》的相关记录，也可在《赵景深日记》中查考："（笔者按：一九七六年七月）三十日……我将谭正璧给我的《醉白集》给他（笔者按：吴新雷）欣赏。"② 据其日记所载，《醉白集》可能来自谭正璧的馈赠。单就该文来看，《醉白集》版本文献形态，大体分为两种：尺寸较大的元、亨、利、贞4函40册与尺寸较小的乾坤2函20册，共计60册。并且，其中有木刻本、手抄本、石印本以及排印本的版本差异。

其后，《中国戏曲志·上海卷》《京剧知识词典》《京剧文化词典》《清代京剧史料学》等著基本依据赵景深之文，对《醉白集》有所著录，但是却又各有差异。其中《中国戏曲志·上海卷》的记载最为详细："醉白集 京剧剧本集。民国八年（1919）由灌花叟

---

① 赵景深：《最早的京剧总集〈醉白集〉》，《戏曲论丛》第一辑，甘肃人民出版社1986年版，第303—304页。

② 赵景深：《赵景深日记》，新星出版社2014年版，第33页。

主编辑、裱订的清末京剧汇编本。剧本有抄本、木刻本两种，书高十七厘米，宽九点五厘米。木刻本有版框线，内框高十二点五厘米，宽八点五厘米，书脊写有剧目名，抄本无版框线。木刻本每页为八行至十行，每行十六至二十字不等；抄本格式较杂，但每页八行，每行十六字居多。木刻本唱白及角色为黑底白字阴文。全书不用句逗，无图，错别字较多。抄本大多在剧本首页称'江西名班抄本'或'江西抄本'，系由京南下流入江西京班艺人抄写的用于演出的脚本。刻本书坊署名不一，《一捧雪》题'新市文翰斋'，《捉放曹操》题'杭州宝善堂'，《回西川》题'嘉郡聚宝堂'等。刊刻时间最早为清同治八年（1869），有的注明据'江西抄本'刊刻，系由江西艺人将抄本带至浙江梓印，其抄写时间早于刻本。……全书计收京调（剧）计九十六出，裱订三十二本，装成四套。……是编虽裱订于民国八年，但其所收京剧抄本与木刻本为清末的本子，对研究早期京剧剧目、南下发展情况及与徽班的关系，具有一定文献价值。"①

再后，《清代京剧史料学》依据此说，认为《醉白集》"共收京剧剧本96个，分为32集（册），共4套"②。而《京剧知识词典》与《京剧文化词典》则直接依据赵景深的文章，认为《醉白集》"共60册，其中40册分为'元'、'亨'、'利'、'贞'四函，每函10册，另20册分为'乾'、'坤'二函"③。可以看出，有关《醉白集》的存本样态与收剧篇数，各家文献载录不一。《中国戏曲志·上海卷》不仅对赵景深文章的存本样态与收剧篇数做出新的推进，而且还修正了该文"最早的京剧总集"一说，将《醉白集》认定为"京剧剧本集"或"清末京剧汇编本"。

这部经由苕溪灌花叟主整理裱订而成的"最早的京剧总集"——《醉白集》现藏复旦大学图书馆。经笔者勘察，《醉白集》收剧内容

---

① 中国戏曲志编辑委员会、《中国戏曲志·上海卷》编辑委员会：《中国戏曲志·上海卷》，中国ISBN中心1996年版，第728—729页。
② 吴新苗：《清代京剧史料学》，中国文史出版社2017年版，第173页。
③ 黄钧、徐希博：《京剧文化词典》，汉语大词典出版社2001年版，第756页。

确实不属于同一版本系统,那些所谓"江西抄本"或者"同治八年木刻本"其实只是这批文本中多样版本形态之一二。具体来看,这套藏于复旦大学图书馆的《醉白集》版本形态如下。

《醉白集》,现存 5 函 44 册,收剧 137 种。就其版本外形来看,确实存有大、小两种系统。其中大者:高约 173 毫米,宽约 106 毫米;小者:高约 149 毫米,宽约 89 毫米。部分文本前有"复旦大学/图书馆藏"印章或者"赵/景深/藏书"印章。第一函第一册前有民国八年荷月,苕溪灌花叟主所作序文一篇,兹录于下:

> 或问于余曰,苕溪灌花叟集成《醉白集》戏剧四十八出,编成是书,详载忠臣孝子、文人武将,并节妇烈女,俱在情理之中,非比稗官野史可同日而语也。是编虽京词调,实得纲鉴发明之旨。酒后茶余阅之,使历代忠孝节义、雪月风花,如在目前。本主人故不惜工资裱订成书十六本,粧成贰套;现已工竣,并不朽云。灌花叟主识。

在序文之后,列有卷一回至卷十六回目录。据其序文所载,苕溪灌花叟主裱订而成的《醉白集》只有 2 套 16 本,收剧 48 种;也即乾、坤两集。而经笔者检验,复旦大学所藏题名《醉白集》的 5 函 43 册,其中第一函与第二函当为苕溪灌花叟主裱订而成的《醉白集》乾、坤二套原书,第一函 8 册,第二函 8 册。唯有收剧数目不符,序文记录 48 种,实际收剧 52 种。其余 3 函应是元、亨、利、贞余本重新组合而成。但是它们既不符合苕溪灌花叟主序文所载,又有版本形态大小差异,不知为何仍然将其归入《醉白集》名下。

单就符合《醉白集》之名的乾、坤两集 16 本来看,序文与目录皆是手写,正文确实经过重新裱订。其中第一本至第十五本是木刻本,每本收剧 3 种,共计 45 种,并且大部分剧目正文标题题作"新刻×××",同时留有"文元堂梓"或者"新市文翰斋梓印"等刻印书坊信息。但是第十六本却与前十五本完全不同,该本为铅印本,收剧7种，剧目正文标题作"校正京调×××全本"，并且每剧前题"上海姚文海书局发行""南京姚文海书局发行""湖州姚文海书局发行"等字。其中《二进宫》《小上坟》等附有插图。从中可以看出第十六本与前十五本并非属于同一版本系统，乃是后来补入而成。我们推测，苕溪灌花叟主裱订而成的《醉白集》乾、坤两套的第十六本应该与前十五本的版本系统相同，也是木刻本，并且同样一本收剧3种，这样才能符合《序》文所言"戏剧四十八出"之数。可能因为原本散佚，才用后来的铅印本文本补入，从而造成这种序文记载与正文内容存在误差的状况。然而，同时值得推敲的是，手写目录的真伪，该目录仍然将铅印本的第十六本录入，实际造成收剧数目的误差。因此这篇手写目录是否可以归为苕溪灌花叟主所作，还应存疑。

有意思的是，第三函至第五函所收的其余28册。虽然版本尺寸相较于第一函偏大，并且其中刻本、抄本、石印本、铅印本兼收，但是部分木刻本确实留有"新市文翰斋发兑""文元堂梓"等版刻信息。其至第三函第九册有"民国八年重修/醉白集戏剧/亨集　文元堂梓"及"民国八年荷夏/灌花叟修裱订"等信息。然而，令人困惑的是，复旦大学馆藏的44册未有一册标有"同治八年"字样，也未见有《上天台》戏本。除却"文元堂"与"新市文翰斋"之外，还能找到的刻本信息包括"玉照堂梓""杭城宝善堂刊兑""新市友文斋老店梓""杭城文汇斋发兑""新市如意街文翰斋刊印"等。结合这些刊本信息，以及苕溪署名即为浙江吴兴别名来看，这批刻本应该是现今浙江省湖州市新市镇刊行的，而非来自江西。至于赵景深提到的4册木刻本首页标注"江西抄本"的情况，我们既没有在现存文献中找到，也无法根据这批文献提供的线索进行更多推测。而且，既然已经都是刻本，那么，"四册木刻本，首页都注明是'江西抄本'"，为何"刻本"之前还要冠以"抄本"之名，也是令人费解。

综合《醉白集》现存44册的版本形态及其相关信息，并且参照赵景深文章的相关记录，我们可以得出的结论大致有以下几个方面。第一，《醉白集》显然不能称作"总集"，也很难体现选家意识，因此也难以算作"选本"；它只是经由后人裱订整理而成的合缀"百衲本"，当然它也可以被认作苕溪灌花叟个人编辑而成的"孤本"文献。第二，《醉白集》的版本情况较为复杂，并且现存版本的散佚情况较为严重。然而其中木刻本的册子，确实反映出了清代后期早期京剧选本的刊刻样貌，因此版本价值值得重视。第三，《醉白集》虽然并未构成严格意义上的"选本"概念，但是所存戏本对于窥测早期京剧选本的文献面貌具有补充价值和意义，所以我们仍将其中刻本文献纳入中国京剧选本早期刻本系列的研究范畴进行关注。第四，虽然赵景深文章指出部分木刻本留有"同治八年"字样，但是鉴于未曾亲见，暂且存疑。故而，我们仍将有其确切年代可考的《梨园集成》的产生年代——光绪六年作为文献搜集编年与文本研究的时间起点，而将《醉白集》中的木刻本与手抄本系列视作清代后期文献；至于其余铅印本系列，就其内容及版本形态而言，当属民国初期的文本。

综上可见，刻本系列的中国京剧选本较为全面地反映了早期京剧选本刊刻流播的基本样态，及其与时代舞台演出的密切关联。尤其《梨园集成》一种，典型全面地保留着刻本时期京剧选本的版本形态，值得作为重点个案进行关注研究。

（二）抄本系列：以《皮黄曲本四十八种》与《消闲录》为例

中国京剧选本发展之初，抄本形态的版本系列是其进行文本传播的重要方式之一。具体来看，中国京剧选本抄本系列的存在背景与意义，主要表现在以下三个方面。

第一，反映出中国京剧选本的发展已经逐渐得到当时人们的关注，因此才会对不同脚本进行抄录传播。在这点上，基于文学传播的规律，早期京剧选本的刻本代表《梨园集成》在其《自序·其二》中同样表达希望选本面世之后，能够出现犹如"《三都》乍出，尽是传钞"的盛况。由此可见，抄本形态的京剧选本得以发展，其实是对京剧发展传播的记录与推广，同时也是限于当时文献传播条件的不得已之举。

第二，"词曲小道"的雅俗文学观念一直贯穿中国古代文学的发展历程，"我国文士，向视戏曲为小道，以为无足轻重，鲜注意及之，是以戏曲多渐散佚，不可考见。有清之世，承平日久，士大夫怡情歌曲，乃注意于戏曲之收藏，然当时戏有花雅之分，所谓雅乃指昆曲，花乃时剧，皮黄属之。一般文士所注意者多为雅部，至于皮黄，尚多以为俗不足道，虽日聆之，而不肯为之校定收藏也"①。由此可见，雅俗文学的森严壁垒，不仅使得"词曲小道"长期遭受轻视与忽略，而且其中皮黄戏种更是因其出于俚俗，"俗不足道"的审美倾向尤为当时文士所轻贱。这在一定程度上促使早期京剧选本更多偏向于伶人、戏班以抄本形态进行保存与传播。

第三，中国京剧选本基本是从舞台演出的脚本辑录而来的，作为脚本层面的京剧戏本实际是为某一戏班或者某一伶人演出教学所用。基于相互之间商业竞争的压力以及内向保护的狭隘意识，导致"诸伶复彼此防范，甲恐乙之窃，乙畏甲之盗，不以付梓"②。甚至部分伶人为了防止技艺外传，对所用脚本实施更为激烈的举措："吾侪伶人，多珍视秘本，虽同行亦不轻授，宁于死后令其家人悉数焚烧，而不欲流落人间，此于戏曲学损失最大。"③ 从中可知京剧选本的传抄尚且十分艰难，至于流传于世则更显得弥足珍贵了。

尽管如此，仍有不少抄本文献流传至今，并且足以代表中国京剧选本发展的时代风貌。中国京剧选本的抄本系列基本可以分作两个系统：其一为清代内府抄本系统，其二为民间艺人抄本系统；前者可以《皮黄曲本四十八种》为代表，后者则以《消闲录》为典

---

① 石兆原：《读〈梨园集成〉》，《文学季刊》1934年第1卷第2期。
② 吉水：《近百年来皮黄剧本作家》，载梁淑安《中国近代文学论文集（1919—1949）》戏剧卷，中国社会科学出版社1988年版，第373页。
③ 张次溪：《清代燕都梨园史料（正续编）》下册，中国戏剧出版社1988年版，第1203—1204页。

型。下面就对两个系统及其代表选本进行具体的版本形态探析。

宫廷演剧，一直是戏剧发展与礼乐传统密切关联的文化现象。而至清代，宫廷演剧持续繁荣发展，相关文献档案与学术著作皆有深入研究。[①] 至于京剧的发展，更与清代宫廷关联甚深，不仅四大徽班进京是为清廷献艺，而且道光、咸丰、同治、光绪、宣统历朝皆在内廷搬演京剧，并在一定程度上促进了京剧的发展与成熟。在此基础上，伴随清代宫廷演剧的内府皮黄抄本也就应运而生了。

清代后期，由于光绪皇帝与慈禧太后皆酷爱京剧，从而客观上促成京剧在宫廷演出的繁荣。为了配合宫廷演剧与帝、后观看需要，"升平署遗留的西皮二黄剧本大多数是光绪年间在演出中陆续建立的。自南府时期到升平署时期，所有上演的弋腔、昆腔戏，每出都有七种本：总本，单头本，曲谱，串头，排场，提纲。总本又分库本和安殿本。库本即排演用本。安殿本是恭楷写的供帝后看戏时所用。西皮二黄戏在宫中上演场次渐多，又经常传外班进内演唱，所以也必须援照以前演弋腔昆腔的制度，建立剧本"[②]。下面，我们将以《皮黄曲本四十八种》为代表的内府抄本具体分析清代内府"总本"类型的版本形态。

《皮黄曲本四十八种》现藏日本东京大学东洋文化研究所双红堂文库，索书号为："双红堂—戏曲—173"；现有黄仕忠与日本学者大木康主编的《日本东京大学东洋文化研究所双红堂文库藏稀见中国钞本曲本汇刊》影印本（广西师范大学出版社2013年版）。"皮黄曲本四十八种"之名乃为藏者所拟，共有4帙48册，收剧48种；抄本外版高宽约260毫米×170毫米，页心高宽约177毫米×115毫米。原书目录如下：

[①] 参见丁汝芹《清代内廷演剧史话》（紫禁城出版社1999年版）、王芷章《清昇平署志略》（上海书店出版社1999年版）及杨连启《清代宫廷演剧史》（文化艺术出版社2017年版）等。

[②] 朱家溍：《清代乱弹戏在宫中发展的史料》，载北京市戏曲研究所《京剧史研究——戏曲论汇（二）专辑》，学林出版社1985年版，第286—287页。

《一捧雪》《五雷阵》《天水关》《文昭关》《打金枝》《打严嵩》《取帅印》《夜战》《定军山》《法门寺》《空城计》《金锁阵》《南天门走雪》《查关》《洪羊洞》《红鸾禧》《彩楼配》《望儿楼》《御果园》《探窑》《清官册》《渭水河》《黄鹤楼》《落园》《穆柯寨》《战北原》《取成都》《战蒲关》《宝莲灯》《十字坡》《下河东》《千秋岭》《加官进爵》《玉门关》《玉玲珑》《甘露寺》《米注山》《阴果报》《取金陵》《刺字》《探五阳》《挡谅》《董家山》《滚钉板》《凤鸣关》《磐河战》《药茶计》《孝感天》。

其中最后一种《孝感天》原文缺少题目，但是可以根据剧本内容推知。作为抄本合集的京剧选本，《皮黄曲本四十八种》所抄剧目虽然字迹未能完全统一，但其全部用楷体精心抄录，页面整齐干净，罕有错讹。因其抄写字迹大小差异，存在或有半页五行十九字左右，或有半页六行十八字左右，或有半页六行十四字左右等情况。

而在剧中角色提示设置方面，《皮黄曲本四十八种》基本存在两种情况：其一，是按照场上搬演的角色行当分工进行提示设置；其二，是根据剧中人物的姓名进行提示设置。相对而言，第二种设置方式更为普遍，如《取帅印》开场："徐茂公尉迟公程咬金上"，《定军山》开场："四红文堂赵云孔明上唱"，其下所有人物设置皆用剧中姓名，摒弃生、旦、净、丑一类角色行当代称。这种直接设置剧中人物姓名的方式更多是为读者阅读方便考虑：读者可以根据人物姓名更加清楚直接地阅读与欣赏剧情进展走向，而不必在角色行当提示与剧中人物身份之间来回思考切换，避免陷入阅读障碍。

声腔板式方面，《皮黄曲本四十八种》的脚本设置也有详略差异。一般而言，48 种剧本基本每种皆有声腔板式提示，但是大多都很简略。部分文本全剧只有一二种声腔板式提示，其余全用"唱"字提示。相对而言，设置提示较为详细的剧本，如《阴果报》一种，几乎凡有唱段即有提示，全剧设有【平板二黄】【平板】【倒板】【摇板】【慢板】等多个板式，另外还有锣鼓音乐设置提示，《探五阳》等剧也基本如此。但就整体来看，这种详细设置声腔板式的剧本只占少数。声腔板式的简略设置应与剧中人物姓名设置相似,皆是出于方便读者阅读的考虑。

因此,这种方便阅读,且又楷体精心抄录的《皮黄曲本四十八种》选本,应该大概率属于内府"总本"中的安殿本系统。同时,《皮黄曲本四十八种》多用朱笔圈点,虽然中国古代社会中朱笔并非皇帝一人专用,但是作为内府抄本,一般库本呈览皇帝而且能够得到朱笔圈点的概率应该远远低于安殿本。所以综合来看,作为清代宫廷内府抄本代表的《皮黄曲本四十八种》最有可能代表"总本"中安殿本的版本面貌特征。然而,作为内府抄本,《皮黄曲本四十八种》也无法完全杜绝错误。如《战北原》一种头场末页即有残缺,应是抄写遗漏。但是这种误漏相对选本整体质量而言,算是瑕不掩瑜。

最后,我们再来探讨一下以《皮黄曲本四十八种》为代表的内府抄本之于清代宫廷演剧的意义,以及其对中国京剧选本整体版本发展流传走向的价值与影响。"清升平署档案"关于宫廷演剧的记档十分详细,其中光绪二十二年即有关于戏本的旨意档:"十二月初十日,旨着总管马德安内学首领凡所传戏本,俱着外学,该角攒本不要外班来的。以前所递戏本,一概废弃,着外学从新另串。以后外学该角筋力随手等,家住升平署以备传。要戏本即刻攒递。如与外班传,要戏本当日传,次日量第。凡承戏之日,著该班安本。"[1] 该项旨意之后,清廷不断重申凡是外学戏班演出,俱要提前向光绪皇帝与慈禧太后呈递戏本:"第二年(笔者按:光绪二十三年)正月初五日,又有李文泰传旨'以后遇有外学戏,俱要本子,老佛爷一份,万岁爷一份。钦此'。无论是乱弹还是昆弋腔戏,外班进宫唱戏时,必须要有经过整理的剧本,不能把草台班子上所演的剧目也带进宫内。"[2] 这种强制性要求,一方面在客观上促进了中国京剧选本

---

[1] 北京市艺术研究所、上海艺术研究所编著:《中国京剧史》上卷,中国戏剧出版社1990年版,第229页。

[2] 丁汝芹:《清代内廷演戏史话》,紫禁城出版社1999年版,第64页。

以抄本的形式不断发展演进；另一方面，清代末期宫廷演剧进呈抄本形态的安殿本已成定例，因此，安殿本形态的抄本也在客观上促使京剧剧本逐渐走向稳定。内府抄本的出现，不仅使得作为文本形态的中国京剧选本有了生存的空间，而且使得"案头"阅读与"场上"搬演之间在一定程度上得到有机结合，从而也在客观上证明京剧剧本的传承并非只有师徒口授这种单一途径，选本形态的文本发展同样促进京剧不断走向成熟。

其实，京剧安殿本的使用早在清代咸丰年间即已普遍："咸丰十年和十一年在热河行宫里演出了大量的乱弹戏，许多剧目至今仍保留在京剧舞台上。例如常见的《大保国》、《二进宫》、《四郎探母》、《玉堂春》、《叫关》、《三岔口》、《穆柯寨》、《甘露寺》等等。这些原是京城戏班常演的剧目，进宫演出时，必须交上剧本，对于戏班来说，无疑要将剧本经过强制性整理。"① 由此可知，安殿本的出现与使用，客观上对促使京剧在剧本文学方面趋于稳定和精进可谓意义重大。一旦安殿本呈上，场上搬演即要严格遵循文学脚本进行，否则便有招祸的可能："清宫廷内的最高统治者（慈禧和光绪帝等）对进宫演唱的演员在艺术上要求就非常高，有时甚至近于苛求，即要求演员必须依照'串贯'（宫内的戏目详细总讲，每出戏有每出戏的'串贯'，上面用各色笔记载着剧目名称、演出时间、人物扮相、唱词念白、板式锣鼓、武打套数，以及眼神表情、动作指法、四声韵律、尖团字音等等）一丝不差地表演。"② 这种近于"按图索骥"式的严苛要求，自然对抄本内容与场上搬演的稳定统一具有极其重要的推动作用。同时，在追求剧本稳定的基础上，这类内府抄本由于进呈"御览"的原因，自然也在唱词念白的通顺与美感方面提高标准，从而也在不断促使中国京剧选本的文学发展精益求精。

---

① 丁汝芹：《清代内廷演戏史话》，紫禁城出版社1999年版，第64页。
② 北京市艺术研究所、上海艺术研究所编著：《中国京剧史》上卷，中国戏剧出版社1990年版，第228页。

总的来看,"为了提供排演的定本和供帝、后阅览的'安殿本',提高了剧本的文学性,并使之得到相对的稳定,从而流传后世"[①]。以《皮黄曲本四十八种》为例的内府抄本,作为清代内廷安殿本系列的典型代表,既丰富了中国京剧选本的版本类型,又为其后选本的发展提供了经验借鉴。

抄本系列的另一种版本形态即是与宫廷内府相对的民间抄本,这种抄本一般为民间戏班的演出提调,或者伶人教学使用。相对内府抄本的精致工整来说,民间抄本则显得潦草随意,甚至杂乱无章,并且多以脚色唱词底本的单头本最为常见。所谓"单头本就是按照所演角色抄录的分本;排场是一些集体性表演需要的排练指南。而在民间演出时,一般都只有分本,有的更为简单,只有幕表"[②]。其中,《消闲录》便是这类单头本的典型代表。

《消闲录》,清末民初抄本,单页十二行,每行三十六字左右,题名"消闲录"。剧本正文前附目录四页,抄写字迹统一,但是字体较小,句读多用〇标识。《消闲录》收剧41种,皆是脚色唱词的单头本,具体内容如下:

《穆柯寨》、《赶三关》(代战公主脚本)、《祭塔》(白素贞脚本)、《探窑》(王宝钏脚本)、《硃砂痣》(江氏脚本)、《蒲关》(徐艳贞脚本)、《浣纱计》(西施脚本)、《二进宫》(李艳妃脚本)、《玉堂春》(玉堂春脚本)、《孝感天》、《监酒令》(吕后脚本)、《彩楼花园》(王宝钏脚本)、《落园》(邹云英脚本)、《坐宫盗令(公主)》(铁镜公主脚本)、《坐宫盗令(太后)》(萧太后脚本)、《桑园会》(罗敷脚本)、《法门寺》(宋巧姣脚本)、《芦花河》(樊梨花脚本)、《岳家庄》(李氏脚本)、《教子》(王春娥脚本)、《回龙阁(宝钏)》(王宝钏脚本)、《回龙阁(公主)》(代战公主脚本)、《宇

[①] 北京市艺术研究所、上海艺术研究编著:《中国京剧史》上卷,中国戏剧出版社1990年版,第234页。

[②] 颜全毅:《清代京剧文学史》,北京出版社2005年版,第392页。

宙锋（代金殿）》（赵艳容脚本）、《寄子》（金氏脚本）、《御碑亭》（孟月华脚本）、《探阴山》（柳金蝉脚本）、《银空山》（代战公主脚本）、《五花洞（真）》（真潘金莲脚本）、《五花洞（假）》（假潘金莲脚本）、《汾河湾》（柳迎春脚本）、《起解》（玉堂春脚本）、《回令》（铁镜公主脚本）、《六月雪》（窦娥脚本）、《击掌》（王宝钏脚本）、《木兰从军》（有目无文）、《牧羊圈》（赵锦棠脚本）、《宝莲灯》（王桂英脚本）、《斩子（桂英）》（穆桂英脚本）、《审头刺汤》（雪艳娘脚本）、《南天门》（曹玉莲脚本）、《孝义节》（孙尚香脚本）。

　　其中《木兰从军》一种有目无文，实为40种。值得重点关注的是，《消闲录》所抄唱词皆属旦角一行，而且宾白极少。由此我们可以推知，《消闲录》应是单头本中专供旦行演出或者教学使用的脚色唱词底本选集，而其所抄内容应是属于当时场上最为流行且是戏班或者伶人演出常备剧目。单从这一层面来看，作为民间抄本系列代表的《消闲录》实际富有典型的"选本"意义内涵：其中所列皆是对当时场上流行剧目的甄选与结集。这种甄选既有来自演出市场的客观需求，也有出于伶人自身条件的考虑。因此，以《消闲录》为代表的抄本系列更能折射出中国京剧及其选本在民间环境中的生长样态，其潦草杂乱的抄写体例，正是民间艺人条件艰苦、文化程度有限的真实反映。

　　而与《消闲录》类似的单头本角色唱词底本选集还有以生角为主的《杂记词本》及以丑角为主的《戏曲杂志》等，这些抄本形态选本的出现，也在客观上证明了中国京剧角色行当建制的发展与完善过程。当然，民间抄本也有全本如《戏词九出》之类，但是其在数量上不及单头本系列。此外，还需指出的是，民间抄本系列以唱词为主，简略标识声腔板式，宾白亦且从简。清代李渔《闲情偶寄·宾白第四》有言："自来作传奇者，止重填词，视宾白为末着，常有'白雪阳春'其调，而'巴人下里'其言者，予窃怪之。"[①] 其

---

① （清）李渔：《闲情偶寄》，江巨荣、卢寿荣校注，上海古籍出版社2000年版，第60—61页。

实，不只明清传奇，元人杂剧亦多如此。而至民间抄本的京剧选本方面，宾白的简略并非为雅俗之别，更多是因场上搬演时宾白大多可以临场发挥，尚无一定准则，故而简略处理。

通过对比研究《皮黄曲本四十八种》与《消闲录》我们可以看出："相比起来，宫廷所演京剧皆都有本可据，有本可查，严谨规范许多。"① 由于清代宫廷人力、物力充足，使得中国京剧选本向上一路的发展更加顺遂。民间系列抄本粗糙随意的生长样态，典型代表着中国京剧及其选本向下一路发展的自然粗犷。然而"昔时教师之授徒也，多为口述。而伶人多不识字"②，因此民间抄本的传播与留存尤显弥足珍贵。综合来看，内府抄本与民间抄本皆在不同轨道同时推进京剧的发展，也为中国京剧选本的版本形态增添色彩。

（三）石印本系列：以《绘图京都三庆班京调》12集与《中华共和梨园界京戏脚本》12册为例

石印技术是18世纪末期由奥地利的施内费尔特（Aloys Senefelder, 1771—1834）发明，后于道光年间（约1833年前后）经由英国的传教士麦都思（W. H. Medhurst, 1796—1857）传入澳门、广州等地。随后光绪年间（约为光绪二年）传入上海，并且迅速得到推广使用。

关于石印技术，时人多有记载："石印书籍，用西国石板，磨平如镜，以电镜映像之法，摄字迹于石上，然后傅以胶水，刷以油墨，千百万页之书，不难竟日而就。细若牛毛，明如犀角。"③ 石印技术传入上海之后，不断得到精进："清末上海富文阁、藻文书局、宏文书局，开始有五彩石印，但彩色无深浅之分。光绪三十年文明书局雇用日本技师，彩色能分明暗深浅。第二年商务印书馆聘彩色石印

---

① 颜全毅：《清代京剧文学史》，北京出版社2005年版，第392页。
② 张次溪：《清代燕都梨园史料（正续编）》下册，中国戏剧出版社1988年版，第1204页。
③ （清）畹香留梦室主：《淞南梦影录》卷二，上海进步书局。

技师和田瑞太郎等数人来沪,从事彩印,仿印山水、花卉、人物等古画,设色能与原画无异。"① 而在中国京剧选本出版领域方面,伴随石印技术的广泛运用以及近代以来上海出版中心的崛起,石印本"绘图京都××班京调脚本"系列成为清末至民国初期中国京剧选本最为典型的版本形态。下面,我们分别以清末上海集成图书公司《绘图京都三庆班京调》12集与民国三年上海改良小说书局《中华共和梨园界京戏脚本》12册为例,对石印版本的中国京剧选本文献形态进行探讨。

《绘图京都三庆班京调》12集,又名《改良京调秘本全部》,清末上海集成图书公司刷印。该本12集,以地支为序,书版高宽约126毫米×77毫米。每集封面题以"绘图/京都三庆班京调×(地支顺序)集×××(所收剧目)",其中第一集(子集)扉页附有彩绘花草、书籍静物图画一幅;图画上方题"改良京调秘本全部",下方题"集成图书公司印刷"。该本强调"绘图",因此所收剧目正文之前附有剧情插图一幅。正文单页十三行三十字,角色提示、声腔板式、科介砌末字体相对唱词、宾白较小,句读多用空格或者○。

需要指出的是,《绘图京都三庆班京调》12集所收剧目种类并非皆是京剧。12集中,由子集至申集均收"绘图京都三庆班京调",每剧正文标题基本作"校正(京调)×××全本",而从酉集至亥集所收"绘图山陕梆子调",其中也包括二簧调、全串贯各一种,每剧正文标题基本题作"新刻/新印梆子调(腔)×××"。所收剧目,兹录于下。

京调44种:《天水关》《桑园会》《坐楼杀媳》《玉堂春》《二进宫》《四郎探母前本》《探母盗令》《四郎回令》《清官册》《牧羊卷》《打龙袍》《空城计》《黄金台》《文昭关》《柴桑口》《渭水河》《三娘教子》《法门寺前本》《法门寺后本》《六月雪》《洪羊洞》《八郎探母》《三气周瑜》《桑园寄子》《打鼓骂曹》《探寒窑》《乌

---

① 张秀民:《中国印刷史》,上海人民出版社1989年版,第580页。

盆记》《捉放曹前》《捉放曹后》《战北原》《黑风帕》《宝莲灯》《铡美案》《一捧雪》《南天门》《黄鹤楼》《七星灯》《秦琼卖马》《五台山》《打金枝》《别宫祭江》《宫门带》《大保国》《金水桥》;梆子腔15种:《马芳困城》《张良辞朝》《春秋配》《扫雪》《铁冠图》《三皇姑出家》《王允赐环》《烟鬼叹》《桑园寄子》《御果园》《太君辞朝》《法场换子》《断后》《乾坤带》《相府击掌》,总计59种。

可以看出,《绘图京都三庆班京调》12集是以收录京调为主,同时兼收梆子调的选本。这种现象在同时期同类型的中国京剧选本中颇为常见,如上海茂记书庄石印本《改良布景京调三庆班京调》15集中第11集至第15集收录《改良布景山陕梆子调》;北京学古堂石印本《特别改良绘图文明梆子京调》14集收剧68种,其中梆子腔5种。此外,需要特别指出的是,上海观澜阁石印袖珍本《绘图京都三庆班京调》12集、上海鸿文书局石印本《绘图京都三庆班京调全集》12集皆与集成图书公司本所收剧目相同,只在字体排版方面略有差异。由此可见,以上海集成图书公司《绘图京都三庆班京调》12集为代表的石印京剧选本广泛流行,并且这种流行是图书公司对市场行情的信息掌握与切实反映。也就是说,在中国京剧选本的发展演进过程中,它与其他戏曲种类的剧本可以并列选集,但就数量对比方面,京剧剧目已经占据绝对优势。从而可以根据选本层面的剧目选录样态反向推知中国京剧及其选本的基本发展情况,以及当时戏曲市场的占有比例。

1912年以后,石印选本也根据社会环境变化进行了版本形态方面的相应调整,其中《中华共和梨园界京戏脚本》12集便是典型代表。

《中华共和梨园界京戏脚本》12集,又名《中华第一等共和班戏曲脚本》,民国三年上海改良小说书局石印本。该本12集,以数字为序,书版高宽约132毫米×86毫米。每集封面题以"中华共和梨园界京戏脚本×××(所收剧目)×(数字顺序)集",其中第一集扉页右上:"北京谭叫天排辑",中间:"中华第一等共/和班戏曲脚本",左下:"改良小说书局石印"。扉页之后为目录页,最右竖题"中华头等共和戏曲目录",其后十二栏为所收十二集目录,左下题"中华民国三年上海改良小说书局石印"。正文每剧前附绘图插画一幅(个别剧目插图两幅或未附插图),单页十六行三十二字。部分剧目正文前单页居中大字竖题"绘图×××",右上小字竖题"北京/京都头等名角×××曲本"。12集所收剧目50种,具体如下:

《琼林宴》《硃砂痣》《五雷阵》《打金枝》《草桥关》《算粮登殿》《白良关》《父子会》《搜孤救孤前本》《搜孤救孤后本》《胡迪骂阎》《打龙袍》《哭灵上路》《四郎探母前本》《四郎探母中本》《四郎回令后本》《定军山》《失街亭》《空城计》《斩马谡》《捉放曹前本》《捉放曹后本》《天水关》《桑园会》《文昭关》《鱼藏剑》《桑园寄子》《乌盆记》《牧羊卷》《取成都》《三气周瑜》《柴桑口》《大保国》《二进宫》《薛蛟观画》《取荥阳》《秦琼卖马》《别宫祭江》《南天门》《三娘教子》《双冠诰》《清官册》《黑风帕》《李陵碑》《洪羊洞》《黄鹤楼》《钓金龟》《铡美案》《渭水河》《五台山》。

相对而言,《中华共和梨园界京戏脚本》12集是一种版本形态信息比较完整的石印京剧选本。它不仅标明排辑作者(虽然未必属实)、出版年月,而且还有目录编写,这种版本信息齐全的情况在石印本系列选本中比较少见。而且,该种选本强调"脚本"的证据便是标明选本依据具体伶人脚本,虽然这种版本形态的标识方式在其他同类选本中也可印证,但是相对而言,扉页即以"北京谭叫天排辑"作为宣传广告的版本设置却属独特。同时需要注意的是,石印本系列的京剧选本从民国元年开始,即在选本标题方面做出改动:摒弃"戏班",强调"中华共和"。这种版本形态的微妙调整,可以看出中国京剧选本对社会变革所做出的迅速反应。

结合石印本系列京剧选本的整体版本情况来看,相对刻本与抄本,石印选本更加积极主动地介入市场。这种介入,不仅是在出版机构方面更加偏于商业书局操作,更为重要的是它们在版本形态方面根据技术改进与市场需求不断做出相应调整。如在绘图方面，"石印图画比过去木刻大为便利……各石印书局出版的绣像小说，尤为广大读者所喜爱"①。不仅绣像小说，中国京剧选本的插图也是始于石印形态的选本，由此可以看出技术革新带来的版本形态的发展演进。而在自我宣传方面，石印选本开始借助时代名伶代表剧目的噱头扩大选本的知名度与影响力。整体而言，石印本的存在时间虽然较为短暂（光绪年间至民国三年前后），但是其在版本形态方面进行的革新，以及与市场行情保持一致的商业行为，皆使中国京剧选本的版本风貌更加丰富与多元。

（四）铅印本系列：以北京杨梅竹斜街中华印刷局京调唱本与《戏曲大全》12卷/10册为例

西方铅印技术传入时间相对较晚，但是使用最为普遍。"凸板铅印是现代生产书报的主要方法。我国虽然很早发明金属铸造活字，而惟有铜活字比较流行，锡活字和铅活字只是昙花一现。直至十九世纪中叶左右，西洋铅石印刷传入后，传统的雕板与木字、铜字印刷，遂趋衰落，终于被淘汰。"② 西方铅印技术传入之后并未立即得到普及，而是根据中国汉字文化特征不断做出调整更新后才得到普遍应用的。

铅印技术的推广普及，不仅使近代以来的出版效率得到极大提升，而且也让出版观念发生极大的改变，其中主要体现在版本形态的信息标注方面。"因为古籍印刷事业发展至清中后期和民国，出版趋于成熟，版权意识较强，出版者通常会在封面、牌记、卷末处标明刻印方式、出版信息等。铅活字古籍经常用'排版''聚珍''摆印''活字''活版'等字样表明。"③ 同时，"19世纪80年代以后，

---

① 张秀民：《中国印刷史》，上海人民出版社1989年版，第593页。
② 张秀民：《中国印刷史》，上海人民出版社1989年版，第581页。
③ 刘淑萍：《铅印本定义商榷——论近代铅印制版技术》，《北京印刷学院学报》2017年第1期。

随着石印技术、铅印技术的采用，机器印刷速度加快，印刷的书籍逐步变为平装本的铅字书籍，出版书籍也变成'刷印''排印'"①。铅印本京剧选本的发展，即有如此突出的版本形态特征，多以"刷印"或者"排印"标识，从而多被归入"排印本"系列。②

铅印本京剧选本的出现是在清末民初阶段，并在民国时期形成版本形态差异明显的两种系列：即以北京杨梅竹斜街中华印刷局印行的京调唱本系列与以《戏曲大全》12卷/10册为代表的书局版本系列为代表。

清代以来北京的琉璃厂、东西打磨厂、杨梅竹斜街等处书坊林立，这些书坊的出版内容一般紧随市场流行以期追求最大商业利润。清末民初，伴随京剧的繁荣勃兴与新的出版印刷技术的引入革命，北京打磨厂的老二酉堂、泰山堂、致文堂、宝文堂、瑞文书局与杨梅竹斜街的中华印刷局等纷纷采用铅印技术编印京剧选本。以其印刷形态来看，这批选本一般被归为"京调唱本排印本"系列。这种类型的排印本京调选本通常具有以下几个方面的版本形态特征。

第一，单册发行，每册仅收三种左右剧目，剧选为主，少数兼收唱词，部分剧目前附剧情介绍。第二，排印字体较小，单页十七行，单行四十二字左右。排版布局紧凑，加之所收剧目数量较少，京剧折子戏本篇幅短小等原因，每册只有十页左右，所以体制短小精悍。第三，每册封面题名所收剧目，同时兼有标注别名现象。如《大劈棺》又题"蝴蝶梦""庄子点化"等。第四，每册封面居中皆附插图，且插图类型为照片，内容分作三种，一为选篇相关剧照，二为名伶便装小影，三为时代女性肖像。第五，封面宣传标语较多，并且多以名伶作为宣传内容，一般分作两类：一类以名伶作为标题，如"尚小云/祭长江""龚云甫/天雷报"等；另一类则同样强调名

---

① 栾梅健、张霞：《近代出版与文学的现代化》，复旦大学出版社2015年版，第3页。

② 按：如日本东京大学东洋文化研究所双红堂文库所藏部分京调唱本，即以"排印本"标识。

伶脚本，如"名伶真词""著名艺员"等。第六，封面插图下部一般标注版本出处，如"北京打磨厂泰山堂印行"等；同时，少数选本标有出版年月，如北京致文堂发行的选本多有标明"民国十五年五月出版"等。第七，部分选本后附广告，多以图书广告为主兼有其他。如杨梅竹斜街中华印刷局版本多附有《北京中华印刷局售书广告》等。

具体来看，我们可以北京杨梅竹斜街中华印刷局发行的《小放牛·双吊孝·南天门》一册为例，观察铅印本京调唱本系列的版本形态。该册封面上题大字"小放牛"；其下小字为"南天门/双吊孝"；左右两侧小字竖题"谭叫天王瑶卿""合照南天门"；居中：须生旦角剧照一幅，也即谭叫天王瑶卿合照《南天门》；最下题"杨梅竹斜街中华印刷局印"。书版高宽约188毫米×132毫米，正文每页十七行，单行四十二字，共五页。内收剧目三种：《小放牛》（又名《杏花村》）、《双吊孝》（又名《秦雪梅吊孝》）、《南天门》（又名《走雪山》）。《小放牛·双吊孝·南天门》一册作为京调唱本系列之一，不仅可以作为杨梅竹斜街中华印刷局发行的同类京剧选本册子的典型代表，而且可以作为整个铅印本系列京调唱本版本形态的集中缩影。

由上可以看出，铅印本京调唱本系列因其简洁精悍的排版方式与精准迅速的印刷方式，以及对剧坛时效信息的敏感捕捉，使其在版本形态方面呈现出灵活多变的典型特征。整体而言，铅印本京调唱本系列的单册版本面貌，很难凸显选家意识，即便部分单册标注选辑作者为"古瀛齐家本（笨）"等，但是我们依然可以看出这些选篇内容的组成实际上带有很大的随意性。然而，正是这种随意组合排印而成的单册选本，最终因其灵活便捷的出版印行方式，聚少成多，使其形成铅印本京调唱本系列现象。这类选本的存在与兴盛，恰恰反映出中国京剧选本发展至铅印时代，版本形态的又一新变，其与剧坛的关联更加紧密，其所占有的图书市场比例也在不断扩大。当然，我们也应看到，铅印本京调唱本系列因其太过灵活，也会带来文献留存与搜集等方面的困难。

铅印本中，最能集中凸显选本意识及典型版本形态的应属鼎盛阶段（1915—1935）的相关选本。下面，我们就以上海文明书局的《戏曲大全》12 卷/10 册为例对其版本形态进行具体分析。

《戏曲大全》12 卷/10 册，民国十二年上海文明书局版。每卷封面正中大字："戏曲/大全"；其下小字："上海文明书局发行"。据其封底信息，该本"中华民国十二年三月出版/发行"；编辑者：林善清；校者：曹绣君；发行兼印刷者：文明书局；发行所：文明书局/中华书局；分售处：中华书局各地分局。同时标有"戏曲大全（全十册）/每部定价三元二角"的定价信息，以及"此书有著作权翻印必究"的版权声明。书版高宽约 186 毫米×130 毫米，正文单页十四行，单行三十八字，角色、科介、声腔板式等提示皆由括号标注，句读则用〇标注。第一册前附《戏曲大全序》一篇，署名"民国十二年三月石封邂翁序"，其后附有《戏曲大全总目录》与《戏曲大全分目录》，再后附有名伶照片 10 幅。

《戏曲大全》12 卷/10 册是一种以"戏曲"作为收录标准，并且力求"大全"的选本。其所收录的剧种如下：京剧（102 种）、广东剧（2 种）、昆剧（16 种）、昆滩（10 种）、大鼓词（13 种）、弹词（8 种）、道情（2 种）。这种分类方法基本囊括当时上海及其周边地区剧坛较为流行的几大戏曲剧种，并且就其选录数量方面，也能典型呈现出不同剧种的实际流行程度及其潜在剧目占有比例。[①] 不难发现，即便《戏曲大全》在剧种类型与剧目数量方面都在追求"自昆曲皮簧、大鼓弹词以及昆摊（滩）宣卷等，应有尽有"（《戏曲大全序》）的综合型选本样态。但就实际来看，京剧一种不管是在收剧数量还是详细分类方面，皆有鳌头独占的绝对优势。其中所收京剧 102 种按照行当领域，具体分作以下 10 个门类。

[①] 按：京剧、昆剧、昆滩等剧种在上海及其周边地区的流行皆是较为明确的现象，而广东剧一种"1910 年代至 1930 年代，广东粤剧盛行于上海"。这种广东剧流行于上海的现象，参见朱恒夫《粤剧 1910 年代至 1930 年代在上海繁盛的原因》（《戏剧艺术》2018 年第 3 期）。

老生剧 36 种：《李陵碑》《洪羊洞》《卖马》《取帅印》《牧羊卷》《乌盆计》《逍遥津》《取成都》《硃砂痣》《盗宗卷》《上天台》《打鼓骂曹》《空城计》《失街亭》《斩马谡》《天水关》《战北原》《捉放曹》《七星灯》《双狮图》《八义图》《黄金台》《马鞍山》《文昭关》《鱼肠剑》《审刺客》《徐策跑城》《宝莲灯》《铁莲花》《戏迷传》《骂阎罗》《哭祖庙》《太白醉酒》《骂杨广》《献西川》《吴汉杀妻》；净剧 9 种：《大保国》《二进宫》《沙陀国》《黑风帕》《草桥关》《铡美案》《五台山》《锁五龙》《霸王别姬》；生旦剧 10 种：《马前泼水》《十八扯》《四郎探母》《乌龙院》《游龙戏凤》《三娘教子》《武家坡》《汾河湾》《南天门》《桑园寄子》；武生剧 9 种：《白马坡》《定军山》《请宋灵》《长坂坡》《凤凰山》《落马湖》《铜网阵》《博浪锥》《连环套》；小生剧 3 种：《辕门射戟》《白门楼》《监酒令》；老旦剧 3 种：《望儿楼》《张义得宝》《行路哭灵》；花衫剧 11 种：《黛玉焚稿》《黛玉葬花》《晴雯撕扇》《晴雯补裘》《宇宙疯》《三击掌》《女起解》《三堂会审》《孟姜女》《木兰从军》《童女斩蛇》；花旦剧 7 种：《红鸾禧》《卖绒花》《卖胭脂》《小上坟》《小放牛》《纺棉花》《双摇会》；梆子旦剧 5 种：《算粮登殿》《梵王宫》《少华山》《三疑计》《二姐逛庙》；丑剧 9 种：《盗魂铃》《疯僧扫秦》《老西嫖院》《看香头》《打杠子》《打面缸》《打樱桃》《双背凳》《探亲相骂》。

同时，京剧的绝对优势不仅体现在数量方面的一枝独秀与行当的精准区分方面，而且就其所附名伶照片 10 幅也是以京剧演员及其代表剧目为主：谭鑫培之《定军山》；刘鸿声、裘桂仙之《上天台》；梅兰芳、姜妙香、姚玉芙之《断桥相会》；净角名宿何桂山之《钟馗》；芙蓉草之《红蝴蝶》；十三旦之《天女散花》；史海啸、蒋镜□之阿弥陀佛；韩世昌之《游园惊梦》；杨小楼之《青石山》；另有 1 幅不详。这 9 幅照片中，除却韩世昌之《游园惊梦》1 幅，其余皆是京剧剧照，从中也可见出京剧鼎盛的剧坛时况。还需特别指出的是，《戏曲大全》对于选录剧种的命名直接采用"京剧"，并且单独详细分列京剧行当,这在当时以"京戏""京调"或者"戏曲"来含混称名的时代,是对京剧发展作为剧种概念的进步认知,具有戏曲种类的辨体意识。

《戏曲大全》12卷/10册作为铅印京剧选本的典型代表,综合反映出1914年以后,中国京剧选本在版本形态方面结合当时各大书局最为通行的印刷技术做出的发展革新:一种多册的出版体量,卷首照片元素的引入使用,版权信息的详细标注,选篇布局的整体规划,等等。这些版本形态方面的改善与精进,一方面使中国京剧选本的发展不断走向正规化,一定程度上改善了长期以来京剧选本相对粗糙、遭受轻视的出版样态,而且客观上提高了京剧选本的版本价值,使其得到前所未有的重视;另一方面,版本形态的发展是在印刷技术的革新推动之下实现的,从中可以看出近代以来不断变化的出版印刷方式对中国京剧选本版本形态演变轨迹的促进作用。

以北京杨梅竹斜街中华印刷局京调唱本与《戏曲大全》12卷/10册等为代表的铅印本系列,是中国京剧选本版本形态发展走向现代规范且趋于成熟的代表。从木刻、抄本,到石印、铅印,中国京剧选本的发展演进是在印刷技术持续革新基础上的与时俱进,同时更是京剧选本在版本形态方面不断做出的调整与鼎新;对其进行历时共性归纳与典型个案分析,不仅有助于理解物质技术变革与文学发展的潜在关联,而且有利于分类别、分时段、多视角地把握中国京剧选本版本形态的典型文献特征。

二 选本形式的基本类型

中国古代戏曲选本因其表现形式不同,实际蕴含的选本功能价值定位也有所差异,"在外在形式上,戏曲选本表现为剧选、出选、曲选三种形态;而在内层价值上,它则分别具有清读、清唱、表演的功能"[①]。在中国京剧选本的发展过程中,不同类型的选本表现形

---

① 朱崇志:《中国古代戏曲选本研究》,上海古籍出版社2004年版,第3页。

式确实带有差异鲜明的文本价值定位。但就选本表现形式而言，京剧因其具有的个体特殊性，在外在形式方面主要表现出剧选、词选、谱选三种类型。下面对中国京剧选本形式的三种基本类型分别进行研究，并且探寻隐含其中的发展规律；而对不同选本类型代表的价值功能定位问题，则留待后文选本理论章节再进行具体阐释。

（一）剧选：全本与折子

中国京剧选本中最早出现并且最为常见的选本表现形式就是剧选，但是需要明确界定的是，京剧选本中的剧选并不同于中国古代戏曲选本中的剧选。中国古代戏曲选本中的剧选是对整本剧目的全部收入，如以选录全本杂剧为主的《元刊杂剧三十种》等，或以选录全本传奇为主的《六十种曲》等，或是戏文、杂剧、传奇皆有收录的《今乐府选》等。这类选本通常以全本剧本为收录单位，完整选录一部戏曲作品的所有折或出，因此称作剧选。相对而言，那些只对某一戏曲作品的单折或者单出进行摘选结集的戏曲选本，如《摘锦传奇》《万壑清音》之类，则被称作出选。因此，剧选是与出选完全不同的戏曲选本概念。就数量而言，出选形式的选本才是中国古代戏曲选本发展的主流。

然而，中国京剧选本的剧选概念则又另当别论。应该看到，中国京剧剧本的创作虽然有如观剧道人《极乐世界》一类的八十二出鸿篇巨制，但其毕竟不属主流。整体而言，占据中国京剧选本剧本主体的是那些精简灵活的单出戏本。这种单出戏本产生的原因基本可分作两个方面。其一，剧作家根据场上搬演的实际效果，认为篇幅短小的单出剧目更加适宜演出。清代道光年间的皮黄剧本作家余治曾言："传奇全部太长，若摘取一二出，又觉没头没脑，观者毫不知其原委，有何意味？兹所刻皆就其事之始末演成一回，不分段落，不能摘取，庶观者一望而知。"[①] 因此，余治秉承这种文学理念创作结集而成的皮黄剧本集《庶几堂今乐》便以简短干练的单回剧本为

---

① （清）余治：《庶几堂今乐·例言》，光绪六年苏州得见斋刻本。

主。其二，明清以来，折子戏发展成为潮流，场上搬演折子戏几近成为定例。同时，中国古代戏曲选本的发展也与折子戏的关联日益密切："戏曲选本的大批涌现，也为明清折子戏的繁荣起到了推波助澜的作用。戏曲选本的大量刊刻，是明清剧坛的一大景观。而戏曲选本的风行一时，又同折子戏的兴起与发展有着内在的联系。没有折子戏的兴盛，不可能有那么多戏曲选本问世。"① 中国京剧选本的出现正是在这种折子戏发展已经相当成熟，并且完全占据中国古代戏曲选本主要市场的情况下产生的。因此，中国京剧选本所能接触的剧本，便是各种各样的折子戏，从而形成选本内容也以单出戏本为主的状态。

　　清楚了中国京剧选本的构成以单出或者单折戏本为主之后，我们再来界定为何这种类型的选本可以称作剧选，而非"出选"或者"折选"。首先，需要明确的是，像余治《庶几堂今乐》所作的剧本，即便篇幅短小，但是仍然是以单回演述一个独立完整的故事为主，因此这类剧本选入中国京剧选本之后，构成剧选类型的选本则是毋庸置疑的。其次，京剧中本身就有大量单个剧本能够独立演绎完整的剧情故事，如《探亲家》《宇宙锋》《三疑计》《烧棉山》等。这类剧本一般没有"前剧本"或者"后剧本"，只是独立成章，因此也是构成剧选的主要选篇来源。再次，中国京剧选本中对于部分全本戏或者连台本戏基本采取一以贯之的选录态度，如《梨园集成》收录全本《祭风台》、全本《碧尘珠》等，《戏考》收录全本《宏碧缘》、全本《三门街》等，这种选录情况也就成为剧选，而非"出选"或者"折选"。最后，也是最为复杂的方面，"京剧以折子戏的演出为主……京剧所演的折子戏，多数都取材于民众所熟知的讲史演义，其背景一般人多已经熟悉，即使是从其他梆子乱弹或昆曲中继承的剧目，其故事框架，也多在观众中口耳相传"②。需要指

---

　　① 齐森华：《试论明清折子戏的成因及其功过》，《上海大学学报》（社会科学版）2006年第2期。

　　② 傅谨：《清末京剧的发育与成熟》，《中国文化研究》2012年夏之卷。

出的是，京剧中这些被称作折子戏的单个剧本与传统意义上的折子戏存在区别。传统意义上的折子戏完全是从全本戏中摘出一折或者一出，如《游园》之于《牡丹亭》或《闻铃》之于《长生殿》之类。但是京剧的折子戏并非从京剧剧本的全本戏中摘出的，相反，中国京剧的全本戏或者连台本戏多是由单个折子戏连缀组合而成，彼此之间相互构成剧情故事的"前剧本"或者"后剧本"关系，但是却又各自独立完整。如全本《祭风台》一般包括《舌战群儒》《苦肉计》《群英会》《借东风》《华容道》等数个折子，然而这些折子本身又是完整独立的单个剧本，只有放在一起，前后连缀演出才有可能变成连台本戏。因此，京剧的折子戏更多是指篇幅短小的体制层面，而非全本摘出的其中一折。所以，完全可把这种由折子戏剧本构成的京剧选本视为剧选形式的选本类型。

剧选类型的京剧选本实际选录全本戏或者折子戏，这种形式的选本自始至终占据着中国京剧选本类型发展的主流。然而关于全本戏与折子戏的具体选录情况，剧选类型的京剧选本有着内在演变逻辑规律。

《梨园集成》作为发生阶段京剧选本的典型代表，其中关于全本戏与折子戏的选录状况最能体现早期剧选类型选本的基本样态，并对其后剧选类型选本的生成产生重要影响。《梨园集成》收剧 48 种，长篇体制的全本戏有 16 种，尚不包括那些篇幅相对较小但却独立完整的单回剧本，如《烧棉山》《桃花洞》《红阳塔》之类。这些长篇体制的全本戏，部分作了分回或者分场：《火牛阵》六回、《双义节》二十一回、《麟骨床》十九回、《因果报》四段、《风云会》十一回、《碧尘珠》六回、《红书剑》二十三场等。并且这些分回体制的剧本中还有部分每回皆有标题：《火牛阵》《双义节》《麟骨床》《风云会》即是其典型代表。值得关注的是："其回之名，则沿用章回小说，今日绝鲜见也。"[①] 其实，不仅回目沿用章回小说，甚至其

---

① 石兆原：《读〈梨园集成〉》，《文学季刊》1934 年第 1 卷第 2 期。

中剧情结构，乃至角色对话皆从相关章回小说之中裁剪拼贴而来。

相对全本戏与独立完整的单回剧本，那些可能拥有"前剧本"或者"后剧本"的折子戏并不是其中的主流，如《捡柴》可以视作全本《春秋配》的一部分，《观灯》可以视作全本《胭脂褶》的一部分。另外一些单回剧本，如《战皖城》《反西凉》《取南郡》等比例较大的三国戏，与其说它们是连台本戏《三国志》中的一部分，不如说它们本身就是独立完整的单回剧本。

这样看来，《梨园集成》是以全本戏为主的剧选类型选本。然而需要指出的是，《梨园集成》所收的16种全本戏中，在其后的任何一种剧选类型选本中，皆是只有相关折子戏得到保存。如全本《鱼藏剑》分为《长亭会》《文昭关》《浣纱记》《刺王僚》等多个单折，全本《麟骨床》只有《采花赶府》一折得到保留，其余如《碧尘珠》《红书剑》等全本戏很快被京剧淘汰，而只在其他地方戏剧种中留有记录。这些情况综合反映出两个较为重要的问题：第一，《梨园集成》收录的全本戏一定程度上反映了同治光绪年间京剧剧本发展的基本体制情况，极具文献价值；第二，全本戏的选录与保存既未得到中国京剧选本的接受与延续，又未受到场上搬演的青睐与传承，因此并未成为中国京剧选本选录的主流。

此后，以《戏考》为代表的剧选类型选本对那些原来互为前后剧情的戏本（如《拾玉镯》与《法门寺》、《琼林宴》与《黑驴告状》等），在其选录过程中并未刻意将其放在一起。出现这种情况，一方面说明京剧的确是以折子戏为主的剧种，而在另一方面也证明了京剧的折子戏本身就是一个具有独立完整意义的剧本单元，它们之间可以互为文本参照，但在普遍意义方面，仍是各自相互独立的（即使出现《戏考》对个别连台本戏如《宏碧缘》等的连续收录，但其并非剧选类型的主流现象）。因此，从这个角度来看，折子也是全本，中国京剧选本剧选类型的演进逻辑是以全本发端，但是最终仍以折子为主。整体来说，从全本戏到折子戏的选录演变轨迹，对于中国京剧选本的剧选类型来说是一个不断精益求精的进步过程；

20世纪30年代，郑振铎已有这种观点："剧场上渐渐的少演'全本戏'，我认为这是一种进步，并不是退步。"①

同时，还应看到剧本、折子戏以及京剧选本间的复杂关系："剧本唱词稳定的标志是剧本的刊行。20世纪以来，随着京剧艺术的进一步发展和在全国范围的流行，京剧剧本大量刊行。……京剧折子戏所表现出来的独立性、规范性和稳定性等艺术特征，证明它的形成并成为舞台演出的主要形式，是京剧表演艺术水平日益精进、逐渐成熟的结果。"② 可见，以折子戏为主的剧本单元，对于京剧的发展成熟具有极其重要的促进作用，而大量以选录折子戏为主的京剧选本的存在，更在剧目文献的稳定与丰富方面起到最为关键的奠基作用。

（二）词选：名伶与唱片

京剧选本中的词选类型与中国古代戏曲选本中的曲选相似，但又有所区别。郑振铎在《中国戏曲的选本》中认为："像《雍熙乐府》，像《九宫大成谱》，像《太和正音谱》，那都是以一个曲调为单位而不是以一出为单位而选录的。那不是戏曲的选本。"③ 这种观点颇为狭隘，它忽略了戏曲具有清唱的功能，作为曲调选录的选本便是对戏曲表演、清唱功能的认可与发掘。因此，后来学者朱崇志在其《中国古代戏曲选本研究》中补正了这种论述，并将那些以曲调作为收录单位的选本归为曲选类型。相对而言，中国京剧选本中的词选类型虽然也对选录唱段的声腔板式做出标注，但是皮黄音乐系统中的京剧板式并非如杂剧、传奇中的曲牌一般，可以作为一种固定、完整、独立的音乐单位。因此，这类关于京剧剧本唱词的摘录，更宜作为词选而非曲选类型选本来看待。

中国京剧选本中的词选类型一般是对某一剧本中流传较为广泛

---

① 郑振铎：《中国戏曲的选本》，载《郑振铎古典文学论文集》下册，上海古籍出版社2009年版，第517页。
② 陈恬：《论京剧折子戏的艺术特征》，《戏剧文学》2006年第9期。
③ 郑振铎：《中国戏曲的选本》，载《郑振铎古典文学论文集》下册，上海古籍出版社2009年版，第510页。

的唱段进行唱词文本的摘录，大多标明板式，但是并未形成定式。部分词选，如北京杨梅竹斜街中华印刷局于民国十五年发行的《唱词大观》，不仅对于唱词进行摘录，并且部分唱词选段中的念白也被一并录入。由此更加说明中国京剧选本中的词选一类并非以声腔板式等音乐单元作为固定选取模式，它们更多只是对唱词的记录与选择。

词选类型的京剧选本早在清代末期的民间抄本中已有流传，但是抄本形态的词选基本是当时伶人根据所属行当进行的角色唱词底本抄录，以供教学所用。然而，词选作为选本类型之一，得以全面发展与兴盛，则是在中国京剧选本进入鼎盛阶段（1915—1935）以后。其中原因，可从以下两个方面进行分析。

其一，名伶中心的形成及其代表唱段的流传。名伶中心发展成熟的典型代表，是京剧"名角制"班社组织结构的形成与稳定。"'名角制'是19世纪后期至20世纪上半叶京剧班社的主要组织形式，也是京剧班社区别于传统的昆班、徽班和其他地方戏剧班社的主要差异所在。"① 一般认为，中国京剧史上第一个独立挑班的名角应是享有"伶界大王"盛誉的谭鑫培（1847—1917）。谭鑫培以其博采众长而又卓绝独特的艺术成就使中国京剧的发展逐渐走向名伶中心，而在名伶中心风靡的时代，名伶代表唱段的流传程度便是检验名伶艺术水准的重要方式之一。"在谭鑫培风行京都的时代，他韵味独特的'店主东带过了黄骠马'和'一轮明月照窗下'等经典唱段，在大街小巷中到处被传唱，这个时代因此获得了它特有的美学标记。"② 因此"四海一人谭鑫培，声名廿载轰如雷"（梁启超《题谭鑫培渔翁蓑笠图诗》）、"家国兴亡谁管得，满城争说叫天儿"（狄楚青《庚子即事》）的时人诗歌即在不断印证以谭鑫培为代表的名伶及其唱段的风靡程度。名伶唱段的广泛流传自然带来中国京剧选

---

① 陈恬：《森严与松散："名角制"京剧班社结构初探》，《南京大学学报》（哲学·人文科学·社会科学）2011年第6期。

② 傅谨：《清末京剧的发育与成熟》，《中国文化研究》2012年夏之卷。

本选辑模式的相应变化,以商业出版和营销谋利为目的的图书市场,选录名伶经典唱段汇集而成的词选类型选本便是对名伶唱段巨大商机的敏锐捕捉与迅速实践。因此,名伶中心经典唱段的广泛流传即是词选类型选本得以发展兴盛的根本前题。

其二,京剧唱片的发展促动与迫切需求。清代光绪末年开始,伴随录音技术的发展与运用,京剧领域开始出现灌制唱片现象。伴随京剧唱片一起出现的,还有唱片剧词的印行与发售。而在最初,唱片剧词的印行多以单张为主,是配合京剧唱片的附属产物。这种单张唱片剧词虽然方便了听众对照唱片的欣赏与学习,但是因为单张发行,极不容易保存。因此,对于京剧唱片唱词选段的整理与汇集工作也就成为市场的迫切需求,从而词选类型中京剧唱片类的唱词选本也就应运而生了。"自有京剧唱片以来,其唱词曾以多种形式印行,《大戏考》是1934年出版的最普及的唱词集。"[1] 作为配合唱片发行的唱词选集《大戏考》,在其发行过程中不断根据名伶唱段的流行情况而更新修改。《大戏考》的出版始于民国十八年,而至民国三十七年已经出版至第十八版,由此可见流行程度。"至1948年10月,《大戏考》发行达18版(从1929年初版《唱片剧词汇编》算起),《大戏考索引》出第5版,在同类出版物中最具影响力。总发行者上海大声无线电唱机行,为抵制其他戏考,与南京、上海、杭州、重庆等许多电台有约,播放唱片时,报告《大戏考》上的唱词页码。"[2] 由此可以看出唱片词选类型选本的发达程度。当然,《大戏考》并非专以京剧唱词为主,但是不可否认的是,京剧是其中最重要的内容,所占比例也是最大的。而与《大戏考》类似的还有(上海)美国胜利唱机有限公司的《胜利剧词》[3] 等选本,也是以收

---

[1] 龚和德:《京剧唱片与〈大戏考〉》,《福建艺术》2011年第4期。
[2] 龚和德:《京剧唱片与〈大戏考〉》,《福建艺术》2011年第4期。
[3] 按:因为版本保存形态问题,(上海)美国胜利唱机有限公司的《胜利剧词》出版年代难以考证,但是笔者根据《申报》所载《胜利剧词》相关广告,大致可以推测其刊行于民国二十三年(1934年7月12日)前后。

录京剧唱片唱词为主,同时广收当时最为流行的戏曲、歌曲类的各项唱词。伴随京剧唱片技术的普及,各种词选类型京剧选本如雨后春笋般涌现。这类选本封面即已标明"今昔名伶唱词/话匣唱片二/簧梆子准词"(《唱曲大观》民国十八年北平中华印刷局)一类宣传文案,从而可见京剧唱片对词选类型京剧选本发展的促进与推动。同时,这类选本也在不断满足唱片市场对精准唱词对读的迫切需求。当然还需警惕的是,这类冠以"名伶真本唱片准词"的京剧选本并非皆如自我广告所标榜的,其中许多可能是相互抄袭的"赝品"。但是,即便如此,依然可以证明京剧唱片与词选类型京剧选本间的密切关系。

(三)谱选:音乐与教学

中国京剧选本中的第三种类型即谱选形式,是对中国古代戏曲选本中工尺谱类型选本的继承与发展。谱选类型的京剧选本在总体数量中所占比例最小,但其对中国京剧选本类型的多样化发展具有十分重要的意义。

强调谱选,毫无疑问,这类选本最为显著的特点就是与音乐元素密切相关。虽然剧选、词选类型的京剧选本也有声腔板式的标注,但是失之简单,因此并不能起到音乐方面的教学作用。谱选类型的京剧选本不仅详细标注声腔板式,而且对选入唱段均有逐字逐句的工尺乐谱或者胡琴曲谱、西式简谱记录。就其选入篇幅长短来看,可以分作段选与剧选两种类型;就其曲谱标注方式来看,则以工尺乐谱与胡琴曲谱为主,同时兼有西式简谱。具体来说,谱选类型的京剧选本基本包括以下几种。

第一,《京曲工尺谱》1册,上海世界书局1921年版,工尺乐谱段选,按照京胡板式排序,收录唱段57种,怡情轩主江天一编辑。

第二,《新编戏学汇考》10册,上海大东书局1929年版,工尺乐谱段选,按照角色行当排序,收录剧目110种,其中京剧104种,吴兴凌善清、海宁许志豪编辑。

第三,《二黄寻声谱》(含续集)2册,上海大东书局1929—1930

年版，工尺乐谱段选，按照名伶唱片排序，收录唱段71种，瑞安郑剑西编辑。

第四，《戏学指南》16册，上海大东书局1931年版，工尺乐谱剧选，自由排序，收录剧目80种，大东书局编辑，冯春航校正。

第五，《风琴胡琴京调曲谱大观》4集，上海大东书局1931年版，工尺谱与西式简谱并列段选，按照剧种排序，收录唱段76种，京剧47种，海宁许志豪编辑。

可以看出，谱选类型的京剧选本仍以传统工尺乐谱标注为主，少数开始引进西方音乐简谱方式，出版机构则以上海大东书局最具代表性。与剧选、词选的阅读目的不同，谱选几乎无一例外地强调选本用于教学目的。这种教学功能的选本价值定位相较于一般阅读文本而言，则有更深层次的追求。换言之，谱选类型的京剧选本所要针对的隐含读者群体有别于普通阅读类型选本的大众读者，其在满足阅读的基本前提下，追求更高层次的京剧音乐教学的功能。因此，谱选类型的京剧选本虽然市场定位偏于狭窄，但是相当精准并且更显高端。同时，相较于一般的剧选与词选类型选本，谱选类型的京剧选本在排版方式与印刷制作方面更加精良，当然售价定位也相对偏高。这些文献信息也从不同侧面印证了谱选类型的京剧选本具有更高层次的选本追求。

总的来说，中国京剧选本的基本类型由剧选到词选再到谱选的发展过程，实际上也是选本不断自我反思、与时俱进的精进过程。并且需要指出的是，选本类型的发展过程也是京剧舞台流行时况的折射与反映。就整个中国京剧选本的历史进程而言，剧选、词选、谱选再到1949年以后出现的腔选，实际是与京剧舞台戏班中心、名伶中心、流派中心的发展演变轨迹互为关联的。我们从中既可以看到中国京剧选本文献形态变迁的阶段性特征差异，又可以整体把握中国京剧史学进程的内在逻辑规律。

第三节　编选作者与编辑出版

著书立说，以传后世的朴素观念古已有之。《左传·襄公十四年》"太上有立德，其次有立功，其次有立言，虽久不废，此之谓不朽"，司马迁《报任安书》"亦欲以究天人之际，通古今之变，成一家之言"，以及曹丕《典论·论文》"盖文章，经国之大业，不朽之盛事"等，皆从不同角度论证著书立言乃是不朽伟业的基本理论观点。

然而，文体有别，陆机《文赋》有言："诗缘情而绮靡，赋体物而浏亮。"戏曲、小说之于诗歌、文章已有雅俗之别，皮黄乱弹之于昆腔又有花雅之争，究其原因，既有文体间的鲜明区分，更有文学观念间的对峙分野。自古以来，由于深受"词曲小道""不登大雅之堂"文学观念的影响，人们对戏曲、小说的搜集整理工作多有忽视。而作为戏曲中名以"花杂""淫俗"的皮黄乱弹种类则更遭轻视，鲜少得到关注。近代以来，印刷技术的革新与商业出版的勃兴，虽在不断带动以中国京剧选本等为代表的俗文学的发展，但是其在编选作者与出版理念方面也呈现出与雅文学截然不同的情状。单就中国京剧选本的编辑出版来看，其在编辑作者身份署名方面就有隐性编者身份与显性编者身份的区别，二者对京剧选本的编辑出版具有不同的影响。

一　隐性编者与编辑出版

中国京剧选本的隐性编者是指那些使用别名、借用他人姓名、出版机构集体署名或者不作署名等进行选本编辑出版的现象。隐性编者大多难以考辨，甚至根本无从考辨，但是他们对中国京剧选本的编辑出版与发展兴盛却又具有极为关键的促进作用，因此值得我们对其进行分类归纳与综合研究。具体来看，中国京剧选本的隐性编者及其与编辑出版的关系大致可以分作以下三种类型。

（一）代名编者

代名编者也可称作别名编者，因为他们并不使用自己的真实姓名，甚至刻意隐去真实姓名转而通过使用别号一类代名进行京剧选本的编辑整理与出版工作。

中国京剧选本自其发生阶段开始，代名作者即已伴随出现。《梨园集成》的两篇自序皆是署名李世忠，但是根据选本的具体成书过程来看，参与编辑工作的绝非李世忠一人。这在《自序》中即可得以证明："小集班联，慨世事无非是戏；高谈按拍，笑我辈未免有情。……迩来频约善才，删除赝本；用是掇罗妙曲，汇集大成。"（《自序》其一）"不愧当年雅颂，集千狐之腋；有惭截狗续貂，为一孔之谈。"（《自序》其二）可以看出，《梨园集成》的编辑成书工作应该是集体活动，参与其中的编选作者除却李世忠以及科班教员杨月楼、产桂林等可供查考之人以外，还应包括其他三位：负责编次曲本目录的"洪都南烟傅炼"、负责校刊曲本的"怀邑王贺成"，以及《梨园集成》48种剧本之中唯一署名作者的"鉴己山人"。前二者我们仅能从其署名大致推断他们分别来自今江西南昌与安徽安庆怀宁；而对于《火牛阵》一种的署名作者——鉴己山人，因其所用代名，则无从考证，所以周贻白认为《梨园集成》所收剧本"皆不著撰人"[①]，也有一定道理。因为这种使用代名的署名情况实际仍让作者的真实身份得到隐藏，难以考察。

在中国京剧选本编辑出版中，实际使用代名用以表达隐性编者身份的则以《醉白集》和《戏典》最具代表性。《醉白集》作为重订合缀本的代表，作者署名为"苕溪灌花叟主"。我们根据其中收录剧目的具体刻印牌记标识以及苕溪水系的基本流域范围，仅可大致推知苕溪灌花叟主应为今浙江湖州人，其余则是无从追寻。与此相比，《戏典》的情况则更为尴尬。上海中央书店出版的《戏典》分有精装4册与平装16册两种版本系统，出版时间大致是在民国三十

---

① 周贻白：《中国戏剧史长编》，上海书店出版社2007年版，第592页。

一年至民国三十七年前后。但从编辑作者来看，它的署名方式已与同时段的其他京剧选本具有明显差异。《戏典》出版的时间已是中国京剧选本发展成熟并且经营鼎盛的阶段，相关版本著作署名权利已在其他选本中不断申明，即便偶有选本采用别号署名，但是也会同时标注真实姓名（如上海世界书局的《京曲工尺谱》署名怡情轩主江天一等）。然而《戏典》当属其中异数：《戏典》署名编撰作者为"南腔北调人"，但在扉页又印"聆音馆主编"，真实姓名皆难寻觅。其实，"南腔北调人"与"聆音馆主"一类代名只是真实编者随意择取的与音乐相关的代号而已，而其目的还是掩藏身份，让人无从追索。所以内蒙古大学出版社于 2011 年重新排印出版《戏典》更名为《民国版京剧剧本集》6 辑时，仍旧署名"南腔北调人编"，并且在"出版说明"中解释："今次出版《民国版京剧剧本集》，仍标明南腔北调人为编纂者，以示对原编纂者及原出版机构的敬意。"① 当然，表达敬意是一方面的原因，编选作者的真实身份实在难以查证也是另一方面的难言之隐。

  中国京剧选本中，还有一种使用代名的情况与选本的编辑出版工作密切相关。比如，"绘图京剧××班京调脚本"系列选本，虽然没有标注作者，但是其中部分选本，如民国元年的《绘图京都三庆班京调脚本》（又名《中华民国共和班京调脚本》）10 册等，则在文本中剧目标题旁作"知音者/闻声馆主/醉乡子题"，或有其他同类选本将"知音者"改作"知音馆主/知音室主人题"等。这类代名作者虽然可能只是剧目标题的书写题名作者，但是其与选本的编辑出版工作亦是关联紧密。然而从其署名来看，只是表达题名作者与音乐欣赏的关系，实际与"南腔北调人"或者"聆音馆主"一类相同，仅是随意择取的代号而已。

  隐性编者选用代名的直接原因无疑是掩藏其真实身份，但是这

---

① 南腔北调人：《民国版京剧剧本集》，内蒙古大学出版社 2011 年版，出版说明第 1 页。

种潜在动机更加值得探讨。中国文学发展到花部皮黄开始勃兴的时候，文体观念早已根深蒂固。作为文学文体"食物链"底端的花部戏本，其刚出现自然不受传统文化阶层认可，至于创作或者编选皮黄剧本，可能更要招致时人非议与讥嘲。因此，早期文人创作的皮黄剧本，如《极乐世界》等，作者只署"观剧道人"或"惰园主人"一类的别号，《火牛阵》的作者"鉴己山人"大致也是如此。《庶几堂今乐》的作者余治是本着"劝善教化"的目的与"善人"的身份进行创作的，需要借助皮黄剧本标榜善行，自然使用真实姓名。然而更多参与其中的知识阶层并不愿意署名这类"微末小道"甚至"不登大雅之堂"的事宜，因此才有代号别名的频繁使用。即便到了中国京剧选本成熟鼎盛以后，这种观念也未全然消退，因此才有《戏典》一类标署代名的现象继续存在。

（二）假托名伶编者

从中国京剧选本发展的历程来看，1949年以前京剧行当的名伶演员实际直接着手编选或者参与编选京剧选本，并且署名的情况极少出现。但是这并不妨碍大批京剧选本借用时代名伶之名进行京剧选本的编选与出版，如此操作也就形成了中国京剧选本隐性编者的第二类群体——名伶编者。

最早明确使用名伶编者身份进行京剧选本编选与出版工作的是"绘图京都××班京调脚本"系列的选本，从其标题冠名即可发现，这类选本强调"名班"与"脚本"，能够证明二者真实性的便是在所选每剧之前加上名伶姓名，如"真正京都头等名角小叫天曲本""真真京都头等名角汪桂芬曲本"（上海文宜书局光绪年间石印袖珍本《绘图三庆班三套京调脚本》48册），"京都真名角杨月楼秘本""京都三庆班李春来真本""京都壹等名角程长庚脚本"（光绪中期石印本《绘图京调》17册）等。可以看出，当时"京都名伶"几乎成了这类选本的直接参与者。事实上，这些名伶在很大程度上并没有真正参与的可能，但这并不妨碍出版机构借用他们的盛名进行铺天盖地的广告宣传。

实际上，在以传统师徒口授为主的时代，名伶脚本外传的可能性究竟会有多大呢？我们先来看看当时京剧丑角名伶王长林（1857—1931）关于名伶秘本的传承态度口述档案："吾侪伶人，多珍视秘本，虽同行亦不轻授，宁于死后令其家人悉数焚烧，而不欲流落人间，此于戏曲学损失最大。"① 此外，吉水在对近百年来的皮黄剧本作家进行历时梳理时指出："诸伶复彼此防范，甲恐乙之窃，乙畏甲之盗，不以付梓。"② 由此不难想见，"名伶秘本"作为戏曲演员的看家本领，是其赖以生存的根本，加之当时演艺界内"人无我有，人有我鲜""一招鲜，吃遍天"的艺术保存理念，欲让名伶公开兜售自己的立身脚本，无异于"饮鸩止渴"的疯狂举措，因此自然不可能真正得到响应。因而偷天换日的假借方式，也就成为各大出版机构心照不宣的实际编选操作技巧。

如果说"绘图京都××班京调脚本"系列选本最初只是依据单个脚本的具体情况借用擅长该脚本的名伶作为版本编者的话，那么这种情况发展到后来则更加肆无忌惮了。民国三年上海改良小说书局石印本《中华共和梨园界京戏脚本》12 集扉页赫然印着"北京谭叫天排辑"，公然借助"伶界大王"谭鑫培之名作为该种选本的编辑作者。这种看似真实署名的选本，所用署名编者"谭叫天"等人不过只是选本真实编者借以宣传广告的营销手段而已。而在此后，"名伶"作为编者的身份不断随着京剧舞台的发展而变化，同时还被不断放大。民国二十三年前后（上海）美国胜利唱机有限公司的《胜利剧词》在其封面标题之下即题"梅兰芳"之名，并有"兰芳之印"加以佐证。更为典型的是，民国十四年上海世界书局出版的《戏画大观》（又名《全国名伶秘本戏画大观》）2 册编辑作者直接署名"全国名伶"，并在该书《例言》指出："名伶真传　本书所载

---

① 张次溪：《清代燕都梨园史料（正续编）》下册，中国戏剧出版社 1988 年版，第 1203—1204 页。

② 吉水：《近百年来皮黄剧本作家》，载梁淑安《中国近代文学论文集（1919—1949）》戏剧卷，中国社会科学出版社 1988 年版，第 373 页。

各种戏曲，均系采集全国名伶擅长戏剧之秘本。"这种把"全国名伶"当作编选作者的做法成为此后该类"名伶秘本"系列选本的常用手段。

名伶作为隐性编者的真实情况是，他们并未实际参与京剧选本的编选工作，但却被动成为各类选本争相署名的对象，然而这种署名基本有名无实。名伶编者成为隐性编者的原因应该包括两个方面：其一，选本真实编者借用名伶编者进行身份隐藏；其二，也是最为本质的原因，名伶编者具有极大的商业价值与极高的市场号召力。因此，借用名伶之名作为京剧选本的编选作者，不仅有力地增加了标题中"名班"与"脚本"的可信度，而且也会以此发掘具有"捧角儿"行为的潜在读者群体，从而不断扩大选本销量。

其实，以名伶作为隐性编者的宣传广告行为，对于出版机构与读者群体而言，可能皆是心照不宣的商业"秘密"，即便对于名伶本人而言，也是一种商业宣传的有利途径，因此才能不断延续发展，乃至形成中国京剧选本编辑出版过程中隐性编者群体中的显著一类。

（三）书局编者

书局作为隐性编者，其实是将中国京剧选本的编选工作变成一种集体行为的署名方式。当然，我们无法完全排除部分京剧选本的编选出版工作本身就是一种集体合作行为，所以将其署名书局自然具有一定的合理性。然而即便如此，用集体署名代替具体参与作者的处理方式也是隐性编者中的常见类型。

最为普遍采用书局编者的选本当属北京（北平）打磨厂中心的各种书坊以及杨梅竹斜街的中华印刷局。这些书局虽在印刷技术方面不断革新，以期适应社会发展与市场环境，但就版权署名方面来看，基本皆以书局名称代替具体参与作者。书局作者通常是在选本封面最下标注"北京（北平）打磨厂老二酉堂书坊（书局）""北京（北平）杨梅竹斜街中华印刷（书）局印行"一类出版信息，用以标明编者版权归属。而实际上，具体参与编选、印刷、装帧、发行工作的相关人员皆被以书局为名的"集体"取代。其中原因，具有较为深刻的社会现实背景。

中国古代社会一般将参与雕版印刷工作的从业人员称作"手民"，并且因其属于"四民"之三的"工人"而不受重视。这在《梨园集成》的两篇《自序》中即有印证："爰付手民，广资心赏""窃以心得，付彼手民"。因此，用"手民"这一行业称谓直接取代具体编辑工作的参与人员成为一种习以为常的做法。"印本书籍的生成，除著作人供给原稿外，主要靠写字工、刻工、印工、装订工的辛勤劳动。他们是印本书籍的直接生产者，对于传播知识，流通文化，有不可磨灭的功绩。但在旧时代，他们并无地位，被作为普通匠役看待……在史书中很难发现他们的姓名。"① 因此，根深蒂固的社会分工等级秩序以及潜在其中的行业贵贱排序法则，使得具体参与编辑出版工作的"手民"根本没有被列入编选作者的可能。

值得研究的是，为何书局集体署名的方式多以北京地区的传统印刷书坊为主呢？这与它们传承已久的行业习俗以及潜在的出版品牌意识密切相关。北京地区的各类书坊大多传承数代，如老二酉堂等明代即已开设，所以它们陈陈相因地固守原有出版习俗也是情理中事。并且，京剧初兴之时，本就未能得到"正统"文学认可，剧本作家与选本编者难以确认亦属常事，因此各大书局只有集体署名。当然，书局作者的署名方式不仅因为"手民"工作的不受重视，隐藏其中的还有关于书局品牌意识的萌芽。署名书局，既可以不断稳固其在行业中的品牌地位，又可以借助书局品牌打开京剧选本的营销市场，可谓一举两得。

尽管如此，我们仍然应该看到，书局编者的隐性署名方式实际是对编选作者的遮蔽与不公。因此，受近代西方出版行业影响更深的上海等地，同时期的京剧选本已在书局之外更加详细地标明编选作者、发行人员等具体版本信息。就北京地区的书局而言，以杨梅

---

① 张秀民：《中国印刷史》，上海人民出版社1989年版，第730页。

竹斜街中华印刷局为代表的系列选本在其后期出版工作中也开始加入"古瀛齐家本（笨）"等选辑作者之名。这种从书局集体署名的印行处理方式到具体标明编选作者个人姓名的变化，可以说是中国京剧选本乃至中国图书出版行业的进步。毕竟"又如李兆受、百本张、百本廉，或刻板，或抄录，颇流传旧剧。虽无编剧之功，亦与戏曲有关"[1]，因此，他们对中国京剧选本编辑出版工作的重要贡献，不应被隐性处理以致湮没，值得深入发掘。

总的来说，中国京剧选本对隐性编者的处理方式基本包括上述三种，然而在不同处理方式背后隐藏的具体原因则更加值得发掘探讨。隐性编者的存在是中国京剧选本发展初期的必经之路，也是中国传统出版业与文学观念共同影响作用的结果。

二　显性编者与编辑出版

相较隐性编者对中国京剧选本真实编选状态与文本生产过程的遮蔽与埋没，显性编者的存在更有利于查考京剧选本编辑出版的完整过程。虽然早期京剧选本《梨园集成》已按照中国古代社会文人结集出版的方式作《序》并且署名，但是并未得到其后选本的响应。实际上，中国京剧选本在显性编者署名方面逐渐步入正轨是在1914年以后，尤其是《戏考》带来的新的影响。

显性编者的署名方式使京剧选本的编选与出版逐渐趋于规范化与严谨化，甚至是中国京剧选本发展开始过渡到现代化的重要标志。具体来看，显性署名的编者主要有以下几个代表人物：李世忠与《梨园集成》、王钝根与《戏考》、怡情轩主江天一与《京曲工尺谱》、林善清与《戏曲大全》、李菊侪与《戏本》、许志豪与《绘图京调大观》《新编戏学汇考》《风琴胡琴京调曲谱大观》等、齐家本（笨）与《唱词大观》《戏出大观》等、郑剑西与《二黄寻声谱》（含

---

[1] 吉水：《近百年来皮黄剧本作家》，载梁淑安《中国近代文学论文集（1919—1949）》戏剧卷，中国社会科学出版社1988年版，第392页。

续集)、冯春航与《戏学指南》、孙虚与《京戏汇考》……可以看出，这些编选作者的显性署名方式对考察不同类型京剧选本的编选出版过程具有极为重要的推进作用。下面，我们就对其中较具代表性的三个编者及其编选选本的主要过程进行个案分析。

(一) 戏班老板李世忠与《梨园集成》

从"太平军降将"到"戏班老板"，这是《梨园集成》编者李世忠极具典型而又颇带传奇色彩的两种身份属性。[①] 李世忠生逢"捻祸"而又身涉乱世，从村间野盗至捻军头目、从太平军降将到戏班老板，不断置换的身份空间使得其人颇具异闻色彩；期间贯穿其人生轨迹的嗜剧爱好勾连出豢养戏班、编撰戏本的特殊经历。

《梨园集成》前有《自序》两篇：一署"光绪四年岁次戊寅季秋下澣蓼城良臣李世忠跋"，一署"光绪四年岁次戊寅秋抄蓼城松崖氏再叙"。

李世忠生年不详，卒于光绪七年，《清史稿》并无传记；清末以来史料文献与稗史笔记之中却多载录其人其事。"蓼城"于清代即固始县，属光州，故而有关其籍皆作"河南固始人"。两篇《自序》署名，一作"良臣李世忠"、一作"松崖氏"，可知世忠为名，良臣为字，松崖氏当属其号。但是细究史料，得知"世忠"一名乃是后来改作，并且颇有渊源："李世忠原名兆寿，河南固始人也"[②]；"李世忠，原名长寿……更名昭寿……再改名世忠"[③]；《清稗类钞》又载"李长寿观剧"条目[④]；又《清代七百名人传》作"世忠初名昭寿，一名兆受"[⑤]。综而观之，兆寿、兆受、昭寿、长寿等皆为其

---

① 参见黄菊盛《从太平军降将到戏班老板——〈梨园集成〉编者李世忠考》，《戏曲研究》第二十九辑，文化艺术出版社 1989 年版。
② 张瑞墀：《两淮戡乱记》，载中国史学会《中国近代史资料丛刊·捻军（一）》，上海人民出版社 1957 年版，第 295 页。
③ 抱器：《五爷带班》，《戏杂志》1922 年创刊号。
④ 参见徐珂编《清稗类钞》（第 11 册），中华书局 1986 年版，第 5064 页。
⑤ 蔡冠洛：《清代七百名人传》中册，中国书店 1984 年版，第 1120 页。

"初名",而更名"世忠"之后更为响亮;究其底里,更名"世忠"与其身份空间的流变关联最为密切。

据《两淮戡乱记》与《湘军记·卷七·绥辑淮甸篇》等史料文献载录:更名之前的李世忠先是乡间野盗遭人鄙弃,太平军起,世忠趁机揭竿,后被清廷官员何桂珍击破而降清;又因偶得何桂珍密信转而伏兵戕杀桂珍,改投太平天国,并获太平天国"七十二检点"之职;最终清廷以其家人相挟,世忠内应献城投诚,赐名"世忠"。清廷赐名"世忠"一事颇具警醒之意;而其自字"良臣"含有表明心迹、决心归降之意。

降清之后的李世忠累建军功而又日益骄纵:"诏授世忠江南提督,帮办军务,自滁以西北属五河皆其关镇。牧令不能治民,皆设武夫榷关税,收民田租税,自为出纳,赀货山积。……淮南北苦其蹂躏,言李秃子则人人愤怒,思唊其肉。"① 最终因与另一太平军降将苗沛林争夺盐船利益等事引发祸乱,难以自保,幸得曾国藩密奏:"臣愚以为世忠剿苗甫毕,但可究其骚扰之罪,不必疑有叛离之心。臣当令其遣散部众,交还城池,退出厘卡,停给饷盐,放还田里,保全末路。"② 最终,"(同治)二年(1863)正月癸卯朔,世忠状白国藩,以所守滁州、五河、来安、全椒、天长、六合等城,请派兵接防……三月,世忠悉发己财及余盐、积谷,给其军三万余人……因乞病回籍葬亲"③。结束仓皇戎马的半生。

解甲之后的李世忠依旧游弋江湖狂诞不羁。同治十年李世忠与旧仇陈国瑞不期而遇,世忠阳奉阴违假装驯服,趁其不备将其掳走,以报前仇;又遇"曾国藩案其事,奏褫世忠职,勒回籍"④。然据《异辞录·卷二》所载,回籍之后的李世忠居于安徽省城安庆,挥霍无度、私设烟馆、窝匪聚盗。终因代人索债,聚徒械斗,遂于光绪

---

① 王定安:《湘军记》,岳麓书社1983年版,第90页。
② 王定安:《湘军记》,岳麓书社1983年版,第99页。
③ 王定安:《湘军记》,岳麓书社1983年版,第99页。
④ 王定安:《湘军记》,岳麓书社1983年版,第100页。

七年遭安徽巡抚裕禄诛灭。而其被斩之事在《清史稿·裕禄传》中得到印证。① 裕禄诛杀李世忠一事，表面上看，是因其不法自招其祸；实际上，清廷一直未放松对其警惕与监视，借机斩草除根。故而李世忠临死之前亦说："我昔居巍位，若有诏赐死，当先谢恩。"② 表现出其自知难以幸免，磊落就死的一面。

贯穿李世忠人生的除却狂诞传奇，便是嗜剧成好。无论是前半生辗转军旅，抑或是后半生游弋江湖，嗜剧成好与豢养戏班均可找到明证。

《梨园集成·自序》其二中言："虽值仓皇戎马，不虚丝竹管弦；及当闲散江湖，欲补遗亡放佚。"即已高度概括其与戏剧的渊源。首先，仓皇戎马屯居滁州之时"极意声色宫室，购梨园三部，曰玉笋班、玉兰班、长春班，班各百余人，玉貌珠喉，锦衣画栋，极一时之盛"③。戎马之际豢养戏班本就引人侧目，所养戏班有三，每班均有百余人。由此可知，李世忠的家班定是乐师、行当、班首杂役、调停人员一应俱全的大型戏班，锦衣玉食一时之盛的描述则又反映出其所用戏班必是衣盔箱把、砌末道具善备精装的状态。每逢筵宴"小优抱铜琵琶唱朱买臣侑觞"④。豢养戏班早已屡见不鲜，但如李世忠这等身处乱世戎马，却又恣意梨园的行径确实难寻。另据《湘军记》与《清稗类钞》所载：解职后的李世忠常携姬妾优伶往来吴、楚，依旧狎妓观剧、优伶簇拥，更为重要的是其已经开始组建戏班、游弋江湖：

> 世忠好渔色，耆戏剧。释甲后，挈眷居维扬，辇重金之苏

---

① 参见赵尔巽等撰《清史稿》卷四二《列传·裕禄》，中华书局1977年版。
② 刘体智著，刘笃龄点校：《异辞录》卷二，中华书局1988年版。
③ 张瑞墀：《两淮戡乱记》，载中国史学会《中国近代史资料丛刊·捻军（一）》，上海人民出版社1957年版，第297页。
④ 张瑞墀：《两淮戡乱记》，载中国史学会《中国近代史资料丛刊·捻军（一）》，上海人民出版社1957年版，第299页。

阎，购民间童男女数十人归，教之演剧，号"昭寿班"，而自领之。每大言曰："此吾在洪杨军中封王时原名，吾班固以王爷带领者也。"尝挈班遍走镇、沪（时上海商务已甚发达）、苏、杭诸名胜，以应堂会。①

由此可见李世忠所带戏班悠游长江各大口岸的空间变动，更兼自谓"王爷带班"，一则是其奔走游艺鼓吹宣传的策略，一则显出其人依旧桀骜狂诞的事实。

李世忠所带戏班演出何种戏曲虽未说明，但是依据《自序》之二"昧阳春白雪之音，晓下里巴人之调"之语推断，李世忠所带戏班应非昆曲戏班；结合其早年于滁州豢养家班之事，可知其所带戏班应为当时花雅交融中逐渐兴盛的花部戏班；而其久居安徽，游弋吴楚，可知此班应以皮黄戏为主。1876年（光绪二年）5月24日《申报》载《名优赴润》及5月31日载《名优重演》两文均证明清末京剧名伶杨月楼搭伙李世忠戏班演出的事实。杨月楼的声名技艺自然会为李世忠的游艺戏班增色不少，考察杨月楼擅演剧目皆为皮黄戏的事实同样可以证明李世忠所带戏班必为皮黄戏班。

其次，勒令回籍的李世忠曾在安庆自办科班："这个科班的教师学生大都是安徽籍人，杨月楼又曾一度参加这个科班任教。"②居于安庆却因事被诛的李世忠即便临死之前也与戏剧勾连甚深：

巡抚裕禄，以计羁之，更招戏班以媚悦之。……夜既阑，黄入中军署，世忠方在花厅听戏喝彩，乐甚，睨其旁佩有洋枪短刀，乃令卒突入，反缚其手。李急回顾曰："将杀我乎？"挈之出，至门檐下，挥刃斩之。③

---

① 抱器：《五爷带班》，《戏杂志》1922年创刊号。
② 黄菊盛：《从太平军降将到戏班老板——〈梨园集成〉编者李世忠考》，《戏曲研究》第二十九辑，文化艺术出版社1989年版，第140页。
③ 蔡冠洛：《清代七百名人传》中册，中国书店1984年版，第1122页。

羁留李世忠的裕禄未敢擅自行事，而是密奏请旨定夺，期间更是投其所好"招戏班以媚悦之"，反映出李世忠对戏剧的嗜好，即便身临险境尚且沉溺其中；直至事发，临死犹在"花厅听戏喝彩"，终成鱼肉。凡此情状皆折射出李世忠嗜剧成好、几近痴狂的情态。

嗜剧近狂，甚至"因戏废命"的李世忠除却散见在文献史料、稗史笔记中与戏剧紧密相关的资料，终其一生对戏剧最为重要的贡献便是《梨园集成》的编撰刊刻。

一是《梨园集成》的编撰成书时间。《梨园集成》虽为"光绪庚辰新刊"，但是成书时间有待细究。《梨园集成·自序》两篇所题时间皆是光绪四年秋天，一般而论，序跋之属均是书集定稿之后所作，用以记录成书过程，间或提纲挈领谈其旨要。因而可见《梨园集成》编撰成书时间最晚应是光绪四年秋天。结合《自序》其一"迩来频约善才，删除赝本；用是搜罗妙曲，汇集大成"来看，"迩来"应是光绪四年秋天以前，所约"善才"，多半是其戏班中人。据黄菊盛考证当为杨月楼、产桂林等人，但其将《梨园集成》的编撰时间推为"光绪三年至光绪五年之间"[①]，却是不妥。综合上述文献史料，《梨园集成》的编撰成书时间当在光绪三年至光绪四年之间，最晚不会超过四年秋天。而其刊刻时间则是"光绪庚辰（六年）新刊"，郑振铎曾以"光绪四年出版"[②]，当属误作。

二是选编动机。李世忠编撰《梨园集成》的动因自然包含前文所述嗜剧成好的因素，然而具体追溯，可在两篇《自序》中寻得踪迹。

> 雅俗未能共赏，字字胥乖；南北各操土音，非非徒想。全凭口授，莫遂手披。……非关音律之不谐，实由简编之无据。

---

① 黄菊盛：《从太平军降将到戏班老板——〈梨园集成〉编者李世忠考》，《戏曲研究》第二十九辑，文化艺术出版社1989年版，第141页。
② 郑振铎：《中国戏曲的选本》，载《郑振铎古典论文集》下册，上海古籍出版社2009年版，第515页。

有由来矣,良可惜焉。(《自序》其一)

  所虑者南北之韵不同,未克按腔合拍;古今之调不一,亟须协徵调宫。期雅俗之兼收,排成鳞次;思妇孺之尽解,莫混鱼珠。(《自序》其二)

概言之,雅俗未能共赏、南本音韵各异、简编之出无据应是李世忠编撰《梨园集成》的三大动因。

  第一,雅俗未能共赏。花雅交融,前已有之,自到《梨园集成》编撰之时,花兴雅衰的格局基本形成。李世忠出身微贱,身列行伍,自谓"昧阳春白雪之音,晓下里巴人之调"并非自谦;游历安庆、汉口等地更是西皮、二黄发源合流、嬗变发展的根存之所。因此,《梨园集成》虽然本着雅俗共赏、雅俗兼收的要求,但却鲜明显露出近"俗"远"雅"的倾向。即便学界普遍认同的《闹天宫》与《濮阳城》两种昆曲戏本,亦与皮黄戏本渊源深厚。首先,二者均是以打戏见长的热闹戏文,与皮黄戏本偏重武打相同。其次,参与戏班的杨月楼"擅长演出悟空戏,有'美猴王'之誉"[1],这就可以解释《闹天宫》收入其中的原因。最后,周贻白在其书中指出"濮阳城'昆曲',今改'皮黄'"[2],也较好地说明了《濮阳城》逐渐由昆曲变为皮黄、由"雅"变"俗"的演变轨迹。然而李世忠"频约善才,删除赝本"的做法实际证明了其对所收戏本有过筛选,甚至修改的行为,以期尽量做到雅俗共赏。

  第二,南北音韵各异。昆曲之与皮黄本就韵律有别,殊趣甚远。乱弹兴自民间,皮黄、徽调、秦腔、罗罗诸种花部乱弹因其依存的方言音韵系统不同,故而造成"南北各操土音""南北之韵不同"的局面。李

---

[1] 王文章、吴江主编:《中国京剧艺术百科全书》下卷,中央编译出版社2011年版,第1019页。

[2] 周贻白:《中国戏剧史长编》,上海书店出版社2007年版,第593页。

世忠虽言"亟须协徵调宫",但从其自身所居所游之地考察,《梨园集成》所收戏本除却 3 种昆曲之外,余下 45 种皆是盛行皖、鄂等地的皮黄戏本。[1] 从这一层面而论,李世忠并未能够从根本上解决南北音韵各异这一难题,而是以其所居"土音"为主,收集皮黄戏本。

第三,简编之出无据的遗憾。中国古代戏曲传承多以师徒口授为主,李世忠所言"全凭口授,莫遂手披"即已指出传承方式的单一性。及至戏曲选本出现,大多有"戏"无"曲",仅有少数戏本存留曲谱。《梨园集成》同样只录戏文曲牌板式,不含曲谱;但就保存戏本的目的来看,收剧 48 种对于保存咸丰、同治以及光绪年间普遍流传的皮黄戏本意义非凡,甚至可以由此追溯皮黄到京剧的嬗变轨迹。出于简编之出无据的惋惜,李世忠已然实现"搜罗妙曲,汇集大成"的初衷。更兼《梨园集成》收剧包含《双义节》(二十一回)、《麟骨床》(十九回)、《因果报》(四段)、《红书剑》(二十三回)等诸多全本戏及《桃花洞》《天开榜》等罕存戏本,对查考咸丰、同治前后戏曲舞台演出及戏本存录状况提供了重要文献史料,可谓功不可没。

然而《梨园集成》的编撰成书定然不是一时一地一人之力能够做到的,这些线索两篇《自序》皆有论及。李世忠编撰戏曲选本之心或许早已有之,只是前半生仓皇戎马未得其时,"及当间散江湖,欲补遗亡放佚"。但是《梨园集成》48 种戏本的收集应如《自序》所言,是一个积少成多、不断汇聚的历时性过程。并且《梨园集成》编撰成书是李世忠游弋江湖遍走多地的结果。"《梨园集成》所收的四十多种皮黄戏,实际上就是这个时期在南方京、徽、汉混合班社的上演剧目。其中有的如《乔府求计》、《蝴蝶媒》等,很明显源于汉班,而《四郎探母》等则来自京剧,其他大部分则是徽班剧目。"[2] 对于汇集而成的"底本",编者并非毫无甄别地一概而入。依据"小

---

[1] 按:关于《梨园集成》所收昆曲与皮黄的数量争议,下文另有详述。
[2] 黄菊盛:《从太平军降将到戏班老板——〈梨园集成〉编者李世忠考》,《戏曲研究》第二十九辑,文化艺术出版社 1989 年版,第 142 页。

集班联""高谈按拍""频约善才"等信息可知，《梨园集成》的编撰过程当是李世忠与同好探讨删改而定。

综上可知，作为戏班老板的李世忠，对于《梨园集成》的编选与出版起到至关重要的决定性作用，并且《梨园集成》的编选工作实际带有一定传统社会文人雅集的色彩。而就其两篇《自序》来看，编选作者对于皮黄剧本的整理与出版是在花雅之争的戏曲生态背景下所做的积极尝试，同时带有传统知识阶层的希冀，当然也不排除其中蕴含的商业出版营利心态。而这一切，恰好证明了以《梨园集成》为代表的花部戏曲选本开启了中国古代戏曲选本近代化的转型之路。

（二）现代编辑王钝根与《戏考》

在中国京剧选本发展史上，《戏考》的出现绝对具有划时代的意义。迄今为止，《戏考》仍是收录剧目数量最多的京剧选本（不含台湾、香港等地出版的京剧选本），它在1880年的《梨园集成》与1953—1959年的《京剧丛刊》、1957—1983年的《京剧汇编》之间起到承上启下的关键作用。同时，《戏考》更是影响整个民国阶段（1912—1949）乃至更远时段京剧选本版本形态与发展走向的重要典型性选本，因此对其编选作者身份与编辑出版过程进行探索，十分必要而且极富意义。

《戏考》的编辑与出版不像《梨园集成》那样经历了前期积淀而后汇聚成集、统一刊刻印行的过程。相对而言，《戏考》的编选与出版最初颇有一些随意性，而后逐渐发展形成一个相对固定的模式，最终得以40册完整发行。然而，《戏考》从最初的编选缘起到最终40册的成功面世并且产生广泛影响，则与它的编辑作者王钝根关联最为密切。甚至可以说，因为有了王钝根作为现代编辑的鲜明思想意识，《戏考》40册才有机会产生。

王钝根（1888—1950），今上海青浦人，原名晦，字耕培。王钝根最显著的贡献便是编辑工作。他最初在家乡青浦主编《自治旬报》用以宣扬反清共和思想；1911年受聘为《申报》编辑，并且成功开辟了《申报·自由谈》栏目而声誉日隆；后来又陆续创办主编了《自由杂志》《游戏杂志》《礼拜六》《社会之花》《说部精英》《新上海》等刊物，并且取得良好反响。王钝根的文化交游圈层基本包括两个方向：其一，是以《礼拜六》杂志为中心的"鸳鸯蝴蝶派"作家群，诸如周瘦鹃、陈蝶仙等人；其二，是以南社为中心的同人成员圈层，其中比较出名且与戏曲一行或者《戏考》编辑密切相关的包括柳亚子、冯春航、吴梅、张冥飞、王大错（王鼎）等人。而在此外，"王钝根文学底蕴深厚，诗、词、赋无一不精，散文、小说、戏曲照样出色，很耐读。他的书法更是超群，他那绵里藏针的书艺人见人爱，别具一格。殊不知，王钝根居然还是京剧发烧友，曾编有《戏考》，曾因之广结戏缘"[①]。由此可见，《戏考》的成功与编辑出身的王钝根极具渊源。

《戏考》40册的完整编选出版是一个相对复杂的过程，其中先后经历过上海申报馆、上海中华图书馆、上海大东书局的介入，而这系列转变皆与负责编辑工作的王钝根息息相关。

上海申报馆是《戏考》出版的第一个负责机构，但其只在民国元年8月10日出版过《戏考》的第1册及民国二年出版过第2册，[②]其中原因可从编辑作者王钝根的个人经历着手探讨。1911年8月24日，王钝根在《申报》上开辟了《自由谈》栏目，这被看作是中国报纸行业最早的"副刊"编选工作。《申报·自由谈》偏于游戏文章，多有一种滑稽讽世之风，因此其中一些文章开始专门涉及戏曲介绍与演出时评：

> 在这个"自由谈"上，1911年9月8日开始，吴下健（笔者按：当作"吴下健儿"）连载了《戏考》。虽然也有休载，但

[①] 虎闻：《"文化社会之花"王钝根》，《图书馆杂志》2008年第5期。
[②] 按：有关上海申报馆出版《戏考》第2册的信息仅在相关广告之中得以出现，尚无相关版本佐证。

是几乎每天都登载，到 1911 年 12 月 26 日为止，计 108 回，介绍的剧目达 107 出。对剧目的梗概、精彩之处、演员的表演等也作了简洁的记述。这个连载似乎受到了好评，由次年 1912 年 3 月 5 日再开，这次到 6 月 15 日为止，共 88 回，介绍剧目 88 出。再那往后连载间隔性地持续着。

1912 年 7 月 1 日，在《申报》"自由谈"下边刊登了《你爱看戏么》的广告。这是受到好评的吴下健儿的《戏考》做的广告。①

上述引文基本呈现出了上海申报馆关于《戏考》评论文章撰述的过程，但是其中也有需要辨别的错误。为了明确其中原委，我们先将相关几则重要广告的原文引录于下：

《戏考》 吴下健儿 上海人多喜新剧而厌旧剧，以旧剧纯用京话，不若新剧之全系土音，易于领悟也。实则新剧远不如旧剧之有声有色。鄙人溷迹申江，于今三十载，素嗜旧剧，今敢略述梗概，贡诸同志，聊为他山之助云尔。②

空闲子鉴，承询《戏考》，因健儿君公事鞅掌，无暇编辑，容俟明春续登也。③

《你爱看戏么》 你说爱的，你先买一本《戏考》去看看。本报《自由谈》登载《戏考》颇蒙阅者欢迎，计自去年七月至今已积三百余出，所有时下演唱之戏搜罗殆尽，兹为便利阅者

---

① ［日］松浦恒雄：《〈戏考〉在民国初年的文化地位》，载杜长胜《京剧与现代中国社会·第三届京剧学国际学术研讨会论文集》下册，文化艺术出版社 2010 年版，第 761 页。
② 《申报》1911 年 9 月 8 日第二张第三版。
③ 《申报》1912 年 1 月 2 日第三张第三版。

起见，重行编辑汇印成书，内容甚富。每出戏后有极详明之记事，有最流行之唱本，有擅长本剧之名伶肖像。当世顾曲家咸宜购备一帙，以为悦目赏心之助，洵可乐也。书已付印，不日出版，先行布告。版权所有，他家不得抄袭翻印。申报馆启。①

通过上海申报馆的三则相关广告可知，《戏考》最初是1911年9月8日由吴下健儿撰笔开设的戏评文章专栏，所谓"戏考"二字也即考述戏剧（主要是以京剧为主的"旧剧"）剧情梗概，同时略加评论之意。这种《戏考》文章首篇始于1911年9月9日的《乌盆计》，也即《申报》首次登载《戏考》广告的次日，中间止于1911年12月26日的《伐子都》，并于随后的1912年1月2日发表相关声明，交代暂时停刊原因。而后1912年3月5日复始于《牛头山》，再于1912年6月15日复止于《山海关》。

需要特别指出的是，这批有吴下健儿署名撰笔的《戏考》文章仅有关于剧情的考述简介与关于表演的相关评论，并不包括具体剧本内容。因此，在这批文章的发表与广泛接受基础之上，上海申报馆才开始有意着手整理单册《戏考》的出版工作。这种出版广告信息最早应是见于1912年6月29日《申报》第一版的头条广告《你爱看戏么》，并非如松浦恒雄所言的1912年7月1日的第九版《自由谈》栏目广告。其中时间以及在版面安排上的明显差异，尤为反映出上海申报馆对单册《戏考》出版工作的重视程度。而且需要注意的是，《申报·自由谈》栏目所载《戏考》文章虽由吴下健儿负责撰笔，但在单册《戏考》的出版广告方面仍是署名"申报馆启"，而非用吴下健儿的个人名义，这就可以看出单册《戏考》的编辑出版工作归于上海申报馆名下。《戏考》第1册的出版原定于1912年8月5日，但在8月1日的广告当中提出"兹以加入名伶杨小楼等小影，雕刻需时，不得已缓至八月十日发行"，最终上海申报馆于

---

① 《申报》1912年6月29日第1版。

1912年8月10日出版了《戏考》第1册。

严格意义上讲，符合中国京剧选本概念范畴的《戏考》开始出版，其实就是1912年8月10日上海申报馆的第1册。因为这其中不仅包括原来《戏考》栏目的评介文章，而且拥有了选本最为核心的内容——剧选文本，当然也还包括广告中不断强调的名伶小影（照片）。考述文章、剧选文本、名伶小影，它们是《戏考》作为京剧选本的三个重要组成部分。《戏考》第1册的最初版权虽然归属上海申报馆，但在具体编辑出版工作的安排上却有明确分工："吴下健儿撰述　钝根编辑　颂斌校勘"。可以看出，吴下健儿对剧前考述文章仍有署名权，负责校勘工作的颂斌也是《申报·自由谈》栏目的主要撰笔人之一，而实际上负责《戏考》第1册编辑工作的则是当时《申报·自由谈》栏目的主编——王钝根。

以王钝根为中心的编选团队在上海申报馆的《戏考》出版工作一共只有两册，其中第2册的出版可在1913年5月前后的《申报》相关广告之中寻见。1913年6月3日，上海《申报》第十二版广告之《每册一百出之〈戏考新编〉》指出："顾曲家健儿曾为《申报》馆编辑《戏考》两册，一月之间销行万二千部，是可见社会上顾曲程度之进步。"然而可能正是由于申报馆版本《戏考》的销量太好，才导致后面原来编选团队的解散："由于《戏考》的销路远远超过了吴下健儿的预想，由此感觉良好的吴下健儿从申报馆独立，重新在时中书局出版了《戏考新编》。"① 原有团队的解散也直接导致了《戏考》出版工作暂时中止，但是此后上海中华图书馆很快接替了《戏考》的重新出版工作："对《戏考》出版的停顿最感遗憾的是王钝根吧。他是《申报》'自由谈'的主编兼《戏考》的编辑者，也是一个甚至连剧评都能自己写的戏剧通。可能是他提案把《戏考》

---

① ［日］松浦恒雄：《〈戏考〉在民国初年的文化地位》，载杜长胜《京剧与现代中国社会·第三届京剧学国际学术研讨会论文集》下册，文化艺术出版社2010年版，第762页。

的连载整理为书的。我想中华图书馆对《戏考》的继续出版是不是也是由于他的提案。"① 这种推测确实也有一定道理。

上海中华图书馆接替出版《戏考》的具体原委已经难以寻觅，但是 1913 年，王钝根开始受聘于上海中华图书馆并且创办《游戏杂志》，同时担任主编。同年 10 月，上海中华图书馆开始《戏考》第 3 册的初版工作。实际上，"头一册经过重新排字稍微整理而由上海中华图书馆出版，本馆也一直到 1925 才把其他 39 册编排出版完"②。重新排版的《戏考》40 册，在具体编辑工作署名方面发生了重大变化：原来负责"撰述"考述文章的吴下健儿被"大错述考"所取代，大错也即王大错，实为南社成员王鼎笔名，这样吴下健儿基本就被"出局"了（上海中华图书馆版本的《戏考》仅有第 32 册署名"吴下健儿撰述"）；负责"校订"工作的主要有燧初和振支二人；新增"正曲"项目则由德福（张德福）、志强（赵志强）和志豪（许志豪）三人负责；一直负责"编辑"或者"编次"工作的则是王钝根。

因此，从京剧选本《戏考》40 册的实际编选过程与编辑出版来看，现代著名编辑王钝根才是核心负责并且完整贯穿的关键性人物。他开设并主编《申报·自由谈》的工作，才有《戏考》栏目得以诞生的可能；也是因为他与上海中华图书馆的合作关系，才使《戏考》40 册最终能够经由上海中华图书馆接替而完整出版。

我们将《戏考》的编辑王钝根冠以"现代编辑"的名号，并不单是因为他在《申报·自由谈》与《礼拜六》等著名刊物上做出的突出贡献，更多是从他将《戏考》的编辑出版工作纳入现代刊物的运营模式之中所做出的合理评价。《戏考》40 册的编辑出版最初是建立在《申报·自由谈》中《戏考》栏目的前期积淀上的，这个栏目使《戏考》拥有了一批忠实、固定而又数量可观的读者群体，因

---

① ［日］松浦恒雄：《〈戏考〉在民国初年的文化地位》，载杜长胜《京剧与现代中国社会·第三届京剧学国际学术研讨会论文集》下册，文化艺术出版社 2010 年版，第 763 页。

② ［美］陆大伟：《梅兰芳在〈戏考〉中的影子》，《文化遗产》2013 年第 4 期。

此当其中间出现断刊时才有读者来信询问以及报刊回复启事等的出现。然而，当《自由谈》中的《戏考》文章发表到三百余篇时，也就进入了它的编选瓶颈状态。因为毕竟当时舞台流行的京剧数目有限，三百余篇考述文章已非易事，因此才有接下来的转型。从报纸栏目到单册图书，这是《戏考》真正成为京剧选本的关键一步。而这一步的迈出，王钝根等人首先做的就是广告宣传舆论工作，这种宣传是在《戏考》第1册正式出版之前即已经历三个阶段：对《戏考》即将出版的预告、对名伶小影这一重要环节的宣传、对《戏考》正式出版时间的反复广告。这三个阶段的策划完全是在现代广告行业方式指导下的环环相扣之作，而当三个阶段的广告造势完成并且基本达到预期市场效果后，那么千呼万唤的《戏考》第1册也就应时而生了。

《戏考》作为现代编辑意识指导下的京剧选本，最为鲜明的特征就是其无处不在的商业出版思想。《戏考》在发布第一则广告时就已明言："你爱看戏么？你说爱的，你就先买一本《戏考》看看！"这是一种经典设问的广告模式，读者只有在"爱"与"不爱"两者之间选择；一旦说"爱"，就要依靠"买一本《戏考》看看"来证明，否则便有"假爱"之嫌。这种广告套问模式只有一个目的——兜售商品，而从实际效果来看，这一举措无疑是非常成功的。《戏考》的商业思想不仅体现在它的大幅度广告宣传上面，更体现在它出售广告版面方面：民国七年3月再版的《戏考》第17册上已经开始刊登十种广告，而在此后，民国八年3月十一版的第22册上更是直接刊登《推广营业不可不登广告！！！》的招租启事，同时详列具体版面价格，此后这一广告同时还有英文版本"SWEET ARE THE USES OF ADVERTISEMENT！！！"。由此可见，《戏考》的商业范畴不仅是国人，而且还有外商市场，从中亦可见出《戏考》流行范围之广及其所具有的巨大商业价值。凡此，都是此前的京剧选本所缺少的，而此后的京剧选本又很难真正达到这个高度，从而证明了《戏考》的现代编辑出版模式带来了划时代的意义。

《戏考》作为现代编辑的作品典型，还体现在它的编辑出版方式上。可以说，王钝根编辑出版《戏考》时，并没有把它单纯作为一种"戏曲选本"看待，而是将其当作一种现代杂志进行出版。尽管这本杂志并没有完全按照固定周期运作，但它已然具备当时杂志的所有文献形态。作为杂志形态的《戏考》，最看重的是什么呢？我们以为是销量以及由此带来的市场份额，这也是现代编辑追求的重要商业价值。"当时编辑这套集子的人，事先没有固定的想法而反而跟着京剧界那十几年的变化而走，为的好像不过是要赚钱而已。"① 如何保证具有市场份额，那就需要不断根据市场流行随时进行调整，也就是说京剧舞台上演什么，《戏考》就跟着编选什么，从而保持高度一致。所以一般认为，《戏考》"单出收录标准也以能在舞台上演者为准"②。当然，我们说《戏考》注重商业意识并不是排除此前京剧选本的营利目的，恰恰相反，中国京剧选本从《梨园集成》开始就已强调商业利益，但是它们却因时代限制，没有按照《戏考》的商业广告策划方式和现代编选意识进行编辑出版。

《戏考》的现代编辑意识更多体现在其考述文字的剧评思想和名伶照片的刊载运用方面。王钝根在《戏考·序三》中言："或问于钝根曰，子何不作实事求是之书，而必为是《戏考》以导人玩物丧志也？钝根对曰……世界上实事求是之书，未始非《戏考》，而《戏考》未始不可作实事求是之书观也。且试问世界之所谓实事者，其快心适意，孰有能如戏剧者乎！"可以看出，作者王钝根的编辑思想是要借助戏剧的游戏精神表达自己对实事的态度，因此其中考述部分便是承载关于实事评介的重要领域。"《戏考》，就名字来说，把不登大雅之堂的通俗戏剧提高到值得研究、值得考证的地位了。"③ 这是

---

① ［美］陆大伟：《梅兰芳在〈戏考〉中的影子》，《文化遗产》2013年第4期。
② 中国戏曲志编辑委员会、《中国戏曲志·上海卷》编辑委员会：《中国戏曲志·上海卷》，中国ISBN中心1996年版，第744页。
③ ［美］陆大伟：《〈戏考〉中的现代意识》，《戏曲研究》第七十四辑（2007年第3期），文化艺术出版社2007年版，第14—15页。

一种对文学观念的尝试性变革，也是在梁启超"小说界革命"之后对小说戏曲济世救俗功能的努力实践。《戏考》通过考述文字表达以王钝根、王大错等为代表的编辑作者对现代文学发展以及现代社会变革的看法，其中反对迷信、反对殖民、女性意识、净化舞台等思想，皆是《戏考》孜孜追求现代性的具体表现。此外，《戏考》对名伶照片的刊载运用方面也是值得关注的。从《戏考》准备编辑发行开始，便有各种关于名伶小影广告的推广与征求，这既反映了《戏考》的广告意识，也体现了它的版权思想。尤其关于照片版权的使用，此后上海大东书局重版《戏考》即有缺少卷首照片的情况。同时，名伶照片的刊载更加鲜明立体且又直观真实地记录了当时京剧舞台流行发展的趋势及其基本样貌。

总而言之，"《戏考》一方面把出版通俗戏曲剧本看作挣钱的办法，一方面说出版通俗戏曲剧本有普及教育的作用"[①]。然而，不管是哪一方面，皆深刻体现出具有现代编辑思想意识的王钝根对以《戏考》为代表的京剧选本转型发展并且取得成功的突出贡献。富于现代编辑意识的《戏考》不仅改变了中国京剧选本的历史走向，而且不断重版与再版，证明其所存在的巨大文化影响以及商业市场价值。

（三）京剧名伶冯春航与《戏学指南》

在隐性编者群体中，有一类是把时代名伶作为京剧选本的编者进行大肆宣传的，但是他们大多"徒有虚名"，仅是因为擅演某剧而被书商"借名发挥"而已。而在显性编者群体之中，确有一些名伶实际投身到中国京剧选本的编辑出版工作中，其中最著名的就是海派名角冯春航及其参与编选的《戏学指南》16册。

冯春航（1888—1942），名冯子和，原名旭，字旭初，春航其号，别号晚香庵主。江苏吴县人，生于上海。其父冯三喜原为北京

---

① ［美］陆大伟：《〈戏考〉中的现代意识》，《戏曲研究》第七十四辑（2007年第3期），文化艺术出版社2007年版，第14页。

四喜班旦角演员,清代同治六年与夏奎章等同赴上海。春航自幼随父学习青衣、花旦,十二岁带艺进入丹桂茶园"夏家科班",师从海派名伶夏月珊,后因天资聪颖、技艺出众而成为当时京剧界的海派名伶。中年病嗓之后离开舞台,悉心授艺,晚年从事编剧工作。

冯春航在中国京剧史上较为著名的原因有两个方面:其一是与时俱进的戏剧理论主张及社会实践活动;其二是以南社成员柳亚子等人为首的"冯、贾党争"及其《春航集》2册的行世。第一方面,"冯主张戏剧应以改良社会和启迪民智为己任,因而除演出传统戏……又热衷提倡内容进步的新编清装或古装戏,清光绪三十年和夏氏兄弟在丹桂茶园以《玫瑰花》一剧开风气之先。新舞台建立后,又排演《妻党同恶报》、《新茶花》……时称'醒世新剧'"①。不仅如此,冯春航还积极投身清末民初的革命事业,创办春航义务学校免费服务伶界等。第二方面,正是因为他的进步戏剧观念与社会活动,使其与进步文学团体南社(1909—1923)关联密切,并经柳亚子介绍加入该社。"南社人在报纸和刊物上发表对戏剧的理论见解,而'角'冯春航在舞台上践行着这种理论主张。"② 1912年9月,北京名伶贾璧云南下上海,由此引发其与冯春航间的"冯、贾党争"。"冯党"以柳亚子等南社成员为主,"贾党"以京津名士易顺鼎、樊增祥、罗瘿公等人为主,两个阵营分别出版《璧云集》和《春航集》互为争持,成为一时新闻。这种党争表面上看属于"捧角"文化的流俗之举,而实质上却代表了新、旧文学及其团体之间的博弈:"冯贾'党争'实质是'南北新旧'、'民党与官僚'、'共和主义与专制主义'之争;而色艺之较、艺术之别,反而是次要。"③

---

① 中国戏曲志编辑委员会、《中国戏曲志·上海卷》编辑委员会:《中国戏曲志·上海卷》,中国ISBN中心1996年版,第874页。
② 周淑红:《南社人"捧角"中的戏曲现代性因子》,《苏州教育学院学报》2015年第5期。
③ 刘汭屿:《梨园内外的战争——20世纪第二个十年上海京剧界之冯贾"党争"》,《文艺研究》2013年第7期。

伴随冯春航病嗓、贾璧云年长，以及剧坛新秀不断崛起，持续数年的"冯、贾党争"也最终消散。但是，离开舞台的冯春航并未就此结束京剧生涯，而是转向授徒与其他幕后工作。民国二十年上海大东书局出版的京剧选本《戏学指南》16册便是冯春航之作。《戏学指南》虽将编辑者与发行者皆归大东书局名下，但在每册之上皆题"冯春航校正　罗驾新编次"（唯有第6册题作"冯春航校正　王君亮　陈一癫编次"）。那么，为何认为负责校正工作的冯春航是《戏学指南》编选团队的核心人物，而非编次作者罗驾新等人呢？这要从《戏学指南》的实际选本类型情况来看。

《戏学指南·凡例》之一指出："本编为一般学习唱戏者而作，搜觅名伶真脚本，逐场、逐节详加说明，以示径途。俾学者，可以一目了然，如获南车之导引，故名曰《戏学指南》。"作为京剧教材，这是该种选本的根本立意。对于学习唱戏而言，剧本之外最为重要的部分便是音乐。《戏学指南》详载工尺曲谱，所选剧目皆为全本，并且工尺亦是详细标注到底；同时每一唱段更有详细表演指导说明，从而才能真正达到"戏学指南"的编选目的。由此可见，负责核心工作——曲谱校正与表演教学指导工作的冯春航毫无疑问当属《戏学指南》的实际编选作者。同时，冯春航也是《戏学指南》唯一序言作者；其在《序》中从笑、白、哭、唱四个方面阐述了自己对戏剧表演的见解。这种表演理论的精辟见解，非冯春航一类极具舞台表演经验而又深谙戏剧内核之人不能道出其中真谛。

冯春航编选《戏学指南》一事，实际上折射出民国时期，一批富有戏剧理论并且勇于实践创新的京剧名伶在被迫离开舞台之后的人生归属。以冯春航为代表的京剧演员已经迥异于老一辈伶工大多不识字的情况，"冯子和年青时好学，不但学中文，还到上海商务书馆学习英文"，他深切感受到"艺人一定要有文化"，[①] 因而创办春

[①] 北京市艺术研究所、上海艺术研究所编著：《中国京剧史》上卷，中国戏剧出版社1990年版，第503页。

航义务学校免费教学伶界后辈。正是由于他的这种对文化底蕴的迫切追求，才能使其成为文人团体——南社的重要一员，同时也能使其在离开舞台之后凭借所学继续从事京剧事业。当然，京剧名伶实际介入京剧选本编选工作的情况并不常见，尤其是在1949年以前，戏曲演员的文化水平整体相对较低。然而正因如此，更能够反映出冯春航编选《戏学指南》的重要价值及其典型意义。

综上可见，《梨园集成》编者李世忠、《戏考》编者王钝根、《戏学指南》编者冯春航因其身份属性的差异、文化背景的区别以及所处社会生态环境的变化，使其分别在不同层面、不同视角以及不同编选理念影响之下对中国京剧选本的发展做出贡献。以其分别作为典型个案进行分析研究，不仅可以以小见大观照同类选本的生长过程，而且可以从点到线连贯审视中国京剧选本的发展历史。

本章小结

中国京剧选本的出现是在中国戏曲史进入花雅之争的白热化状态后、中国古代戏曲选本进入转型阶段后才开始酝酿生成的，它与中国京剧史的发展轨迹基本吻合但又呈现出相对"延迟"的特点。这种"延迟"恰好证明中国京剧选本的出现是对中国京剧历史阶段特征的忠实记录与伴随反映，同时补充呈现中国京剧历史发展演进的阶段史学面貌。

从发生（1790—1880）到新变（1881—1914），从鼎盛（1915—1935）到延续（1936—1949），中国京剧选本的发展历程呈现阶段演进的盘旋上升特征。而在时间脉络的发展基础上，中国京剧选本的出版地域代表也在不断变动：安庆、京津、上海、安东。不同出版地域的出现不仅代表着中国京剧选本的地域发展趋势，而且暗含着近代以来文化格局的地域变动或中心迁移。而从时间、空间双轴着手，建立中国京剧选本时空发展的立体坐标，有助于整体理解中国京剧选本的历史演进及变化轨迹。

近代以来，中国社会连续发生急遽变动，科学技术的日新月异带来人们思想观念的不断变革。而就中国京剧选本的文献形态来看，伴随近代以来出版印刷技术的持续革新，京剧选本的版本形态呈现出迅速变化的特点。从传统木刻与手写抄本，到西方石印与现代铅印，技术的改变带来中国京剧选本文献版本形态的更新。而对不同存本系列的典型形态进行个案分析，可以由个案到全局管窥各类选本的文献样貌。同时，版本形态的发展带来中国京剧选本类型模式的变化：先以剧选、词选为主，后有谱选、腔选加入。

还需看到，社会环境的改变势必影响主导中国京剧选本发展的——人的意识改变。因此，从编选作者与编辑出版的关系层面切入分析编者群体对京剧选本发展的影响乃至决定作用，则是深入了解中国京剧选本生产过程的重要环节。我们将编选作者分为隐性与显性两个群体，并且各自梳理其中典型代表：以代名、名伶、书局为主体的隐性编者与以戏班老板李世忠、现代编辑王钝根、京剧名伶冯春航为代表的显性编者，分别从不同层面反映出中国京剧选本编选作者与编辑出版的重要关联。

最后，需要着重强调的是，"没有中国戏曲选本，便没有一部完整的中国戏曲史"[①]。对于中国京剧选本的历史演进与文献形态考察，不仅要将其置于中国戏曲史、中国京剧史的发展历程之中，更为重要的是，要在近代中国社会变革的整体历史背景下，考量政治、经济、文化、科技等各项因素综合带给中国京剧选本生存环境的深入影响。只有如此，才能深刻、全面、立体、多元地审视中国京剧选本的历史及其文献发展变动的轨迹。

[①] 吴敢：《〈赵氏孤儿〉剧目研究与中国古代戏曲选本》，《徐州教育学院学报》1999 年第 1 期。

第 二 章

选本之"选"与比较研究

选本与总集,是中国古代文集分类常见的对举概念;二者既有重叠又有区别。① 然而,因为文体观念之别,中国古代文学"选本"概念多是用来指称诗、文领域,鲜有论及戏曲、小说范围。即便如此,选本作为文学文献编选结集的一种方式,伴随戏曲、小说文体的发展,也在其中得到广泛应用。

作为选本,如何选择以及选择什么,是其需要重点考虑并且最终呈现出来的关键性问题。而就中国京剧选本领域来看,各类选本最终呈现出的具体篇目——剧本或者唱段,其在共时发展阶段的选择频率与同异关系,以及其在历时流变中的继承保留或淘汰摒弃,皆是选本中心关于"选"的比较研究所要核心关注的。同时,选本的差异研究不仅表现在宏观的数据统计与外部比较方面,而且还需对选篇个案的文本流变与选篇结构的内部组成进行微观分析。因此,关于中国京剧选本之"选"研究,便可分作宏观选本中心比较研究与微观选篇中心比较研究两个基本方向。

---

① 参见王运熙《总集与选本》,《古典文学知识》2004 年第 5 期。

第一节　选本中心比较研究

郑振铎的《中国戏曲的选本》在讨论戏曲选本具有的文献、演唱、阅读等层面的重要价值的同时，也建立了一种关于中国戏曲选本研究的基本范式："为了要使大家更明了这些选本的性质及内容，为了要使大家知道得更清楚些三百年来剧场上演剧的变迁与所演最多的是何剧，及何剧的某某几出起见，今特将《纳书楹》、《缀白裘》、《审音鉴古录》、《六也曲谱》、《集成曲谱》五书，以原剧名为纲，列举其所选各剧中之各出名于下表。"[1]

可以看出，在中国戏曲选本的众多种类中，选择其中较具时代典型与文献典型代表意义的数种选本，进行纵向列表梳理，从而考察"三百年来剧场上演剧的变迁"，即是选本之"选"研究的重要方法。这种定向选择的纵深时间维度比较研究方法，的确是中国戏曲选本之"选"流变研究的重要渠道，因此得到其后相关研究者的借鉴与继承。然而，我们还需看到，历史发展在有纵深流变的同时，也有横截时段的共时稳定，因此，对同一时段选本间的共时横向比较，也是戏曲选本需要把握与考量的方面。下面，我们就从不同时段京剧选本流变的纵向比较与同一时段选本之间的横向比较两个维度，展开关于选本中心之"选"的比较研究。

一　纵向发展：不同时段选本流变比较研究

中国京剧选本的纵向发展是指建立在不同时段上的阶段性特征演进。虽然此前我们已经清晰梳理时间坐标的四个发展阶段，并且对各个阶段的整体文献形态进行全貌概览，但是作为选本，有关它

---

[1] 郑振铎：《中国戏曲的选本》，载《郑振铎古典论文集》下册，上海古籍出版社2009年版，第518页。

们选录剧目内容的流变研究尚未具体展开。下面，我们就对中国京剧选本的纵向发展流变进行比较研究。

（一）样本选择与频率统计

关于中国京剧选本纵向发展流变的研究方法，我们依然采用郑振铎最初建立起的经典研究范式——选择其中较具时代典型和文献典型代表意义的数种选本，进行列表统计与频率分析。

光绪六年的《梨园集成》是现存可见京剧选本的研究起点，因此以其作为纵向发展的样本选择起点同样具有典范意义。而在其后，新变阶段（1881—1914）的《京都三庆班京调脚本》（清末石印本，12册）、《绘图京都三庆班京调脚本》（1912年石印本，10册）；鼎盛阶段（1915—1935）的《戏考》（1915—1925年上海中华图书馆本，40册）、《新编戏学汇考》（1929年上海大东书局本，10册）；延续阶段（1936—1949）的《京剧大观》（1946年上海书店本，4集）、《戏典》（1942—1948年上海中央书店本，16册）等6种选本，分别代表不同历史阶段京剧选本的典型样貌。因此，我们根据剧选以及收剧数量"求全"等统一标准，将这6种选本作为选本中心频率统计的样本，对其进行列表分析（见表2-1）。

表2-1　　　中国京剧选本剧选类型选篇频率统计
——以《梨园集成》为起点

序号	梨园集成 48种	京都三庆班京调脚本 54种	绘图京都三庆班京调脚本 50种	戏考 530种	新编戏学汇考 110种	京剧大观 101种	戏典 158种	入选总计（种）
1	闹天宫			闹天宫				1
2	摘星楼			斩妲己				1
3	百子图							0
4	大香山			大香山等				1
5	火牛阵							0
6	双义节							0
7	烧棉山		焚棉山	烧棉山				2

续表

序号	梨园集成48种	京都三庆班京调脚本54种	绘图京都三庆班京调脚本50种	戏考530种	新编戏学汇考110种	京剧大观101种	戏典158种	入选总计（种）
8	湘江会			湘江会				1
9	鱼藏剑	鱼藏剑等	文昭关	鱼肠剑等	文昭关	文昭关	鱼藏剑等	6
10	剐蟒台			云台观			白蟒台	2
11	长坂坡			长坂坡	长坂坡			2
12	骂曹	打鼓骂曹		打鼓骂曹	打鼓骂曹	打鼓骂曹	打鼓骂曹	5
13	战皖城			割发代首		割发代首	战宛城	3
14	祭风台		华容道	南屏山等		群英会		3
15	反西凉							0
16	取南郡	三气周瑜		取南郡等				2
17	濮阳城			濮阳城				1
18	乔府求计			鲁肃求计				1
19	麟骨床			采花赶府				1
20	秦琼战山							0
21	南阳关		南阳关	南阳关	南阳关	南阳关	南阳关	5
22	摩天岭			摩天岭				1
23	回窑		汾河湾	汾河湾等	汾河湾	汾河湾	汾河湾	5
24	蝴蝶媒							0
25	因果报							0
26	药王传							0
27	芦花河		金光阵	芦花河等			芦花河	3
28	临江关							0
29	薛蛟观画	举鼎观画	举鼎观画	举鼎观画等	双狮图	举鼎观画	举鼎观画	6
30	天开榜							0
31	珠沙（印）							0
32	桃花洞							0
33	沙陀颁兵	雅观楼	雅观楼	沙陀国等	珠帘寨	珠帘寨	珠帘寨	6
34	风云会				郑恩做亲			1
35	斩黄袍	斩黄袍	斩黄袍	斩黄袍	斩黄袍	斩黄袍	斩黄袍	6
36	碧尘珠							0

续表

序号	梨园集成 48种	京都三庆班京调脚本 54种	绘图京都三庆班京调脚本 50种	戏考 530种	新编戏学汇考 110种	京剧大观 101种	戏典 158种	入选总计（种）
37	双龙会		双龙会	双龙会				2
38	求寿			赵颜借寿				1
39	红阳塔							0
40	探母	四郎探母		四郎探母	四郎探母	四郎探母	四郎探母	5
41	闹江州			闹江州等			浔阳楼	2
42	五国城			泥马渡康王				1
43	绿牡丹			宏碧缘等				1
44	红书剑							0
45	捡芦柴			春秋配			春秋配	2
46	观灯							0
47	双合印		双合印	双合印				2
48	走雪	南天门		南天门	南天门	南天门	南天门	5
收录合计（种）		8	11	32	10	11	14	—

关于表2-1，需做以下几点说明。一是《梨园集成》所收剧目48种排序方式与剧目题名皆按照选本正文目次进行录入。二是《梨园集成》所收剧目包括许多全本戏，而在具体流播传承中，这些戏本则被分作多个折子。因此，凡是属于《梨园集成》全本戏中的一折，皆作收录，并以其中与《梨园集成》剧目题名最为接近的一折作为代表，余不赘录。三是中国古代戏曲发展历程中，因由文献传承、目录编纂，甚至官方禁戏等带来的一剧多名现象较为常见，其中以京剧等为代表的花部地方戏曲呈现出的一剧多名问题更为普遍。[①] 为了保留选本文献流变过程中的本原面貌，我们仍以具体选本所收题

---

① 参见李东东《清代花部禁戏与一剧多名关系探论》，《戏剧艺术》2017年第3期。

名为准。四是《梨园集成》所收部分折子戏本，可能存在与之密切相关的"前本戏"或者"后本戏"，但是这些戏本内容与《梨园集成》所收戏本并未发生重叠，因此不予计算。如《观灯》与《失印救火》皆是全本《胭脂宝褶》中的折子，《观灯》在前；《戏考》与《戏典》皆有收录《失印救火》，但却未曾收录《观灯》，故而不予计算。

（二）选录结果与比较分析

光绪六年刊刻发行的《梨园集成》是在戏班老板李世忠的主导下，依据"遵班雅曲"的辑录标准汇集而成的早期京剧选本代表。因此，"它对了解清代咸丰、同治年间戏曲舞台上的演出剧目状况，具有重要的史料价值"[①]。其实，《梨园集成》所收 48 种剧目可被视作咸丰、同治以及光绪初期京剧舞台常演剧目的综合反映。其中剧目之于场上搬演的流播传承样态，大致可以通过样本选择的 6 种选本及其频率统计做出基本勾勒呈现。

由表 2 - 1 可知，《梨园集成》48 种剧目中得到其后不同时段的 6 种选本全部选录的仅有 4 种，分别是《鱼藏剑》《薛蛟观画》《沙陀颁兵》《斩黄袍》，入选比例约占《梨园集成》收剧总数的 8%。其中《梨园集成》所收《鱼藏剑》一种，原为连台本戏，整体包括《楚宫恨》《斩伍奢》《战樊城》《长亭会》《文昭关》《浣纱记》《芦中人》《访专诸》《鱼藏剑》《刺王僚》10 余个折子戏本。而在具体流播中，6 种京剧选本选录频率最高的则是《鱼藏剑》《文昭关》《战樊城》三折，未有收录全本《鱼藏剑》的情况出现。关于这种选录结果，具体可作以下分析。

第一，从入选比例来看，《梨园集成》48 种剧目中仅有 4 种得到全部选录，不足全数十分之一。这种比例虽然较低，但却反映出两个层面的问题。其一是《梨园集成》中的确存有一批优秀剧目历

[①] 中国大百科全书总编辑委员会《戏曲 曲艺》编辑委员会：《中国大百科全书·戏曲 曲艺》，中国大百科全书出版社 1983 年版，第 194 页。

经不同阶段而得到连续性继承。其二是《梨园集成》之后，中国京剧剧本得到不断丰富与发展，因此其后的京剧选本可以选择的范围也在不断扩大，从而导致了《梨园集成》所收剧目入选频率缩小。而在这一层面，同时也能说明中国京剧的舞台演出也在不断繁荣。第二，从选录结果的剧目类型来看，《鱼藏剑》《薛蛟观画》《沙陀颁兵》《斩黄袍》4种皆是以生行为主，并且偏于老生门类的优秀剧目典型代表。毋庸置疑，京剧生行，尤其老生一种应是最早发展成熟并且影响极为深远的门类。以余三胜、程长庚、张二奎为代表的"老生前三杰"与以谭鑫培、孙菊仙、汪桂芬为代表的"老生后三杰"对京剧剧目的形成稳定与连续发展具有极为关键的促进与传承作用。其中《鱼藏剑》的伍员、《薛蛟观画》的徐策等角色皆由老生应工，不仅是余三胜、程长庚、孙菊仙、汪桂芬等人的擅演剧目，而且成为此后京剧老生行当的经典代表，从而其在各个阶段的京剧选本中能够得以接续。第三，从剧目题名的演变角度，一剧多名现象在京剧剧本中十分普遍，但是这种现象的存在通常也有历史发展的背景原因。《鱼藏剑》的一剧多名是由全本戏到折子戏的分化，《沙陀颁兵》的一剧多名则是剧情演绎重心偏向的区别，《闹江州》的一剧多名是为了躲避官方禁戏查缴，而从《薛蛟观画》到《举鼎观画》的演变则显示出行当发展重心的迁移——由突出小生薛蛟到并列"举鼎"与"观画"两个核心关目，潜在反映出老生角色徐策的戏份不断增加。

入选频率次高的剧目有5种：《骂曹》《南阳关》《回窑》《探母》《走雪》。它们在6种选本中皆有5次入选，在一定程度上可与入选频率最高的《鱼藏剑》等4种相等同，因此可将这9种剧目的入选现象进行综合比较分析。

首先，入选频率次高的5种剧目有一个共同特征——基本是以老生行当应工表演的剧目。这种特征的存在既解释了它们得以持续入选的原因，又反映出老生行当经典剧目不断传承延续的内在逻辑链条。

其次，在这9种入选频率较高的剧目中，有3种是可以单独归为一类的，它们是《回窑》《探母》《走雪》。这3种剧目的出现与不断入选，实际反映出生旦合演类型剧目的发展，当然，其中生角仍以老生应工。生旦合演剧目的入选状态呈现出京剧行当发展逐渐趋向平衡的局面。旦角，尤其青衣一类，不仅可与老生组合并列，而且逐渐得到舞台认可，从而也在中国京剧选本中崭露头角。同时值得注意的是，这种生旦合演剧目的入选越到后期越是稳定，尤其是在《戏考》及其之后的京剧选本中不断得到巩固与稳定。从中可以看出，旦角行当日臻成熟的艺术魅力使其终能与老生分庭抗礼。

再次，《回窑》改作《汾河湾》与《探母》改作《四郎探母》两种剧目题名演变的现象是值得思考的。《回窑》又作《薛仁贵回窑》《仁贵回窑》或者《打雁进窑》等，但是最为通行的剧名应是《汾河湾》。我们认为这种变动，原因有二。一是"回窑"与"打雁"系列的行动主语皆是生角薛仁贵，这种题目方式虽然凸显了剧情主人公一方——生角薛仁贵的主要行为活动，但却忽略，甚至完全遮蔽了同为剧情主人公的另一方——旦角柳迎春的戏份。这种现象对生旦合演剧目的旦角演员而言，是略失公平而难以被接受的，尤其是在当时戏单广告的题名方面更为明显。改名《汾河湾》，不仅巧妙避开这一难题，而且以其剧情发生的具体地点为名也在一定程度上照应了剧中第三个角色——小生薛丁山的存在。二是与薛仁贵故事系统极为相似的还有薛平贵与王宝钏的故事，而在这个故事系统的京剧剧目中亦有"回窑"关目的设置，且在"回窑"之前还有《平贵别窑》与《探寒窑》等剧目来重点表现故事发生地点——窑洞。因此，单就剧名"回窑"来看，主人公既可以是薛仁贵，也可以是薛平贵，因而造成故事系统紊乱的"串戏"可能。改作"汾河湾"即可有别于"武家坡"，从而进行明确区隔。《探母》的情况与此大致相同，改作"四郎探母"既可以更加突出生旦合演的舞台情状，又可以区别于同类剧目"八郎探母"等的干扰。

最后，以《鱼藏剑》等为代表的9种剧目基本体现了《梨园集成》48种剧目的整体入选频率，同时综合反映出了中国京剧选本选录剧目的大致趋势。

相对入选频率较高的9种剧目，《梨园集成》另有16种剧目遭到其后样本6种京剧选本的一致摒弃。这个比例几乎是入选频率较高剧目数量的1倍，因此这种统计结果更加值得我们深究。这种选录结果直接反映出京剧舞台剧目更迭迅速的特点。它一方面呈现出京剧飞速发展、大批新的剧目不断产生，从而使得中国京剧选本的择录范围随之不断扩大；另一方面也说明"优胜劣汰"的竞争规律使得部分剧目在历史发展进程中遭到自然淘汰。

那么，这些遭到集体摒弃的剧目自身存在哪些问题呢？对此，我们可对这16种剧目作如下分类比较研究。

其一，部分遭到淘汰的剧目皆是剧情内容前后连贯、完整统一却又难以拆分的全本戏，如《双义节》《蝴蝶媒》《因果报》《碧尘珠》《红书剑》5种。这些剧目不同于《鱼藏剑》等可以自由拆分或组合，它们需要从头至尾连续搬演才能进行完整叙事，并且其中缺少较为独立精彩的场次能够自成一折，而以全本演出的限制性因素太大，因此遭到摒弃。在以折子戏为主的发展背景下，"剧场上渐渐的少演'全本戏'，我认为这是一种进步，并不是退步"①。因而这些篇幅较长而又缺少精彩场次的剧目最先遭到淘汰，亦是情理中事。其二，部分剧目完全承自同名题材小说，缺少新意。如《百子图》取自小说《封神演义》第十回至第十一回与第十九回至第二十回、《珠沙印》取自小说《反唐演义传》第三十七回与第五十回至第五十四回。虽然花部剧目与同名小说题材的互文演绎一直存在，但如《百子图》《珠沙印》之类完全源于小说，甚至唱词念白也与小说对话严重雷同的情况亦属罕见，并且剧目所用关目太过冷僻，场上搬演效果欠佳，自然遭弃。其三，部分剧目剧情单薄、表演单调。如

---

① 郑振铎：《中国戏曲的选本》，载《郑振铎古典文学论文集》下册，上海古籍出版社2009年版，第517页。

《药王传》《红阳塔》2种，不仅剧情关目过分简单，而且角色配置失调，因而难以传承。《红阳塔》以9岁孩童孟怀元为主角，这对娃娃生的技艺要求较为严苛，因此难以演出。其四，部分剧目虽未完全绝迹，但是场上演出频率极低，因此被以舞台演出为标准的京剧选本所遗漏。如《火牛阵》《反西凉》《秦琼战山》《临江关》4种。其五，还有《桃花洞》《天开榜》《观灯》3种，虽在京剧之中失传，但却在其他剧种中得到发扬。如《天开榜》即在蹦蹦戏[①]（评剧）《狄仁杰赶考》（又名《马寡妇开店》）中大放异彩，成为评剧经典剧目代表之一。[②]

最后，我们再来分析一下处于中间状态的其余23种剧目。这些剧目可以分作两种情况。

第一种情况是只被选录一次且是由《戏考》所选录的剧目，具体有《闹天宫》《摩天岭》《绿牡丹》等12种。这些剧目仅在《戏考》中出现的原因大致有二。一是《戏考》作为现存选剧数目最为丰硕的京剧选本之一，较为全面地呈现出当时京剧舞台上可能出现过的剧目。因此，《梨园集成》70%以上的剧目曾得到《戏考》收录。二是这些剧目演出频率已经极低，部分剧目只有折子戏本得以存在，如《麟骨床》之《采花赶府》一折，因此可在《戏考》之中得到保存。第二种情况是选录至少两次，并被《戏考》之外的其他选本收录，如《烧棉山》《祭风台》《芦花河》等11种。它们最为鲜明地反映出入选频率处于中间状态的剧目情况，其中如全本《祭风台》也是包含《群英会》《借东风》《华容道》等数个经典折子戏

[①] 蹦蹦戏：又作嘣嘣戏。清末民初形成于北京与河北等地，为评剧前身，与民间说唱"莲花落"关联密切。后以北京蹦蹦戏发展而成的"西路评剧"与以唐山蹦蹦戏发展而成的"东路评剧"较具代表，尤以唐山蹦蹦戏更为兴盛。"那个时期（按：清末民初）的著名演员有月明珠、金开芳等人，后来又产生了五大明珠等落子演员。"（详参李汉飞编《中国戏曲剧种手册》，中国戏剧出版社1987年版，第32—35页。）

[②] 参见李东东《双红堂藏狄仁杰故事戏本四种研究》，《戏曲艺术》2015年第4期。

本，因此常被选录，但是却又不及《鱼藏剑》等老生一人独挑大梁的经典剧目，因此入选频率相对降低。

综上所见，我们可以根据样本定量的选择与比较，较为准确地分析出中国京剧选本选录剧目的基本走向。按照统计规律，去掉两个极值——《戏考》选录数目的 32 种与《京都三庆班京调脚本》选录数目的 8 种，其余 4 种选本选入剧目的平均值为 11（11.5）种，约占《梨园集成》收剧总数的 24%。这种结果基本可以视作以《梨园集成》为代表的早期京剧选本在纵向历时发展流变过程中，得到最终传承发展的剧目比例的基本情况。值得肯定的是，这种最终保留下来的剧目皆是经过千锤百炼的精品，甚至成为中国京剧发展过程中任一阶段的代表剧目。从而也可看出中国京剧选本对剧目历时发展流变的重要记录作用与综合呈现情况。

二 横向共时：同一时段同类选本比较研究

中国京剧选本在纵向历时发展的同时，在横向某一时段则又呈现出相对稳定的共性。一般来看，京剧选本在某一时段呈现出的稳定共性基本有两个方面：其一，是在选本文献形态方面；其二，则是选篇剧目组成方面。文献形态方面的阶段性特征前已备述，下面我们来对中国京剧选本横向共时时段具体选篇剧目的组成情况进行统计与分析。在此之前，我们需要说明，为了保持中国京剧选本纵向演变与横向对比上的连贯统一，关于横向比较研究，我们继续沿用纵向演变部分的研究方法，也即先开始样本选择与频率统计，后进行选录结果之比较分析。

（一）样本选择与频率统计

中国京剧选本的纵向发展在先后历经四个阶段时，相对而言，新变阶段（1881—1914）的"绘图京都××班京调脚本"系列选本在地域生成、文献形态、类型方式等层面呈现出的稳定特性最具代表性。这批清末民初产生于上海书局的"名伶脚本"石印系列京剧选本，皆以剧选为主，并且选剧数目基本在 50 种左右，因此更加符合中国京剧选本横向截面同一时段、同类选本比较研究的选择范围。

新变阶段（1881—1914）的京剧选本基本跨清末民初前后，因此在进行具体样本选择时，需要分别照顾清末（1881—1911）和民初（1912—1914）两个时段。清末部分，我们分别选择《绘图京都三庆班京调十二集》（上海集成图书公司，京调41种）、《京都三庆班京调脚本》（清末石印本，京调50种）、《京都三庆班京调脚本十集》（清末石印本，京调44种）为例；民初部分，我们分别选择《中华民国共和班京调脚本》（民国元年石印本，京调50种）、《中华共和梨园界京戏脚本十二集》（上海改良小说书局民国三年石印本，京调48种）、《中华新剧京调名角脚本十二集》（民初石印本，京调46种）为例。各自选择3种，一共6种，以便考察清末民初这一阶段中国京剧选本剧目选录的基本样态。

需要指出的是，"绘图京都××班京调脚本"系列选本虽然多由署名上海的书局印行，但是当时上海的许多出版书局在北京设有分支机构，并且这批选本首先冠以"京都"之名，因此我们更宜将其视作以北京地区为代表的京剧舞台剧目的综合情况反映。具体统计如表2-2所示。

表2-2　"绘图京都××班京调脚本"系列6种选篇频率统计

序号	绘图京都三庆班京调十二集 京调41种	京都三庆班京调脚本 京调50种	京都三庆班京调脚本十集 京调44种	中华民国共和班京调脚本 京调50种	中华共和梨园界京戏脚本十二集 京调48种	中华新剧京调名角脚本十二集 京调46种	总计（种）
1	桑园会	桑园会	桑园会		桑园会	桑园会	5
2	乌龙院	坐楼杀媳	乌龙院				3
3	玉堂春		玉堂春				2
4	天水关	天水关		天水关	天水关	天水关	5
5	二进宫	二进宫		二进宫	二进宫	二进宫	5
6	四郎探母	四郎探母	四郎探母		四郎探母	四郎探母	5
7	清官册		清官册		清官册	清官册	4

续表

序号	绘图京都三庆班京调十二集 京调41种	京都三庆班京调脚本 京调50种	京都三庆班京调脚本十集 京调44种	中华民国共和班京调脚本 京调50种	中华共和梨园界京戏脚本十二集 京调48种	中华新剧京调名角脚本十二集 京调46种	总计（种）
8	牧羊卷			牧羊卷	牧羊卷	牧羊卷	4
9	打龙袍	打龙袍		打龙袍	打龙袍	打龙袍	5
10	空城计	空城计	空城计		空城计	空城计	5
11	黄金台	黄金台	黄金台				3
12	文昭关	文昭关		文昭关	文昭关	文昭关	5
13	柴桑口	柴桑口	柴桑口		柴桑口	柴桑口	5
14	渭水河		渭水河		渭水河	渭水河	4
15	法门寺		法门寺				2
16	三娘教子	三娘教子	三娘教子		三娘教子	三娘教子	5
17	六月雪		六月雪				2
18	洪羊洞	洪羊洞	洪羊洞		洪羊洞	洪羊洞	5
19	八郎探母	八郎探母	八郎探母				3
20	三气周瑜	三气周瑜	三气周瑜		三气周瑜	三气周瑜	5
21	桑园寄子	桑园寄子	桑园寄子		桑园寄子	桑园寄子	5
22	骂曹操	打鼓骂曹					2
23	探寒窑	探寒窑					2
24	乌盆计		乌盆计		乌盆计	乌盆记	4
25	捉放曹	捉放曹			捉放曹	捉放曹	4
26	战北原	战北原	战北原				3
27	黑风帕	黑风帕	黑风帕		黑风帕	黑风帕	5
28	宝莲灯		宝莲灯				2
29	铡美案	铡美案	铡美案		铡美案	铡美案	5
30	一捧雪	一捧雪	一捧雪				3
31	南天门	南天门	南天门		南天门	南天门	5
32	黄鹤楼	黄鹤楼	黄鹤楼		黄鹤楼	黄鹤楼	5
33	七星灯		七星灯				2
34	秦琼卖马	秦琼卖马	秦琼卖马		秦琼卖马	秦琼卖马	5
35	五台山	五台山	五台山		五台山	五台山	5

续表

序号	绘图京都三庆班京调十二集京调41种	京都三庆班京调脚本京调50种	京都三庆班京调脚本十集京调44种	中华民国共和班京调脚本京调50种	中华共和梨园界京戏脚本十二集京调48种	中华新剧京调名角脚本十二集京调46种	总计（种）
36	打金枝	打金枝			打金枝	打金枝	4
37	祭长江	别宫祭江			孙氏祭江	别宫祭江	4
38	宫门带						1
39	大保国	大保国		叹皇灵	大保国	大保国	5
40	金水桥						1
41	陈宫计						1
42		三疑计	三疑计				2
43		举鼎观画		举鼎观画	举鼎观画	薛蛟观画	4
44		斩黄袍		斩黄袍			2
45		翠屏山		翠屏山			2
46		杀淫僧		杀淫僧			2
47		荐诸葛		荐诸葛			2
48		拾玉镯		拾玉镯			2
49		丑表功		丑表功			2
50		定军山	定军山		定军山	定军山	4
51		吊金龟	吊金龟		钓金龟	钓金龟	4
52		关王庙					1
53		取城都	取城都		取城都	取城都	4
54		大补缸	大补缸				2
55		双断桥		双断桥			2
56		审刺客	审刺客				2
57		清河桥	清河桥				2
58		雅观楼		雅观楼			2
59		战樊城	樊城长亭				2
60		鱼藏剑	鱼藏剑		鱼藏剑	鱼藏剑	4
61		阳平关	阳平关				2
62		五雷阵	五雷阵		五雷阵		3
63			秦琼起解				1

续表

序号	绘图京都三庆班京调十二集京调41种	京都三庆班京调脚本京调50种	京都三庆班京调脚本十集京调44种	中华民国共和班京调脚本京调50种	中华共和梨园界京戏脚本十二集京调48种	中华新剧京调名角脚本十二集京调46种	总计（种）
64			彩楼配				1
65			卖胭脂				1
66			芦花河	金光阵			2
67			小上坟				1
68			双冠诰		双冠诰	双冠诰	3
69					琼林宴	琼林宴	2
70					硃砂痣	硃砂痣	2
71					草桥关	草桥关	2
72					算粮登殿	算粮登殿	2
73				白良关	白良关	白良关	3
74				父子会	父子会	父子会	3
75					搜孤救孤	搜孤救孤	2
76					骂阎罗	骂阎	2
77					哭灵上路	哭灵上路	2
78				失街亭	失街亭	失街亭	3
79				斩马谡	斩马谡	斩马谡	3
80				取荥阳	取荥阳	取荥阳	3
81					李陵碑	李陵碑	2
82				回龙阁			1
83				华容道			1
84				焚棉山			1
85				讨鱼税			1
86				龙虎斗			1
87				赶三关			1
88				讨荆州			1
89				献西川			1
90				小磨坊			1
91				磨房产子			1

续表

序号	绘图京都三庆班京调十二集 京调41种	京都三庆班京调脚本 京调50种	京都三庆班京调脚本十集 京调44种	中华民国共和班京调脚本 京调50种	中华共和梨园界京戏脚本十二集 京调48种	中华新剧京调名角脚本十二集 京调46种	总计（种）
92				晋阳宫			1
93				双龙会			1
94				南阳关			1
95				双带箭			1
96				断密涧			1
97				杀四门			1
98				江东桥			1
99				汾河湾			1
100				双投山			1
101				端午门			1
102				锁乌龙			1
103				双合印			1
104				大回朝			1
105				龙戏凤			1
106				打严嵩			1
107				雷峰塔			1

首先，表2-2所列6种选本的排序方式基本按照选本出现的先后顺序进行，以期在展现中国京剧选本横向发展的同时，也能观照其纵向演变的规律。其次，所收剧目名称皆以选本正文具体题名为准。再次，部分选本将一种剧目分作前、后或者上、下两本，而在其他选本中只作一本者，仍以一本为计，以便统计，如《四郎探母》一般分作《探母出关》（前本）、《探母盗令》（中本）、《探母回令》（后本）3本，仍以一本计算。最后，为了便于对比分析6种选本选录剧目与入选频率等方面的异同，在按照时间先后顺序进行选本排列的同时，剧目入选的实际先后顺序也以选本时间为准。

（二）选本之"选"与市场导向

清末民初的京剧发展是逐渐趋于成熟稳定并开始步入繁盛的过程，这一阶段以"绘图京都××班京调脚本"系列为代表的京剧选本在选录篇目方面综合呈现出两种特征：整体入选篇目的稳定与局部新见篇目不断递增入选。这种综合特征既反映出中国京剧选本在横向共时发展时段中表现出一种相对稳定的审美形态，同时又在共时稳定的基础上不断力求突破，发展更多新的剧目入选。

本书所选 6 种选本，共收 107 种不同剧目文本。具体而言，各项选录结果统计如下：入选 6 次：0 种；入选 5 次：19 种；入选 4 次：12 种；入选 3 次：12 种；入选 2 次：30 种；入选 1 次：34 种。下面，即对这种入选结果进行详细比较分析研究。

最能直观反映选录统计结果的便是入选频次，而在入选频次中两端极值一般具有更加特殊的分析价值。值得思考的是，在总计 107 种剧目中得到全部 6 种选本同时选录的剧目篇数竟为 0 种，但是仅有 1 种选本选录的剧目篇数却有 34 种，占据统计总数 107 种的 32%。这种选录结果的数据比例甚至更为明确地反映出中国京剧选本在相对稳定的横向共时发展时段中，反而具有一种内在的"不稳定"因素。那么，这种"不稳定"因素究竟表现在哪些方面呢？我们需从这 34 种只被选录 1 次的剧目着手分析。

《绘图京都三庆班京调十二集》选录 3 种：《宫门带》《金水桥》《陈宫计》。

《京都三庆班京调脚本》选录 1 种：《关王庙》。

《京都三庆班京调脚本十集》选录 4 种：《秦琼起解》《彩楼配》《卖胭脂》《小上坟》。

《中华民国共和班京调脚本》选录 26 种：《回龙阁》《华容道》《讨鱼税》《龙虎斗》《赶三关》《讨荆州》《献西川》《小磨坊》《磨房产子》《晋阳宫》《双龙会》《南阳关》《双带箭》《断密涧》《杀四门》《江东桥》《汾河湾》《双投山》《端午门》《锁乌龙》《双合印》《大回朝》《龙戏凤》《打严嵩》《雷峰塔》《焚棉山》。

通过选录统计阶段列目可以看出，民国元年的《中华民国共和班京调脚本》是迥异于其他 5 种的特殊选本。《中华民国共和班京调脚本》封面又作《绘图京都三庆班京调脚本》，也即说明它与另外 3 种产生于清末的"（绘图）京都三庆班京调脚本"在署名方式上基本保持一致，但是因为产生时代背景环境发生重要变化，故而又在封函题作"中华民国共和班京调脚本"以示区别。然而这种区别不仅体现在表层的选本命名方式上，更为重要的是，其在具体选篇剧目方面已有较大改动。这种本应同属于"三庆班"系列的京剧选本，因为时代政治环境的变革——由清代入民国——而带来的具体内容的重新组合，实际在一定程度上反映出了以京剧选本为代表的文化现象所受到的时代背景影响是十分深刻的。

我们甚至可以通过选录统计结果进行更深一层的考察，在民国元年《中华民国共和班京调脚本》之后的另外两种民国初期产生的京剧选本又有多少新选剧目是清代末期的同类京剧选本所未曾收录的呢？计有 13 种，它们分别是《琼林宴》《硃砂痣》《草桥关》《算粮登殿》《白良关》《父子会》《搜孤救孤》《骂阎罗》《哭灵上路》《失街亭》《斩马谡》《取荥阳》《李陵碑》。而在这 13 种剧目中有 5 种与《中华民国共和班京调脚本》所收重合，其余 8 种则是《中华共和梨园界京戏脚本》与《中华新剧京调名角脚本》所共同收录的。然而，我们需要特别注意的是，民国三年上海改良小说书局的《中华共和梨园界京戏脚本》与民国初年的《中华新剧京调名角脚本》所收剧目内容完全重合，仅在部分戏本的题目方式上存有差异。因此综合来看，产生于 1912 年以后的"绘图京都××班京调脚本"系列选本 3 种已与此前清代末期的同类选本在选录篇目方面存有较大区别，若以清末和民初作为两个阶段进行比较，那么 1912 年以后的 3 种选本共有 39 种剧目是此前另外 3 种选本所没有收录的，其中民国元年的《中华民国共和班京调脚本》即有 26 种剧目是其他 5 种选本所没有收录的。由此看来，这些处于相对稳定的同一阶段的京剧选本实际也在不断发展与更新，而且更新速度并不缓慢。

另一方面，同被 6 种选本全部选录的剧目篇数为 0，这也在另一个极端反映出横向截面同一时段的同类选本反而在具体选录内容上尽量凸显自身的独特性，避免与其他选本产生雷同。这种自我创新与突破，实际来看是相对稳定阶段内的京剧选本在有限的剧目总量中，依据一定原则进行选择与不断重新排列组合。

当然，排列组合只是京剧选本呈现出的目录顺序与版式安排问题。需要关注的核心问题则是，如何在有限的剧目总量中进行选择以及为什么选择与该选择什么。这才应该是选录结果中最为关键之处，同时也是我们所要讨论的本章重心——选本之"选"中关于"选"的问题。"选"的问题是选本之所以称为"选本"的根源所在，下面我们对其进行着重探讨。

为什么选择与该选择什么，其实是关于选本这一问题的两个方面。单就中国京剧选本的实际选择范围而言，脚本实录是其唯一贯穿始终的标准与理念。[1] 然而，在脚本实录的标准与理念这种基本前提下，最终起到深刻影响作用甚至决定作用的则是舞台搬演的频率与效果。换言之，以"绘图京都××班京调脚本"等为代表的京剧选本在面临为什么选择与该选择什么这一核心问题时，皆有一个十分明确的衡量标尺——市场需求原则。场上搬演的频率与效果最终需要剧目票房上座成绩作为检验，当然，票房成绩也即京剧市场。那些票房上座惨淡、缺少市场经济利润的剧目偶有选录，也会遭到迅速淘汰，这种现象从前文以《梨园集成》为中心的京剧选本的纵向发展流变之中已经得到证明。相反，票房成绩越高，市场经济价值越大的剧目自然成为各种选本竞相选录的对象，最终也就呈现出入选频率相对较高的现象。

如何证明票房对中国京剧选本的选录结果与选录频率具有实际层面的影响或者导向作用呢？我们不妨以一份民国五年基于北京剧坛演出状况的《演唱戏目次数调查表》石印本为参照，具体对比清

---

[1] 按：关于脚本实录的标准与理念问题详见本书第三章第一节。

末民初以"绘图京都××班京调脚本"6种为中心的京剧选本与演出市场的关联。民国五年北京剧坛《演唱戏目次数调查表》现藏国家图书馆（馆藏：50723/古籍馆普通古籍阅览室），关于《演唱戏目次数调查表》（下称《调查表》）的研究最早见于谷曙光的《民国五年北京剧坛演出状况分析——以〈演唱戏目次数调查表〉为中心》。该文不仅考证出这份《调查表》为时任教育部教育司司长的高步瀛（1873—1940）所编印，而且对所涉剧目内容进行了十分详尽的统计与分类："经过统计，1916年3月—12月北京剧坛共计演出不同戏目481个。……怎样归纳总结一个历史时期的常演戏目？笔者认为演出数量当然是重要的考察指标之一。以《调查表》为例，不妨把演出50次以上的算作常演戏目。依此统计，共得104出戏，今天剧坛常演戏目大抵也不出此范围。"[①] 下面，我们即以国家图书馆藏民国五年北京剧坛《调查表》石印本原表为例，同时参照谷曙光文章关于民国五年北京剧坛常演剧目104出的统计分类方法，进行比较分析。

首先，《调查表》中常演剧目104种之中有55种是我们样本选择的6种选本所收录的，占据选篇总数107种的51%。其次，《调查表》中另有演出次数仅有1次的5种剧目也被6种选本所收录。再次，《调查表》中演出高达200次以上的剧目共有17种，其中15种皆被选录，入选比例高达88%；而演出次数界于100—200次之间的剧目共有34种，其中20种皆被选录，入选比例接近60%；而在余下的演出次数界于50—100次之间的53种剧目中，有20种入选，入选比例约为38%。最后，《调查表》中15种演出次数超过200次的剧目在6种选本中实际入选频率超过3次（50%）的有11种剧目，约占总比的73%。

通过将场上演出的数据统计的《调查表》与6种选本选录的频

[①] 谷曙光：《民国五年北京剧坛演出状况分析——以〈演唱戏目次数调查表〉为中心》，《戏曲艺术》2009年第1期。

率统计进行具体结合、比较，可以综合得出以下有效信息：首先，《调查表》中的演出总计剧目基本包含了 6 种选本的综合选择范围；其次，《调查表》中的常演剧目，同时也是 6 种选本重点选择的范围，并且入选比例的走势直接跟随具体演出次数的频率变化呈现由高到低的下降趋势；再次，《调查表》中演出次数较高的剧目实际在 6 种选本中入选频率也是比较高的；最后，因为《调查表》是以民国五年北京剧坛的演出市场作为中心的，因此 6 种选本之中产生于民国元年以后的 3 种选本在剧目选录方面与《调查表》实际反映的情况更加贴合。

需要重点关注的是，不管是在 6 种选本中入选频率保持在 3 次及以上的 43 种剧目还是在《调查表》中演出次数高达 50 次以上的 104 种常演剧目，它们在剧目行当分类方面仍以老生戏占有绝对优势，同时生旦合演剧目次之。"比照《演唱戏目次数调查表》，很明显，民国五年老生戏依然略占优势。演出次数在 200—300 次之间的以老生为主的戏就有《奇冤报》、《捉放曹》、《鱼肠剑》、《托兆碰碑》、《洪洋洞》、《黄金台》、《失街亭》、《朱砂痣》等，相比之下以旦角为主的戏只有《玉堂春》和《梵王宫》，远不如老生戏数量多。"①

事实上，即便以梅兰芳、程砚秋、尚小云、荀慧生等为代表的四大名旦崛起之后，旦角行当得到长足发展，以至达到可与老生一行分庭抗礼的鼎盛阶段之时，中国京剧选本在选录剧目方面仍以老生行当代表剧目保持绝对优势，甚至在以行当排序的选本中，老生行当也以首位居多。民国十二年上海文明书局出版的《戏曲大全》12 卷 10 册在以行当进行详细分类时，即有老生剧目 36 种（尚不包括生旦合演剧目 10 种），而旦行剧目只有 23 种（分作花衫剧 11 种、花旦剧 7 种、梆子旦剧 5 种）。民国十八年上海大东书局出版的《新

---

① 谷曙光：《民国五年北京剧坛演出状况分析——以〈演唱戏目次数调查表〉为中心》，《戏曲艺术》2009 年第 1 期。

编戏学汇考》10 册也在按照行当分类，其中老生剧目亦有 36 种（尚不包括红生剧 5 种与生旦合演剧 11 种），旦行剧目 25 种（分作正旦剧 8 种、花旦剧 5 种、古装旦剧 6 种、昆旦剧 2 种、秦旦剧 4 种）。由此可以看出，老生行当剧目在中国京剧发展流变过程中始终占有独特优势。此外，还需注意的是，即便"绘图京都××班京调脚本"系列的京剧选本发展已经步入民国阶段，但是这些选本对于当时改良新编剧目始终保持一种审慎态度而未曾选录任何一种。毫无疑问，这种情况的出现实际也与改良新戏在场上演出的式微密切相关："1915 年以后，随着政治形势的变化，京剧改良运动所产生的改良新戏的形式，每况愈下。"①

中国京剧选本的发生与发展始终和京剧舞台演出剧目的流行程度密切相关，即便如《戏考》40 册一类在最终表现形式上具有"求全"意识的大型系列选本，其选录标准也以舞台演出剧目的流行程度作为重要依据。然而影响舞台演出次数以及选本入选结果与具体选录频率的，则重点凸显在票座成绩这一关键性因素方面。"至于排戏的标准，第一就是要迎合看客的心理"②，至于如何迎合看客心理以达到票座保障，"大舞台自有一种常常照顾的看客，生意的重心，是在三层楼和两廊。那些主顾们，爱看的是场子热闹火爆，动作要爽利快捷，情节要容易明了；爱听的腔调是要调门高，要气长，要腔多而熟"③。对于以市场营利为目的的剧场而言，舞台演出的第一标准"就是要迎合看客的心理"，也即时刻保持观众票座才是剧目安排的首要任务。观众票座成绩实际最终发展成为京剧市场经济导向，这种市场经济导向不仅实际决定剧目演出次数，而且深刻影响选本

---

① 北京市艺术研究所、上海艺术研究所编著：《中国京剧史》上卷，中国戏剧出版社 1990 年版，第 367 页。
② 欧阳予倩：《自我演戏以来（1907—1928）》，中国戏剧出版社 1959 年版，第 139 页。
③ 欧阳予倩：《自我演戏以来（1907—1928）》，中国戏剧出版社 1959 年版，第 137 页。

选篇发展趋势。对于以营利作为首要标准和最终目的的各大出版机构而言，选择具有广大市场受众的剧目才能确保京剧选本销量与利润的最大化。因此，市场经济导向作用下的中国京剧选本，不仅实际关联选本之"选"的入选篇目，而且深刻影响甚至直接决定选本之"选"的入选频率或选择与淘汰的结果。

在此，还需对中国京剧选本之"选"的市场导向进行更进一步的辨析。市场导向下的中国京剧选本虽然与京剧舞台演出票房市场时刻保持紧密联系，但是这种选本之"选"的择录与生产模式却也存有显而易见的弊端。当中国京剧选本的发展过分关注图书市场效益，而把营利作为最终甚至唯一的目标进行追求，那就必然导致中国京剧选本在选篇内容上的极大重复性。虽然这种重复也是京剧经典剧目得以沉淀生成的过程，但是那些票房相对较低的剧目则由此丧失入选机会而最终无法得到保存。单从文化发展角度而言，这种状况无疑是令人感到惋惜的。同时，市场导向下的中国京剧选本单纯追求经济利益的最大化，也会造成大量选本的粗制滥造，这种现象在1949年以前十分普遍，即便1949年以前京剧选本的发展已达鼎盛，然而其中可堪流传后世的精品之作凤毛麟角，大多是陈陈相因。

选本之"选"的市场导向一直延续到1953年前后，但是这种现象很快遭到严厉批评："在某些书店里，特别是在一些书摊上，我们可以发现陈列着样数相当多的新出版的传统戏曲剧本。这些剧本，如果逐一翻阅一下，可以看到：有的是用相当认真、严肃的态度来编印出版的……但也有不少是用一种很草率，很不严肃的态度滥编滥印，胡乱出版的。这种混乱现象，我认为应该加以纠正。"[①] 当选本之"选"因由市场经济导向走向粗制滥造的极端之时，那么影响中国京剧选本发展的另一重要因素——文化政令导向便开始介入调控。1951年以后的"戏改"系列政策逐渐介入并且取代市场导

---

① 李簾：《纠正滥编滥印传统戏曲剧本的现象》，《戏剧报》1954年第7期。

向因素，这也是中国京剧选本的发展进入1949年以后值得关注的现象。

综上所述，基于对以"绘图京都××班京调脚本"系列选本6种的统计调查，同时参考国家图书馆馆藏民国五年北京剧坛《演唱戏目次数调查表》的演剧情况与相关研究成果，我们可以了解清末民初，乃至1949年以前对中国京剧选本之"选"影响深刻甚至起决定作用的是市场经济导向因素。市场导向既对中国京剧选本的发展鼎盛起到内在促动作用，同时也带来了选本质量良莠不齐与选本市场鱼龙混杂等问题。因而1951年以后，文化政令对此进行介入与调节，虽然这种调节也曾一度走向另一极端，但就整体而言，对于中国京剧选本的良性持续发展则是利大于弊的。时至当下，中国京剧选本之"选"既要遵循文化政令的调控要求，也要考虑市场受众的基本好恶；二者相互结合，才能更加有利于中国京剧选本的持续发展与繁盛。

第二节　选篇中心比较研究

选本之"选"与比较研究应该包括两个方向。第一是以选本作为中心的宏观整体比较研究。这种研究是对选本发展流变的梳理与比较，既从纵向历时线索勾勒不同时段京剧选本剧目选录的流变脉络，又从横向共时截面呈现同一时段京剧选本相对稳定的审美风格。当然，纵向与横向虽是各自单轴发展，但却需要综合立体把握。第二则是在宏观整体研究基础上，还需对选本具体选篇剧目进行更为细致的微观个案分析。这种研究应该包括两个层面：一是对某些经典剧目在不同时段、不同选本、不同演员之间的剧情演绎与唱段选录的同异比较研究；二是关于某一选本的具体选篇内部结构组成比较研究。可以看出，剧目中心演绎流变比较研究与选篇内部结构组成比较研究，皆是对选本之"选"微观选篇中心的内部深入研究，其与宏观选本中心的外部综合研究互为表里，值得深入发掘。

一　剧目中心演绎流变比较研究

从光绪六年《梨园集成》的产生作为中国京剧选本剧目选录中心比较研究的起点，至1949年中国京剧选本的发展历史已有近70年。在这70年间，选本择录的剧目范围既在不断更新扩大，又有相对稳定继承。而从剧目中心的具体内容演绎流变来看，那些在不同历史阶段得到各类京剧选本相继收录的剧目，既是舞台搬演的高票剧目，也是选本之"选"的重点取向，因此更加具有流变比较研究的重要价值。这种流变比较研究可同时呈现在两个方面，一是剧情演绎的重心迁移，二是代表唱段的差异发展。

（一）剧情流变中心：《汾河湾》的叙事视角与伦理纲常

在以《梨园集成》为起点的京剧选本剧选类型选篇频率统计中，《汾河湾》是其中入选频率较高的一种，这就说明该剧在中国京剧选本史上具有较高的剧目文本价值。

在民国五年北京剧坛《演唱戏目次数调查表》中，《汾河湾》的演出次数高达206次，由此可见《汾河湾》是京剧舞台上颇为流行的剧目之一。《汾河湾》作为生旦合演剧目的典型代表之一，既有行当配置方面的相互交流配合，又属唱做并重的经典折子，同时剧情主要角色薛仁贵、薛丁山父子的"征东"系列演义故事拥有十分深厚的传播基础，故而读者（观众）对此剧目青睐有加。因此，我们可以《汾河湾》为例，作为剧情流变中心比较研究的个案选择。

《汾河湾》一剧，《梨园集成》目录题作《回窑》，正文标题作《薛仁贵回窑》（下称《梨园集成》本）。其后清代刊本《真正京调四十二种》第22册收录，题作《校正汾河湾京调全本　即打雁射子》（下称《真正京调》本）。民国元年《绘图京都三庆班京调脚本十集》第8册收录，题作《校正京调汾河湾打雁射子全本》（下称《绘图京调》本）。《戏考》收录两种：第8册题作《汾河湾　一名仁贵打雁》（下称《戏考·册八》本），第20册题作《西皮汾河湾　一名丁山打雁》（下称《戏考·册二十》本）。此外，《新编戏学汇考》《戏曲大全》《戏学指南》《戏典》等各类选本先后皆有收录《汾河湾》，可见该剧流播之盛。

《汾河湾》同题材章回小说故事可见《薛仁贵征东》第四十一回："射怪兽误伤娇儿　看朱痣得认夫君"前后。剧叙唐朝大将薛仁贵投军多年杳无音信，其妻柳迎春（又作柳寅春、柳金花等）与子薛丁山相依为命，并靠丁山打雁度日。十八年后，薛仁贵受封为王，返乡途中路遇少年于汾河湾打雁，惊其箭法精准，与其比试。忽有妖怪出现，仁贵为射妖魔误伤少年，最终少年得被仙家救走。① 仁贵仓皇回到寒窑，与妻柳迎春一番误会之后相认团聚，忽见床下有男子之鞋，疑妻行为不轨，柳氏趁机戏弄仁贵，见其恼怒方才据实相告男鞋乃是其子丁山所穿。仁贵大惊，方知误射少年便是己子，夫妻悲伤不已，同去汾河湾寻子。

虽然《汾河湾》的基本剧情如上所述，但是由于中国京剧选本的流变发展、不同演员脚本的侧重区别，甚至不同剧种间的体裁差异，皆在不同角度、不同层面影响剧情发展流变的走向。这种影响最后集中呈现在剧目叙事视角的差异方面，以及由此带来的更深层次的关于伦理纲常，乃至人性本源的呈现与思辨方面。在我们选择的4种京剧选本中，总共收录5个版本的《汾河湾》，基本可以代表这一折子戏本的发展演变情况。下面，我们先来对这5个版本的《汾河湾》做一些基本的梳理与分类。

第一种是《梨园集成》本：生扮薛丁山，旦扮柳寅春，小生扮薛丁山，丑扮周清，外扮太白金星，来扮盖苏文鬼魂。剧目叙事以生角薛仁贵与丑角周清开场，薛仁贵交代剧目背景——投军多年，恩封平辽王，获准回家探亲，故而交代周清代掌军务。换场柳寅春上场交代丈夫投军，与子丁山相依为命，唤子出来打雁。丁山乃言

---

① 按：关于薛仁贵射伤少年的原因，同题材京剧剧目中存有两个演绎系统，下文详述，此处取其一种较为流行之说。

夜梦不祥，柳氏反驳，命其速去速回。太白金星与盖苏文鬼魂先后登场，交代丁山即将有难之事。换场丁山打雁，仁贵观其箭法精奇意欲招揽。二人比箭之时，仁贵仇敌盖苏文鬼魂所化妖怪登场，仁贵为射妖怪误伤丁山。换场仁贵回窑与柳氏几经误会而最终相认、寻子下场。此本白多唱少，多以对话为主。

第二种是《真正京调》本与《绘图京调》本：《真正京调》本为木刻，《绘图京调》本为石印，后者多一插图。二者属于同一剧本系统，角色安插如下：红生扮薛仁贵，旦扮柳金花，小生扮薛丁山，老生扮玉禅老祖，无盖苏文鬼魂角色。剧目叙事以玉禅老祖开场，交代其弟子薛丁山即将有难，奉旨安排猛虎搭救丁山。换场柳金花登场交代丈夫投军背景，命子丁山打雁。换场仁贵登场交代因获罪而诈死，隐姓埋名转回家乡，路遇丁山打雁，妒其本领惊人，乃诓骗比试箭法，趁丁山不备而欲将其射杀，猛虎出现救走丁山。仁贵仓皇回窑，与柳氏几经误会相认，得知所杀之人乃是己子，后悔不已而又安慰妻子丁山为虎所救，他日或可重逢。此本唱多白少，多以唱词为主。

第三种是《戏考·册八》本与《戏考·册二十》本：据《戏考·册二十》本前考述内容所载："此剧原有西皮、绑（梆）子二种脚本，此为谭鑫培与王瑶卿合演之西皮真本，本馆久觅不得，故前第八册中，先以绑（梆）子脚本列入。"由此可知，《戏考·册八》本为梆子剧本，《戏考·册二十》本为名伶谭鑫培与王瑶卿合演皮黄真本。二种在叙事视角上基本相同，我们以《戏考·册二十》本的京剧剧本为例：生扮薛仁贵，旦扮柳迎春，小生扮薛丁山，净扮盖苏文鬼魂，外扮玉禅老祖。剧目叙事以净角盖苏文鬼魂开场，交代盖、薛二人前仇以及盖苏文复仇计划。转场柳迎春登场交代角色生活背景并叮嘱其子丁山打雁，丁山乃言夜梦不祥之事，柳氏说服丁山前去打雁。转场玉禅老祖交代丁山有难，前来搭救。丁山打雁，仁贵登场路遇，惊叹丁山箭法精奇，与其比试，误伤丁山。仁贵逃遁回窑，夫妻二人几经误会相认，而后汾河湾寻子。此种唱念参半，尤其"回窑"部分叙述更为详尽。

通过以上梳理与分类可以看出，《汾河湾》的剧情流变基本分作三种类型，并且集中体现在剧目的前半段"打雁"部分；相对而言，后半段"回窑"部分的叙事比较稳定统一；二者的临界分场便是以小生薛丁山的下场作为前后切割。

一般而言，"在中国古代，'叙事'内涵丰富，绝非单一的'讲故事'可以涵盖，这种丰富性既得自'事'的多义性，也来自'叙'的多样化"[①]。单就京剧剧目《汾河湾》而言，各类选本皆以"打雁"与"回窑"作为该剧叙事演绎的核心关目，相对"回窑"关目的稳定统一，"打雁"关目即有"叙"的多样化与"事"的多义性分歧。中国京剧选本中的《汾河湾》最为直观的剧情演绎流变首先呈现在"叙"的多样化方面，也即剧目开场叙事视角的鲜明差异方面。

首先，《梨园集成》本采取生角薛丁山视角的开场叙事，其与丑角周清的对白既交代了剧情前史十八年前别妻投军的故事背景，又铺垫了剧情后文归乡探亲的发展预演。因此，随后演绎的"打雁"关目是生角归乡途中必经之路的必然事件，这一必然事件中包含两个因素：其一是柳氏对其子丁山夜梦不祥置若罔闻，其二是盖苏文鬼魂对前仇的叙述与报复。这种以第一主角——生角薛仁贵的视角进行剧情推进的叙事策略，较为客观全面地层层递进演绎以薛仁贵为中心的剧目发展方向，并且非常完整地塑造了一个功成名就而又牵念妻儿的将军角色形象。而另一方面，剧本在完成生角薛仁贵开场叙事之后，立即转场改作旦角柳氏登场补叙夫妻分别、母子相依为命之事。这种生、旦先后登场的叙事方式，使得角色间的对话遥相呼应而又前后对等；在保持以生角薛仁贵作为第一叙事视角的同时，迅速出旦，使得二者达到相互平衡。即便剧目

[①] 谭帆：《"叙事"语义源流考——兼论中国古代小说的叙事传统》，《文学遗产》2018年第3期。

题作"薛仁贵回窑",但是并未因此弱化或者遮蔽旦角存在的能动力量。

其次,《真正京调》本与《绘图京调》本采取的是老生玉禅老祖的开场叙事。这是一种神仙视角的全知全能叙事方式,开场即交代薛丁山有难需要搭救。随后采取旦角登场递补叙事策略,交代故事背景。再后小生登场打雁开始,红生薛仁贵才作为全剧最后一个角色登场现身。这种叙事策略开场便有一种宿命基调,小生打雁的悲剧虽无梦兆,但却成为全剧引子。神仙视角的全知全能既限定了作为人的小生丁山、红生仁贵与旦角柳氏的能动发展,又对剧情演绎过多地做出预告,因此可能降低读者(观众)的期待视野。同时,旦角柳氏的递补叙事策略虽然丰富了自身角色形象,但却导致红生仁贵出场过晚而在剧目开篇产生角色的"失语"问题。

最后,《戏考·册二十》本采取净角盖苏文鬼魂开场叙事,这也是一种全知全能的叙事视角,只是担任叙事功能的角色发生改变。这种改变使得宿命的基调之中加入了恶人的复仇,从而将生角薛仁贵与小生薛丁山父子间的"误伤"转变为因第三者作恶的结果,一定程度上消弭了生角薛仁贵之错。然而,这种叙事视角的弊端与《真正京调》本相似,既弱化了人的能动性,又过分渲染了宿命因果思想。同时生角薛仁贵的出场时机亦是较晚,同样造成生旦对演剧目出场设置的不对等问题。

通过比较分析可以看出,不同京剧选本中对同一剧目内核"回窑"的演绎,因由叙事视角差异带来的剧情推演方向与角色形象塑造的不同,必然使得《汾河湾》这类剧目在发展流变过程中呈现出截然不同的场上搬演效果。中国京剧选本的存在与选录,不仅能为我们展开剧目中心演绎流变比较研究提供丰富切实的文本文献材料,而且在音像技术匮乏的时代,一定程度上弥补或还原了京剧剧目场上搬演的风貌与可能存在的演出效果。当然,以《汾河湾》为例,中国京剧选本对剧目中心演绎叙事视角异同的载录,不仅有"叙"的多样化可考,而且还有"事"的多义性可循。

中国京剧选本中关于《汾河湾》之"打雁"一段"事"的多义性叙述问题主要体现在两个方面：薛仁贵回乡的原因及其打雁的心理动机。关于仁贵回乡事件的原因存在三种不同的叙述声音。

其一，《梨园集成》本设置仁贵功成名就，请旨回乡探亲："（生唱）二十一岁去征蛮，心猿意马盼故乡，我自投唐十八载，辞朝归故望妻行。"这种回乡原因的叙述不仅较为完整全面地交代了剧情发生的前因后果，而且立体生动地塑造了一个先国后家、忠义两全的角色形象。这种回乡原因的背后是一种积极主动的人生态度，即便远在边疆仍然心系寒窑。其二，《真正京调》本与《绘图京调》本的设置较为特殊，红生薛仁贵回乡的原因颇为被动："（红上倒板唱）仁贵打马发阳关，扯回头来望长安。望不见唐王爷金銮宝殿，又不见文武两旁官。想当年吃粮二十三，保王爷征东十八年。大功劳献下了七十二件，小功劳无其数也有万千。恨奸贼上殿把本上，他奏道薛礼谋江山。万岁皇爷龙耳软，推出了午门吃刀悬。多亏了文武把咱救，才救下薛礼活命还。打排定计在宫院，诈死埋名回家乡。"通过这段唱词可以看出，红生仁贵回乡的原因实为触怒龙颜后的迫不得已。而在这种迫不得已中，加入仁贵对以长安为意象的权势富贵的恋恋不舍，以及对自己建功立业的居功自傲。然而这种回乡原因却与妻子无关，只是红生仁贵困境自保的非常手段。相对而言，这种设置虽然也在推动剧情演进，但却有损角色形象，使其更多呈现自私偏狭而又略显狂傲的特征。因此，这类选本皆用红生扮演薛仁贵，从中亦可见出其与老生应工的行当形象差异处理。其三，《戏考·册二十》本的回乡原因较为模糊，旦角柳氏登场虽有交待丈夫仁贵"前去投军一十八载，杳无音信，不知生死存亡"，但是这种递补叙述方式仅仅有助于塑造苦守寒窑、翘首日盼的旦角形象，并不能完整呈现生角回乡的具体缘由。而当生角薛仁贵正式登场："（生内白）马来！（唱倒板）不分昼夜回家转，（上唱快板）一马儿来到了汾河湾。"这种设置虽有迫切归家之势，但却略显仓促单薄，尤其对生角当下身份背景叙述的缺失，使其形象塑造过于依托他者

（旦角与净角）转述而偏于失真。

而在关于薛仁贵回乡原因事件的三种差异性叙述前提下，不同选本的《汾河湾》最为重要的叙事重心差异便表现在"打雁"一事的心理动机方面。在以生角薛仁贵作为叙事中心的关目中，相对于"回乡"事件的潜在必然性来看，仁贵打雁则具有十分偶然的因素。因为剧目设置的打雁主角原为小生丁山，生角仁贵的路遇虽是必然，但是其与小生丁山的打雁比试关目则是出于偶发性的惊叹心理。然而针对这种心理动机，则有更深层次的叙述差异。

其一，《梨园集成》本是一种英雄爱才的惺惺相惜心理："（生上唱）我在马上用目观，见一孩童显手段。唐王生来好访贤，访在朝中做高官。……不免带至朝廊，已（以）助本官一膀之力。"这种心理叙述既符合回乡事件所塑造出的忠义角色形象，又为下文为救丁山却因鬼魂作怪失手伤害丁山做出合情合理的铺垫。因而，打雁关目成为仁贵回乡途中的偶然性插曲。其二，《真正京调》本与《绘图京调》本对红生仁贵打雁的心理剖白则十分阴暗："（红上倒板唱）……催马来到汾河湾，河边上站一小英雄。他开弓先打南来雁，枪挑鲤鱼水面顽。是谁家生下麒麟子，那一家长大这一男。枪挑鲤鱼好罕见，他的武艺比我强。唐王若是龙眼见，宣进朝廊封大官。现了他威风灭了俺，大丈夫岂容这一场。……（唱）小孩子上了我的当，要避活命难上难。照定孩子射一箭。"可以看出，此种薛仁贵的打雁动机完全出自对少年丁山武艺高超的嫉恨心理，打雁是假，杀人是真。红生仁贵打雁动机的叙述既是出于极度自私心理的极端险恶表现，又是侧面对其贪恋权势富贵的丰富描写，因而使其形象更加阴暗。其三，《戏考·册二十》本的处理则是同其回乡原因一样较为模糊："（生白）且住！看这河边有一小小顽童，在此射雁镖鱼，箭无虚发，镖不空投！日后长大成人，岂不是还要胜我薛礼十倍！"这种叙述方式，既未点明生角存有爱才之心，又无过多显示怀揣嫉才之意，因此留白颇多。但从开场净角盖苏文鬼魂叙事与后文具体剧情推演综合来看，仁贵打雁的心理动机偏于爱才方面，然而处理略显模糊。

通过对不同京剧选本以《汾河湾》为代表的选篇中心叙事视角差异比较研究可以发现，关于《汾河湾》回窑与打雁关目的开场之"叙"由角色视角差异带来的多样化处理方式，并且由此引发关于所叙之"事"的多义性呈现，致使不同时段、不同选本、不同演员对"汾河湾"这一相对稳定的剧目内核产生丰富多样，甚至歧义相对的叙事效果。尤其是在仁贵打雁心理动机的叙事方面，可能引发更为深刻的伦理纲常分歧问题。

这种分歧突出表现在《梨园集成》本与《真正京调》本方面。《梨园集成》本的叙事完整呈现了君臣、父子间的伦理秩序，君贤臣忠，父慈子孝。即便因鬼魂复仇等外界因素引起父子间的误伤，但是对于生角仁贵而言，误伤儿子的起因是为救人而非害人。并且打雁的动机是对少年英雄的惺惺相惜，是出于同为国家效力的心理预设。因此，这是一种积极良性的君臣、父子伦理纲常秩序建设，即便这种秩序偶有出现外力侵害，但其精神内核仍是健康完整，甚至坚不可摧的。剧目的演绎带给读者（观众）一种向往希望的人生愿景——即便仁贵误伤丁山，但是父子之间并无心理芥蒂。

与此相反，《真正京调》本的叙事则是君臣、父子伦理纲常失序的状态，君昏臣怨，父子相杀。这种失序状态首先是在君臣间的猜忌、打压与欺骗方面，然后转而造成父子间的嫉妒、惊恐乃至凶杀问题。上有失序，下必难谐，自上而下的伦理纲常崩塌导致剧目演绎始终沉浸在一种阴郁不安的氛围之中。并且，这种伦理纲常失序，即便一时经由神仙化解，但是仅能救人性命，未能教化人心。因此这是由内而外、自上至下的人心不古，从而带给读者（观众）一种末世浮躁的社会图景。

而处于二者之间的《戏考·册二十》本既没有过分彰显伦理纲常的秩序井然，也自然摒弃了道德崩塌的末世悲凉。但是，戏剧作为文学体裁之一、文化传播方式之一，除却娱情功能，还应承担教化社会功能。当然,这种教化功能并非简单地要求恪守伦理纲常秩序,而是应该积极引导读者(观众)明辨是非而又从善如流。

因此,通过对《汾河湾》剧目中心叙事视角与伦理纲常的比较研究,我们认为《梨园集成》本在剧情发展走向与角色形象塑造方面更加完整与立体,同时,积极建立一种相对健康良性的社会秩序。即便《戏考·册二十》本收录名伶谭鑫培与王瑶卿合演脚本,且在"回窑"一段着重处理生旦关系,但就整体而言,《梨园集成》本显然更胜一筹。

综合而言,比较研究以《汾河湾》为代表的叙事视角差异,以及由此引发的更深层次的伦理纲常问题,可以看出中国京剧选本在从文献保存角度详细载录不同时段、不同选本、不同演员甚至不同戏曲剧种之间关于同一剧目剧情流变的整体发展过程,因此可从选本之"选"的选篇比较中心对其进行分析研究。而以《汾河湾》作为典型个案,既可由此探寻剧目中心剧情演绎流变的发展方向与内在分歧,又可以此为例具体树立研究方法、打开研究视野。

(二)名伶唱段中心:《汾河湾》的唱段选录与比较研究

中国京剧选本基本分作剧选、词选、谱选三种类型,其中词选与谱选部分多以唱段为单位进行选录组合。《汾河湾》作为京剧优秀剧目代表之一,生旦对演,唱念俱佳,因此各类词选、谱选类型选本皆对其中经典唱段进行收录。

为了便于对比不同选本关于《汾河湾》唱段选录的具体情况,我们重点选择民国十八年北平中华印书局《唱曲大观》所收《高庆奎之汾河湾》《王凤卿之汾河湾》《梅兰芳之汾河湾》三人唱段及民国十九年上海大东书局《二黄寻声谱续集》高亭公司灌制言菊朋唱片选段,对比《戏考·册二十》本谭鑫培与王瑶卿脚本唱段。原文唱段兹录于下(见表2-3)。

第二章 选本之"选"与比较研究 151

表 2-3 《汾河湾》唱段选录分析

京剧选本	演员	唱段选录
戏考	谭鑫培饰薛仁贵	（旦唱慢板）柳迎春未开言珠泪淋淋，叫一声丁山儿年幼姣生。你的父去投唐杳无音信，抛下了母子们受尽凄情。全仗着我的儿多孝多顺，每日里去打雁奉养娘亲。鱼镖儿娘与你身傍带定，弓合箭付与儿即早回程。（生唱倒板）家住绛州县龙门，（原板）薛仁贵好命苦无亲无邻。自幼儿父早亡母又丧命，破瓦寒窑把身存。常言道千里姻缘有一定，在柳家庄上招过亲。夫妻们受凄凉苦难忍，（改流水快板）无奈何立志去投军。结下弟兄周钦等，保定唐王把贼平。幸喜狼烟齐扫尽，随定圣主转回京。前三天修下辞王本，特地前来探探柳迎春。贤妻若还不相信，来来来算一算，连来带去一十八春。
	王瑶卿饰柳迎春	
唱曲大观	高庆奎饰薛仁贵	（西皮摇板）催马来在汾河湾，见一顽童把弹玩。他弹打，弹打南来当空雁；枪挑，枪挑鱼儿水浪翻。翻身下了马走战，再与顽童把话言。（二段）（西皮倒板）家住绛州县龙门，（原板）薛仁贵好命苦无亲无邻。自幼儿父早亡母又丧命，撇下了仁贵受苦情。常言道姻缘一线定，柳家庄上招了亲。你的父厌贫心忒很（狠），将你我二人赶出了门庭。夫妻们双双（二六）无投奔，破瓦寒窑去存身。夫妻受凄凉实难忍，无奈何立志去投军。结下了朋友周青等，跨海征东把贼平。幸喜狼烟齐扫尽，随定圣驾转回程。前三日修下辞王本，特地前来探望柳迎春。我的妻如若不凭信，掐一掐算一算，连去带来十八春。
	王凤卿饰薛仁贵	（唱倒板）家住绛州县龙门，（西皮慢板）薛仁贵好命苦无亲无邻。幼年间父早亡母又丧命，撇下了我仁贵无处存身。常言道姻缘一线定，柳家庄上招了亲。你的父厌贫心太很（狠），将你夫妻赶出了门庭。夫妻双双无投奔，破瓦寒窑把身存。每日里在窑中苦难尽，没奈何立志去投军。结交下兄弟周青等，跨海征东把贼平。幸喜狼烟俱扫尽，保定圣驾转回京。前三日修下辞王表，特地前来探望柳迎春。我的妻你若不相信，来来来算一算，连来代去十八春。
	梅兰芳饰柳迎春	（唱）儿的父投军无音信，全仗儿打雁奉养娘亲。将弓袋和鱼镖付儿拿定，不等日落儿要早回程。（摇板）一见姣儿出窑门，不由为娘我挂在心。没奈何我把这窑门来进，等候了丁山儿打雁回程。
二黄寻声谱续集	言菊朋饰薛仁贵	（倒板）家住绛州县龙门，（原板）薛仁贵好命苦无亲无邻。幼年间父早亡母又丧命，丢下了仁贵无处生存。常道姻缘一线引，柳家村上招了亲。你的父嫌贫心太很（狠），将你我二人赶出了门厅。夫妻们双双无投奔，（快板）破瓦寒窑暂安身。每日里窑中苦难尽，没奈何立志去投军。结交了兄弟们周青等，跨海征东把贼平。幸喜得狼烟俱扫净，保定圣驾转回京。前三日修下了辞王的表，特地回来探望柳迎春。我的妻若还不肯信，来来来算一算，算来算去十八春。（倒板）听一言来吓掉魂，（摇板）凉水浇头怀抱冰。适才路过汾河境，见一个顽童打弹能。

通过唱段梳理对比可以看出，京剧选本对《汾河湾》唱段的选

录首先就是生角薛仁贵进窑之前的大段独白,且以此段作为《汾河湾》唱段代表收录的京剧选本远不止上列几种,可以想见其流传兴盛程度。相对而言,署名高庆奎、王凤卿、言菊朋三人的唱段基本一致,仅在个别字句方面略有差异。其中尤以言菊朋唱段最佳,如"常言道姻缘一线引"则比"常言道姻缘一线定"更为合辙合韵。《戏考》所录谭鑫培与王瑶卿合演脚本关于柳父嫌贫爱富一段唱词删去,其余大致相同。而在声腔板式的标识方面,综合对比则以《二黄寻声谱续集》所录高亭公司灌制言菊朋唱片真词最为详细准确,同时附有工尺曲谱。

在此基础上,我们再以《中国京剧音配像精粹》选录1958年梅兰芳(饰柳迎春)、马连良(饰薛仁贵)《汾河湾》录音;中央电视台、天津市中华民族文化促进会2001年2月录制,梅葆玖(饰柳迎春)、张学津(饰薛仁贵)配像精粹的《汾河湾》舞台演出版本进行比较。可以发现,该版马连良饰薛仁贵"家住绛州县龙门"一段与高亭公司灌制言菊朋唱段基本吻合,仅有个别字词存在差异。同时,梅兰芳"儿的父投军无音信"一段则与《唱曲大观》选录《梅兰芳之汾河湾》唱段基本相同。其后,当代京剧名家耿其昌等人演出《汾河湾》基本以《二黄寻声谱续集》选录高亭公司灌制言菊朋唱段为准。由此可见,该段在京剧舞台上得到较好的保留与传承。中国京剧选本对于《汾河湾》之"家住绛州县龙门"等唱段唱词以及声腔板式的选录,不仅妥善保存了各家名伶对同一唱段的异彩纷呈的演绎情状,而且在此过程中完整勾勒出了京剧发展流变与舞台传承的有机过程。

中国京剧选本中关于剧目中心演绎流变的例子不胜枚举,我们择以《汾河湾》作为个案分析,不仅因为该剧作为生旦合演剧目较好地给予生行(尤以老生为主)与旦行(尤以青衣为主)两种行当展现艺术水准的空间,并且因此使其在选本择录与舞台发展过程中长盛不衰。更为重要的是,以梅兰芳与齐如山围绕《汾河湾》的戏剧讨论与改革,亦是中国京剧史上关于传统题材剧目剧情理解与舞台演绎以及观、演之间相互探讨促进的经典个案。

1913年,梅兰芳与王凤卿合作演出《汾河湾》,梅兰芳饰柳迎春,王凤卿饰薛仁贵;其后梅兰芳又与谭鑫培多次合演此剧。齐如山在第一次观看梅兰芳演出《汾河湾》时,即对其中柳迎春一角的做工提出十分详细的修改意见:

> 一次看他(笔者按:梅兰芳)一出《汾河湾》,扮像固然很好,身段也很好,只是在薛仁贵在窑外唱一大段时,柳迎春坐在窑内,脸朝里休息,薛仁贵唱半天,他一概不理会,俟薛唱完才回过脸来答话。彼时唱青衣之角,通通都是如此,也无足怪,但从前的老角,则不如此,这不但是美中不足,且可以算一个很大的毛病,于是我就给他写了一封很长的信,议论此处应该怎么作法,原文很长,已不复能详记,大致如下:
>
> ……此戏有美中不足之处,就是窑门一段,您是闭窑后,脸朝里一坐,就不理他了,这当然是先生教的不好,或者看过别人的戏都是如此,所以您也如此。这是极不应该的,不但美中不足,且甚不合道理。有一个人说他是自己分别十八年的丈夫回来,自己虽不信,当然看着也有点像,所以才命他述说身世,意思那个人说来听着对便承认,倘说的不对是有罪的。在这个时候,那个人说了半天,自己无动于中,且毫无关心注意,有是理乎?……所以此处旦角必须有极切当的表情,方算合格,将来方能成为好角,兹把生角唱时,对某一句应有怎样的表情,大略写在下边,请您参考。
>
> "家住绛州龙门郡"听此句时,不必有什么大表现,因为他就是假冒,他也一定知道薛仁贵是绛州人,且此处倘有大的表现,则与后边有犯重的毛病,但生角的倒板一张嘴,便须露出极端注意,侧耳细听的情形来方妥。
>
> "薛仁贵好命苦无亲无邻"听此句时,不过稍露难过的情形,点点头便足,因为他说的总算对,但薛彼时之苦情,在结婚之前,

柳未亲见，故不会太难过，只露出以为说的不错情形来就够了。

"幼年间父早亡母又丧命，撇下了仁贵受苦情"听此两句，只摇摇头，表现替他难过之意便足，因此事自己并未目睹，不会太难过也。

"常言道千里姻缘一线定"听到此句时，要表现大注意的神气，因为他要说到的话，与自己将有关系了。

"柳家庄上招了亲"听到此句当然要大点点头，表现以为他说的对，但最好要有惊讶之色，因为他居然说的很对。

"你的父嫌贫心太狠"听此句要露难过的神气，因为自己的父亲总算对不起儿婿。

"将你我夫妻赶出了门庭"听此句当然要大难过，不但自己的父亲对不起儿婿，连自己也有点对不起丈夫，思想前情，焉得不难过呢？不过是后边还有难过的句子，此处只稍一拭泪便足，以便同后边不会犯重。

"夫妻们双双无投奔，破瓦寒窑暂存身"至此才大哭，好在此后改唱二六，板快身段亦好作，用袖子拭拭泪，两三句就唱过去了。

"每日里窑中苦难尽，无奈何立志去投军"此处仍只是难过，板快不容再有任何动作，就是想表情，不等表现就唱过了。[1]

齐如山的这段见解大致得到了梅兰芳的认可，因为梅兰芳在此后《汾河湾》的演出中做了相应改动。这段旧事也在《中国京剧艺术百科全书》中得到记载："1913年梅兰芳与王凤卿合作演出此剧，梅兰芳饰柳迎春，王凤卿饰薛仁贵。不久梅兰芳又与谭鑫培合作演出数次。齐如山在第一次观看梅兰芳演出《汾河湾》后，写信对柳迎春的表演提出改进意见，梅兰芳接受并着手改进。"[2] 2008 年 12

---

[1] 齐如山：《齐如山回忆录》，中国戏剧出版社 1998 年版，第 106—108 页。
[2] 王文章、吴江主编：《中国京剧艺术百科全书》上册，中央编译出版社 2011 年版，第 177 页。

月上映的陈凯歌导演电影《梅兰芳》也对此事进行了银幕演绎,只是影视剧中与梅兰芳(余少群饰)通信探讨的人物改为邱如白(孙红雷饰),其中探讨表现的重点仍是《汾河湾》之"家住绛州县龙门"一段。

综上可以看出,中国京剧选本的选篇中心比较研究是在以个案研究为方法的基础上,对其中代表剧目或者唱段进行深入细致的梳理、对比、分析与研究。这种研究虽然是以个案切入作为基本方法,但是由此揭示出的京剧选本系列发展变革现象,以及更大范围的京剧史学演变进程等宏观格局变动则是更加需要我们用由点及面、以小见大的视角把握。选择以《汾河湾》作为剧情流变和唱段流变的剧目中心演绎比较个案,不仅是因为其在京剧选本与舞台演出中皆有重要位置,而且是由于其在中国京剧史上较好地呈现了演员与观众之间相互作用、相互促进的典型现象。

当然,在此我们也应指出,中国京剧选本选篇中心的发展流变比较研究并不能局限于那些在各类选本中不断得到高频率选录并在舞台传承之中常演不衰的经典剧目,我们还应关注那些在京剧历史演进过程中逐渐离开读者和观众视野的剧目。如以《梨园集成》所收唐代狄仁杰故事戏本《天开榜》为例,其在后续京剧选本中连续遇冷,甚至选录剧目最为丰硕的《戏考》对于此剧亦未收录。然而"风物长宜放眼量",虽然该剧之于京剧中发展坎坷,但是清末民初的四川唱本《端午门》、蹦蹦戏本(今为评剧)《马寡妇开店》等皆对同类故事题材进行不断创新演绎。尤其蹦蹦戏本《马寡妇开店》不仅沿用早期京剧戏本《天开榜》的核心关目,而且锐意创新,使得此剧成为其后评剧剧种的经典代表之一。因此,对于中国京剧选本选篇中心剧目发展流变的比较研究,既要关注京剧一脉内系统的选本之"选"同异现象及其原因,又要打开视野,关注京剧剧目与其他花部戏曲选本间的交叉影响。如此,才能更加丰富、立体、多维地考察京剧选本选录剧目的更迭演进过程。

二 选篇内部结构组成比例研究

中国京剧选本之"选"的发展是一个逐渐清晰且螺旋上升的过程,京剧在中国戏曲选本中从出现至独立成为一种新的戏曲选本种类,正是在选本之"选"的选篇内部结构组成方面发生明确转变的有机过程。我们认为,中国京剧选本的选篇内部结构组成比例研究可从以下三个角度考察:剧种比例角度、朝代比例角度、行当与名伶比例角度。

(一) 剧种比例角度

清乾隆二十九年,宝文堂刊行《时兴雅调缀白裘新集初编》之"阳集"收录梆子腔剧目《杀货郎》与《打店》等。由此,中国古代戏曲选本的选篇内部结构在剧种比例方面开始发生急剧变化。原来戏曲选本中稳定的昆腔传奇、杂剧、戏文选篇组成结构受到影响:"《缀白裘》选入'梆子腔',其意义并不仅仅在于较早地记录了花部剧目,还在于充分说明了民间戏曲活动对传统戏曲选本所造成的强烈冲击。"[1] 这种冲击的有力证明是花部戏曲剧目的入选比例迅速超过雅部,甚至专门出现以花部戏曲剧种为主的选本。"光绪六年,李世忠编选了《梨园集成》,其中,仅收昆腔剧目两种,其余的46种无一例外全部是花部剧目,花部诸腔在戏曲选本中已经蔚为大观。几乎同时,专门剧种的戏曲选本也大量出现,如所谓《新印滩簧雅集》、《校正京调》、《调腔五种》、《绍剧十种》、《秦腔戏本六种》等,证明了此时花部诸腔在民间的戏曲活动是何等活跃。"[2]

然而,我们需要看到的是,当花部戏曲剧种为主的选本开始崛起之时,选篇内部结构组成并未立即实现整齐划一的转变,而是先在具体剧种比例方面有所调整。上文所引朱崇志论著认为现存可见较早的京剧选本《梨园集成》即收"昆腔剧目两种",而实际上关

---

[1] 朱崇志:《中国古代戏曲选本研究》,上海古籍出版社2004年版,第26页。
[2] 朱崇志:《中国古代戏曲选本研究》,上海古籍出版社2004年版,第27页。

于《梨园集成》收剧48种的皮黄与昆曲剧目比例认知，学界一直存有异议。郑振铎《中国戏曲的选本》最早统计《梨园集成》剧目总数为46出时，并未说明其中皮黄、昆曲之别。① 其后，石兆原指出："全书共收剧四十七种（实为四十八种，见后），其中秦腔三（《长坂坡》，《战山》，《捡柴》），昆曲五（《绿牡丹》，《闹江州》，《濮阳城》，《闹天宫》，《百子图》，二五两种夹用皮黄），只占全数六分之一，余皆为皮黄。"② 再后，周贻白《中国戏剧史长编》、李东东《竹友斋刊本〈梨园集成〉文献述评》等虽然指出《梨园集成》收剧48种，但却认为其中昆曲只有《闹天宫》与《濮阳城》两种。③《梨园集成》收剧总数确为48种，但是其中皮黄与昆曲的具体比例如何，则需仔细考辨。

首先，《梨园集成》中《闹天宫》与《濮阳城》的昆曲属性是易于辨认并且得到学界一致认可的。《闹天宫》共用16种不同曲牌，《濮阳城》共用9种不同曲牌，二者均为篇幅较短的折子戏本，去除念白对话，其中所有唱段基本均有明确曲牌标识。昆曲与皮黄戏本之别明显在于"'皮黄剧'虽包含许多声腔，究其实皆为七字句和十字句（唱'牌子'者皆系'昆曲'）"④。所谓"唱牌子"也即所唱曲文均用曲牌标识，而非皮黄板腔。《梨园集成》中《闹天宫》与《濮阳城》两种均是明确使用曲牌标明唱段，与皮黄戏本《探母》等习成定式的七字句与十字句声腔以及【慢板】【滚板】等板腔体迥异。

其次，《绿牡丹》的存在可以看作一个"异数"，其"刊刻误漏"的情况前已备述，而其"戏曲身份"属性问题仍然值得探讨。

---

① 参见郑振铎《中国戏曲的选本》，载《郑振铎古典文学论文集》下册，上海古籍出版社2009年版。
② 石兆原：《读〈梨园集成〉》，《文学季刊》1934年第1卷第2期。
③ 参见周贻白《中国戏剧史长编》（上海书店出版社2007年版）、李东东《竹友斋刊本〈梨园集成〉文献述评》（《戏曲艺术》2014年第3期）。
④ 周贻白：《中国戏剧史长编》，上海书店出版社2007年版，第583页。

梳理考察《绿牡丹》戏本使用曲牌可以发现，其中所用基本均属昆曲曲牌，尽管部分曲牌如【北泣颜回】【小桃红】两种在其他皮黄戏本中亦有使用（标识上下场配乐，不用于唱段），但是《绿牡丹》的曲牌均是用于标识唱段的（包括【北泣颜回】【小桃红】两种）。这就指向了《绿牡丹》的"昆曲身份"属性：

（净）【北泣颜回】击鼓于喧扬，今日个威镇哎名邦。【六五六】平阳地旷，观看俺将勇兵强介，朱幡皂盖，【尺上尺】见纷纭摆列营门上，今日里赫赫岩郎，管叫他奸党消亡。……【石榴花】俺只见儿郎猛虎胜名邦，一个个鏖马逞气昂。任看那如蜂似蝶，声威当阳，白鏊戟似雪，红日霞如霜。一心要报国酬皇。

此段标有【六五六】【尺上尺】字样，属于昆曲工尺谱所用【小工调】。因此可知【六五六】与【尺上尺】皆属昆曲工尺谱音乐术语，有别于《梨园集成》皮黄戏本中标识的"起鼓""丝弦过门"等锣鼓胡琴配乐术语。因此，也就可以明确《绿牡丹》应属昆曲，而非皮黄。

台湾《俗文学丛刊》（069册）中收录有昆曲《绿牡丹》抄本，亦可佐证《梨园集成》本《绿牡丹》确属昆曲无疑。《俗文学丛刊》本将《绿牡丹》归为"昆曲"一类，并在抄本前的"备注"中指出"附部份工尺谱"。[①] 对比此本《绿牡丹》与《梨园集成》本《绿牡丹》可以发现，《俗文学丛刊》本仅在开篇加入小生骆宏勋及老旦骆母等人的相关戏份，其余均与《梨园集成》本大致相同，其间所用曲牌亦是相同：

[①] 参见台湾"中央研究院"历史语言研究所《俗文学丛刊》第069册，台北：新文丰出版股份有限公司2001年版，第247页。

[开点，出众小军，头自（目）二套］（净上）【粉蝶儿】哨集山岗，今日个哨集山岗聚强良（梁），绿林草蟒（莽），恨奸邪满坐朝堂。誓把那一班儿□恶扫荡。(《梨园集成》本)

（八小军引净）【粉蝶儿】少集山冈（岗），说什么少集山冈（岗）逞强量（梁），英雄非常。眼见得花世界锦绣封疆，好教俺镇日里习六缰操兵演将，只看那旌旗卷蔽日光芒，喊声击席喷龙嚷。(《俗文学丛刊》本)

通过比勘可见，两种选本所用曲牌及唱词内容基本相同。而在相同位置，《俗文学丛刊》本同样出现【六五六】与【尺上尺】的脚本提示，符合"备注"所言"附部份工尺谱"的考证。故而，《俗文学丛刊》将抄本《绿牡丹》归为"昆曲"一类。

再次，对于《百子图》与《闹江州》两种，虽然脚本中分别也有二十余种或十余种不同曲牌标识，但是这些曲牌大多用于角色上下定场以及安席宴飨的配乐，并且这种配乐方式亦常见于其余皮黄戏本中。当然《百子图》与《闹江州》也有少数曲牌用于标明唱段，如《百子图》中有【欣杯赏芙蓉】【普天乐】【南尾】三支曲牌用在戏本开场交代众仙商定封神的背景。然而就整个剧本来看，这种情况并不常见，反而《百子图》中用【西皮】【二黄】等皮黄板式标明唱段或者七字句、十字句定式的情况更为普遍。《闹江州》同样也是如此。因此，对于整体戏本而言，与其说《百子图》与《闹江州》两种夹用皮黄，倒不如说是皮黄中夹用昆曲，并且整体是以皮黄为主的戏本。

最后，秦腔3种：《长坂坡》《战山》《捡柴》，这种说法无具体依据。虽然《梨园集成》之后的戏曲选本如《绘图京都三庆班京调》（12集）等也有将《捡柴》归入"山陕梆子调"中的，但更为普遍的情况仍是将其归入"京调"之中。并且关于秦腔与皮黄的源流关系与交互影响，学界一直存有争议，因此在未能找到更为有力的证据说明《长坂坡》《战山》《捡柴》属于秦腔之前，我们根据李世忠的实际交游地域与《梨园集成》所收剧目的整体背景情况，将其归为皮黄剧本比较合理。

综合上述考证可知，《梨园集成》实际收剧48种，其中《闹天宫》《濮阳城》《绿牡丹》3种为昆曲，其余45种皆为皮黄戏本。通过上述梳理与考辨可以看出，早期京剧选本《梨园集成》的选篇内部结构是由皮黄与昆曲两类剧种的戏本组合而成的，其中昆曲所占比例不足全数7%，这种名为"梨园集成"的戏曲选本实际已在剧种比例方面显示出了"皮黄集成"的剧种优势。

此后，剧种间的比例协调问题已由花（皮黄）、雅（昆曲）之间转移到了花部戏曲诸腔内部剧种派系，尤其是以京调与梆子调两类剧种间的比例问题最为突出。清代末期，上海集成图书公司《绘图京都三庆班京调》12集（又名《改良京调秘本全部》）虽以"京调"题名，但是其中所收剧目种类并非只有京调一种。该本子集至申集封面皆题"绘图京都三庆班京调×（地支顺序）集×××（所收剧目）"，而从酉集开始至亥集结束，前列题名则为"绘图山陕梆子调"。由此可见这是一种兼收京调与梆子调两类剧种的戏曲选本，其中京调剧目41种，梆子调剧目15种，约有四分之一（26.8%）的剧目为梆子调。

并且，这种现象在当时颇为普遍，上海观澜阁石印袖珍本《绘图京都三庆班京调》12集与上海鸿文书局《绘图京都三庆班京调全集》所收剧目内容与剧种比例与此完全相同。由此可见，梆子调剧目在总体署名"京调"的选本中所占比例不容小觑。京调与梆子调剧种比例的问题一直延续至民国初年，北京学古堂发行的《特别改良绘图文明梆子京调》14集收剧68种，其中梆子调剧目5种混杂在京调剧目63种之中，不再单独开列。可见梆子调虽在标题中与京调并列，但是其所占比例却在迅速减少——不到总数的8%。

中国京剧选本中的剧种比例问题是选本之"选"的选篇内部结构组成演变过程，从花、雅之比到京、秦之比，这是剧种发展以选本篇目比例结构组成为外在形式的具体表现，也是近代以来从花雅之争到花部诸腔不断崛起的戏曲史学发展进程。当然，我们的考察对象是以京剧剧目入选比例为中心的京剧选本，同时还应指出其他以梆子调（秦腔）、楚曲（汉剧）、广东剧（粤剧）等花部地方戏剧种为中心的戏曲选本，也有间选京剧剧目的情况，同样值得关注。这种剧种间的交融问题，我们留待本书第四章之"选本理论"一节详述。

（二）朝代比例角度

虽然《梨园集成》之后很长一段时间京剧选本并未承续朝代比例角度的选刊编次体例，但是对朝代比例角度使用问题的考察有利于我们理解京剧剧目取材比例的取向问题，因此需要重点关注。我们先来梳理一下《梨园集成》的朝代选录比例问题（见表2-4）。

表2-4　　《梨园集成》断代选刊体例及所占比例一览[①]

朝代	数量	剧目	比例（%）
商朝	2	闹天宫　摘星楼	4.16
周朝	4	百子图　大香山　火牛阵　双义节	8.33
战国时	3	烧棉山　湘江会　鱼藏剑	6.25
汉朝	1	剐蟒台	2.08
三国时	9	长坂坡　战皖城　祭风台　反西凉　取南郡　濮阳城　骂曹　鲁肃求计　求寿	18.75
晋朝	1	麟骨床	2.08
南北朝	1	因果报	2.08
隋朝	4	蝴蝶媒　临江关　战山　南阳关	8.33
唐朝	10	摩天岭　药王传　芦花河　桃花洞　回窑　观画　天开榜　珠沙（印）　沙陀颁兵　绿牡丹	20.83

①　按：本表所录剧目故事所属朝代仍以《梨园集成》目次为本，其中朝代划分存疑之处（如"战国时"应同属于"周朝"，《闹天宫》或有将其归入"唐朝"等）仍依原文录入。但是《梨园集成》朝代归属明显错误之处，则做相应更正：《求寿》原文归入"宋朝"，其实属于"三国时"；《绿牡丹》原文归入"宋朝"，其实属于"唐朝"等。

续表

朝代	数量	剧目	比例（%）
五代时	1	风云会	2.08
宋朝	7	斩黄袍　碧尘珠　双龙会　红阳塔　探母　闹江州　五国城	14.58
明朝	5	红书剑　捡柴　观灯　双合印　走雪	10.41

从表 2-4 可以看出，《梨园集成》选录剧目故事始于商朝，止于明朝，缺少选本产生朝代——清朝的故事剧目。其中唐代故事戏本所占比例最大，其次为三国时，再次为宋朝，这种比例关系基本符合京剧剧目故事的朝代隶属情况。但是还应指出，《梨园集成》选录的三国戏《祭风台》与战国戏《鱼藏剑》等都是由多个折子戏本连缀而成的全本戏。因此，若以其中折子戏本计算，则是三国戏所占比例最大。

三国题材的故事演绎一直以来都是戏曲小说中的重镇，清代宫廷大戏《鼎峙春秋》以及卢胜奎与三庆班合作改编创作、演出的 36 本连台本戏《三国志》等不断奠定三国故事戏本在中国戏曲史中的重要地位，从而扩大了其在朝代选刊中的比例。三国题材剧目之于中国京剧选本选篇内部结构组成的重要作用一直延续至今，如北京出版社 2009 年出版的《京剧传统剧本汇编》30 卷选录剧目 500 种，其中三国剧目即有 107 种，占比超过 20%，远大于隋唐故事剧目的 66 种与宋朝故事剧目的 92 种。由此可见，中国京剧选本中，朝代比例的选篇结构组成方面，三国题材戏本始终保持绝对优势，而隋唐与宋朝题材戏本次之。

那么，这种三国故事剧目领先，同时以隋唐与宋朝故事剧目为主的比例切分，内部原因何在？其中比较重要的原因应该有两个，一是题材，二是行当。题材方面，三国纷争的历史演义自唐代以来即为说部重要取材来源，后经章回小说《三国演义》的渲染传播，使其故事发展更加丰富完整，受众基础更加广泛深厚。因此，取其故事以为关目编演成剧，既能充分运用原有题材中的戏剧性矛盾冲突，又能招徕广泛存在的观众群体，故而所占比例一直遥遥领先。

唐朝题材的剧目比例优势在于著名的隋唐英雄演绎与薛仁贵、薛平贵系列故事。宋朝则以杨家将题材、水浒题材、包公题材最具代表性。行当方面，生行，尤其老生门类一直以来都是京剧发展中的重心所在，而三国、隋唐、宋朝题材中的主要人物角色置于京剧中多由生行应工，其中老生剧目数量又颇为可观。因此，题材与行当二者相辅相成，共同使三国、隋唐、宋朝故事剧目在中国京剧选本中的朝代占有比例具有绝对优势。

当然，朝代比例问题并不仅仅存在于《梨园集成》这类明确依据朝代进行选刊的选本中，其他选本虽未按照朝代体例进行编次，但是依然呈现相关比例问题："《戏考》选剧方面，早期比较保守。第1册剧本中，三国折子戏占45%，从整个《戏考》考虑，三国戏所占的比例则降到15%。《戏考》中以晚清为历史背景的4出戏内，75%在《戏考》后第20册中出现的。更有意思的是，《戏考》中唯一以民国为历史背景的戏——《头本阎瑞生》，在第40册才出现。"[①] 根据这段材料，可以得知：其一，三国戏的比例一直都是选本内部结构组成的重要部分，即便全部比例降至15%，但对于选剧数量庞大的《戏考》而言依然十分可观；其二，晚清及民国初年时段的题材剧目不仅占有比例极低，而且入选时间相对较晚。

对于这两种现象产生的原因，可作以下解释。首先，三国戏的朝代比例相对较高而且稳定，这与剧目发展的成熟度密切相关。其次，《戏考》第1册中三国戏占45%的情况不仅是因为三国戏的整体朝代比例较大，而且是由于《戏考》是以市场发行营利为最终目的的选本，三国戏的发展成熟与读者群体（观众基础）皆有其他朝代剧目无法取代的优势，因此，以其作为首册选录重心，有利于打开市场。再次，晚清与民国初年时段的剧目题材比例较低、出现亦晚，既是由于朝代剧目的整体发展基数较小，又是因为当以选录传

---

① ［美］陆大伟：《〈戏考〉中的现代意识》，《戏曲研究》第七十四辑（2007年第3期），文化艺术出版社2007年版，第18页。

统剧目为主的《戏考》前20册已经拥有相当稳定的读者群之后，可以进行一些新的尝试，但这种尝试始终比较保守。最后，《戏考》是以选录舞台脚本为标准的，清末民初的时事新戏虽然一时喧腾场上，但却未能长久持续，因此多被摒弃。

整体而言，朝代选刊的体例虽未得到有效继承与发展，但是中国京剧选本中朝代比例的选篇内部组成结构问题仍然需要重点关注。尤其是以三国，隋唐英雄演义、薛仁贵、薛平贵，宋朝杨家将、水浒、包公等为主的题材剧目，不仅是京剧选本的选择重心，而且也为京剧舞台发展提供了众多优秀剧目。

（三）行当与名伶比例角度

行当比例问题是在京剧发展已经相当成熟，各类脚色行当划分逐渐清晰的基础上产生的。而在中国京剧选本中，以行当划分剧目归属并且呈现出一定的比例问题，则是其发展进入鼎盛阶段（1915—1935）才逐渐出现的。在此之前，《梨园集成》新创的朝代为纲的选刊体例并未得到有效继承与发展，反而是以《消闲录》等为代表的脚色行当唱词抄本逐渐成为其后京剧选本选篇内部行当比例结构组成格局的先兆范例。

一般而言，中国古典戏曲脚色行当大致分为生、旦、净、丑四大门类，随着戏曲艺术的发展，各类行当中又有更加细致的区分。中国京剧选本的行当分类体例就十分细致，兹举两例。

民国十二年上海文明书局出版《戏曲大全》12卷/10册，其中京剧一种按照行当门类分作10类：老生剧36种、净剧9种、生旦剧10种、武生剧9种、小生剧3种、老旦剧3种、花衫剧11种、花旦剧7种、梆子旦剧5种、丑剧9种。

民国十五年《绘图京调大观》2册目录分为生部、旦部、净部、丑部4类，正文又有更为细致分类：生部43种（内分唱做并重戏10种、唱工戏9种、做工戏4种、红生老爷戏7种、长靠武生戏3种、短靠武生戏6种、小生戏4种），旦部35种（内分古装花旦戏6种、花旦戏6种、正旦戏8种、秦腔花旦戏9种、老旦戏6种），净部13

种（内分大花面戏9种、二花面戏4种），丑部8种（又作小花面戏），另有生旦合演剧目4种。

通过所列行当剧目的数量可以看出，京剧行当的比例关系仍以生部最重，旦部、净部、丑部依次降低。这种数目比例关系既符合京剧舞台演出行当的发展格局状况，又与京剧剧目中各类行当的数目总量比例相互吻合。因此，可以在以行当比例划分与排序的京剧选本中得到完整体现。然而，在四大行当内部，又因脚色具体分工差异，出现更为细致的二级标准划分。相对而言，《绘图京调大观》的二级分类及其比例情况更为合理，并且其中比例关系也较符合中国京剧选本剧目选择的整体格局。在此还需指出的是，上列两种按照行当分类的京剧选本虽然皆为剧选，但在1949年以后的京剧选本中，更能体现行当比例问题的则是词选类型选本。

更进一步，关注中国京剧选本选篇内部组成结构的行当比例差异现象，还可从中探究各类行当发展流变的综合情状。以旦行门类为例，伴随梅兰芳、程砚秋、尚小云、荀慧生四大名旦的相继崛起，旦行剧目的入选比例也随之增大。这种数量比例的增加既是旦行崛起的证明，同时又在一定程度上为旦行的延续发展提供了保留优秀剧目的便利，从而成为旦行传承经典剧目的文献保障。在行当比例迅速崛起发展的基础上，旦行甚至率先开启了演员个人演出剧本选集的编选工作。如1954年艺术出版社最先编选《梅兰芳演出剧本选集》，1955年才出现了生行《周信芳演出剧本选集》，这种现象也在一定程度上反映出京剧选本行当比例角度选篇结构组成的后续发展状态。1973年出现的《京剧流派唱腔简介资料唱词选》[①]拉开了流派选本的序幕，这又是在行当、演员选本基础上的更进一步发展。由此可见，中国京剧选本行当比例角度的选篇内部结构组成问题是一种持续发展的系列现象，值得继续关注与发掘。

---

① 按：该种选本为1973年5月版，未标具体出版信息。但是封面标明："内部参考　阅毕收回"字样。

而在行当比例的基础上，中国京剧选本中的词选类型又多呈现出名伶唱段选录的比例问题。我们可以梅兰芳、程砚秋、尚小云、荀慧生为代表的四大名旦唱段入选比例为例，进行考察选篇内部组成结构更为细致的情形。

民国十八年北平中华印书局《唱曲大观》（第1册）所收四大名旦唱段比例为：程砚秋11种，梅兰芳7种，荀慧生3种，尚小云2种。

1949年上海儿童出版社《新京戏指南》所收四大名旦唱段比例为：梅兰芳23种，程砚秋17种，荀慧生15种，尚小云6种。

可以看出，比例变化主要体现在梅兰芳与程砚秋之间，同时荀慧生与尚小云的选录数量虽然都在增长，但是荀慧生唱段的增长比例明显高于尚小云。再来看《唱曲大观》与《新京戏指南》这两种选本，前者是以生角，尤其老生演员为主的词选，所以旦角选段相对较少；同时该种排序混乱，名伶之间排名互有掺杂，无法定论排序先后。后者则以名伶唱段进行基本排序，梅兰芳第一（23种），马连良第二（21种），程砚秋第三（17种），荀慧生第四（15种），而尚小云（6种）则被排在第十二，由此可见其中差距。

整体而言，《新京戏指南》的选录比例基本符合当时梅兰芳等四人的基本情况，虽然该本将梅兰芳为代表的旦行排序放在马连良为代表的老生之前，但从入选名伶的综合影响力方面来看，这种处理方式并无不妥。而就1949年以后四大名旦个人演出剧本选集及流派唱腔选辑的综合发展形势来看，梅兰芳（派）的选本比例一直独占鳌头，程砚秋（派）与荀慧生（派）次之，尚小云（派）则相对最弱。其实，在一定程度上，演员个人演出剧本选集及其代表的流派唱腔选集的发展状况基本与其舞台传承同步。然而反面观之，名伶唱段比例的增加以及在此基础上形成的选本发展，也在不断为演员个人及其流派艺术的传承与发展奠定扎实的文献基础。因此，这种比例关系及选本发展情状不仅需要相关研究者关注，而且还应引起流派艺术传承者的重视。

本章小结

　　研究中国京剧选本，应该在明晰选本综合文献形态与阶段历史演进的基础上，更进一步深入发掘中国京剧选本具体选录哪些剧目，这些剧目在纵向发展的历史流变过程与横向截面的相对稳定阶段之中，具体呈现何种形态。而就具体剧目以及经典唱段而言，其在不同选本之中呈现哪些变化，同时，一种选本的出现，其在选篇内部结构组成方面显示哪些比例问题，以及这些比例问题出现的具体原因又是什么。凡此种种问题的思考与解决，便是本章选本之"选"与比较研究的重点所在。

　　选本中心的比较研究，首先呈现出的是以选本为单位的纵向历时发展比较。择取不同历史发展阶段具有代表意义的京剧选本，对其剧目选录频率进行统计，从而进行比较、分析、研究，可以看出选本之"选"剧目流变的具体过程。关注中国京剧选本纵向发展过程中的两端极值——入选频率最高与最低的剧目，可以由此发现京剧剧目传承发展的基本规律与蕴含其中的剧目题材选择偏向。同时，中国京剧选本横向时段中同类选本的比较研究也是选本之"选"的重点内容。通过对选录结果的频率统计与问题分析，我们可知市场导向的演出频率与选本剧目的选择范围及入选频率密切相关。因此，选本中心的比较研究是建立在纵向历时与横向共时两轴发展基础上完成的。在此研究方法上，我们发现中国京剧选本之"选"约在1953年前后发生导向变化：1953年前的中国京剧选本多以市场经济作为选录导向，而在1953年以后则以文化政令作为选录导向；发展至今，两种导向力量皆有作用，但是当下应以文化政令导向为主、市场经济导向为辅。

　　在以选本为单位的频率统计与比较研究基础上，选本之"选"还需深入关注具体选篇的差异比较研究。选篇中心的比较研究应该包括两个层面，一是剧目中心的演绎流变层面，二是选篇内部的结构组成层面。剧目中心的演绎流变层面，我们采取个案研究的方式，针对入选频率较高的生旦合演剧目《汾河湾》进行剧情流变中心的叙事视角与伦理纲常差异问题讨论，同时再从名伶唱段中心对其选录唱词内容进行比较分析。这种选篇中心的研究方法，基本是在同一剧目中，进行跨时段、跨选本、跨演员，甚至跨剧种的比较分析研究。当然，对于《汾河湾》的个案研究还应看到由点及面、以小见大的视野与背景，这样才能使选篇中心剧目流变层面的比较研究更加立体与多元。而在选篇内部结构组成比例方面，我们对中国京剧选本中的比例问题分别从剧种、朝代、唱段与名伶三个角度具体展开，既有梳理不同角度比例结构呈现出的外在现象，又有深度发掘造成这种比例现象的内在原因。

综上所述，选本之"选"与比较研究是对中国京剧选本生产过程中选择什么以及如何选择问题的解答，同时也是对"选本"文献关于"选"的问题的探讨。

第 三 章

选本之"本"与文学研究

选本研究的两个核心问题，是关于"选"与"本"的问题。如果选本之"选"是对方法、结果以及结果产生的原因或影响的辨析，那么选本之"本"则是对文本和文本内容的探讨。戏剧艺术的表现方式一般包括两个方面：剧本与表演，二者结合才是完整统一的戏剧。然而，对以昆腔传奇等为代表的中国古典戏曲艺术而言，学界对其剧本研究的关注力度相对大于场上演出；对于京剧等近代崛起的花部地方戏而言，研究格局则恰恰相反。

中国京剧作为国粹艺术代表之一，最为引人注目之处在于舞台表演，而非文本文学。"最有力的证明就是，几乎所有涉足京剧研究的人，都或多或少地承认，京剧表演艺术属于上乘，戏剧文学性不敢恭维。因此我们看到，通行的大量的所谓京剧研究成果，主要集中在名角逸事、剧坛掌故、演出史料等等层面。虽然有不同版本的《中国京剧史》和'京剧文学史'问世，但其所书所载都不外乎是两方面内容的'合围'：第一，有关京剧演出剧目的思想意义认定。……第二，有关京剧演出史料的陈述。"[①] 这种关于京剧研究表演艺术与戏剧文学的整体认知，综合代表了学界对京剧研究的主流态度。但是应该看到，"有关京剧演出剧目的思想意义认定"方

[①] 袁国兴：《非文本中心叙事——京剧的"述演"研究》，广东人民出版社2013年版，第5—6页。

面，的确属于京剧文学研究的内容之一；然而"有关京剧演出史料的陈述"方面，则应归到戏剧生态文化层面；即便这一层面的相关研究成果不仅数量丰富而且极具文化价值，但是它们始终无法深入关于京剧文学的核心研究领域，遑论成为京剧文学研究的内容之一。

那么，学界相关"京剧文学史"的研究论著又是如何看待这种分歧的呢？一般认为，戏剧表演与戏剧文学是难以调和的矛盾两端，"表演艺术体系一旦成熟，而且能够独立时，便必然限制和排斥文学性。因此，中国戏曲的辩证发展中，前一阶段实际呈现为以戏曲文学为代表的古代戏曲史；后一阶段则展示了以戏曲舞台为中心的近代以来的戏曲史。其转换的标志，即是清乾隆间开始的花、雅之争"[1]。这种关于表演与文学的论述，实质上又将争论回溯到了明代"临川派"与"吴江派"的相关纠葛上。基于这种关于花部戏曲舞台中心表演艺术的认知，不断呈现出"面对京剧，研究者只看重表演，避而不谈文学"[2]的极端学术格局。即便出现专门论述京剧文学的相关专著，也将这种文学研究限于"表演文学"的一隅："京剧的文学特性正是以朴素生动的语言、精彩简练的表演魅力，表达出某种内涵和思考，成为一种独特的表演文学，即'场上之曲'。"[3]

毋庸置疑，京剧作为花部戏曲的集大成者，长期以来雄踞剧坛的情状已经极致诠释了它的表演艺术，并且由此享有"国剧"精粹的荣誉称号。然而，"研究戏剧，大致分两条路：一条路是研究戏剧的文学（就是剧本），一条路是研究剧场的舞台的种种设备和种种艺术"[4]。那么，京剧作为戏剧艺术之一，真的能完全脱离文本文学研究而只谈舞台表演吗？在看到京剧舞台表演"非文本中心叙事"的

---

[1] 黄仕忠：《中国戏曲史研究》，中山大学出版社1997年版，第34页。
[2] 颜全毅：《清代京剧文学史》，北京出版社2005年版，第3页。
[3] 颜全毅：《清代京剧文学史》，北京出版社2005年版，第5页。
[4] 陈大悲：《爱美的戏剧》，上海书店出版社2011年版，第8页。

前提下，可能存在的"述演"研究的同时，[1] 京剧在其"述演"或者"表演文学"之外，如何看待那些大批伴随京剧表演共同生长的京剧剧本呢？京剧选本作为剧本文献整理结集的重要表现形态，是否能够在现有的表演中心研究格局之外开辟京剧研究的文本中心？更进一步，既然存有数量丰硕的京剧选本保存剧目文本文献，那么这些剧目文本是否有其独特的文学性？或者说，有哪些要素可能构成京剧文本中心的文学性？

这些问题的提出与探讨，将是我们对"选本"一词的另一维度——选本之"本"的理解与阐释。同时，对本文研究中心的"京剧选本"而言，不仅要对选本之"本"进行重点关注，更要将其置于京剧研究的宏观格局，尤其是京剧文学这一主题观念中进行展开。如此，将对我们进入中国京剧选本的内部研究大有裨益。

第一节　脚本实录的标准与发展

研究选本之"本"，首先需要关注所选何"本"。在中国古代戏曲选本中，对杂剧、传奇、戏文的选择表现出的是戏曲文体间的差异。以杂剧为例，选择元人所刊"元杂剧"与选择明人所刊"元杂剧"则不仅是文献产生时代与文本具体内容的差异，其中甚至还有文学观念与文学批评的介入与影响。同样，中国京剧选本与中国古代戏曲选本中以杂剧、传奇、戏文为主体的绝大多数选本不仅在戏曲文体方面存有花、雅之别，而且在实际选录标准与理念中也有明显分歧。下面，我们就对京剧选本之"本"的选录标准与理念发展进行具体探讨。

---

[1] 参见袁国兴《非文本中心叙事——京剧的"述演"研究》，广东人民出版社2013年版。

一　从案头剧本到场上脚本

戏曲选本的出现，基本是对此前戏曲剧本文献的整理与结集。依据现有史料文献，京剧选本文献的出现一般晚于京剧舞台表演。整体而言，京剧选本文献是对此前或者当时京剧舞台表演剧目的忠实记录与综合反映。因此，从《梨园集成》开始，中国京剧选本即有一条贯穿始终的选辑标准——脚本实录。具体来看，中国京剧选本的脚本实录是从中国古代戏曲选本中发展而来的，同时依据京剧剧种自身特色及其发展演进规律做出相关内部调整与更新。

在戏曲研究领域，有一概念与脚本互有交叉重叠，而又各有不同侧重，也即剧本。虽然在笼统概念上剧本与脚本的指涉内容几无差异，甚至部分辞书著作也将二者进行同义互训，但在实际使用过程中，我们仍可在具体语境中找到具体差别。清代李渔《闲情偶寄·结构第一》有言："古人呼剧本为'传奇'者，因其事甚奇特，未经人见而传之，是以得名，可见非奇不传。"[1] 而其《比目鱼·联班》对脚本则言："又兼我记性极高，当初学戏的时节，把生、旦的脚本都念熟了。一到登场，不拘做甚么脚色，要我妆男就做生，要我妆女就做旦。"[2] 若以二者作为比较，可以看出脚本更多用于指向演员演出所用之底本意义，剧本则是偏于文人创作的文学作品，尤其是指戏剧作品。因此，我们即以剧本用来指称那些偏于文人创作而且具有案头倾向的戏剧作品，脚本则是演员场上演出所依据的底本；以便明确区分二者间的交叉概念。并且，用脚本指称演员场上演出底本的做法前已有之，陈大悲《爱美的戏剧》即有："脚本是排演时用的剧本，有手钞的，也有刷印的。"[3] 亦可证明二者间的具

---

[1]（清）李渔：《闲情偶寄》，江巨荣、卢寿荣校注，上海古籍出版社2000年版，第25页。
[2]（清）李渔：《比目鱼》，载朱恒夫《后六十种曲》第4册，复旦大学出版社2013年版，第90页。
[3] 陈大悲：《爱美的戏剧》，上海书店出版社2011年版，第48页。

体指向差异。

京剧选本的出现与发展是在整个中国古代戏曲选本的发展进入转型阶段以后。言其"转型",是因为以京剧为代表的花部戏曲选本与此前戏曲选本的发展有着显著差异。"清代乾隆以后的戏曲选本与成熟期相比,最鲜明的区别并不在于通常所言的选本内容向花、雅兼蓄方面的转化,而是戏曲选本与文人文化层的整体疏离。"[1] 这种论点十分精确地把握住了中国古代戏曲选本由雅部昆腔至花部乱弹过渡发展的内在核心差异。换言之,戏曲文体的内部格局变动发展带来戏曲选本内容由雅至花的迅速转移,只是选本转型的表面现象。其中更深层次的差异则是因文人文化阶层的整体退场,使得中国古代戏曲选本所选之"本"也由文人创作的案头剧本逐渐转向舞台演出的场上脚本。

清代乾隆中期以前,中国古代戏曲选本几乎毫无例外地选择文人创作或是文人加工修改的剧本,这种情况在以元杂剧为主的早期戏曲选本中即已显露:

> 为什么说其实我们读到的并不是"元"杂剧呢?元杂剧原来是比较简单的一种戏剧形式,以正旦或正末的演唱为主。而唱词有时十分直露和粗俗。杂剧一旦被明代统治者改编为一种宫廷娱乐,就发生了许多本质上的变化,意识形态的压力迫使许多剧本要重写,严格的审查制度使剧本的全部内容必须都以书面形式写出来,而戏剧演出环境的变化加强了杂剧的戏剧性。万历年间出现的元杂剧版本正是这些改编和压力的结果。其后,《元曲选》的编者又将这些宫廷演出本改编为江南文人书斋中阅读的案头剧本。因此,可以说这些剧本从商业性的城市舞台,经过宫廷官宦机构,最终流落到了学者们的书斋。而只有在进入书斋之后,戏剧才成为固定的,供阅读和阐释的文

---

[1] 朱崇志:《中国古代戏曲选本研究》,上海古籍出版社2004年版,第23页。

本。经过许多人的手之后，它们才被作为某个作家的作品来研究。①

其实，不仅是经由臧懋循修改整理的《元曲选》将原本质朴甚至粗野的元代杂剧改为文人书斋的案头剧本，即便是在更早出现的《元刊杂剧三十种》中的元刊本虽在一定程度上展现出元代戏曲的场上演出风貌，但是仍有具体差异。"那么我们可否认为《元刊杂剧三十种》是用来研究剧作家最初创作的可靠舞台资料呢？就算这一点也需要三思。一般认为《元刊杂剧三十种》里的大部分作品是13世纪后半期活跃在北方的作家所创作的，而大部分剧本可能是14世纪在杭州印行的。许多已显示出了后期改编的痕迹，例如受到南方方言的影响。虽然它们可以代表元代的舞台演出情况，但和作者最早写出的作品已有或多或少的出入。"② 毫无疑问，当以文人创作或加工的剧本成为中国古代戏曲选本的唯一择录范围时，戏曲剧本的案头倾向也就日趋鲜明了。而至清代，"若干清人剧作的出发点已不是真正的'戏剧'而是'文章'，更重要的是：其剧作的接受群不是以广大平民为主的社会群体，而是剧作者自己及围绕着他的狭小一隅"③。不仅文人案头的剧作情形如此，以案头剧本作为选本之"本"的大批中国古代戏曲选本同样面临这种传播困境。

那么，京剧剧本的发展情况是否从一开始就能越过案头剧本阶段而直接进入场上脚本状态呢？根据历史演进的规律，事实并非如此。早期出现的京剧剧本虽在声腔板式方面进行皮黄音乐系统的调整，但是却又深受传奇剧本体制的影响。颜全毅《清代京剧文学史》

---

① [荷兰]伊维德：《我们读到的是"元"杂剧吗——杂剧在明代宫廷的嬗变》，宋耕译，《文艺研究》2001年第3期。
② [荷兰]伊维德：《我们读到的是"元"杂剧吗——杂剧在明代宫廷的嬗变》，宋耕译，《文艺研究》2001年第3期。
③ 李昌集：《中国古代曲学史》，华东师范大学出版社1997年版，第570页。

认为道光己丑［九年（1829）］仲春刻本，署名瀛海勉痴子的《错中错》剧本是"介乎皮黄和传奇之间"的"最早文人创作的京剧剧作"。①郭英德《明清传奇史》则认为《错中错》是用二黄声腔体制创作的传奇剧本。②《错中错》共计4卷，36出，作者瀛海勉痴子的真实姓名与生平信息，学界尚有一定争议。《错中错》虽然同时具有传奇与皮黄两种戏曲文体特征，但从剧本所用声腔板式音乐系统而言，将其归为皮黄剧本更为合适，当然也应承认，这类剧本属于文人使用皮黄音乐系统创作而又深受传奇体制影响的早期京剧剧本。与其属于相同情况的，还有作于道光二十年，署名观剧道人，又署惰园主人的《极乐世界》一种。"全剧八十二出巨幅，作者确也规矩地按照传奇套路创制，这是《极乐世界》作为早期京剧剧作还深受传奇创作思维影响的典型所在。"③因此可以看出，早期经由文人创作的京剧剧本虽在音乐方面完全依据皮黄系统，但就整体文体格局而言，仍然保留传奇剧本的创作体制。

作为文人创作，并且深受传奇体制影响的早期京剧剧本《错中错》与《极乐世界》两种，不仅在文本内容方面与乾隆以来的大多文人传奇剧本呈现相似特征，更为重要的是，这类文人创作的案头剧本皆未得到舞台认可。"遗憾的是，这部早期文人创作的京剧作品（笔者按：《错中错》）迄今没有登上舞台演出的记录，因而长久被尘封在案头书牍之中。"④客观而论，文人创作并且明显偏于案头剧本倾向的《错中错》未能在京剧舞台搬演的事实并非真正遗憾，在折子戏本占据舞台中心的时代，《错中错》这类传奇体制的巨制篇幅显然难以被接受。再就戏曲这一文学体裁而言，剧本创作只是戏曲艺术生命的前半部分，能否最终搬演场上则是检验其后半部分艺术生命的重要标准。周贻白有言："盖戏剧本为上演而设，非奏之场上

---

① 参见颜全毅《清代京剧文学史》，北京出版社2005年版，第147页。
② 参见郭英德《明清传奇史》，江苏古籍出版社1999年版。
③ 颜全毅：《清代京剧文学史》，北京出版社2005年版，第167页。
④ 颜全毅：《清代京剧文学史》，北京出版社2005年版，第162页。

不为功,不比其他文体,仅供案头欣赏而已足。"① 即是说明舞台演出对于剧本生命意义的重要作用。此外,观剧道人的《极乐世界》虽比《错中错》更加纯熟地运用皮黄文学技巧进行剧本创作,但是仍然偏于案头而未能得以搬演场上。颇具意味的是,清代末期与民国初期,李毓如与罗瘿公二人分别依据《极乐世界》改编成的京剧剧本《龙马姻缘》反而成为京剧名伶王瑶卿与程砚秋二人的代表剧目之一。由此亦可反向证明,观剧道人的《极乐世界》因其案头倾向的创作风格不宜演出,经由熟悉京剧舞台演出的编剧人员重新加工转型成为《龙马姻缘》之后,得到由案头剧本到场上脚本的蜕变。

如果说《错中错》与《极乐世界》两种是因为深受传奇体制影响而在京剧舞台遇冷,那么余治的《庶几堂今乐》则是完全依据皮黄戏种特征进行创作的单折剧本作品集都同样遇冷,其中原因值得探讨。余治(1809—1874),祖籍甘肃武威,生于江苏无锡;字翼廷,号莲村、晦斋、寄云山人等。因其热衷社会义善事务,时人称为余大善人。《庶几堂今乐》是余治个人创作的皮黄剧本作品集,现存28个剧本,篇幅短小精简。余治创作《庶几堂今乐》的原因主要有三。其一,余治有感于当时皮黄等花部戏曲多以"诲淫诲盗"戏目充斥场上,因此力主倡导"淫书宜毁,淫戏宜禁";其在著作《得一录》等中反复申斥并且详细开列宜禁小说戏曲书目。② 其二,在为配合禁毁"淫戏"的同时,出于"救正人心"的社会责任,余治选择创作那些具有"忠""孝""节""义""悌"等鲜明思想教化倾向的剧本。其三,《庶几堂今乐·例言》载:"坊本《缀白裘》所选多系昆曲,久已风行海内,惟阳春白雪赏雅不能赏俗。兹刻原为劝喻愚蒙起见,皆系皮簧俗调,习之既易,听者亦入耳便明。"③因而可见,皮黄虽是崛起相对较晚的戏曲种类,但是因其易于搬演,

---

① 周贻白:《中国戏剧史长编》,上海书店出版社2007年版,自序第1页。
② 参见丁淑梅《中国古代禁毁戏剧编年史》,重庆大学出版社2015年版。
③ (清)余治:《庶几堂今乐·例言》,光绪六年苏州得见斋刻本。

故而流播广泛，尤其深受普通百姓喜爱，因此以其作为道义宣传的主要方式，既易推广，又易通晓。

然而，作为文人创作的京剧剧本作品集《庶几堂今乐》，虽然一度因为余治个人意愿而"强制性"搬演场上，但是最终却是铩羽而归。"先是吴中某绅士以余莲村明经所谱《劝善乐府》，禀请监司颁发各梨园，每夜必登场试演。嗣以观者寥寥，旋作旋辍，近则已如广陵散矣。"① 究其原因，这类文人创作而又承载深厚教化思想的皮黄剧本与此前那些文人"写心"的传奇剧本并无二致，因其疏离皮黄戏曲所孕育生长的基本环境——下层民间社会，从而失去艺术生命力。《庶几堂今乐》的剧本虽因官方政令一时强制演于场上，但从历史流变角度来看，仅有老生剧目《朱砂痣》一种得到舞台传承，从中亦可看出舞台演出对于案头剧本抑或场上脚本的检验效果。而传统文士阶层对皮黄文体"鄙俗"而音乐"淫蛙"的固有成见，又导致皮黄剧本作家群体的相对衰落。"昆曲作家，人多知之，因其有刻本之故。所以汤玉茗、孔云亭、洪昉思，及沈璟、吴炳、李渔之徒，均为后世所习见。即陈烺、徐鄂，亦有人晓其姓名。……当清道光年间，皮黄已盛，脚本极多，特文人均鄙为俚曲，不肯着手，大半出自伶人自编，其志在排演，以号召坐客，不在于传世，文人亦不为揄扬。"② 由此可见，昆曲与皮黄不仅存有剧本创作体制与作家群体的区别，更为重要的是，皮黄脚本的目的是"志在排演，以号召坐客"，从而形成"脚本极多"的文献基础。

从案头剧本到场上脚本，不仅是以昆曲为代表的雅部与皮黄为代表的花部在戏曲文本形态方面的差异，更是二者戏曲选本择录范围与择录标准的根本区别。元明清以来，以杂剧、传奇、戏文为主体的戏曲选本虽然有不少是为了舞台演出而作，但是其中不乏案头

---

① （清）畹香留梦室主：《淞南梦影录》卷三，上海进步书局。
② 吉水：《近百年来皮黄剧本作家》，载梁淑安《中国近代文学论文集（1919—1949）》戏剧卷，中国社会科学出版社1988年版，第373页。

剧本，难以演于场上。清乾隆以后，崭露头角的花部戏曲选本则以舞台演出作为文本选择的重要依据。尤其京剧选本的出现，从一开始便有十分明确的选录标准——场上脚本；那些经由文人创作的剧本，诸如《错中错》《极乐世界》《庶几堂今乐》等，因其不宜奏于场上而最终尘封案头，因此自始至终也未能得到任何京剧选本的青睐。然而，需要特别强调的是，中国京剧选本虽然以场上脚本作为贯穿始终的择录标准，但是并不能因此认为京剧选本天然排斥文人剧作，余治《朱砂痣》一种的传世以及清末民国时期以樊增祥、易顺鼎、罗瘿公等为代表的文人，在与名伶合作并以舞台演出为向度创作的京剧剧本，不仅成功演于场上，而且成为各类京剧选本争相选录的对象。

因此，我们将案头剧本与场上脚本作为中国古代戏曲选本择录标准与范围的内在演变逻辑依据进行分析，可以看出自中国京剧选本诞生以来，场上脚本一直是重要甚至唯一的标准。京剧剧本的生产过程中不乏文人作品，但是这类作品最终能否入选京剧选本，则要通过由"案头剧本"向"场上脚本"的转变，并且需要得到京剧舞台演出的检验，方有定论。

二 从戏班脚本到名伶脚本

当场上脚本成为贯穿中国京剧选本择录之"本"的文献来源与唯一标准时，那么，由其组成的京剧选本也就成为脚本实录的文本中心。换言之，脚本既是中国京剧选本文献的核心理念与主要内容，又是舞台演出的文字凝结与文本实录。同时，由于京剧多以篇幅短小的折子戏本为主，基本难以独立刊印出版，因此数种折子脚本连缀成篇出现，也就自然组成选本形态。如此一来，脚本实录也就成为中国京剧选本之"本"的核心理念，而选本之"本"的汇聚集中体现，也即成为京剧选本。然而，以脚本实录作为京剧选本核心标准的发展过程中，则又呈现出从戏班脚本到名伶脚本的过渡演变。

中国京剧选本研究的具体文本起源始自光绪六年的《梨园集成》，该本在进行自我标榜选本依据之时即在封面右栏题以"遵班雅曲"四字。而在明清时期，书坊刊刻货售戏曲小说文本之时，多在正名之前冠以"新刻""重订""批评""注释"之类的名号，既有显示其与文人作品同等"风雅"的密切关联，又是一种商业宣传的广告意识。然而在与《梨园集成》时代相近而较早于它的戏曲选本中，副标题的使用却是另外一种模式：这些选本多是冠以"时兴雅调"或者"时尚杂曲""时尚小曲"名号。强调"时尚"，也即新近流行之意。但是从《梨园集成》开始，中国京剧选本独树一帜地强调"遵班雅曲"概念。

若将"遵班"与"雅曲"分而视之，先就"雅曲"而言，它与《梨园集成·自序》两篇之中不断强调的"频约善才，删除赝本""删除淫艳"的编纂态度互为映衬，起到美化与拔高文本的作用；实际上，这只是一种言过其实的宣传标语。相对而言，"遵班"之称则显名副其实。《梨园集成》编者李世忠屯居滁州之时即有三个家班：玉笋班、玉兰班、长春班；此后解甲释权便又开始选购童伶，组成昭寿班而奔走于长江各大口岸游弋经营，并且自称"王爷带班"。而其最终退居安庆时，又与名伶杨月楼、产桂林等人开办科班，并且在此基础上完成《梨园集成》的编选刊刻工作。可以看出，"遵班"一词实际是对《梨园集成》所选脚本来源的真实写照。"遵班"意指《梨园集成》所选脚本皆依戏班演出脚本为准，并非偏于文人案头的"批评"或"注释"之作；同时，所选脚本的署名权属于戏班，编者只是负责汇集刊行。

这种戏班脚本的选本之"本"文献辑录标准，最为明确地显示出中国戏曲选本发展至以《梨园集成》为代表的花部戏曲选本时代，其在文本择录标准方面发生的重要转折。这种转折突出表现在京剧剧本的生成方面，"由戏班中排出来的这类之剧本，当然也须由一二人执笔，然有时由几个人出主意，且这类戏都与该班人员有直接关系，倘离开该班，便不容易再演"[1]。由戏班人员合力编制创作剧

---

[1] 齐如山：《五十年来的国剧》，载《齐如山文集》第 4 卷，河北教育出版社 2010 年版，第 168 页。

本，成为当时京剧剧本产生的重要动力。这种京剧剧本生产方式"清楚地说明这些新戏是以戏班为中心进行创作，和戏班有着直接确定的产权关系"①。当脚本实录成为京剧选本文献来源的唯一标准时，戏班脚本的阶段样态实际反映出了中国京剧班社组成结构的最初形态——戏班制。正是由于这种班社制度的稳定，以及脚本实录标准的形成，才有了以《梨园集成》为代表的早期京剧选本用以"遵班雅曲"标举选本之"本"皆为戏班脚本的情况。

戏班脚本的标准形态最为集中地体现在以四大徽班之一的三庆班为主的系列选本中。三庆班作为最早进京献艺的徽班，相对而言影响也是最盛的。因此，清末民初在以戏班命名的"绘图京都××班京调脚本"系列选本中，三庆班之名使用也最为广泛。一般认为，"《绘图京都义顺和班京调脚本》、《绘图京都三庆班京调》等选本均只有书坊名而不署编者，显然刊行者认为标题所提供的信息即已足够"②。然而事实并不仅止于此，从《梨园集成》开始树立的"遵班"标准，使京剧选本在以戏班制为主导的班社制度中，一直将选本的署名权归为戏班所有，因此所选脚本也就自然成为戏班脚本。然而值得关注的是，在以三庆班为代表的戏班脚本发展最为兴盛之时，名伶脚本的标准形态也与之共生。

应该看到，戏班脚本标准形态的京剧选本在封面标题强调"××班"时，具体内在选录标准则是更多指向"×××（名伶）脚本"。"绘图京都××班京调脚本"系列选本所收脚本大多具体标注名伶姓名，这种现象，一方面用以证明所录脚本确实属于"××班"所有，因为名伶即是该班演员；另一方面京剧选本的择录标准其实是在从戏班脚本向名伶脚本发生位移。这种潜在发生的位移现象，实际显示出清末民初，中国京剧剧坛发生的历史转折——名角制的班社组织结构正在逐渐崛起并将迅速取代传统戏班制。名伶挑梁组建班社

---

① 颜全毅：《清代京剧文学史》，北京出版社2005年版，第279页。
② 朱崇志：《中国古代戏曲选本研究》，上海古籍出版社2004年版，第28页。

以光绪十三年谭鑫培为代表的同春班组建为标志，其后成为中国京剧班社结构的主流。而后，"至20世纪二三十年代，随着四大名旦、四大须生等名角纷纷挑班，'名角制'已经成为京剧班社的主要组织形式"[1]。同时，中国京剧选本的发展始终与京剧舞台保持紧密联系，名角制的形成也使京剧选本的标准形态随之发生变化。尤其是在1912年以后，当以三庆班等为代表的名班逐渐退出历史舞台后，戏班脚本的系列选本也在封面或者扉页宣传策略方面转向名伶，并且逐渐成为京剧选本之"本"的主要择录标准。

名伶脚本的标准形态最初并未直接显示在封面标题上面，而是先从选本内部结构与具体选录信息介绍方面做出改变，其中典型代表即是《戏考》。《戏考》"单出收录标准也以能在舞台上演者为准"[2]。这就说明《戏考》是以场上脚本作为具体择录范围的。而在具体选择过程中，《戏考》更加注重名伶脚本的收录，主要表现在三个方面。

第一，《戏考》自其首册拟作发行开始，即不断于《申报》上登载"兹以加入名伶杨小楼等小影，雕刻需时，不得已缓至八月十日发行"的启事，以及《征求名伶小影》的广告；这种借助名伶小影的宣传策略是其名伶脚本标准的预热。第二，在具体选篇中，《戏考》多在考述内容中论及具体名伶擅演剧目与技艺精湛之处，从而将名伶与脚本做以具体勾连。第三，也是最为重要的一点，《戏考》对所选剧目文本皆以名伶脚本作为最高标准。如前所述其以寻得谭鑫培与王瑶卿合演之《汾河湾》为傲，另有第13册《黛玉葬花》为欧阳予倩脚本，但是编者因其未能寻得梅兰芳之《黛玉葬花》脚本而深以为憾等，皆是名伶脚本标准形态的典型呈现。

---

[1] 陈恬：《森严与松散："名角制"京剧班社结构初探》，《南京大学学报》（哲学·人文科学·社会科学）2011年第6期。

[2] 中国戏曲志编辑委员会、《中国戏曲志·上海卷》编辑委员会：《中国戏曲志·上海卷》，中国ISBN中心1996年版，第744页。

中国京剧选本在封面标题方面呈现名伶脚本的选录标准约从20世纪20年代开始出现,而其集中形成宣传设计策略则在20世纪30年代以后。"名伶秘本"作为20世纪30年代与40年代中国京剧选本使用频率极高的副标题形式,旨在证明所选剧目文本皆以名伶脚本,甚至"名伶秘本"作为重要择录标准。实际来看,即便"名伶秘本"可能也只是大多京剧选本副标题宣传的标语口号。但就整体而言,名伶脚本的择录标准已成为中国京剧选本及其读者群体的基本共识。

值得继续关注的是,1949年以后的中国京剧选本虽然也在不断发生变化,但就名伶脚本方面,则以一种新的方式得到延续。以梅兰芳、周信芳、马连良等为代表的演员演出剧本选集的系列出版,是对名伶脚本择录标准的极致发挥。名伶个人能够独当一面,完成相关演出选本的出版,可以证明其在京剧艺术方面已经取得非凡的成就。因此,这些名伶演出剧本选集的选录剧目则是能够独树一帜且又典型代表自家表演艺术风格的作品。在此基础上,演员演出剧本选集逐渐上升为流派剧目选集,名伶脚本不仅是为某一演员自家艺术的重要代表,而且成为开宗立派、传承后世的典范之作。由此可见,中国京剧选本中从名伶脚本到演员演出剧本选集,再到流派剧目选集的发展过程,是一个内在逻辑完整而又不断盘旋上升的过程。

综上可知,脚本实录作为中国京剧选本贯穿始终的择录标准,不仅是其区别于中国古代戏曲选本案头剧本中心的重要依据,而且也是京剧选本之"本"的核心文本形态。在脚本实录的综合前题之下,中国京剧选本的择录标准也在伴随京剧剧坛班社组织形式的变化而变化。从"遵班雅曲"到"名伶秘本"的发展过程,既是中国京剧选本标准形态的演变,也是其对中国京剧历史发展演化的综合记录与切实反映。此后,由名伶脚本发展形成的演员演出剧本选集与流派剧目选集现象,同样值得重点关注。

第二节　文本中心的现实与依据

　　脚本实录是中国京剧选本之"本"的择录标准，在此标准下汇集形成的京剧选本实际构成了中国京剧在舞台表演之外的另一个中心——文本中心。京剧选本的出现在以文本为中心的层面忠实记录了京剧历史，尤其是京剧舞台表演层面的好尚风向转变与剧本内部演变。

　　京剧作为戏剧艺术之一，其与宋元南戏、杂剧、明清传奇，乃至近代以来异军突起的花部乱弹诸腔一样，既有偏于舞台表演的艺术展现，也有文本中心的记录书写。学界对于杂剧、传奇一类戏剧艺术，既能关注它们的文本文学，又在努力发掘它们的表演形态。然而对于以京剧为代表的花部戏曲，往往只论述与其表演相关的各种问题，对京剧脚本以及由脚本实录汇集而成的京剧选本则避而不谈。这种研究格局的形成，虽然使京剧表演艺术得到极大关注，但是这种关注中心与重心却一直停留在表演一端，从而导致有关京剧文本中心研究缺失的局面愈演愈烈。因此我们认为，选本之"本"构建的文本中心恰恰是京剧研究在表演中心一端之外，亟须被关注与研究的另外一端。

一　被忽略的文本中心：从表演中心到文本中心

　　陈大悲在《爱美的戏剧》中认为，戏剧研究需要分作两路：一是研究剧本文学，二是研究舞台艺术；并且最后指出"爱美的戏剧研究，必要两路并进才可以"。[1] 其实，这种剧本文学与舞台艺术两路并进的研究路径并不止于"爱美的戏剧研究"一种，任何形式的戏剧艺术都是"必要两路并进才可以"。

---

[1] 陈大悲：《爱美的戏剧》，上海书店出版社2011年版，第8页。

现今学界对京剧研究偏重舞台表演一端的格局，并非真正说明京剧艺术缺乏文本中心以及由此可能存在的文学研究，而只存在舞台表演艺术价值。与此相反，形成这种现象恰恰说明当下研究格局对京剧表演中心的极大关注，以及其中对剧本文学的固有成见与长期轻视，从而导致对京剧选本之"本"作为文本中心综合呈现的遮蔽与忽略。

（一）表演中心的成立与被放大

从花部戏曲逐渐崛起开始，伴随舞台表演一直发展的首先是各类"梨园花谱"著作。从清代乾隆五十年安乐山樵（吴长元）之《燕兰小谱》到乾隆六十年铁桥山人、石坪居士、问津渔者合著之《消寒新咏》，从嘉庆年间留春阁小史辑录之《听春新咏》到同治年间麋月楼主（谭献）之《燕市群芳小集》，从光绪二十四年了然先生（李钟豫）之《鞠部明僮选胜录》到民国六年燕石（韩志正）之《北京女伶百咏》……梨园花谱之类的著作不仅层出不穷，而且先后得到张次溪《清代燕都梨园史料（正续编）》与傅谨主编《京剧历史文献汇编（清代卷）》等的先后辑录与整理。这些史料文献的产生与整理过程，一方面可以从中连续见出花部戏曲崛兴以来，舞台演出的繁盛状况以及梨园行业前后更新发展的关联；另一方面，文人雅士、学界前辈等对梨园花谱之类著作的热衷记录与悉心整理，也在不断证明京剧舞台演出逐渐形成鼎沸之势，以及由此可能带来的关于京剧表演中心研究的成立。

清代乾隆以来，梨园花谱的集中出现有其传承已久的文化渊源。据载："相传唐代宰相贾元靖曾撰《百花谱》，罗列百花名目，以海棠为花中神仙。花谱一词似即出于此，是记载花卉草木的书籍。中国有香草美人相比拟的传统，常以花喻人，故而宋代文人品藻妓女的书籍也称为'花谱'。"[①] 在此基础之上，元代夏庭芝的《青楼集》等便是较为集中载录当时杂剧艺人的著作。同时，梨园花谱更是深

---

① 吴新苗：《清代京剧史料学》，中国文史出版社 2017 年版，第 52 页。

受汉代以来品第文化的影响，对于所选诸"花"皆按品排序。最为重要的是，梨园花谱的集中出现则与乾隆以来花雅之争过程中热闹熙攘的舞台格局密不可分。所以，一般认为"花谱这个词，从晚明开始主要成为一种专指用于品评名妓的文体别称，而它的植物学的本意往往退居次要的位置。……然而，当名妓在清代的北京不再是士人追随的对象，名旦替代了名妓在士人行乐风气中的位置之后，花谱在清代中后期的京城也因而被转变成为一种针对戏园、主要是小旦（也包括少量的生角演员）的品评、排名、伶旦小传以及一切和士人与梨园韵事有关的笔记，当然其中艳情的意味依然如旧，或者应该说是在清中晚期的充满着浓得化不开的徵歌品伶风气的都门，花谱变得比以往的任何朝代都更为多情和绮丽"①。既然是以梨园为主体，所论"韵事"就不单只是京剧名伶一类，雅部昆曲以及花部之中同样繁兴场上的秦腔之类名伶也是花谱重点关注的对象。总而言之，梨园花谱之类著作的确是以清代中期以后至民国初期的剧坛作为核心书写范畴的，尤其是以品藻伶人色艺作为重中之重。

梨园花谱的大量存在，为京剧研究表演中心形成的可能提供了丰富扎实的文献基础。那么，这类文献的具体探讨内容包括哪些呢？吴存存在其《"软红尘里着新书"——香溪渔隐"凤城品花记"与晚清的"花谱"》一文中将梨园花谱的内容大致分为四类：品评伶人人品性情容貌类、伶人小传类、私寓条目类、士人笔记"菊话"类。② 吴新苗在其《梨园私寓考论：清代伶人生活、演剧及艺术传承》一书中亦将其分作四类：品花类、记载类、便览类、题赠类。③ 其实，各种分类结果只是依据不同功能视角或者逻辑层次进行的大致划分；

---

① 吴存存：《清代梨园花谱流行状况考略》，（台湾）《汉学研究》2008 年第 26 卷第 2 期。
② 参见吴存存《"软红尘里着新书"——香溪渔隐"凤城品花记"与晚清的"花谱"》，《中国文化》2006 年第 2 期。
③ 参见吴新苗《梨园私寓考论：清代伶人生活、演剧及艺术传承》，学苑出版社 2017 年版。

具体而言，很多花谱则呈现出兼而有之的文献特点。然而需要特别指出的是，清代梨园花谱的分类尽管多种多样，但是其中最让花谱作者津津乐道的话题集中体现在对伶人色艺的欣赏以及由此带来的品第排序方面。并且，这种对伶人色艺问题的品评书写模式基本承袭中国传统诗学的品评理论思维模式，所用文字辞藻或是浮艳华丽，或是意象写心，大多令人难以琢磨。

其实，对于伶人技艺的评判记录早已有之，但是并未如清代梨园花谱著作一般集中、丰富。因此，这既证明了清代中期以来梨园演剧的兴盛热烈，又奠定了京剧研究表演中心的成立与发达。而当伶人色艺（尤其是偏于容貌的"色"方面）及其小传成为梨园花谱的书写中心时，也就由此影响了其后京剧研究著作的整体视野与格局。毋庸讳言，现今学界关于京剧研究的主流认知在于，"各种有关京剧演出回忆性杂录，是为京剧史的主体和代表性部分"[1]。同时，以梨园花谱为基础的名伶传记及其相关研究又占据了京剧研究的另外半壁江山。我们以《中国京剧史》（中国戏剧出版社 1990—2000 年版）的书写体例与内容格局为例，其中关于名伶传记以及相关演职人员的传记书写约占全著篇幅的二分之一，并且这种写作模式成为京剧史学一类著作的固定套路。当然，我们应该承认，甚至感到欣慰戏剧史学的研究对于舞台演职人员（包括演员、乐师与相关工作人员等）的关注与重视。这种研究格局的建立打破了长期以来中国古代戏剧史多以作家、作品为中心的"文学史"研究模式，在一定程度上开始对戏剧研究的两条路——剧本文学与舞台艺术的积极探索，尤其对深受传统社会阶层观念轻视的伶人群体给予极大肯定。尽管我们清楚梨园花谱之类著作难免带以赏玩姿态与性别错置想象的"狭邪"意趣，但就整体而言，它们对于剧坛发展以及伶人生态的记录皆有极为重要的史料价值与文化观念意义。并且，由此发展

---

[1] 袁国兴：《非文本中心叙事——京剧的"述演"研究》，广东人民出版社 2013 年版，第 6 页。

而来的关于京剧演职人员群体传记的研究模式,也以充分尊重的态度作为研究的基本前提。

然而,我们也不无遗憾地指出,当以名伶传记为代表的研究模式逐渐发散开来,京剧研究的表演中心也就由此成立而且又被不断放大了。尚且不谈"通行的大量的所谓京剧研究成果,主要集中在名角逸事、剧坛掌故、演出史料等等层面"①,单就那些专门研究京剧文学的著作又是如何定义相关研究范畴的呢?我们兹举以下几种代表观点。

首先,徐凌霄在其《皮黄文学研究》一书中提倡使用"立体的活动的"文学观念看待"皮黄文学":

> 但"皮黄文学"的界说……现在暂且分为两方面各定一个界说。
> (一)"声术化的社会文学"
> (二)"戏台上的立体文学"
> 前者是就文词一方面大略规定的——(文词包括歌曲念白两部),后者是就整个的戏剧及一切表现的方法规定的——(即动作,穿插,音乐,设备等等)。后者按常例说,自然应该算它是"艺术",不应说文学。但我个人素日,常有一种僻见,觉得文学的广义,应当不限于纸上平面,声调语言文字之间。尤其戏曲文学——(不只皮黄)——那的确应该认为立体的活动的文学。②

可以看出,徐凌霄对皮黄文学的认知包含两个方面,一是文词部分,二是舞台部分。文词部分的集中体现是在戏剧文本方面,舞台部分的集中体现则在场上表演方面。这种研究思路与陈大悲《爱美的戏

---

① 袁国兴:《非文本中心叙事——京剧的"述演"研究》,广东人民出版社2013年版,第5页。

② 徐凌霄:《皮黄文学研究》,世界编译馆北平分馆1936年版,第6页。

剧》不谋而合，确为戏剧研究切中肯綮的路径方法。然而，作者在提出文词与舞台应当并重的同时，却又在用特殊前缀"声术化""戏台上"来限定并强调皮黄文学的具体研究范围。其实，以皮黄为代表的戏剧自然通过"戏台"表演"声术"，但是这种前缀范围的加入，也就使得作者原本提出的文词与舞台并重的研究路径最终又只是偏向舞台表演一端。作者本来要以"立体的活动的"文学观念打开戏剧研究的新路径，用以对抗当时"只把莎士比亚或易卜生或其他现代剧曲作家，或元曲或昆曲等等来代表戏曲文学"的"案头文学"研究格局，以期"唤起'戏曲文学不离戏台'的注意"。① 然而却又矫枉过正，将戏曲文学研究的格局从"案头文学"的一端完全转向"表演文学"的另一端，最终导致其对皮黄文学的研究只有舞台表演中心，而缺少剧本文学中心。

其次，钱穆在《中国京剧中之文学意味》一文之中使用"唱的文学""存神过化"等观念来看待以京剧为代表的近代花部戏曲文学：

> 我此次来讲京剧，想仍从文学观点为出发。我认为文学应可分两种，一是唱的说的文学，一是写的文学。由唱的说的写下或演出，则成为戏剧与小说，由写的则是诗词和文章。在中国，写的文学流行在社会之上层，而说的唱的则普遍流传于全社会。近人写文学史，多注重了写的，忽略了唱的与说的，这中也有理由，我不能在此细讲。此所讲的，则是唱的文学中之京剧，至少也涵有甚深文学之情味。②

钱穆此论先是指出传统文学观念对戏剧小说的偏见与遮蔽，其将中

---

① 徐凌霄：《皮黄文学研究》，世界编译馆北平分馆1936年版，第8页。
② 钱穆：《中国京剧中之文学意味》，载《中国文学论丛》，生活·读书·新知三联书店2002年版，第172—173页。

国文学按照传播途径的差异具体分作两种：作为"唱的说的"代表是戏剧与小说，作为"写的"代表则是诗词和文章。然而我们认为这种二元分立逻辑并不完善，尚且不言"唱的说的"戏剧小说不断经由文人写下，并且最终成为可以"写的"文学体裁之一。单就"写的"诗词而言，最初也是可以和乐而歌的"唱的"文学体裁之一，只是伴随文体发展与文化变迁而更多凸显"写的"特征而已。因此，若以口述与笔录来对文学进行区分，其实并不恰当。何况，钱穆认为的"唱的说的"文学本身就有极其丰富的"写的"文献广为传播。我们认为，钱穆将戏剧小说归作"唱的说的"层面，更多是从这类文学体裁最初产生而又最具代表的表现方式定义的，其用"唱的"定义京剧文学也是从表演中心的视角关注京剧舞台的艺术特色。

其实，我们再把视角转回钱穆此文立论标题上面，可以看出他用"文学意味"来取代"京剧文学"，这是一种谨慎保守，甚至略不自信的措辞：对于京剧是否有其独特文学性不敢立下断论，同时又能从京剧中看到许多与传统文学观念相合的因素。因此，使用"文学意味"一词，既能从抽象的"意味"说中讨论京剧的文学性，又不至于显得太过冒进。然而作者这种略带闪烁的态度一直呈现在整篇文章中："自咸同光宣到现在，已有一百五十年历史，京剧在中国社会上，有其甚大的影响，故京剧纵不算是中国的文学，也确成为一种中国的艺术了。"[①] 由此看来，钱穆对京剧文学的探讨始终带有一种犹疑不决的态度，从而也就使其论述范围与论述态度偏于"人生哲理"方向。

最后，我们再来梳理一下直接以"京剧文学"为核心研究对象的专著是如何定义研究范畴的。颜全毅的《清代京剧文学史》是一部从断代史角度研究京剧这一戏剧种类的文学特性的"拓荒"类专

---

① 钱穆：《中国京剧中之文学意味》，载《中国文学论丛》，生活·读书·新知三联书店2002年版，第172页。

著，其对京剧文学的定义如下：

> 京剧的文学特性正是以朴素生动的语言、精彩简练的表演魅力，表达出某种内涵和思考，成为一种独特的表演文学，即"场上之曲"。……可以说，大部分京剧作品，是成熟的表演文学。……相对以往的戏曲创作，京剧的确由文学中心转向为以表演为核心。但文学为表演服务，是戏剧文学特性决定的存在可能，并不妨碍其文学意义的丧失。①

在以京剧文学作为论题中心之时，《清代京剧文学史》提出"表演文学"概念取代京剧可能存在的"文本文学"。其实"表演文学"的提出，与徐凌霄之"声术化的社会文学""戏台上的立体文学"及钱穆之"唱的文学"理念同出一辙，皆是从表演中心的角度勾连京剧与文学之关系。因此，《清代京剧文学史》在研究方法上遵循"紧紧把握京剧文学作为舞台文本，为表演中心服务的特征"②。然而颇具意味的是，作者在用"表演文学"指代"京剧文学"时，其所重点探讨的"表演文学"案例却是那些完全没有任何表演记录或者表演效果极为不佳的"案头剧本"，如第二编之第三章"最早文人创作的京剧剧作《错中错》"、第四章"观剧道人和《极乐世界》"、第五章"余治与《庶几堂今乐》"等等。即便有以舞台演出的剧本作为案例分析时，作者选择的也是那些"业余京剧作家的作品"，如"李钟豫与《儿女英雄传》""史松泉和《施公新传》"等。但是就从舞台演出以及流播影响来看，这些剧目显然并非当时戏台最受欢迎之作，因而也就无法真正成为"表演文学"中心极具典型意义的案例。

那么，我们不禁要追问：既然作者是以"表演文学"作为京剧

---

① 颜全毅：《清代京剧文学史》，北京出版社2005年版，第5—7页。
② 颜全毅：《清代京剧文学史》，北京出版社2005年版，第19页。

文学研究的核心,并且当时戏台上又有大批表演成熟甚至臻于完美的剧目,为何作者偏要"南辕北辙"选择京剧中的"案头剧本"呢?其实仔细梳理《清代京剧文学史》所有选择的案例不难发现,该著在以具体京剧文本进行"表演文学"的案例剖析时,无一例外地选择了那些具有作者署名的剧作文本,即便其中部分作者的真实署名已无从考查。自从美国学者 M. H. 艾布拉姆斯在其著作《镜与灯——浪漫主义文论及批评传统》中提出文学四要素包括"世界、作家、作品、读者"之后,关于文学研究的维度便深受此论影响。然而我们知道,京剧中的绝大部分剧目基本来自两个方向:一是从其他剧种移植而来;二是伶人不断加工完善之作,具有切实作者姓名可考的剧目文本并非其中主流。甚至此前本书也曾指出京剧选本中亦有大批无从考辨的"隐性作者",作者真实身份的缺失真的深刻影响作品文学特性的解读吗?其实并不如此。《诗经》中的大多作品皆无作者可考,但却未见影响它的经典地位。而且从另一方面来看,"隐性作者"的集中呈现恰恰反映出京剧剧本的"表演作者"实际大于它的"文本作者"。由此可以看出,大批名伶小传文献或者演出档案材料皆有记载"某伶擅演某剧",这种情况才是京剧"表演文学"中心所应探讨的"擅演作者"及"擅演剧目"。颇为遗憾的是,《清代京剧文学史》在用"表演文学"概念指代"京剧文学"概念之时,却又按照传统文学史的体例对作家、作品进行分析;并且其所选择的作家、作品大多又是缺少"表演经验"的案头剧本,这就造成了立论观点与论证材料互不支撑的悖论状态。因此,学界相关评论也曾就此指出,"颜全毅著《清代京剧文学史》的最精彩部分也是有关京剧演出史料的集纳"[1],缺少对京剧文学的作品分析,尤其缺少对"表演文学"代表剧目文本的案例探讨与深入分析。

  戏剧作为一种综合艺术,对其研究既要关注舞台表演中心,又

---

[1] 袁国兴:《非文本中心叙事——京剧的"述演"研究》,广东人民出版社 2013 年版,第 6 页。

要关注剧目文本中心,二者不可偏废。相对而言,长期以来学界关于中国古代戏剧(以杂剧、传奇、戏文为主)的研究多在剧作家生平考述与作品文学分析层面,关于近代以来花部戏曲(以京剧、秦腔、粤剧等为代表)的研究则又偏于名伶传记与舞台逸事层面,由此也就造成了戏剧研究因剧种差异带来的文本中心与表演中心的研究格局的差异。近年来,有关中国古代戏剧演出文物(戏台、服饰、绘图、雕塑等)的研究开始兴起并且取得丰硕成果,但是有关京剧等花部地方戏的研究却仍然停留在表演中心的层面。

应当承认,京剧作为国粹艺术代表之一,经过千锤百炼的表演艺术确已臻于完美。因此,对其表演中心的成立及其相关研究,应该给予充分肯定。然而,学界在以表演中心理论研究京剧时,往往将表演视作京剧最重要,甚至是唯一的中心,这种表演中心被过度放大的研究格局导致在此基础上的京剧文本文学研究相当保守,甚至略不自信。即便部分著作承认京剧存在文学研究范畴,并以文本分析作为基本研究方法,但却又将具体研究范畴限于"表演文学"一隅,从而导致研究论题与论证材料间的相互抵牾。因此,我们在承认京剧研究应该重视表演中心一端的同时,也应看到现今学界对表演中心的过度放大而导致的研究格局的极度失衡。

(二) 文本中心的存在与被忽略

京剧研究表演中心的存在与被放大,导致研究重心过于偏向舞台艺术一端;而在戏剧研究另外一端的剧目文本则因此遭到忽略,甚至被完全遮蔽。钱穆在其《中国京剧中之文学意味》一文中指出文学分作"唱的说的文学"与"写的文学",即使其将戏剧归为"唱的说的文学",但是也应看到包括京剧在内的各种戏剧艺术形式都有"写的"一面——也即剧目文本中心的存在。然而对这些数量丰硕且又客观存在的京剧剧目文本,能否在表演中心一端之外,形成以文本中心为另一端的研究格局,则是值得继续探讨的问题。

京剧研究文本中心存在的可能是由京剧剧本所决定的,那么中国京剧历史发展进程中对于剧本又是如何看待的呢?下面我们先来对此进行逐一梳理。

首先,我们需要关注的是清代内廷演剧对剧目文本的要求以及其中关于京剧剧本改编创作的记录:

> 光绪二十二年七月初十日,曾传旨:"万岁爷旨意,以后勿论那(哪)一班昆腔戏,有净本才许上单。"第二年正月初五日,又有李文泰传旨"以后遇有外学戏,俱要本子,老佛爷一份,万岁爷一份。钦此。"①

> (光绪二十二年旨意档)十二月初十日,旨着总管马德安内学首领凡所传戏本,俱着外学,该角攒本不要外班来的。以前所递戏本,一概废弃,着外学从新另串。以后外学该角筋力随手等,家住升平署以备传。要戏本即刻攒递。如与外班传,要戏本当日传,次日量第。凡承戏之日,著该班安本。②

> 余又询之旧日慈禧太后本宫内监中曾列名于本家者,据其所目睹慈禧太后当日翻制皮黄本《昭代箫韶》时之情况,系将太医院如意馆中稍知文理之人,全数宣至便殿,分班跪于殿中。由太后取昆曲原本逐出讲解指示,诸人分记词句。退后大家就所记忆拼凑成文,加以渲染,再呈进定稿,交由本家排演,即此一百零五出之脚本也。故此一百零五出本可以称为慈禧太后御制。③

清代内廷演剧不仅对于昆腔戏目要求进程"净本",而且对以皮黄戏目为代表的花部剧种演出同样要求进程"安本"。现存清代内廷抄本

---

① 丁汝芹:《清代内廷演戏史话》,紫禁城出版社1999年版,第64页。
② 北京市艺术研究所、上海艺术研究所编著:《中国京剧史》上卷,中国戏剧出版社1990年版,第229页。
③ 周志辅:《昭代箫韶之三种脚本》,《剧学月刊》1934年第1期。

形态的京剧选本中，进呈帝、后二人御览的安殿本最为精善，另外还有各种形态的抄本存在。内廷演剧对剧目文本的大量需求，不仅显示了京剧兴于场上的时代样貌，而且反映出以帝、后二人为代表的上层贵族观众群体对演出剧目的文本具有对照观演的阅读需求，并由此在客观上促进了抄本形态的京剧选本的发展。同时，"清宫演剧对于京剧文学的影响，首先是对剧本的规范作用"[1]。由于光绪、慈禧二人深谙京剧演出之道，因此对入宫演出的外学伶人不仅要求他们要具有高超的技艺，而且还要严格按照进呈御览的安殿本进行丝毫无错的表演，否则便有招致祸端的可能。

当然，单从促进京剧艺术不断精进发展与京剧剧本不断完善定型的角度来看，内廷演剧对严格按照剧目文本演出的要求，可以说是有益无害的。所以当时名伶王瑶卿曾言："西太后听戏很精，有时挑眼都挑得服人。"[2] 由此可以看出，在以进呈戏本作为基本前提的清代内廷演剧，不仅客观上带兴了中国京剧选本的发展，而且显示出了剧目文本对于舞台表演的重要促进作用。同时，清代内廷演剧对剧目文本中心的形成还体现在京剧剧本的改编创作方面。以慈禧太后为代表的皮黄戏本《昭代箫韶》改编工作明确显示出了以京剧为代表的戏剧艺术的基本发展轨迹：先有剧本，后有表演。只有在以剧本创编基本成形的情况下，舞台表演中心才能得以生成和确立。即便京剧发展初期存在"昔时教师之授徒也，多为口述。而伶人多不识字"[3] 的情况，这种口述授受的内容仍是先以剧目文本为主。因此，以清代内廷演剧为中心的京剧发展历史，既有对表演中心蓬勃兴盛的引领与带兴作用，也有对文本中心生成存在的促进与推动作用。

---

[1] 颜全毅：《清代京剧文学史》，北京出版社2005年版，第391页。

[2] 北京市艺术研究所、上海艺术研究所编著：《中国京剧史》上卷，中国戏剧出版社1990年版，第227页。

[3] 张次溪：《清代燕都梨园史料（正续编）》下册，中国戏剧出版社1988年版，第1204页。

其次，民间戏班中心以及其后名伶中心对剧目文本中心的生成与发展起到稳固作用：

> 《莲花塘》本来是和春班的本戏。和春班主何耕畲，因虐待徒弟，被关在刑部狱里，烦闷无聊，他就编出这本《莲花塘·拿火龙》，后因演出两次失火，才又加上去一个剧名叫作《庆安澜》。……《五花洞》剧，是名演员胡喜禄和王长寿、张喜子共同编写的，是把乱弹戏《搬场拐妻》和一部分《混元盒》的故事情节掺在一起。①

和春班之何耕畲、春台班之胡喜禄等人对京剧剧目文本的创编代表了同治光绪年间京剧舞台竞演激烈而又亟须更新剧目的情状。"同治初年，南方战事一结束，不但西太后想着乐和乐和，连人民兴致自然也很高，所以编戏排戏的风气很盛行了二十几年。"② 社会发展的相对稳定，使得京剧等文化艺术事业蓬勃繁荣，观众市场的迫切需求与戏班、名伶间的相互竞争共同作用形成新编剧目文本的长足发展。而在此后，以四大名旦为代表的名伶中心的形成与稳定便是由一批文士阶层的聚集与编剧，才能使梅、程、尚、荀各人皆有新编且独特的剧目文本可以擅演场上。这种以剧目文本创编带动舞台演出繁盛，并且由此走向名伶中心高潮的演进路径，使剧目文本创作成为京剧等戏剧艺术发展繁荣的基础环节与基本前提保障。

其实，对于戏剧研究而言，剧目文本的重要作用是不言而喻的。"好演员离不开脚本，不通的剧本，任是谁也演不出好戏剧来，这是很明白不消说的。"③ 然而，即使我们看到学界相关研究反复强调

---

① 景孤血：《从四大徽班时代到解放前的京剧编演新戏概况》，载北京市政协文史资料委员会选编《梨园往事》，北京出版社 2000 年版，第 21—22 页。
② 齐如山：《五十年来的国剧》，《齐如山文集》第 4 卷，河北教育出版社 2010 年版，第 170 页。
③ 陈大悲：《爱美的戏剧》，上海书店出版社 2011 年版，第 8 页。

剧目文本对于戏剧发展具有极为关键的奠基意义，并且数目丰硕的京剧选本形成京剧研究文本中心得以成立的现实，然而令人颇感遗憾的是，京剧研究的文本中心虽然一直客观存在并且不断供养舞台表演的蓬勃兴盛，但是一直未能引起重视，甚至遭到刻意忽略。

最后，在对京剧研究的文本中心提出反驳，并且由此立论认为京剧是以"非文本中心"的"述演"作为核心论题的著作，以袁国兴的《非文本中心叙事——京剧的"述演"研究》最具代表性。该著在对京剧叙事方式进行探讨时，提出两个新的关键性概念用以引领全书，兹引如下：

> 非文本中心
>
> 最近几个世纪以来的人类文化史形态，基本上是以文本书写和印刷阅读为前提条件建构起来的，可以说是一种文本中心的文化形态。文本中心的文化形态不能有效说明全部文化现象，正因如此，口头传统问题得到了人们越来越多的关注。……口头传统意识更多着眼于文化传播过程中狭义语言的使用情况，即：口述还是书写。可是我们知道，在几乎所有的口头传播过程中，都不仅以口述为主要依托手段，口头表演时一定还会动用其他一些手段，它们有些既不是文本形态，也不完全是口头形态……正是在这个意义上，"非文本中心"的文化意念对于我们研究戏剧、戏曲以及曲艺等，不仅比文本中心的文化意念要贴近实际，而且也比口头传统的意念来得更加确实和肯定。[①]
>
> 述演
>
> 中国古代的演剧观念包含两种做戏手段：一种是叙述性的

[①] 袁国兴：《非文本中心叙事——京剧的"述演"研究》，广东人民出版社2013年版，第302页。

表演，一种是装扮性的表演。前者一般被称为"表白"，后者一般被人称为"妆演"。中国现代汉语中的"表演"概念是从国外借鉴过来的，一般是指演员模仿剧中人物创造角色形象的演艺。……而述演不是如此，它的主体是"演"，"述"是一种辅助手段，正像表演也是"演"一样……京剧是一种表演的舞台艺术，"演"是它的主要艺术手段，可它与普通戏剧表演又有所不同，它是从非文本中心演艺样态中发展起来的，在演出中有一部分内容是叙述性的不完全模仿，这是我们认定京剧的演艺特征是述演、而非演述、亦非普通表演的主要原因。①

所谓的"非文本中心"其实是从"口述"层面对人类文化传播方式的探讨，认为以京剧等为代表的"非文本中心"艺术在以"口述"作为主要传播方式的同时还要加上一些表演性的手段。这种理论观点颇合《诗·大序》之论："诗者，志之所之也。在心为志，发言为诗。情动于中而形于言，言之不足故嗟叹之，嗟叹之不足故永歌之，永歌之不足，不知手之舞之、足之蹈之也。"也就是说，以京剧为代表的戏剧艺术是在"口述"不能完全表达情感的情况下，加入表演手段，由此也就形成了"述演"方式。强调"述演"而非"表演"或者"演述"，则是因为作者认为"演"的成分远大于"述"。

这种通过对文化（文学）传播方式的判断，认为京剧是以"非文本中心"的"述演"作为核心传播方式的观点即与钱穆的"说的唱的文学"观念不谋而合。然而，我们应该指出，文化（文学）的传播方式从来就不是单一的，更不是非此即彼的相互排斥。《诗·大序》提出的"诗"的生成方式同样适用于以京剧为代表的戏剧体裁，它们皆是一种由心至口而又对于激烈情感进行手舞足蹈的表达过程。但是，当"诗"只存留"写"的文化形态内容，失去"乐"

---

① 袁国兴：《非文本中心叙事——京剧的"述演"研究》，广东人民出版社 2013 年版，第 308 页。

的"说的唱的"表演方式，也就顺理成章地形成"文本中心"的单一研究维度了。

京剧的情况则不然。其一，京剧是一种仍然活跃于当下的戏剧艺术，观众可以完全感受到它的"说的唱的"或者称为"述演"的文学表现方式。其二，现代科技对声音、影像的记录，使京剧演出可以得到完整保存。因此，即便京剧最终绝于舞台，后来研究者们仍然可以根据音像资料进行复原与研究。这就使京剧"非文本中心"的存在能够得以成立。然而中国古典戏曲种类的发展并非皆如京剧这般"恰逢其时"，以宋元杂剧、戏文为例，它们的最初出现与发展何尝不是符合"非文本中心"的"述演"研究，但是现今学界却不得不以"文本中心"的研究格局为重，原因即在无法复原宋元杂剧、戏文的音像形态。即便从明代传承至今的昆曲传奇，虽有场上演出流传至今，但是因历史发展流变的种种因素，这种演出并非一成不变的，学界无法使用今日之演而取代昨日，只能根据文本中心的文献材料与当下表演形态进行推测。更有甚者，京剧发展传承至今的常演剧目数量相对其总数而言，则是不及十一的。对于那些曾经一时繁兴场上而又未能得到音像技术记录保存的剧目，仍然只能通过文本中心的京剧剧本进行复排演出，由此亦可见出剧目文本中心的重要价值。

实际上，文化（文学）传播过程中，依靠纸本写作文献还是口述演出传承，从来都不是水火不相容的二元对立模式。它们之间互有交叉而又互有助益，但当一种传播方式弱化或者消失之时，人们只能通过另外一种方式进行探查。而就京剧来看，当其舞台表演仍然繁兴之时，观众（读者）自然更多关注演出层面，但是并不能够因此说明京剧有且仅有"非文本中心"的"述演"这种唯一传播方式。袁国兴认为："表演对于非文本中心的演艺来说几乎是唯一的存在方式，离开了表演实践，它们的艺术活动也就停止了。"[1] 强调京

---

[1] 袁国兴：《非文本中心叙事——京剧的"述演"研究》，广东人民出版社2013年版，第25页。

剧研究或者说以京剧为典型代表的戏剧研究,是以"非文本中心"的"述演"为主要甚至唯一的方式,这种论述不仅过度而且无限放大了表演中心的研究范畴,因此忽略甚至完全遮蔽了文本中心的存在现实。同时,也将文化(文学)研究的维度进行"唯传播论"的单质概括。这种"唯传播论"的研究方法与维度,不但分裂了京剧艺术从脚本创作到场上搬演的有机过程,而且同样忽略了诗、词、小说等其他文学体裁在文本中心以外的跨媒介演变样态。

而在所有强调"表演文学"或者"非文本中心"的京剧研究著作中,有一特殊论证现象值得我们深思。前文所述《清代京剧文学史》在对京剧文学进行"表演文学"的限定时,却将主要文本案例聚焦在于缺少表演经验的案头剧目文本方面,造成论题与论据间的互相矛盾。这种现象同样存在于《非文本中心叙事——京剧的"述演"研究》中。在以"非文本中心"作为立论基础与核心论题的前提下,该著所有涉及京剧"述演"研究的引证案例则是完全引自剧目文本,并且所有剧目文本的文献来源皆有一个共同出处——京剧选本。袁国兴《非文本中心叙事——京剧的"述演"研究》在对京剧进行"述演"研究时,所引案例基本来自《京剧丛刊》以及《荀慧生演出剧本选集》《周信芳演出剧本选集》等京剧选本文献。类似论题与论据之间互为抵牾的研究现象着实令人费解。若说《清代京剧文学史》引证剧目案例分析之时限于时代条件的客观因素,无法采用清代出版的音像材料作为论据,然而对于"表演文学"的研究为何不去选用那些舞台演出档案记录频率最高的剧目,反而本末倒置地引用那些偏于"案头"的剧本呢?同时,《非文本中心叙事——京剧的"述演"研究》的情况则就更加明显,其对"述演"研究所使用的案例剧目绝大多数有舞台演出音像资料记录,完全可以据此展开"非文本中心"的论题研究,但是作者同样"舍本逐末"地使用以京剧选本为中心的文本材料进行具体论证。

关于京剧研究"表演中心"或者"非文本中心"的论题与论据间的矛盾现象,不仅说明了京剧研究客观存在文本中心,而且由此证实了文本中心还是展开"表演文学"或者"非文本中心"研究的基础文献与基本前提。其实对于京剧文本中心的客观存在，袁国兴等人也有一定论述："京剧的内传播虽然也有脚本，也离不开文本文学意识的制约，但它对文本文学意识的依赖程度不高，不以文本文学意识为唯一选择。"[①] 这种论述不仅与其上文所言表演是"非文本中心"演艺的唯一存在方式相矛盾，而且侧面反映出了作者同样意识到了京剧传播有其所必依托的文本文学中心，而且这种传播并非只限"内传播"（也即表演中心的舞台传承）层面，同时也对"外传播"（可供阅读的文本中心）层面产生效果——毕竟大批出现的京剧选本主要针对市场需求巨大的读者群体，而非单纯用于"内传播"的舞台传承。因此，即便基于传播视角的"非文本中心"研究也应看到京剧有以脚本为媒介的文本文学传播中心。并且，文本中心的脚本存在对于忠实记录与客观反映"非文本中心"的"述演"状态具有重要价值，例如对同一剧目不同演员脚本的存在即从文本中心层面呈现出了舞台表演中心的发展流变过程。

通过对表演中心与文本中心的论辩比较可以看到，京剧及以其为代表的戏剧研究从来不是唯有"表演文学"或者"非文本中心"这种单一的方向与维度。清乾隆后期以来，京剧逐渐繁兴场上；同时，大量关于舞台演出的梨园文献相继产生，它们共同作用并促进了京剧研究表演中心的产生与发展。表演中心的成立一定程度上扭转了中国戏剧史发展偏于案头创作与研究的单一局面，然而当表演中心被逐渐放大成为京剧研究最为重要，甚至唯一的研究方向时，这种局面则又呈现出了过犹不及的弊端，从而导致京剧研究文本中心存在的现实一直处于被忽略的状态。其实，各类研究京剧表演文学或者"述演"中心的著作，在源源不断地使用京剧选本所收的剧目文本作为论据时，都在不断证明这些剧目文本客观存在文本文学

---

① 袁国兴：《非文本中心叙事——京剧的"述演"研究》，广东人民出版社 2013 年版，第 25 页。

价值，否则这些文献引用或者案例分析就会失去应有的逻辑依据与研究价值。因此我们认为，戏剧研究还是需要遵循陈大悲《爱美的戏剧》中剧本文学与舞台表演两路并进的方法。而就京剧研究领域来看，既要认识到表演中心的成立与被放大的研究现状，又要发掘出文本中心的存在与被忽略的客观依据。尤其对文本中心的研究，应该成为以京剧为代表的花部地方戏研究亟须开辟的新路径。

二 选本之"本"：文本中心的集合与文学研究的依据

强调选本之"本"，不仅因为"本"是选本择录的文本来源与文献范围，更是因为选本之"本"最终成为文本中心的集合场域，并且能够在此基础上形成以文本为中心的文学研究。中国京剧选本的存在正是文本中心得以成立的基础前题，同时也是京剧文本文学研究的现实来源依据。

长期以来，学界未能重视京剧选本作为文本中心集合场域的现实，多是因为以文学传播的媒介方式进行观察的。"应该说，到目前为止我们耳熟能详的那些文化、文学、艺术理论，多少都与文本、印刷文化形态脱离不了干系，某种程度上说是建立在文本、印刷文化基础之上的——以文本和印刷文化为主要探讨对象，以文本和印刷文化形态为主要呈现方式保存下来的。"[①] 因此，数量丰硕的京剧选本不断经由抄写、刊刻、印刷等方式进行广泛传播，恰恰从文本和印刷文化层面证明了京剧研究，尤其是其文学研究拥有文本中心的基本前提与文献保障。中国京剧选本是以脚本实录作为文本保存的基本原则，因此京剧选本即对各种单个脚本进行收录与集合，并且依据一定体例编纂而成。然而，学界之所以不断强调其表演或表演文学，一定程度上就是因为对以京剧选本为文本中心的印刷文化认识的不足或忽视。

[①] 袁国兴：《非文本中心叙事——京剧的"述演"研究》，广东人民出版社2013年版，第293页。

中国京剧选本的出现与发展，不仅使原来偏于舞台表演的京剧艺术得到纸本文献的书写与记录，而且使它在文本加工与文本定型方面不断成熟。美国学者陆大伟在对民国时期规模最大的京剧选本《戏考》进行研究时就曾指出："虽然它对京剧文本化、普及化功不可没，但至今为止尚未有人专门把它当作研究对象。"[①] 其实不只《戏考》，即从京剧选本产生开始，其对京剧的文本化进程一直起到积极推动作用。中国京剧选本在对各种散见脚本进行收录之时，也在依据不同编纂体例对其进行修改、加工乃至润色。《梨园集成·自序》不断申明选本产生是在"删除赝本"或者"删除淫艳"的立场上完成的，即是证明编选作者依据文本文学的生产标准对待京剧选本。当然，京剧选本的产生与京剧剧目的文本化进程是一种相互促进发展的关系，京剧剧目的文本化也在为京剧选本的选择提供更多文献素材来源，并且集结形成以京剧选本为中心的文本场域。这种京剧选本文本中心的生成不仅持续推动京剧文本化走向更加稳定、成熟的状态，而且还可以此为依据，为展开京剧文本文学研究提供可能。

具体来说，作为选本之"本"的京剧选本，完全是从文本中心的立场集合相对零散混乱的京剧脚本文献材料的。"清末京剧的繁盛局面，带来社会的普遍认同，也蕴含着众多商业机遇。其中，剧本印刷选编就是一项颇为可观的商业活动，北京、上海等地都编印了很多所谓'孤本秘籍'和唱词戏考，这也使京剧文学以另外一种方式拥有了读者群体。由于京剧常因文词的浅陋错讹影响了文学性，在京剧文学成为流行文本时，就有社会力量希冀对其进行修补改动，以达到某种'文学性'。"[②] 正是由于京剧艺术的发展与繁盛，使中国京剧在进入成熟阶段（1800—1917）与鼎盛阶段（1917—1938）

---

① [美]陆大伟：《〈戏考〉中的现代意识》，《戏曲研究》第七十四辑（2007年第3期），文化艺术出版社2007年版，第12页。
② 颜全毅：《清代京剧文学史》，北京出版社2005年版，第486—487页。

时，同时伴有大量类型各异、品质较佳的京剧选本与之共生，并从舞台表演之外开辟出来一条文本文学中心的发展道路。自清末以来，中国京剧选本的发展繁荣虽然是在商业出版机构与市场需求导向基础上得以实现的，但是这种生成模式恰恰反映出作为文本中心集结场域的京剧选本不仅拥有数量庞大并且相对稳定的读者群体，而且对京剧选本的修补改动、甚至剧本"考述"皆让具有阅读功能的京剧选本不断朝着文本中心的文学性方面努力。因此，也有学者指出："《戏考》，就名字来说，把不登大雅之堂的通俗戏剧提高到值得研究、值得考证的地位了。"①《戏考》的出现不仅是从名字方面提升了京剧的文学研究地位，而且确实是从剧目考述与文本批评方面来对京剧脚本展开文学研究，每种选篇皆是有"戏"有"考"，完全名副其实。

毋庸讳言，作为文本中心集合的京剧选本产生之初确实在文本方面存有诸多弊端，尤其是以早期选本《梨园集成》为代表。强调"频约善才，删除赝本"的《梨园集成》因"爰付手民"的刊刻过程，其中漏讹衍倒颇为严重，俗字错字更是不胜枚举。但是也应看到，这种文本生产中的负面现象并非限于《梨园集成》为代表的京剧选本一类，整个文本文学传播过程皆有可能出现这类问题，因此才有了文献校勘工作。同时，早期京剧选本虽然存在这类问题，但是并不影响它们作为文本文学的整体阅读效果。事实上，伴随近代以来印刷出版技术的不断革新以及文士阶层对京剧体裁的逐渐关注，越来越多的京剧选本开始从文本文学的角度对京剧脚本的整理出版展开精细追求。《京剧丛刊》与《京剧汇编》的出版，皆是依据不同文献编辑体例对所收剧目进行统一整理校勘；《京剧唱词选注》则是参照诗文注解体例对选篇剧目中的疑难字句与文史典故等进行详细注释，同时还对剧目文本的剧情梗概、题材演变、相关文史知识

---

① ［美］陆大伟：《〈戏考〉中的现代意识》，《戏曲研究》第七十四辑（2007年第3期），文化艺术出版社2007年版，第14—15页。

等进行简介；更有《李瑞环改编剧本集》等选本既从宏观主题、结构，又从微观唱词、念白等多个方面对所选剧目文本进行不断修缮。凡此种种，皆从文本文学角度对中国京剧选本的发展完善做出了不懈努力，同时也让以京剧选本为中心的文本文学研究得以成立。

　　由此可见，京剧选本的发展成熟其实就是剧目文本化的有机过程。并且，这种文本化过程既源于清代宫廷演剧的严格要求作用，又来自清末以来各大戏班、名伶对戏本的不断整理以期形成舞台演出代表剧目的经典化过程。其实，京剧选本对剧目文本的修订整理以及稳定成型作用，可以类比参考明代宫廷演剧与文人编选戏曲选本《元曲选》等对元代杂剧文本的定型过程。"《薛仁贵衣锦还乡》及其在《元曲选》中的改写本《薛仁贵荣归故里》反映了这些特点。在这出戏的第三折，原本贫农出身的薛仁贵，以大将军的身份衣锦还乡，其风光场面是通过他的一个同乡眼中所见来描述的。这个同乡是他孩提时代的朋友，并一直留在农村。在这折开头原本有他两段曲词，是描绘他老婆醉酒后撒尿，污了自己的衣服。在后来的版本中，这两段曲词被删掉了，取而代之的是另外两段描绘他如何看见薛仁贵赫然出现，既敬且畏的曲词。"[1] 可以看出，经过明代宫廷演剧的不断修改与净化，原本偏于俚俗甚至略显粗鄙的元代杂剧已在文辞风格方面发生重要转变。这种剧目文本由俗到雅的变化过程也是杂剧文体逐渐规范化，甚至案头化的发展过程。其实，京剧选本对剧目文本的稳定作用同样如此："建国后的《京剧丛刊》发挥了确立京剧剧本定本的作用。"[2] 经由20世纪50年代"戏改"工作指导的《京剧丛刊》对所选剧本皆有整理与改动，并将其中较为重要的改动工作放在每剧"前记"或者"附记"之中予以说明。

---

　　[1] ［荷兰］伊维德：《我们读到的是"元"杂剧吗——杂剧在明代宫廷的嬗变》，宋耕译，《文艺研究》2001年第3期。
　　[2] ［日］松浦恒雄：《〈戏考〉在民国初年的文化地位》，载杜长胜《京剧与现代中国社会·第三届京剧学国际学术研讨会论文集》下册，文化艺术出版社2010年版，第755页。

然而，京剧选本自其产生以来，对剧目文本的修订改动工作从未间断，同时对所选之"本"也有一定净化与淘汰过程。民国元年《绘图京都三庆班京调脚本》收有《拾玉镯》石印本一种，其后北平打磨厂泰山堂京调唱本亦收《拾玉镯》铅印本一种，两种虽然剧情梗概大致相同，但在具体唱词念白、文采、角色形象塑造以及科介动作设置等方面，前者皆显粗鄙、甚至多有秽语，后者则在切合角色形象的前提下进行了一些具体、细致的修改。而在其后版本流播过程中，《戏考》等选本则以选录相对雅化的铅印本《拾玉镯》为主，并且这一文本系统更加得到以京剧为代表的花部地方戏舞台演出的青睐。

中国京剧选本既是文本中心的场域集结，同时也是京剧文本文学研究、甚至是与之相关的表演文学、"述演"叙事研究的文献基础和具体依据。那么，从文本中心展开京剧文学研究的路径包括哪些呢？我们不妨先来梳理一下前辈学者钱穆和谢柏梁的相关论述：

> 在五四运动时，一般人提倡西方剧，尤其如易卜生，说他能在每一本戏剧中提出一人生问题来。其实中国京剧正是人生问题剧，在每一剧中，总有一问题或不止一问题包涵着。如死生，忠奸，义利，恩怨等，这些都是极激动人的人生大问题，中国京剧正能着眼在此。即西方戏剧也未必能如此深刻生动而刺激人。①

> 就我看来，曲折动人的故事框架，惟妙惟肖的人物性格，较为强烈的情感呈现，这些就足够构成文学世界的基本空间。文学更为重要的，还是要表现出关于人性、人文精神和人生之终极关怀的更深层面。至于语言的雅俗浓淡、不同文学样式皆

---

① 钱穆：《中国京剧中之文学意味》，载《中国文学论丛》，生活·读书·新知三联书店2002年版，第174页。

有其具体规范。元代的人们，谁曾把杂剧当成过文学来看，但这并不妨碍其在文学上的价值。①

相对而言，钱穆之论是从五四运动时期的"问题剧"以及与此相关的"问题"文学着眼的，因而指出中国京剧包含各种人类命运发展中的问题困境与解决方式，这是一种从宏观主题思想角度对京剧文学性的把握。谢柏梁之论则更微观具体，其从"故事框架""人物性格""情感呈现""人文关怀"等层面探寻京剧文本文学存在的研究路径。综合来看，中国京剧之中包罗万象的人生主题、构思精巧的戏剧结构、典型立体的角色形象、真挚热烈的情感表达，乃至朗朗上口的唱词、亦庄亦谐的念白，无一不是构成京剧文学研究的经典要素。应当指出，对京剧文学研究展开的具体依据还是以脚本实录为中心的京剧选本，由此才能使研究内容有"本"可依，有据可查。

上文对中国京剧选本研究文本中心的现实与依据做了具体论述。可以看出，京剧自产生以来，舞台搬演的文献记录与研究中心即已得到确立，这种研究视野相对传统戏曲研究偏重案头剧本的格局而言是一种进步。然而，当京剧研究的表演中心完全确立并且得到学界一致认可后，其又不断被放大并且最终发展成为一种"唯表演中心"论的状态。这就导致了京剧乃至以其为代表的花部地方戏剧种研究，陷入矫枉过正的尴尬境地。

而过度放大京剧研究的表演中心也会造成忽略文本中心存在的客观现实。以脚本实录为中心的中国京剧选本，不仅客观记录并呈现出京剧发展过程中文本流变的具体样态，而且由此成为文本中心的场域集结。作为文本中心的京剧选本，不仅成为各类表演文学或者"述演"叙事研究引证举例的论据来源，而且其在文献总量与传播影响方面，都有超越舞台搬演记录最为集中的梨园花谱文献。因

---

① 参见颜全毅《清代京剧文学史》，北京出版社2005年版，序言第7页。

而可以看出，以京剧选本为依托的文本中心客观存在的现实。然而，我们发掘并重视作为文本中心的京剧选本的文献价值，不仅是为京剧研究在表演中心之外开辟一条文本中心的研究新路径，更是为了让有关京剧文学的研究不再限于表演文学的一隅，而是使其能够真正立足于以文本为中心的文学研究实处。

第三节　文学研究的维度与方向

京剧既然存在以选本为依托的文本中心，并且能够由此成为文学研究的基本依据；那么关于京剧选本之"本"文学研究的具体维度与方向应该如何展开？我们认为，对于京剧选本所录脚本的文本文学研究完全可以依据叙事文学研究的基本维度与方向进行展开，同时依据京剧这一花部地方戏剧种的独特文体特征综合归纳其文本文学的个性与共性。

具体而言，京剧文本文学研究的维度与方向可从叙事结构、思想主题、角色形象、语言修辞等多个层面着手；同时，结合文本文学研究个案选择与分析的方法进行解读。这种方式，既符合钱穆与谢柏梁等前辈学者关于京剧文学研究所做出的积极探索，又可以从文本文学而非表演文学的立场展开研究。限于篇幅，本书对于京剧文本文学的研究拟从结构与主题两个方向进行重点阐释，采用京剧选本中较具典型代表的个案脚本进行文本分析。

一　结构：独角戏·二角戏·三角戏与人物关系场

京剧的剧本既有从其他剧种中移植过来的，又有部分伶人、文人等创作的。而在移植剧目中，尤其是从中国民间地方戏剧种发展而来的剧目中，以二小戏或三小戏的戏剧结构最为典型。"中国的民间小戏，通常以小旦与小生、小旦与小丑二角色对演或小旦、小生、小丑三角色表演形成二小戏（或对子戏）或三小戏的格局；在这种看上去单质简括的人物关系场中，却往往蕴含极富悬念的矛盾冲突和故事展开层次。"①

然而，伴随京剧剧本的发展成熟与京剧剧目的不断丰富，"有关政治、历史方面的题材增加了，远远超越了地方戏兴起初期那种'三小戏'（生活小戏）的领域"②。因此，我们在对京剧剧本结构进行分析时，再用民间小戏常见的二小戏或者三小戏结构方式进行阐释，便有以偏概全之嫌。所以我们拟用"角色"这种统一称谓取代民间小戏小生、小旦、小丑的单质指向，并从独角色、二角色、三角色的叙事结构关系，探讨蕴含其中的人物关系场。同时需要特别指出的是，独角戏与二角戏自然是针对戏剧结构中的具体角色数量而言的；三角戏既有实指三个角色，也有以"三"代"多"，虚指可能存在的更多角色关系。

（一）独角戏《拾黄金》：角色置换与串演叙事

京剧剧目中，独角戏的脚本并不常见，概因单由任何一个角色撑起整场叙事节奏而又能够取得良好演出效果的要求过于严苛，故而罕有此类剧目文本出现。而《拾黄金》正是一本由丑角一人串演完成的独角戏。

《拾黄金》又名《财迷传》《花子拾金》等，剧叙乞丐范陶于雪晴之日上街乞讨，无意间拾得黄金一锭，欣喜若狂。进而对着黄金嬉笑怒骂，并且借由昆腔与京剧中的各类唱段，表达花子拾金后的癫狂状态及其对世间财色之物的批评态度。《戏考》第3册及《新编戏学汇考》第10册等皆有选录此剧，二者属于同一文本系统，本书所引原文以《戏考》第3册为主。《拾黄金》所叙故事情节相对较为简单，但是其中却以多种角色身份不断进行置换，展开串演叙事。

---

① 李东东：《双红堂藏清末民初京调折子禁戏〈拾玉镯〉研究》，《民族艺术研究》2013年第5期。

② 北京市艺术研究所、上海艺术研究所编著：《中国京剧史》上卷，中国戏剧出版社1990年版，第91页。

首先，剧本展开的叙事背景是以丑角范陶天寒饥饿上街乞讨作为开端，其在登场自我交代身份之后，又用一段【西皮慢板】表达自己对于国政时局的看法："想当年进中原何等侥幸，不料那偶然间面南称尊。传至那无能辈更换国政，换特别换维新男女不分、时装通行。米如珠薪如桂生灵涂炭，害得我孑然一身、片瓦无存、无处栖身、吞饥受冷，没奈何上长街乞求活命，天又寒雪又深道路不平。"通过这段唱词可以看出，花子范陶拾金疯癫之前在以一种自我清醒身份进行叙事，其在叙事中采用两种方式展开。

其一，是省略主语（也即叙事主人公）的代言口吻。在此叙事过程中，能够经历入主中原、南面称尊、更换国政、百日维新等事的主角并非丑角花子，而是不断被叙事者花子所省略的隐性主角——清朝政府。而从清末丑角名伶杨鸣玉、刘赶三等人的生活年代及擅演剧目可以推断，《拾黄金》已于清末搬演场上。因此，这种省略主语的代言叙事方式，其实也是演员进行讽刺时政时的自我保护方式。毕竟根据唱词，叙事者花子与读者（观众）之间可以达成彼此心照不宣的默契。其二，是由代言直接转入角色自我情感表达。丑角花子在以代言口吻叙述清廷国祚将尽、风雨飘摇的历史困境之后，转而直接进入显性叙事者——"我"的人生状态方面，并且在这两种叙事转变中并未进行明确区隔。这种角色代言隐性叙事主人公同时又兼有角色代言剧中显性人物花子的双重叙事结构，与中国戏剧的特殊叙事方式密切相关。丑角与花子范陶之间本就是一种代言关系，只是这种关系属于显性层面；而在隐性层面，花子范陶又在采用省略叙事主语的方式表达另一叙事主角——清朝政府对历史国运的感慨。

其次，当【西皮慢板】一段结束之后，叙事方向立刻因"滑介"的科介动作设置而发生转折。丑角花子"滑介"之后拾到一锭黄金，再三确认黄金属实之后，开始面对黄金发表感叹："（唱慢板）我摇首摆尾呼呼笑，（又一句）雪里埋金没个根苗。我贫人也有个时来到，（白）呵呵，那有钱的，你老跟着他；这没钱的，连你的影儿多瞧不见。咳，我把你这忘恩负义之徒，无知耻颜之辈，呵，呀呀呸！"这段夹唱夹白的情感表达是花子拾金之后由喜转怒的真实写照：喜的是拾到得以活命的黄金，因此做出一副"摇首摆尾呼呼笑"的奴颜婢膝之态；怒的是黄金仿佛天然带有一种嫌贫爱富的属性，若非自己因缘际会，根本难以得见。表面来看，这是花子拾金后的渐入疯癫状态；内里来看，应是丑角借助花子范陶之口对世人嫌贫爱富、拜高踩低的讽刺揶揄。《戏考》于该剧"述考"内容有言："白中冷嘲热骂，颇足使世之患金钱热者，及铜臭骄人之辈，见之心动。"因此，拾金后的花子既有作为剧中人物范陶的悲喜情感抒发，又有丑角借助范陶之口对世间金钱眼热之辈的嘲弄，同时含有一种警世意味。

接着，当花子范陶因为欣喜不已而逐渐陷入癫狂状态时，便用角色置换的方式不断串演叙事。具体来看，其先后展开的角色串演有生角杨五郎（《双龙会》）、净角李逵（《李逵负荆》）、青衣王春娥（《三娘教子》）、老生张苍（《盗宗卷》）、武生吕布（《辕门射戟》）、花旦东方氏（《虹霓关》）及花衫杨玉环（《贵妃醉酒》）等多个人物，可以说是集合生、旦、净、丑多个行当的经典剧目进行串演。而在对这些剧目进行串演时，负责承担中间串场与报幕叙事任务的则是花子范陶，但是具体进行扮演各类角色行当并且展开表演的则是丑角。因此，后半段的串演一直处于花子范陶与丑角的不断置换之中，同时丑角又在借助角色行当插科打诨、善于模仿的特征，展开其对其他行当的角色串演。

最后，值得注意的是，当串演进入收尾阶段选用《贵妃醉酒》片段："（尾声吹腔）去也，去也，回宫去也！"这种叙事口吻既是丑角借用花衫杨贵妃之口表述意兴阑珊的剧目收尾，同时又是花子范陶拾金疯癫之后的再次清醒。因此，这种收尾叙事方式又将丑角与其所代言的花子范陶以及其所模仿的花衫杨贵妃进行三位一体的综合。

独角戏《花子拾金》是在丑角不断进行角色置换的基础上完成

的串演叙事，其在叙述花子范陶因天寒乞食到拾金疯癫的过程中，先后串演不同角色行当间的多个剧目片段，同时借由串演叙事表达其对财色情爱以及功名利禄的嘲弄鄙夷。《新编戏学汇考》在该剧"剧情考略"中言："《拾金》一剧本昆曲中之独角戏，相传为清代某帝生旦净丑诸声口俱善唱，欲串演，但无人可与配角，以碍于君臣故也。因特创编是剧而独演之。"这种说法在其他论著也有记录："有的说乾隆皇帝自编自演过《花子拾金》。这《花子拾金》又名《拾黄金》，剧本今存，收入《戏剧汇考》下册的'丑角剧本'中。"① 此述无所依据，聊备一说。但是此剧确实成为丑角行当代表性剧目，盛于场上。

（二）二角戏《桃花洞》：关系张力与套层空间

典型生、旦二小戏《桃花洞》又名《桃山洞》，是《梨园集成》所收剧本，其后各种京剧选本中罕有收录。剧叙百花仙子张三姐因误放百花而遭玉帝贬入凡尘，并被告知其与道士杨天佑有段俗缘。因此张三姐前往杨天佑修道之所——桃花洞，与其相会。杨因自幼出家，一心修行而坚决不从，张乃百般戏之并且与其不断展开戏中戏的套层空间叙事对话。最后在张的强迫下，杨乃与之完婚。《梨园集成》将《桃花洞》归入唐代剧目，周贻白指出："《桃花洞》演张三姐错开百花被贬下凡事，或附会为'武后催放百花'，乃列入唐朝。"② 此种推论颇为可信。曾白融《京剧剧目辞典》将其归入"朝代不明故事戏"，并且指出"李万春藏本。湘剧有类此剧目"。③ 可供参考。

由小生杨天佑与小旦张三姐合演的《桃花洞》，是中国传统民间小戏中最为常见的生、旦二小戏结构。全剧所涉角色只有生、旦二人，但却能够由此展开一出完整独立的剧目，由此可见其在叙事结

---

① 么书仪：《晚清戏曲的变革》，人民文学出版社2006年版，第18页。
② 周贻白：《中国戏剧史长编·自序》，上海书店出版社2007年版，第594页。
③ 曾白融：《京剧剧目辞典》，中国戏剧出版社1989年版，第1169页。

构方面应有与众不同的魅力。具体来看，二角戏《桃花洞》的结构布局重点在凸显女强男弱的人物张力关系场方面与戏中戏的套层空间叙事方面。

二角戏《桃花洞》的结构布局是以旦角开场、旦角收尾，并由旦角能动牵引全剧叙事走向的一出剧目，因此从中凸显出十分明确的女强男弱人物关系场。戏本开篇旦角张三姐登场交代错放百花遭贬下界的故事背景之后，紧接着便道出此行下界的主要目的："玉旨到来，将我贬下凡尘，说我与杨天佑有姻缘之忿（分），因此离开了仙岛，去到桃花洞中，用言语调戏与他，来意如何。"这段念白不仅以姻缘天定的观念解释生、旦二人即将发生的爱情故事，而且使旦角积极主动的角色形象跃然眼前。值得注意的是，旦角交代姻缘天定的背景，不仅是为其后剧情展开做出铺垫，更为重要的是，使得生、旦调笑，尤其是让旦角积极主动追求爱情的行为动机拥有一层合乎传统礼法道德的保障。同时，旦角借助下场对子"高山怕奔汉，真仙怕女缠"来表达自己不达目的誓不罢休的决心，并且由此更加丰富了旦角张三姐"女缠"的人物形象，以便为下文女强男弱的关系张力不断铺垫。

而当小生登场交代自幼出家的背景之后，开始借助唱词表达其对人生世事的看法："看起来出家人到（倒）还如意，叹世人轮回苦无有改移。到（倒）不如出了家脱了生性，那管他名和利在世痴迷。"这段唱词既为小生勘破世俗、果断出家的举动做出合理解释，又为其后旦角苦苦痴缠、生角岿然不动的情节埋下伏笔。随后转场旦角再次登场，由此展开了戏本之间"女缠"与"男拒"的人物关系场张力叙事。第一回合，旦角假称"我是西山女子，为父行孝，到此添油上香"骗得小生开门，得知被骗的小生借以"两个山字叠起"的回敬请其出门；由此结束生旦之间一缠一拒的僵持局面。第二回合，旦角假装懵懂无知，转而询问小生"一人看经念佛岂不冷淡"，并且做出"我倍（陪）你看经"的殷勤致意，小生却以"世间上那有男女看经念佛的道礼（理）"直言拒绝，再次以男女人伦大防为重，结束生旦之间二缠二拒的对垒情形。第三回合，旦角假以谈经论道，发出"闻听观音菩萨救人七灾九难的，可是有的"疑问，引得小生入局；不明就里的小生答以"只有七灾八难，怎么是九难吓？"而再次落入旦角"我还有个想（相）思难哪"的设问圈套。自此以后，旦角不断展开各种"痴缠"，能动牵引小生连连入局，从而使得女强男弱的人物关系张力持续引发高潮，并且由此不断递进推动剧情发展走向。

然而，当"女缠"与"男拒"的张力关系可能因此进入无限循环模式之后，那么，应该如何进行突破并使叙事出现新的转机呢？《桃花洞》的突破策略是继续在女强男弱的人物张力关系中，转入戏中戏的套层空间叙事结构。"戏中戏是通过向文本中插入第二个（或多个）叙事层面，在一个故事层面中嵌套着另一个（或多个）故事层面的艺术手法。"[1]《桃花洞》的戏中戏套层空间叙事结构便是如此：当"女缠"与"男拒"的循环模式陷入僵局之后，旦角提出告官以求打破生、旦二角戏的对立格局，读者（观众）便有一种新的期待视野出现——二角戏的人物关系场是否由此转为三角戏？然而文本并未因此采用增加角色的方法来改变人物关系格局，反而继续在二小戏的张力关系中铺垫新的结构："（小生）也罢！我做官夫，你就当做告状的。就在我台前告来，你若告得我准，我就从你；若告不准，与我快些出去，再不要缠绕与我！"小生这种假设官、民对话的提议，也就顺理成章地展开了生、旦之间戏中戏的套层空间。

较为独特的是，《桃花洞》由此展开的戏中戏套层空间叙事结构分作两个层次，并且生、旦二人分别先后在戏中戏的套层空间中扮演官、民角色。第一个层次中，先由小生扮演县官，旦角前来告状："老爷在上，小妇人乃是西山女子，为父母行孝，到桃山洞添油上香。偶遇杨天佑，将我留在洞中，要与小女子如此如此，恁般恁

---

[1] 李东东：《双红堂藏清末民初京调折子禁戏〈拾玉镯〉研究》，《民族艺术研究》2013年第5期。

般。"毫无疑问，作为县官的小生杨天佑与读者（观众）皆知旦角状词属于诬告，因此县官（小生杨天佑）予以反驳："那杨天佑为父母行孝，桃山洞中看经念佛，不染红尘，那有调戏你女子之礼（理）？这都是慌（谎）状无故告人，诬白良民！"然而需要指出的是，在这个戏中戏套层空间中，县官的立场即是小生杨天佑本人的立场，因此这种说辞并非由站在情理与法度层面的"县官"揣度之后所下的结论。这种反驳虽然合乎剧本叙事的现实，同时符合读者（观众）所知，但却不符合戏中戏的套层空间中县官的身份以及其对情理法度的掌握。因此，旦角认为小生扮演的县官是"官夫吃酱——糊涂过日子"，并且要求重新展开戏中戏的扮演叙事，从而开始第二个层次的套层空间叙事结构。此时旦角扮演县官，小生前来告状："小人杨天佑，为父母行孝，在桃山洞下看经念佛。不知那里来了一个女子，要与小人怎么长怎么短！"毋庸置疑，对于小生、旦角以及读者（观众）而言，状词属实，但是对于戏中戏里面旦角扮演的县官而言，这种状词则是不合情理法度的。"（旦）咦！胡说！世间上只有男子缠戏女子，那有女子缠戏男子的道礼（理）么？"可以看出，作为县官的旦角，反驳辞令更加符合传统社会男女关系的基本逻辑与世事常理，因此县官认为小生所告"都是谎状，血口喷人！"并且依据男女伦理大防，要求"二人就在当堂一拜而成亲"。因此，在第二个戏中戏的套层空间叙事结构中，虽然旦角扮演的县官仍是出自私心，但是其从情理法度方面做的推测与判决反而更加符合传统社会类此案情的发展逻辑与整体判断，从而使得"女缠"与"男拒"的循环矛盾在戏中戏的套层空间中得到令人满意的解决方式。

整体而言，《桃花洞》作为民间二小戏的典型代表，其在相对有限的角色关系中，反复进行女强男弱的人物关系场张力循环，从而不断推动剧情出现连续性高潮。同时，在循环往复的结构关系中，戏本巧用戏中戏的套层空间叙事结构消解已然陷入僵持的矛盾。值得肯定的是，《桃花洞》虽以生旦调笑作为全剧总纲，并且在以女强男弱的性别对差中演绎青年男女的爱情故事，但其剧情展开的前提一直是在姻缘天定的朴素观念下进行的。这种叙事模式既充分肯定了情爱萌动的自由结合，又在一定程度上消解了官方因礼法大防可能带来的"禁毁"。然而，遗憾的是，该剧在《梨园集成》之后的京剧选本鲜有收录，但其舞台演出记录可见于《清升平署档案》光绪十九年十月初八日宝胜和班进宫献演剧目档案等。由此可知，《桃花洞》在同治、光绪年间颇为盛行，因此才有机会得到早期京剧选本《梨园集成》及内廷演出史料《清升平署档案》的共同记录。

（三）三角戏《三娘教子》：三角结构与稳定性能

京剧剧目中由三个角色或多个角色共同演绎完成的作品不胜枚举，并且伴随京剧的发展与剧目的丰富，三角戏的角色结构早已跳出原本根植于民间传统三小戏中的小生、小旦、小丑组合方式，而向更为广阔的角色行当与人物关系场域发展。《三娘教子》即是一种以三角戏的基本结构发展形成的经典文本，其中三角结构及其稳定性能关系值得我们深入探讨。

京剧《三娘教子》（又名《机房训子》）的剧情演变相对稳定，剧叙儒生薛广娶有一妻张氏、二妾刘氏王氏，刘氏生有一子，名为倚哥，又有老仆薛保。有日薛广外出经营，于镇江遇同乡人，以白银五百两托其带回家中，不料其人私吞银钱，另购一口空棺停于荒郊，以为薛广灵柩，回乡告知张、刘等人。老仆薛保运回灵柩安葬，张、刘二人眼见家道变故不能耐贫，先后改嫁。三娘王氏乃以抚养薛倚哥为己任，誓不再嫁。一日倚哥于学堂中遭人讥笑为无母之儿，气恼回家，遂不认三娘为母。三娘感伤不已，将刀立断机布，以示决绝。幸得薛保从中竭诚调停，晓以大义，母子二人和好如初。剧以青衣扮三娘、老生扮薛保、小生扮倚哥，清代后期"绘图京都××班京调脚本"系列选本多有选录此剧，其后《戏考》第1册、《绘图京调大观》第1集、《戏学指南》第3册及《新编戏学汇考》第10册等皆有选录，并且多以生旦合演剧目代表视之。同时，程砚秋（胜利公司）、尚小云与王少楼（长城公司）等灌制《三娘教子》唱片多部，京剧谱选类型选本《风琴胡琴京调曲谱大观》第 1 集、《京曲工尺谱》等皆有选录其中经典唱段。由此可见，《三娘教子》一剧于场上与选本之中皆为繁兴。下引《三娘教子》原文以《戏考》第 1 册所收为准。

《三娘教子》的剧情故事是在误传薛广离世，张、刘二人已经改嫁的前提下展开的。青衣王春娥登场引子与定场念白即先交代这种剧情前史，并在随后唱段中直接交代文本依托的三角结构："（唱慢板）王春娥坐草堂自思自叹，思想起我儿夫好不惨然；遭不幸薛郎夫镇江命染，多亏了老薛保搬尸回还。奴好比南来雁失群无伴，奴好比破梨花不能团圆；薛倚儿好一似无弓之箭，老薛保好一似浪里舟船。将身儿来至在机房织绢，等候了我的儿转回家园。"唱词中，青衣王春娥先是表达丈夫身亡，自己思念情切的情感状态，由此将读者（观众）引入一种哀戚悲怜的氛围之中。接着，王氏连用四个排比唱句引出文本最为关键的三角结构：失去丈夫的王春娥犹如离群孤雁无依无靠，夫妻感情好似梨花（菱花）镜破难以重圆；失去父亲的薛倚哥则是无弓之箭，寓意人生发展困难；失去主人的老薛保又因年岁渐高，便如浪中小船一般飘摇无靠。可以看出，由王春娥带给读者（观众）的三角结构，是失去核心力量——薛广之后而重新组合的。三角结构的三个人物分别是丧夫女性、失父幼子、无主老仆。因此，文本呈现出的三角结构首先打破了三角形最基本的性能——稳定性，反而种种排比唱词不断将其朝着不稳定的方向牵引，给人一种摇摇欲坠之感。

然而，就在这种极不稳定的三角结构中，三人不但没有相互信任、抱团取暖，以便增加稳定性能，反而各自带着疑惑制造矛盾，加剧三角结构的不稳定性。首先，矛盾缘起的双方是青衣王春娥与小生薛倚哥这对非亲生母子："（上薛倚内白）走吓！（上唱慢板）有薛倚在学中来把书念，怀抱着圣贤书转回家园。众学友一个个说长道短，他道我无亲娘好不惨然。"当矛盾一方的薛倚哥将藏在心中的血缘关系疑问宣之于口时，也就导致其与庶母王春娥之间矛盾的必然性，从而矛盾的爆发点便集中在了三娘机房教子片段。当三娘要求倚哥温书而被其拒绝，欲行家法的三娘遭到倚哥的反唇相讥："你要打，生一个打，养一个打！你打别人的孩儿，好不害羞！好不害骚（臊）！"可以看出，倚哥之言切中要害，使得原本毫无血缘关系的母子二人矛盾达到顶点。而在此时，面对倚哥如此讥讽，矛盾另一方的王氏毫无反驳余地，因此心如死灰，意欲追夫殉情。接着，展开了老生薛保与小生倚哥间的矛盾。尚未明白真相的薛保先是劝说倚哥应该遵母教训，反而又被倚哥抢白："你少管我们家里闲事！"由此可见，二人间的矛盾在于主仆间的身份差距，以及小生倚哥依仗少主身份对老仆薛保的无礼与轻视。最后，当老生薛保转而去劝青衣三娘之时，又因个人疑心引发了二者间的矛盾："（外）三娘！（唱摇板）莫不是见那张刘二氏心肠改变，你也要反穿罗裙另嫁夫郎？"老生薛保的唱词既有对青衣三娘的激将作用，又包含自己内心一直存在的疑问与不信任。简言之：青衣与小生间的非亲生母子矛盾、小生与老生间的主仆身份差距矛盾、老生与青衣间的改嫁不信任矛盾，使得原就极不稳定的三角结构互相又有根深蒂固的深层矛盾积聚爆发，因此极有可能导致三角结构就此崩解。

三角戏的矛盾三方各自因心理疑惑带来的矛盾集中爆发，将戏剧建构的三角结构推向极不稳定的顶点——三娘刀断机布，意欲决绝。那么，文本走向是否由此发生结构崩塌呢？事实并非如此：文本首先从处于矛盾核心双方之外的老生薛保着手，当其知晓三娘与倚哥的矛盾根源之后，转而说服小生向母认错，并以母子亲情作为关键说辞消除二人间的心理芥蒂，并且解开自己对三娘的误解，从而完成三角结构的重新构建。文本采用一种否极泰来的发展模式，重新构建的三角结构由极不稳定转而趋于逐渐稳定。首先，是三角关系之中三人矛盾的消解，并且由此使三人相互信任、依靠。其次，文本对三角结构重新赋予生机：小生倚哥"从今后读书不贪顽"，这是三角结构寄予未来的希望。需要指出的是，虽然文本开篇青衣王氏定场诗词即有"但愿我儿龙虎榜，留下美名万古扬"的希望寄托，但是其与小生倚哥的自我觉醒仍有本质区别。因此，尾声中小生的誓词才是文本重建三角结构之后的真正希望。最后，重建之后的三角结构回归三角形固有的稳定性特征，决定其稳定性特征的则是青衣三娘对重新维持三角形的态度及其教子的使命感。老生薛保则在稳定三角结构中起到重要的黏合作用，以及由此展现的人性中的温情支撑。

《三娘教子》的成功固然有其精彩唱段的作用，尤其青衣与老生角色行当的组合模式，成就了数个经典剧目唱段。然而同样应该看到，《三娘教子》的三角结构是对中国传统社会中丧夫家庭结构的个案浓缩与极致发挥。文本着意塑造出的失夫女性、失父幼子、失主老仆的不稳定三角家庭组合结构，实际是对传统社会中类此家庭的提炼与综括。而在这种极不稳定的三角结构中，通过戏剧矛盾的急遽爆发而使文本结构走向呈现崩塌之势，然而，伴随矛盾的化解与人物角色温情形象的不断展露，文本反为三角结构的稳定性能重新赋予意义，使其逐渐成为一种充满温情而又满怀希望的稳定结构。值得关注的是，《三娘教子》三角结构稳定性能的转折在机房训子片段，这是传统社会广义范围中，寡母训子生活画面的浓缩呈现，因此它不但能代表文本所要表达的伦理指向以及由此生发的结构性能转折，而且可以引起读者（观众）的心理共鸣与情感认可。因此，由机房训子片段带来的戏剧转折，不仅成功地将三角结构的稳定属性予以回归，而且也在承担戏曲文本的教化功能。

在此我们还可继续关注的是学界有关《三娘教子》剧目文本的讨论。《三娘教子》因在京剧选本与场上搬演中均有重要影响，故而关于它的文本讨论也颇兴盛。有关《三娘教子》的讨论文章大致可以分作两类：一类是关于剧本改编及舞台表演的探讨，如陈慧敏的《李慧芳的梅派戏〈三娘教子〉》[①] 等；另一类是关于剧目文本主题

---

① 陈慧敏：《李慧芳的梅派戏〈三娘教子〉》，《中国戏剧》1994 年第 12 期。

思想的探讨，如贺志乾的《封建礼教的颂歌——试析〈三娘教子〉》①等。关于舞台编演技术的探讨，我们暂不讨论。

值得重点关注的是那些关于文本主题思想研究的论争，这些文章大多围绕批判"封建礼教"的视角展开，但却忽略了文本基于传统社会生活根源的现实，因此使这类批判性探讨忽视了剧目文本重点展现的人性温暖。毋庸讳言，《三娘教子》有其所要代表的社会伦理教化意义，尤其它的后本《双冠诰》一剧更将这种教化功能予以聚焦与放大，反而使得文本成为旌表节烈孝义的赞歌。但就《三娘教子》而言，它是在三角结构中，通过对传统社会教育场景的细致刻画，进而发掘展现蕴藉其中的亲情与人性温暖。因此，《三娘教子》一剧从整体而言，"不难发现它的基调还是健康的。请看这两个半人物，三张不同面孔，不公式不概念，有血有肉，各具感染力。王春娥对待非亲生之子，如同己出，茹苦含辛地抚养着他，不愧是个具有高尚情操的古代妇女形象；老薛保悉心保护着孤儿寡妇，并以至诚之心调处好母子之间的矛盾，又是个感人肺腑的仁慈忠厚的老人；还有半个是娃娃生倚哥，他很顽皮，但很听话，知错立改，天真无邪，使观众感到：这个孩子本质善良，长大了错不了"②。

通过对独角戏《拾黄金》、二角戏《桃花洞》、三角戏《三娘教子》等个案文本的细读与分析可以看出，京剧剧目在不同文本与角色行当之间进行"因本制宜"的结构构建。对于京剧文本结构框架的梳理与探讨，不仅有助于我们更好地把握和理解其中错综复杂的人物关系场，而且可以借此打开京剧文本文学研究的新思路。

二 主题：差异性主题呈现与独特性主题探索

文学作品的主题多是指代它的立意与思想，其实主题作为一种

---

① 贺志乾：《封建礼教的颂歌——试析〈三娘教子〉》，《陕西戏剧》1981年第10期。
② 许思言：《〈三娘教子〉挣脱禁锢有感》，《人民戏剧》1981年第1期。

研究门类，所包含的研究范畴远不止如此。一般认为："主题学源自题材史和民俗故事研究，包括观念意识母题、人物母题、意象话语等，诸多范畴交叉互动纠结一起。"① 中国古典戏曲发展既有承自民俗故事的跨文体演绎，又有对于同类题材的异文本书写，因此其中不断呈现文本主题的差异性特征。同时，中国京剧在对同题材故事进行改编传承时，又对其中的独特性主题进行积极发掘探索。下面，我们就对同题材故事在京剧与其他花部地方戏剧种中的差异性主题呈现进行比较研究，同时探索京剧文本中较具独特性的主题思想。

（一）狄仁杰故事戏本四种：主题变异与重心潜转

围绕唐代名臣狄仁杰生成的题材逸闻流传广泛，演化为花部戏本基本分作两个故事系统。其一为青年才俊狄仁杰赶考途中遇美求欢，不为所动，天帝嘉许钦点状元，代表剧目为《天开榜》（又名《狄仁杰赶考》《马寡妇开店》《阴功报》等）。其二为暮年台臣狄仁杰端午门前刚直不阿，怒责奸佞，武后激赏引以为幸，代表剧目为《端午门》。

在以"天开榜"为主题的戏曲文本中，重点包括光绪六年《梨园集成》所收《天开榜》与清末民初蹦蹦戏《狄仁杰赶考》两种；而以"端午门"为主题的戏曲文本中，主要包括光绪二十二年四川唱本《端午门》与民国元年京剧选本《绘图京都三庆班京调脚本十集·壬集》所收《端午门》两种。可以看出，对于同一题材故事，京剧、蹦蹦戏、四川唱本等不同地方戏文本均有书写，从而可以就此展开文本主题间的差异性呈现研究。而在进行文本主题研究之前，我们首先需对蹦蹦戏本《狄仁杰赶考》与四川唱本《端午门》的文本来源及其文献形态作以说明。

蹦蹦戏兴于清末民初，故其脚本产生年代相对较晚。日本东京大学东洋文化研究所双红堂文库藏录狄仁杰赶考题材蹦蹦戏本共有9种：189子目单行刻本3种；190子目排印本6种（其中3种均与其

---

① 王立：《主题学的理论方法及其研究实践》，《学术交流》2013年第1期。

他折子戏本合刊)。189子目三种不著刊刻信息，无图，均题"狄仁杰赶考"。其一标有"月明珠曲词"，每页九列，单列十八字；其余两种每页版分上下栏，单页十列，单列十六字。190子目排印本6种，每页十六列，单列四十一字。六种其五均题"狄仁杰赶考 马寡妇开店 又名阴功报"，五种其四标有"嘣嘣戏"，四种其二著有"月明珠"名号；六种之三标明"北京（北平）打磨厂泰山堂印行"或"杨梅竹斜街中华印刷局印"。六种封面均有版心插图：三种（两种照片，一种绘图）均是旦扮马寡妇，头饰珠翠，身着罗衣，明眸浅笑，步态轻盈，一手托盘送茶，一手轻牵披巾，展现角色定计求欢的喜悦心情；其余三种插图均为民国仕女照片，无关剧情。四川唱本《端午门》同样藏于双红堂文库，属于188子目。该本刊于光绪二十二年，标注"元道场四友堂藏板"，文内并题"崇阳东街×发堂刻"。刻本单页十列，单列二十字，内分四个场次：怒打昌宗、天后讲情、狄相辞朝、加封梁王。该本刊刻粗糙，错误明显，罕见其他收录。

下面我们就以早期京剧《天开榜》与蹦蹦戏本《狄仁杰赶考》、绘图京调《端午门》与四川唱本《端午门》两两对举，对不同戏曲剧种文本之中同类题材的主题变异与重心潜转作以研究。

京剧选本中的《天开榜》与蹦蹦戏本《狄仁杰赶考》同叙青年才俊狄仁杰赶考途中投店，半夜遇美求欢，仁杰严词拒绝劝其守贞，天帝嘉许钦点状元。细勘文本主题，二者迥然有别。《天开榜》较早将狄仁杰故事移植到戏剧进行搬演，故其主题基本嫁接小说《反唐演义传》开篇三回；次第搬演狄仁杰拒色临清店、李淳风卜课识天机、武媚娘私通乱宫闱三个主题。戏本花开两朵：一述宫外狄仁杰夜拒美色、天帝嘉奖，一述宫中李淳风卜识天机、进谏除祸。截取小说连缀拼贴的戏本主题，将关联疏散的两个空间、两种事件硬性结撰，造成戏本主脑不明、针线粗疏、头绪繁芜、首尾失联等诸多弊端。更为甚者，戏本收尾突入旦角武媚娘与晋王李治私通淫乱场景，不仅反噬了戏本拒色忠正的立题主旨，而且加剧了主题拖沓冗杂、旁逸斜出的恶果，同时又有喧宾夺主之嫌。移植小说、剪裁无序、拼贴失当、收尾突兀的措置方式使京剧《天开榜》主题粗疏鄙陋、拉杂冗长。对比而观，蹦蹦戏本《狄仁杰赶考》已经显现主题成熟熨帖的特质。首先戏本聚焦狄仁杰赶考事件主轴，删除李淳风卜识天机、武媚娘秽乱宫闱等枝丫主题。接着戏本繁针密线地围绕赶考投店、遇色自持、劝守妇道进行编织，将时间浓缩在一夜五更之内、空间布置在店铺屋舍之中、事件聚焦在拒色劝诫之上，构成主脑特立、时空紧凑、主题连贯的蹦蹦戏本。由京剧戏本粗疏拖沓至蹦蹦戏本严备整饬的主题变异，贯穿其间的是花部戏本雕琢打磨、更新嬗变的递进历程。

因主题变异，戏本担纲角色出现生旦重心潜转的局面。皮黄戏本《天开榜》借由狄仁杰夜拒美色引来天开榜文、钦点状元架构全剧，故而戏本以小生应工狄仁杰担纲主角。开篇小生上场引子与定场诗白均是重在表露寒窗十载、一举夺魁的决心，接着颇费笔墨地交代投店一事才恳切入正题。戏本将旦角李爱英设为孀居无依、投靠哥嫂的店东之妹，此种定位不但弱化了角色性格，而且冲淡女主光芒。姗姗登场的旦角李爱英仓促交代新丧寡居的背景之后，面对"风雅相公"狄仁杰即有"不免前去偷情片时，以快奴心"的无聊念想。进而戏本围绕夜半求欢，勾勒出淫心炽烈贪欢媾与义正严词拒美色的角色对比。几番女痴缠与男拒色之后，小生吟诗指明眼前美色犹如"遍体蛆攒"，借以点醒旦角恪守妇道。由此而观，戏本为显小生品行端方、不慕美色，刻意降低旦角格调，将其化作贪欢苟合、不知廉耻的风流寡妇。即便结以小生严词点醒、旦角悔悟守节，亦让角色转变缺失过渡而显得突兀。

同样展现慕色求欢，蹦蹦戏本《狄仁杰赶考》进行生旦角色潜转，剖析寡妇内心。首先，戏本开篇变作旦角马寡妇登场，将其作为独立女主交代身世：寡居开店度日，上养高龄婆母，下哺三岁娇儿。角色身世渲染带给读者（观者）一个操守家业、自强自立的坚毅女性形象。接着，同样展现爱慕俊才，旦角马寡妇深知男女礼节，故其面对生角狄仁杰的风流俊雅,借助店主身份,从细致照顾客人饮食起居入手,表达无微不至的关爱与企盼。夜半入定,寡妇马氏在房中自伤自怜、思夫成梦,却未展现半点春心炽热之态,仅从孀居孤冷、母子无依的冷暖苦甜铺垫悲剧基调,动人情思。随后佳梦难圆,猛然想起生角,马寡妇流露的并非生理上的需求贪欢,而是心灵上的慰藉安抚:"何不与他会一会,说个话儿开开心腹。"面对夤夜前来的旦角马寡妇,生角狄仁杰与其展开生、旦二小戏的对演。表面看来,二人仍是搬演女求男拒的戏码,潜层剖析,生旦之间却是展现"天理"与"人欲"的辩难。生角以柳下惠坐怀不乱强调天理不欺,旦角以吕洞宾三戏牡丹指明神仙慕色。二人对峙,终以生角寡妇熬儿终成节烈的美好愿景说服旦角,虽然带有说教意味,但是瑕不掩瑜。重心潜转的蹦蹦戏本一度称名《马寡妇开店》,明确标识出角色重心由生至旦的置换。

端午门前怒责奸佞的四川唱本与绘图京调《端午门》两种同样存有主题变异与重心潜转的特征。首先,绘图京调《端午门》生角狄仁杰登场交代女主掌权不理朝政;接着便是"叫人开道午门进""等候那张昌宗奸贼来临"。戏本转折突兀,既未交代张昌宗等人祸乱背景,亦未说明缘何事发端午门前,使人一头雾水,不明就里。其后生角狄仁杰怒责小生张昌宗之时,失去龙套角色过场串演通风报信,而让圣旨赦免的转折变得无据可凭。最后,戏本结尾无端加入小生张昌宗与旦角武则天调情,甚至措置"小生、旦亲嘴介"的提示,不仅使戏本主题粗鄙无聊、杂乱斜出,而且削弱了戏本严肃秉正的整体格调。

相较而论,四川唱本《端午门》一改主题粗鄙拉杂的弊端。首先,明确标出的"怒打昌宗、天后讲情、狄相辞朝、加封梁王"四个主题,使得戏本主脑明晰、线索连贯。接着,老生狄仁杰与生角张昌宗先后登场均各交代二人不睦背景,同时指出这种不睦并非个人私仇,而是忠奸之辨。相遇端午门前亦非刻意等候,而是无心巧遇。相遇之后,老生先声质问生角为何擅闯禁地,接着说明端午门乃是开国功臣神祀重地："只许三公台阁、元老功臣出入之所。"道明戏本主题端午门的由来，并且由此激化矛盾，惩治奸谗。怒打昌宗之时，龙套角色的通风报信合理引出天后讲情，因而主题逻辑严密、延展有序。随后狄相愤而辞朝，天后礼贤臣下采纳忠言，并以加封梁王褒奖忠臣，使得主题连贯紧密、圆融完整。由绘图京调粗鄙冗杂至四川唱本圆融绵密的主题变异，折射出同一系统故事经由不同声腔剧种变异措置的区别效果。

主题变异同样影响角色重心设定。绘图京调《端午门》中生角狄仁杰与小生张昌宗的矛盾对垒失却前因铺垫，渐变成为权臣与宠臣的力量博弈；角色特质单薄枯燥，缺失闪光之处。四川唱本《端午门》反复皴染二者矛盾，融入家国兴亡情怀，并将导火引线置于国祀重地——端午门前，不仅使冲突因子上升到国运兴衰高度，而且添加社稷神祀色彩。戏本中老生狄仁杰与生角张昌宗个性鲜明、精神饱满：一为刚正不阿、为国尽忠的台阁老臣，一为恃宠而骄、结党营私的祸国谗佞。二人交锋，忠奸之辨替代权宠之争，家国兴衰泯却个人恩怨。在此之上，戏本更为显著的是旦角武则天的角色潜转。绘图京调《端午门》收尾突入旦角武则天与小生张昌宗调情主题，不仅降低戏本整体格调，而且使明辨是非的女皇变作宠信幸臣的庸主。四川唱本《端午门》通过狄相辞朝一折着重排开老生狄仁杰与旦角武则天之间的张力关系，并以女皇下跪恳请忠臣收束，勾勒旦角国事为本、礼贤臣下的明主形象。

对比早期京剧《天开榜》与蹦蹦戏本《狄仁杰赶考》、绘图京调《端午门》与四川唱本《端午门》可以看出：主题纷乱、关目拖沓的京剧文本逐渐在其他地方戏中趋向鲜明突出、圆融完整；单质简括乃至鄙陋粗浅的角色特质也在因由主题立意的提高而变得更加丰满多元且又立体稳健。历经不同时段、衍分多个剧种，跨越地域差异而又不断精雕细琢、涤荡沉淀的狄仁杰故事戏本四种，完整呈现出了文本主题变异的发展过程。其中蹦蹦戏本《狄仁杰赶考》和四川唱本较为精准地阐释出青年才俊狄仁杰与暮年忠臣狄仁杰系列主题形象在花部戏本中的衍播情状。当然早期京剧《天开榜》与绘图京调《端午门》的存留,也从前后接续、戏种交融的不同侧面反映出狄仁杰系列故事主题演进更新的过程。

(二)独特性主题探索:《琼林宴》的人生悲剧与《铡美案》的反大团圆

通常而言,中国古典戏曲多以喜剧和大团圆收尾,甚至由此发展成为相对固化的文本套路与演出模式。但就京剧而言,因其文本的多样性以及不同作者、演员对戏曲主题理解的差异性,也就由此可能产生对戏曲文本主题独特性的探索。其中,《琼林宴》之不可逆转的人生悲剧与《铡美案》之没有赢家的反大团圆便是典型代表。

《琼林宴》又名《问樵闹府》《打棍出箱》等,在昆曲传奇、京剧、影戏等各地方戏剧种中皆有衍播。剧叙宋儒范仲禹(又作范仲淹)赴京赶考,途中与妻儿失散,终日四处寻找。直至山中,方得土地所化樵夫指点,乃知儿子为人所救,妻子陆氏已被在野奸相戈登云(又作葛登云)掳回府中,遂往相府索妻。奸相巧言骗之,且又假作殷勤邀范入府夜宿,计谋杀之灭口。幸得神明护佑,范得幸免。翌日,奸相诈称范杀死自己家奴,令人将其乱棍打死,藏于箱中而弃之荒野。时范已高中状元,报喜官员二人遍寻范而不见,资费耗尽,恰遇奸相仆人抬箱入山,二人以为藏匿金银而心生歹意拦劫,不料箱中乃是状元。及至开箱,范虽未死,但已疯癫。

据载:"此剧大致问世于康熙朝,至清朝中叶即乾嘉时期,因高腔盛行,由昆腔演为昆弋腔。道光中叶大抵已有黄腔演出,且为全本《琼林宴》;此剧其后偶有演出,并不盛行。光绪九年,《打棍出箱》之名出现,光绪中叶,开始逐渐盛行。单演《问樵闹府·打棍出箱》已成风气。光绪中叶以后,谭鑫培对此剧进行改革,从而使此剧作为谭派经典而大盛,此后演出日多,但都基本遵谭本,再无大的变动。"[①] 因此,《琼林宴》在中国京剧选本中的繁盛始于民国

[①] 丁春华:《〈琼林宴〉故事流变考》,《宁波工程学院学报》2009年第1期。

初期：民国三年署名北京谭叫天（谭鑫培）排辑之《中华共和梨园界京戏脚本·壹集》收录，其后《中华新剧京调名角脚本·子集》及《戏考》第 3 册、《绘图京调大观》第 1 集、《戏学指南》第 1 册等皆有选录，可见该剧经由谭鑫培改演之后流播兴盛。下面，我们以《戏考》第 3 册所收《琼林宴》剧目文本为例，分析其中对于独特性文本主题的探索。

京剧《琼林宴》着重展示的是，生角范仲禹与妻儿失散之后，虽由神仙指引帮助，但却仍然无法逆转地走向深渊，最终沦为疯癫的人生悲剧。《戏考》本开篇以丑扮土地登场，交代故事前因，转而说明自己"奉了玉帝敕旨，前去点化于他，待我变做樵夫模样"。扮成樵夫的土地告知范仲禹其妻已被奸相戈登云掳走，让其前去寻找，同时特意叮嘱生角范仲禹：

（丑）哎吓！且住！看他此去，倘若对那老贼言讲，山中樵夫讲的，岂不连累这山中的樵夫？待我唤他转来，嘱咐于他。哎！壮士回来！

（生内白）走远了！

（丑）哎！你回来，我有话对你讲吓！

（生上）（白）樵哥，我去的好好，你唤我转来则甚？

（丑）倘若那老太师问你，你说那个对你言讲？

（生）我瞒不了你，我就说山中樵哥，对我言讲。

（丑）拿话来还我！

（生）话出如风，怎能还你？

（丑）壮士，那老贼不问便罢；倘若问道，就说你亲眼得见。

（生）樵哥，那老贼不问便罢，他若问道，就说我亲眼得见。（生下）

（丑）好了！看他此去，他妻室孩儿，必然相见。待我回覆玉帝去者。（下）

丑角土地在对生角范仲禹进行指引说明之后，担心净角戈登云因此报复山中樵夫，故而又与生角对即将发生的剧情展开预演。而在预演中，生角范仲禹果然毫无防备地将樵夫指引之事和盘托出，因此土地对其再三叮嘱，以防连累无辜。然而当土地认为自己使命已然完成，准备回复旨意之后，遇见净角戈登云的生角范仲禹又是如何对二人预演之事进行重新演绎的呢？寻到相府门上的生角范仲禹质问净角戈登云为何强占人妻之时，引起净角反问生角："（净）此话那个对你讲的？（生）就是山中的樵夫。（净）将樵夫送往有司衙门责打四十大板！（生）樵哥，事到如今，我也顾不得你了！"可以看出，神明土地对生角范仲禹的指点与叮嘱不仅使其未能因此救回妻子或者引起他的警惕，反而带累无辜之人受罚，而这一切，全部源自生角范仲禹的背信弃义。由此开始，失去信义的范仲禹对于原本可能逆转的人生悲剧反而越陷越深。误信奸人的生角不仅对土地所扮演的樵夫产生怀疑，反而以为净角实为好人，并且与其把酒言欢，而后又中其计："（净）现有钢刀一把，去到书房，将范仲淹杀来见我。（丑）遵命！"即便如此，因为生角范仲禹乃是文曲星转世，故而玉帝又派杀神护其安全。丑角杀人不成，反被杀神杀死，但是生角并未因此幸免脱身。面对丑角杀人事败，生角范仲禹幡然醒悟，但却被诬杀人，因此净角命人将其乱棍打死，装箱丢弃。其后虽由报喜官人误救，但却已然疯癫。

值得追问的是，造成京剧《琼林宴》不可逆转的人生悲剧主题的原因究竟是什么？中国古典戏曲小说中，神明相助的功能性发展情节几乎已经成为文本推演叙事的一种固定套路或者基本模式。然而单就《琼林宴》来看，神明依然尽守职责地对主人公范仲禹进行指点与护佑，但在具体而又关键的情节发展过程中，生角范仲禹不仅没有信守诺言，反而轻信奸人、怀疑良人，同时带累无辜。最后虽然保全性命，却又落得疯癫下场。这种人生悲剧的发展与形成，事实上可以视为咎由自取。然而更具讽刺意味的是，生角范仲禹的双重身份——作为神仙的文曲星转世与作为凡人的新科状元，即使不断经由神明救助，甚至自己既有星宿转世光环又有新科状元加身的生角范仲禹，其人生悲剧仍是不可逆转地朝着疯癫的方向渐行渐远。这种主题探索与突破，一定程度上拓展了中国京剧剧目关于人性探讨的格局与方向。琼林宴既是金榜题名、人生发迹的荣耀，然而又是疯癫状元备受嘲弄的反讽。而在与京剧《琼林宴》相关的文本故事系统中，生角范仲禹虽然最后恢复清醒（或为太医诊治，或为自己清醒），但却仍然无法弥补自我推向悲剧深渊的荒诞过错。因此，京剧《琼林宴》的悲剧主题在于人生的轨迹即便可能经由神明昭示而发生逆转，但实际上，真正决定是否能够逆转成功的仍然是最具有主观能动性的人本身。《琼林宴》的独特性主题，便是在对以生角范仲禹为典型的人的自我人生悲剧的细致展现与讽刺思考。

而与范仲禹一样，作为主观能动性的人，将人生不断推向悲剧深渊的还有《铡美案》中的陈世美。京剧《陈世美》的故事耳熟能详，兹不赘述。《戏考》第5册收录《柳林池》（又名《韩琪杀庙》《三官堂》）、第7册收录《铡美案》（又名《不认前妻》），《戏曲大全》第3卷、《绘图京调大观》第2集等京剧选本多有收录此剧。如若说《琼林宴》中生角范仲禹的人生悲剧还有一丝误信奸人的情有可原，那么《铡美案》中的生角陈世美则是在理智清醒的状态下，对人情与法理做出的极端挑衅。京剧《铡美案》在以"富贵易妻"作为核心关目的同时，文本并未遵照经典剧目《琵琶记》等发展形成的团圆主题，而是将夫妻反目的现实问题悉数搬演场上。生角陈世美在招亲驸马的事件上本就存有欺上瞒下之举，其后面对原配妻子秦香莲与两个孩儿的苦苦哀求，不仅未有悔过之意，反而狠下杀人之心。直至事情败露，面对净角包拯等人的好言劝告，而又死不悔改。因此，包公铡美的最终举动与其说是完全出于法理层面的抉择，不如说是基于民心取向的被迫无奈。

京剧《铡美案》的反团圆主题意义更在于该剧将中国传统社会中男子富贵易妻的通病予以极端处理，并且这种处理方式并非如王魁负桂英故事一般最终借由鬼魂索命完成善恶惩报。《铡美案》的典型意义在于借由人情与法理的双重施压，而将"铡美"关目变成势在必行之举。其从现实依据出发，对于读者（观众）具有警示意义，同时对于弱者给予同情态度的心理补偿。但是值得追问的是，包公铡美的反团圆主题是否可以成为富贵易妻问题的完美解决方案？铡美之后的现实境遇则是以公主与秦香莲为代表的两个家庭的破裂，公主与秦香莲失去丈夫成为寡妇，两个孩童失去父亲，维护法理的包拯可能因此失去官职。这种局面，使得看似成功的铡美之举让所有相关之人全部沦为输家。尽管如此，铡美之举依然势在必行的原因在于其在反团圆的主题之下，给予读者（观众）一种善恶惩报的警示与心理补偿。

至此，我们还需指出的是，在以主题作为京剧文本文学研究维度和具体方向的指导下，母题研究也应是其中重要的组成部分。如以"试妻"关目作为母题，从《大劈棺》《桑园会》再到《武家坡》《汾河湾》等，丈夫归来试妻的举措几乎成为相关剧目文本的必然之举。而在所有试妻母题的京剧文本中，生旦对演呈现出的"最熟悉的陌生人"戏剧效果，则是文本与表演中最具戏剧性张力的所在。试妻不管结果如何，都需完全符合男性对女性的心理需求：守贞或者自杀。除此之外，以京剧为代表的中国戏曲母题还有很多，值得我们由此展开文本文学研究。

总而言之，在以中国京剧选本为文本文学研究核心的前提下，京剧文学研究的维度与方向既可以从戏剧结构的多重视角着手分析，又可以对文学主题的差异性演变与独特性探索进行讨论。同时，京剧文本文学研究还可以根据行当、角色、人物间的共性与个性特征展开讨论，或者对京剧等花部地方戏的语言雅俗修辞风格进行归纳研究等。因此，基于京剧选本为文本中心的文学研究，是在表演中心研究一枝独秀的格局下的积极探索，也是基于戏剧研究两路并进（文本与表演）的研究方法上的必然结果。

本章小结

　　以中国京剧选本为文本中心的选本之"本"研究，既是对选本内容的具体、深入探讨，又是在从表演中心之外开辟京剧研究的新领域。

　　应该看到，中国京剧选本的集合标准是以脚本实录为基本理念贯穿始终的，其有别于以杂剧、传奇、戏文为中心的中国古代戏曲选本案头剧本的择录标准。从案头剧本到场上脚本，这是乾隆中期以后中国古代戏曲选本转型发展的重要标志。而在脚本实录的文本中心发展过程中，中国京剧选本逐渐呈现由戏班脚本向名伶脚本演进的状态，并在1949年以后由名伶脚本发展成为演员演出剧本选集以及由此扩散形成的流派剧目选集。可以看出，中国京剧选本脚本实录的文本中心演进路径，既是基于京剧舞台格局变化的综合反映，又是对于剧目文本前后更新的忠实记录。

　　以京剧等为代表的戏剧研究既要承认表演中心发展格局的重要作用，同时也要关注文本中心客观存在的具体价值。在中国京剧研究领域，表演中心的成立与过度被放大导致了文本中心客观存在的现实被忽略，甚至完全被遮蔽。中国京剧选本脚本实录的文本中心的存在，不仅证明了京剧研究客观存在的文本中心，而且还可就此探寻京剧文本文学研究确切存在的依据。这种关于京剧文本文学研究依据与价值的探讨，既不能囿于表演文学的樊篱，又不能单纯陷入非文本中心"述演"研究的一端，而是要从中国京剧选本所收录的具体文本实际出发，发掘京剧文本文学的独特价值与意义。

　　在对以京剧选本为核心的文本文学展开具体研究时，我们分别从结构与主题两个方向着手，同时采取个案分析的研究方法进行文本细读与分析。结构方面，在以独角戏、二角戏、三角戏作为基本框架的综合特征归纳之下，结合《拾黄金》《桃花洞》《三娘教子》

等个案文本，分析其中角色置换的串演叙事、关系张力与套层空间、三角结构的稳定性能等具体问题，从中见出不同文本结构的人物关系场变化关系。而在主题方面，我们以京剧文本为核心，一方面探讨同类故事主题在京剧文本与以蹦蹦戏本、四川唱本为代表的其他花部地方戏文本中的差异性呈现，另一方面对京剧中反喜剧的《琼林宴》与反团圆的《铡美案》等为代表的独特性主题进行积极探索。同时，还应关注京剧文本中母题演变的相关问题。

最后，还应特别指出的是，"选"是方法手段，"本"是文献基础，二者结合组成"选本"，并且成为选本研究的核心内容。当然也应看到，京剧作为戏剧艺术种类之一，强调文本中心的选本研究既是在舞台中心的表演研究相对完善与成熟的基础上展开的，也是对当下京剧领域研究格局偏于一隅的深入思考与探索尝试。

第 四 章

理论形式与内涵价值

　　文学选本的生产过程,本身就是文学理论的批评过程。"在文学产生并且相当发展以后,于是要整理,整理就是批评。……于次,再要选择,选择也就是批评。选择好的,淘汰坏的,不能不有一些眼光,这眼光就是批评的眼光;同时也不能不有一些标准,这标准也就是批评的标准。……再进一步,于是再要给以一定的评价,这就是所谓品第,而品第就更是批评了。……于是为批评的批评也就产生了,这样,批评理论可以指导批评,同时也再可以指导作家。到这地步,才发挥了批评的力量,文学批评的意义和价值就在这一点。"[①] 因此,文学发展进程中,整理、选择、品第、批评诸环节既是文学选本的生产过程,也是文学理论的具体实践过程。

　　同理,戏曲选本的生产过程也即对戏曲文学理论的建构过程。"戏曲选兼具戏曲文献整理与戏曲批评的双重功能,就其作为一种戏曲批评形态而言,有着自具特点的戏曲批评学建构:即从外在形态而言,具有附录、序跋、评点、戏曲选的主体构成和戏曲文学作品的编排方式等显性或隐性的批评话语;从批评思维而言,由于它的选评合一致使其批评必然在横向比较的基础上向纵深发展,并表现出强烈的戏曲辨体意识和类别区分。"[②] 单就中国京剧选本领域而

---

① 郭绍虞:《中国文学批评史》,上海古籍出版社1979年版,第1—2页。
② 李志远:《戏曲选的批评学建构探析》,《求是学刊》2017年第1期。

言，其所表现出来的既有文学理论方面的批评形式，又有内容方面的价值功能。就其理论形式方面，一般包括序跋、评点与选篇等几个方面。但在中国京剧选本方面，其理论表现形式主要集中在标题与解题、序跋与凡例、内容与排序、考述与评介四个层面。在内涵价值方面，中国京剧选本呈现出的功能定位、剧种独立、文学批评、导演与表演理论以及由"选"而来的文本经典化问题等皆是其中代表。具体来看，关于中国京剧选本的理论形式与价值内涵研究，大致可从选本理论、京剧理论、选本经典化三个方面展开论证。

第一节　选本理论

中国京剧选本最先呈现出的理论特征即是选本理论，也即关于"选"的问题：选什么、从哪选、如何选、为何选等问题，是每种京剧选本都需直接面对的。这些问题的解决方式，也即成为京剧选本理论的构建主体。具体来看，中国京剧选本中的标题与解题、序跋与凡例、内容与排序等外在表现形态，就是这些问题的解决方式，也即京剧选本理论形式的构建主体。而在外在形式之下，京剧选本的文本功能定位以及京剧剧种的文体发展独立，则是蕴藉其中的主要价值内涵。

一　文本功能与价值定位

京剧作为表演艺术相对发达的戏剧种类之一，其在形成以选本为中心的纸本文献时，其中包含着对选本文献的功能定位。作为纸本文献集合中心的京剧选本，通过标题与解题、序跋与凡例等外在形式呈现出的功能定位主要包括阅读文本的风化功能与表演脚本的戏学指南两个方面。

应该看到："我们现在通行的文学意念，主体是建立在以书写和印刷为特征的专项传播基础之上的，诗歌、散文、小说，包括剧本文学，都主要以文本形态被人感知，以印刷品的形式被人阅读和交流的。"① 纸本文献的产生不仅在对人类文明进行更加有效的记录，而且其传播过程中，也在提供阅读价值的同时承担教化文明的风化功能。京剧选本作为文献整理与文本保存的中心，最先呈现出的功能定位即是作为阅读文本的风化功能。

　　具体而言，中国京剧选本对阅读文本的功能定位集中通过序跋与凡例的形式表现。京剧选本作为脚本实录的文本中心，是对舞台演出的文字记录与文献汇集。序跋与凡例的写作则是对选本生成过程的凝聚呈现，以及对选本价值定位的具体说明。因此，序跋与凡例中承载着编选作者及其所处时代背景对京剧选本的功能定位与批评思想。中国京剧选本的序跋较早见于光绪六年署名李世忠的《梨园集成·自序》两篇，兼有戏班老板身份的李世忠对花部皮黄戏曲选本的功能定位并非基于表演中心视角，而是从文本中心的文献整理与编纂以及编选作者对选本传播的期待视野等视角出发的。通过《自序》之中"《三都》乍出，尽是传钞；一阕未终，尤勘记诵""窃欲镌梨刊枣，所冀文人学士，代指其讹；骚客仙郎，闲摭其失"之论，可以看出，编者李世忠对《梨园集成》的功能定位首先应是将其作为阅读文本。其以引起洛阳纸贵的左思《三都赋》自比，希望《梨园集成》的文本传播过程能够获得类此效果。编者李世忠对选本的读者接受群体具有较为明确的范围定位与期待视野——也即"文人学士"与"骚客仙郎"之属。其实，《梨园集成》的编纂成书是在花雅之争以后、中国戏曲选本走向转型的背景下完成的。因此，《自序》两篇对京剧选本作为阅读文本的功能定位显然受到中国古典戏曲序跋价值观的深刻影响，甚至它的写作模式及骈文风格也与此前雅部选本序跋如出一辙，故而阅读文本的功能定位才是其所着重追求的价值目标。此外，民国八年苕溪灌花叟主也在《醉白集》之

---

　　① 袁国兴：《非文本中心叙事——京剧的"述演"研究》，广东人民出版社2013年版，第17页。

"序"文中指出，该集具有"酒后茶余阅之"的阅读文本功能价值。

京剧选本在强调其具有阅读文本功能的同时，还应看到，中国古代文学理论中的教化观念也在其中不断得到彰显。《诗·大序》认为："风，风也，教也。风以动之，教以化之。"词曲虽为"小道"，但是它们同样承载教化人心的价值功能。赵山林在其《中国戏剧学通论》中指出，中国古代戏曲的功能价值主要包括"讽谏""教化""主情""史鉴""游戏"五个方面。① 朱崇志在对中国古代戏曲选本的功能观进行探讨时，首先指出的即是它的"风化观"。② 《梨园集成》对戏曲选本的教化功能粗陈梗概地体现在"删除淫艳"的选辑标准与主旨思想方面，其后《戏考》开始对京剧选本的教化功能予以重点阐释。署名镜里吹笙客的《戏考·序一》即言："世界一大戏场也，世事一大戏剧也。上自三代歌谣，下逮三家牧唱，皆足以发挥志意，辅轩风俗。"基于戏剧教化风俗的观念，《戏考》对文本功能的定位更从普及教育的层面大做文章：

> 戏剧一道，本系雅俗共赏之事。近自教育部列为通俗教育，鼓舞奖励以来，其风更盛于前。……教育家有言，中国无普及全国社会之事业，惟戏剧则独普及全国上中下三社会，而有此伟大之魔力。故敝馆所出《戏考》一书，风行全国，久受各界欢迎。③

这是一则刊于《戏考》第 22 册上的广告，内容却从当局对戏剧作为通俗教育的文化普及功能谈起，证明戏剧具有深入社会各个阶层的特殊魅力，因此才可担当教化人心的重任。《戏考》作为戏剧（京剧）文本的集结场域，不仅深受社会各界欢迎，具有广告媒介的重

---

① 参见赵山林《中国戏剧学通论》，安徽教育出版社 1995 年版。
② 参见朱崇志《中国古代戏曲选本研究》，上海古籍出版社 2004 年版。
③ 《推广营业不可不登广告！！！》，载《戏考·第 22 册》，中华图书馆 1919 年版。

要价值，而且因其销量巨大，对教化普及工作更是功不可没。可以看出，这种对戏剧教化人心的功能认知既与《戏考·序一》中"辅轩风俗"的价值定位相互呼应，又符合当时教育部将其列为通俗教育手段，用以启迪民智、教化人心的政令背景。因此，《戏考》作为阅读文本的教化功能，既是序跋作者明确给予京剧选本的价值定位，又是中国传统文学理论中礼乐诗教观念的具体体现。同时，这种教化功能也是历代官方机构不断推崇的治世之道。

相对而言，民国十二年三月署名石封遯翁的《戏曲大全序》，更将戏剧，尤其是京剧的教化功能予以鞭辟入里的剖析：

《记》有之曰："夫民有血气心知之性，而无哀乐喜怒之常。应感起物而动，然后心术形焉。是故志微噍杀之音作，而民思忧；啴谐慢易繁文简节之音作，而民康乐；粗厉猛起奋末广贲之音作，而民刚毅；廉直劲正庄诚之音作，而民肃敬；宽裕肉好顺成和动之音作，而民慈爱；流辟邪散狄成涤滥之音作，而民淫乱。"今则不惟流辟邪散狄成涤滥之音之为足忧也，其形之于戏剧者，眉挑目成，色授魂与，狡童荡女之黑幕，一一揭出之、描摹之，尽态极致，以博社会多数人之欢迎。而世道人心，于是不堪闻问矣。予友顾曲后人，博学多闻，今之有心人也。少习音律，娴于昆曲；长游京师，与汪大头、谭叫天等交，于皮簧一道，尤能探其心得。间一登场，所演皆忠孝节义之剧，一时听者动容兴感，至于泣下。……今之言教育者，义主普及，意非不善；要不从改良戏曲着手，普及殊难言也。……辑选所及，皆有关于世道人心者。区区苦心，期有补于普及教育之主义而已。……读者幸勿与提唱戏曲之书，同类而观也。民国十二年三月石封遯翁序

这篇序文首先是从《礼记》所论之音乐功能理论出发，探讨乐论与风化间的对应关系。《礼记·乐记》有关音乐教化的功能，同时有

载:"凡音者,生人心者也。情动于中,故形于声,声成文谓之音。是故治世之音安以乐,其正和;乱世之音怨以怒,其正乖;亡国之音哀以思,其民困;声音之道,与正通矣。"音乐既是对世情人心的记录与反映,又在一定程度上代表国运政治的发展走向。作者认为以汪桂芬、谭鑫培等为代表的京剧艺术所演皆是"忠孝节义之剧",因此对观众(读者)具有极大的教化作用。同时,作者又从当时戏曲改良的教育普及方面论述,指出《戏曲大全》所选之本"皆有关于世道人心者",并且表达编选作者对京剧选本普及教育功能的价值期望。而事实上,民国阶段的京剧选本编选作者普遍认为"剧本为通俗教育之工具"[①],由此积极进行选本编选工作,以期扩大以京剧为代表的戏剧的教化功能。

然而,值得追问的是:作为阅读文本的京剧选本在其序跋中秉承并鼓吹的礼乐教化功能是否就是京剧及其选本所具体践行的呢?不可否认,京剧中存有大量关于忠孝节义主题的剧目文本,甚至朴素的因果报应思想也是京剧贯穿始终的教化观念。但是我们还需看到,以京剧等为代表的花部地方戏从其崛起并与雅部争胜开始,就以"淫戏"之罪不断遭到官方的防控与打压,尤其对于花部地方戏中的风情、凶杀、强梁一类剧目的禁毁,一直是清朝政府文化管控的重要方向。甚至谭鑫培等人的唱腔,最初也被视作"亡国之音":"惟子(笔者按:谭鑫培)声太甘,近于柔靡,亡国之音也。我(笔者按:程长庚)死后,子必独步,然吾恐中国从此无雄风也。"[②] 因此,京剧选本的教化功能定位虽然一直是序跋表述的核心观点,但是这种定位其实只是序跋作者对中国古代文学理论中礼乐教化观念的继承与发挥。当然,也是对以京剧为代表的花部地方戏的肯定与积极鼓吹。实际上,选本选择的具体篇目大多仍以具有市场商业价值的剧目为准,并且其中部分篇目不仅不符合序跋宣扬的教化要求,反

---

① 钱病鹤、全国名伶:《戏画大观·提要》,上海世界书局1925年版。
② 穆辰公:《伶史》,宣元阁1917年版,第9—10页。

而可能还是清代以来官方不断明令禁演的剧目。故而,序跋标榜追求的教化功能更多出于作者"幸居圣代,借以鼓吹休明"(《梨园集成·自序》其二)的粉饰太平心理,并非京剧选本真正追求的具体价值取向。

伴随文本形态的发展健全,中国京剧选本的功能定位也逐渐从阅读文本的教化人心扩展到了表演脚本的戏学指南方面,这种变化最先体现在标题与解题方面。以《梨园集成》为代表的早期京剧选本在标题命名方面强调"集成",即是对文献整理与汇集的显示,并且这种集成更多指向可供阅读的纸本文献方面。因此,作者又在《自序》其一中声明《梨园集成》的编纂成书是在"非关音律之不谐,实由简编之无据"的指导理念下完成的。随后,"绘图京都××班京调脚本"系列选本的标题强调"脚本",已经显示京剧选本的功能定位开始向表演脚本的层面演进。及至《戏考》出现,其在标题方面强调有"戏"有"考",说明京剧选本包括剧目文本(戏)与文献考述(考)两个方向,二者皆以文本阅读功能为主。但是还应注意,《戏考》又名《顾曲指南》,而以"顾曲指南"作为标题,则将京剧选本的功能拓展到了对舞台表演的审美评鉴方面。因此,"戏考"与"顾曲指南"两种标题的同时使用,说明京剧选本的功能定位不断得到发展与认可。此后,各类谱选类型京剧选本的出现与发展,使表演脚本戏学指南的功能定位更加明确与突出。同时,京剧选本的命名也有直接以《戏学指南》作为标题的情况出现。与标题的功能定位共同发展变化的,还有京剧选本的解题。解题,又称解题广告,"所谓解题广告,就是对题目进行解释、说明,一般位于标题下方,用一段文字对文章的功用、价值、适合阅读范围等进行介绍,便于读者阅读"[①]。京剧选本的解题即是对选本价值功能定位的补充说明。

当然,最能集中体现京剧选本作为表演脚本戏学指南功能定位

---

① 王海刚:《明代书业广告研究》,岳麓书社2011年版,第81页。

的还是序跋与凡例。先看序跋，中国京剧选本的序跋对表演脚本戏学指南的功能定位尤以谱选类型选本最具代表。《二黄寻声谱》及其《续集》等在序跋中对京剧选本作为戏学指南功能价值定位的探讨已经首开先河，而后名伶冯春航在《戏学指南·序》中的阐释则更加细致鲜明：

> 戏剧虽小道，攻习之颇不易。老曲师辈之语曰：一笑、二白、三哭、四唱。唱居最后，白亦列其次；似乎唱白二者，犹不甚难。不知笑诚最难，哭亦诚不易。然笑与哭之为声，究属单纯的而非复杂的，专一的而非兼到的。非若唱口之调门既多，腔尤变化无穷，而科白之悲欢苦乐，尤须随时随地，各适其宜也。故春航谓唱白二者，其下工夫处，虽与哭笑同工，而其费脑力处，实较哭笑有倍蓰之难。即就一句一字而论，亦非咬字必真切，使嗓必轻圆，行腔必有机势，发声必有力量不可。若谭老前辈鑫培者，虽唱白做把四者俱全，然其唱白实尤为近时伶界中之时圣。故其遗音，最为世所宝重。自谭前辈谢世后，外间假托之本甚多。春航方恐其真音之失传，而为之顾虑。适有京友携来真传本多出，并有梅君之工尺，详注其间。春航虽不习此，然为之按拍研读，一试其声，但觉清刚隽上、圆劲流利，恍如亲聆老前辈之雅奏，不禁为之拍案叫绝。而私幸谭老前辈之真传，得以从此不绝矣。惟传抄之中，间有讹字，爰为校订一过，亟怂恿付梓，而并略述其梗概云。吴下旭初冯春航序。

作为"戏学指南"，冯春航在其序文中着重对京剧选本《戏学指南》的功能定位予以详细阐释。序文首先基于"词曲小道"的通俗文体观念指出作为"小道"的戏剧攻习之不易。接着，说明负责戏曲教学工作的曲师对戏曲学习难易程度的认知排序。可以看出，"一笑、二白、三哭、四唱"的戏学理念认为偏于"演"的笑、白、哭重于偏于"唱"的唱；若从"看戏"与"听戏"的观众理论出发，显然

"看戏"重于"听戏"。然而,冯春航认为戏曲表演中,相对唱白的腔调变化和因情适宜而言,哭、笑表演则是较为单质唯一的情感表达。换言之,也即哭、笑只需重"演"的层面,但是唱、白则是既要有"演"还要有"唱",故而唱、白难度大于哭、笑。毫无疑问,冯春航关于戏曲表演的理论阐述是其基于舞台实践的丰富经验上得出的,因此更加符合戏曲学习的难易认知规律。再后,其以"伶界大王"谭鑫培之唱功作为引子,由此说明《戏学指南》所收文本皆为舞台脚本,并以梅兰芳详注工尺作为辅助性"噱头"进行宣传,由此证明选录剧目文本珍贵之处。最后,冯春航以校正作者进行署名,使具有戏学指南功能的京剧选本《戏学指南》更加名副其实。

毋庸置疑,冯春航作为清末民国时期海派京剧的代表名伶之一,其在舞台演出与戏曲教育方面的卓越成绩确实有着独特之处,他在序文中对戏曲教学的指导理论也颇符合实际情况。然而,我们需要分辨的是,《戏学指南》作为表演脚本,它的详细工尺标注与分段教学说明,都是选本功能定位的具体体现,这些表演功能信息的加入,使其在戏曲教学方面的价值追求得到完整展示。但是序文所言选本是谭鑫培真本、梅兰芳标注工尺应属自我矜夸的宣传之词。《戏学指南》所收选本虽然多以老生剧目为主,但是其中部分剧目文本既非谭鑫培所擅演,又非梅兰芳所创编。如第13册所收《晴雯补裘》一种,原为民国五年欧阳予倩与张冥飞合作编剧、欧阳予倩擅演的"红楼戏"之一。其时,欧阳予倩与梅兰芳争相以小说《红楼梦》为底本进行剧目编演,并且由此带来"南欧北梅"的梨园佳话。由此可以看出,冯春航所作《戏学指南·序》中对选本文献的具体来源亦带有"假托真本"之嫌。

相对序跋而言,京剧选本的凡例出现较晚。约从20世纪20年代开始,《京曲工尺谱》(上海世界书局1921年版)、《戏画大观》(上海世界书局1925年版)、《新编戏学汇考》(上海大东书局1929年版)、《二黄寻声谱》(含续集)(上海大东书局1929—1930年版)等选本陆续开始在序跋之后加入凡例,以便更为详细地阐释京剧选本的编选体例及其功能价值。值得关注的是，附有凡例的京剧选本多以谱选类型选本为主，并且在其凡例开篇便对选本的功能定位予以明确昭示：

一　本编为便利学习京胡起见，搜集各种京调工尺，详注板眼，并分二簧西皮正慢各板练习法，冀学者有无师自通之乐。
一　本编因鉴于初学京胡，必须兼习戏剧，特选著名京戏之工尺，附以唱句，日渐练习，不惟能代人拉唱，且可自拉自唱。（《京曲工尺谱》）

一　本书为供有志学习京戏者之研究起见，不论文场武行，凡关于艺术方面，如化装、表情、身段、台步、唱工、说白、工架、武技，以及后场之鼓板、胡琴、响器、切末，后台之规则、拘忌、箱笼、服装等等，莫不分章按节，叙述无遗。
一　本书于叙述艺术之外，更选名伶曲本百数十出，内分生、旦、净、丑等数大部依次罗列，以备研究京剧者之习诵。（《新编戏学汇考》）

一　此谱仿昆曲谱例注工尺点板眼，以便初学二黄者之寻绎，故定名寻声谱。
一　二黄腔调繁琐，初学无所适从，因证之于话匣唱片，以收按图索骥之效。（《二黄寻声谱》）

凡例作为文本发凡体例的具体说明，其在序跋之外对文本的编纂意图、体例标准、价值功能等皆有更为详细的补充说明。通过上引各种京剧选本的凡例可以看出，谱选类型的京剧选本在其凡例写作中率先指出的即是关于选本功用的价值定位——也即戏学指南用书。同时，凡例中对于所选文本的标准要求也有具体说明：或以话匣唱片为准，或以名伶脚本为准等，并且这些标准要求皆以服务于读者学习京剧为中心。相对而言，谱选类型的京剧选本对读者群体的定位与要求要高于剧选、词选类型选本；其在选录剧目文本的基础上，同时附有详细工尺乐谱说明。而以《京曲工尺谱》等为代表的选本认为，工尺乐谱才是其所重点展示的内容，剧目文本更多是为配合京剧音乐学习而列。因此，这类选本的凡例中通常还会详细罗列相关音乐符号说明及其教学演唱方法等。

中国京剧选本的凡例出现时间相对较晚，并且集中呈现在谱选类型选本中的情况，既是因为这类选本对戏学指南的功能定位需要重点阐释，也是由于作为偏于专业性的戏曲教学文本，其中音乐部分的符号意义也需一一注解说明。因此，京剧选本的凡例是伴随谱选类型选本出现的，并以介绍这类选本的功能价值与体例标准为主要内容。通常而言，对于凡例与序跋的内容可以进行互文对读，凡例同时也是对序跋的详细注解。如以《戏学指南》为例，冯春航序文中指出选录剧目来自"京友携来真传本多出"，同时凡例中也在补充说明"搜觅名伶真脚本""本编剧本系从各京友处搜觅而来"等。但是还应看到，凡例在对序跋进行注解互文之外，更为选本的体例格局、功能价值、结构分布以及专业术语等做出详细解释，这些内容则是序跋无法涉及的。因此，凡例对中国京剧选本的理论构建十分重要。"凡例是紧密关联正文本而内容最丰富、形式最具特色的一种类型。凡例在对书籍内容、体例的介绍中，便已深入正文本内部，参与文本意义的阐释或建构。……与序跋相较，凡例也会涉及'书外边'，如说明编纂缘起、过程等文本外围背景，但其主体却是'书里边'，即对文本内容、结构、编纂体例的说明。……换言之，凡例可以包括序跋的内容，序跋却难以包蕴凡例。因此，就总体而言，凡例兼容'书里边'和'书外边'，处于文学外部研究和内部研究的纽结点上，其内容远比序跋丰富，介入正文本的程度也远比序跋深，是确定正文本意义最重要的副文本。"[1] 然而，综合而言，序跋

---

[1] 何诗海：《作为副文本的明清文集凡例》，《文学评论》2016年第3期。

与凡例的相互补充与互文阐释，共同构成中国京剧选本理论建设的基本承载形式，尤其对京剧选本的功能定位与价值取向具有至关重要的作用。

整体而言，作为中国京剧选本最为重要的两种文本功能与价值定位，阅读文本的教化人心与表演文本的戏学指南，是通过选本的标题与解题、序跋与凡例等外在承载形式所具体呈现出的理论特征。除此之外，以王钝根对《戏考》所作的序跋等为代表，也在对戏剧的游戏娱情功能进行探讨。

当然，相对文本标题而言，解题以及序跋与凡例虽然并非京剧选本必备的固定内容，但是它们对选本理论的发展与研究却是十分重要的。尤其对那些版本形态相对精致完善的选本而言，名家序跋不仅成为选本理论的汇集建构之所，而且还是选本宣传传播的重要渠道。如以《新编戏学汇考》为例，前有何海鸣、欧阳予倩、朱琴心、许志豪等十二人的序跋，同时还有夏月润、言菊朋、梅兰芳、程砚秋等十余位时代名伶的题字，这些不仅是文学外部研究的重要内容，而且还是承载选本理论发展的重要形式，因此值得关注。

二 文体意识与剧种独立

京剧选本理论的发展过程同时也是京剧作为戏剧体裁之一，文体意识自我觉醒与探索的过程。在此，我们强调京剧作为一种文体，是因为以其为代表的花部诸腔在其行文表达与音乐系统等方面，迥异于雅部昆腔传奇等。而在以京剧选本为文本中心的文体意识认知过程之中，京剧作为花部地方戏之一，它的剧种独立发展意识也在逐渐明晰。具体来看，京剧选本的标题与解题、序跋与凡例、内容与排序等承载形式由表及里地呈现出选本理论中文体意识自觉与剧种独立发展的有机进程。

标题称名的变化是京剧选本最为直观的外在表现形式，也是对京剧这一新兴剧种及其文体发展认知过程的详细记录。一般认为，"京剧"作为戏曲表演艺术的称名，较早见于光绪二年二月初七（1876

年3月2日）上海《申报》的《图绘伶伦》一文：

> 京师前门外，廊坊头条胡同比户鳞栉，皆系灯铺、画铺，共约五六十家。所售纱绫玻璃各灯，穷工极巧，尽三冬之力制造齐全。每届腊月朔日以至除夕，皆一一悬设，以供主顾购买。举凡稗官传奇以及一切戏出，无不绘于灯扇并屏幅之中，布局命意，颇具匠心，未可以俗工之笔遽行訾议也。其中惟方学圃画铺门前旧悬一额，以作招牌者，上绘昔年弋腔班中十三名脚，各着登场冠服，无不酷肖其人，为道光年间内廷供奉贺公世魁笔也。去腊，方铺于旧额之下新增一额，绘时下名脚五人：小生徐小香作周公瑾装束，老生张喜儿着武乡侯巾服，花旦范松林、正旦时小福、丑脚刘赶三皆各作登场模样；惟小香、松林尤为酷似，真可谓传神之笔。京剧最重老生，各部必有能唱之老生一二人，始能成班，俗呼为台柱子，如上海金桂轩之春奎、景四，丹桂园之孙春恒是也，余皆系陪衬。

应该指出，《图绘伶伦》所称"京剧"是以上海作为地域坐标对北京地方剧种的指代。"京"者代表地域北京，"剧"者代表戏剧艺术。这种称谓内涵虽与后来京剧作为一种地方戏剧种名称的意义不谋而合，但是最初并未真正引起广泛关注。而在此后，"直到1899年底的二十多年里，在《申报》大量相关的报道中，'京剧'作为一个单独的名词，只出现过4次，可见它远非人们对这种戏剧样式的通用称谓。然而此时京剧作为一个独立剧种，早已成熟"[①]。那么，作为已然成熟并且独立的戏剧样式，当时人们对于"京剧"的称名认知有怎样的发展变化过程呢？我们可以文本文献——中国京剧选本的标题与解题为中心，来爬梳京剧文体与剧种的演变路径。

---

① 傅谨主编：《京剧历史文献汇编（清代卷）》第1册，凤凰出版社2011年版，前言第6页。

光绪二年之《图绘伶伦》文章的"京剧"称谓并未得到广泛应用，光绪六年早期京剧选本《梨园集成》出现，它的标题命名将其所收剧目文本笼统归入"梨园"名下，使用戏曲行当的综合泛称指代具体戏曲剧种的类别，并用"集成"强调选录内容的多样性。当然，这种多样性既有可能指其数量，也有可能指其剧种，但是它的标题命名十分模糊。清末民初阶段的京剧选本标题与解题呈现两种现象：其一，是标题"绘图京都××班京调脚本"系列的选本；其二，是北京打磨厂堂印本系列以具体剧目名称作为标题的选本。整体而言，标题称作"京调"，这是当时一种相对稳定并且得到广泛使用的称名方式；"京"者自然仍是地域北京之意，"调"则与"腔"同义，皆是时人对花部乱弹诸种声腔的后缀称谓习惯：

  乱弹戏 自乱弹兴而昆剧渐废。乱弹者，乾隆时始盛行之，聚八人或十人，鸣金伐鼓，演唱乱弹戏文，其调则合昆腔、京腔、弋阳腔、皮黄腔、秦腔、罗罗腔而兼有之。昆腔为其时梨园所称之雅部，京腔、弋阳腔、皮黄腔、秦腔、罗罗腔为其时梨园所称之花部也。[1]

  文宗提倡二黄 文宗在位，每喜于政暇审音，尝谓西昆音多缓惰，柔逾于刚，独黄冈、黄陂居全国之中，高而不折，扬而不漫。乃召二黄诸子弟为供奉，按其节奏，自为校定，摘疵索瑕，伶人畏服。咸丰庚申之乱，京师板荡，诸伶散失。穆宗嗣位，乃更复内廷供奉焉。
  先是，京师诸伶多徽人，常以徽音与天津调混合，遂为京调。然津徽诸调，亦均奉二黄音节为圭臬，脚本亦强半相同，故汉津徽调皆可通。文宗后益有取于汉黄，而诸人固能合众长

---

[1] 徐珂：《清稗类钞》第 11 册，中华书局 1986 年版，第 5015 页。

为一者也。①

> 昆曲戏与皮黄之比较　昆剧之为物，含有文学、美术（如《浣纱记》所演西子之舞）两种性质，自非庸夫俗子所能解。前之所以尚能流行者，以无他种戏剧起而代之耳。自徽调入而稍稍衰微，至京剧盛而遂无立足地矣。此非昆剧之罪也，大抵常人之情，喜动而恶静，昆剧以笛为主，而皮黄则大锣大鼓，五音杂奏，昆剧多雍容揖让之气，而皮黄则多《四杰村》《蚪蜡庙》等跌打之作也。②

通过上引三则文献材料可以看出，皮黄、京调、京剧等名皆是当时对"京剧"的指称，并未统一。"乱弹戏"条目中"京腔"一名应是清代以来，北京地方戏之称，其与秦腔等名相同，并非指代现代意义上的京剧声腔，而其中"皮黄腔"才是现代意义上京剧的前身。而在"文宗提倡二黄"条目中，则以"二黄"指代京剧，同时"京调"也有京剧之义。"昆曲戏与皮黄之比较"条目中，"皮黄"与"京剧"则是同义互换，用以区别"昆剧"或"昆曲戏"。这种对戏剧艺术样式称名的混乱，折射出清末以来花部乱弹与雅部昆曲之间相互交融、交缠的复杂样态。然而当时京剧选本统一命名"京调"实际上反映出京剧发展至此，对于编者、读者以及观众而言，仍然处于一种地方性声腔小调的共同认知状态，尚未真正形成"戏"或"剧"的更高级别表演艺术形态。而在称作"京调"的同时，"二黄"或者"皮黄"称谓也是当时选本解题方面较为常见的现象。在以北京打磨厂为代表的堂印本系列选本中，它们虽以剧目名称作为标题，但是通常来说，标题下的解题说明则有"京调名伶准词""京调名角准词"之类文字，用以指称此类选本的剧种属性。同时，

---

① 徐珂：《清稗类钞》第 11 册，中华书局 1986 年版，第 5017 页。
② 徐珂：《清稗类钞》第 11 册，中华书局 1986 年版，第 5017—5018 页。

以东京大学等为代表的部分馆藏机构对此类选本的文献分类也以"京调"署名。由此可见，京调的称名已经得到较为广泛的认可。而在京剧选本产生以至1949年以前，选本标题中"京调"一名的使用不仅最为广泛而且时间跨度也相对较长。

而在"京调"命名之后，民国时期的京剧选本标题先后呈现出两种趋势：其一，约在1937年以前的选本多以"戏"字命名，如《戏考》《戏曲大全》《戏本》《戏出大观》等；其二，约在1937年以后的选本则以"京戏"命名，如《京戏考》《京戏大观》《京戏汇考》《京戏指南》等。那么，从"戏"到"京戏"的命名变化，反映出怎样的文体意识与剧种观念变化呢？我们认为，前期以"戏"为名的选本虽然也是京剧选本，但是其中所收之"戏"并不止京剧一种，还可能包括昆曲、梆子、汉调、鼓词等其他戏曲甚至曲艺种类。可以看出，这是一种相对广义而又较为混乱的统称方式，只能以"戏"之名对其进行全部涵盖，即便京剧一直是其中最为重要的一种戏曲（曲艺）类型，但是并非唯一的类型。因此，部分选本还要对所收之"戏"进行更为详细的二级分类，用以区别戏曲（曲艺）间的种类差异。相对而言，后期以"京戏"为名的选本已经将京剧作为一种独立的戏曲剧种进行集中关注，既不再称"京调"而自我"降低"身份，也不单独使用"戏"字混乱剧种差异。"京戏"一名有地域、有剧种，更加独立完整地呈现出京剧作为戏曲剧种之一的身份特征。并且，"京戏"一名的使用一直延续到1949年以后，1953年上海文元书局的《全出京戏考》及1954年上海汇文书店的《全出京戏剧本》等都是"京戏"之名的选本呈现。

当然，在"京调""京戏"等标题称名的发展过程中，"京剧"一名间或夹杂使用。1923年上海文明书局《戏曲大全》是以求全为主的综合类型戏曲选本，其中进行二级分类即用"京剧"命名，1939年天津诚文信书局《京剧大全》、1946年上海春明书店《京剧大观》等，也是直接以"京剧"作为标题。但是仍应指出，"京剧"作为选本标题或解题的情况在1949年之前一直未能得到广泛认可或使用；而在 1949 年之后，"戏"或"京戏"的标题称名仍在延续使用。至于"京剧"一词在选本中得到固定使用，并且逐渐普及开来，则是在 1953 年《京剧丛刊》与 1957 年《京剧汇编》相继问世与连续出版发行以后才有的情况。

至此，对于中国京剧选本标题与解题的梳理已经完成。可以看出，在中国京剧选本诞生至今的 150 余年中，"梨园""京调""戏""京戏""京剧"之名相继出现；期间"二黄"与"皮黄"等声腔板式之名也被用来指代京剧。这种称名方式看似相互交杂混乱，但是其中却有一个逐渐明晰的自我认知探索进程。从"梨园"的笼统含混到"京剧"的具体清晰，中国京剧选本标题与解题的发展过程实际就是京剧作为一种新的戏曲文体样式与剧种类别不断独立与成熟的历史演进过程。其中，"京调""京戏"等名也是京剧选本称名发展逻辑中的重要环节，它们共同构成京剧文体意识觉醒与剧种独立发展的全部过程。

相对标题与解题的简单直接，序跋与凡例对中国京剧选本理论的阐释因篇幅的扩展而更加详细明确。《梨园集成·自序》两篇最为鲜明的理论特征呈现在对戏曲选本中雅俗未能共赏、南北音韵各异、简编之出无据三大问题的探讨方面，进而编者秉持"删除淫艳""汇集大成"的辑录标准与主旨思想，体现出对花部皮黄选本强烈的文体拔高意识。这种文体拔高思想其实是对清代后期花雅之争戏曲格局的积极回应，希冀花部皮黄选本能够出现"《三都》乍出，尽是传钞""价重鸡林"的传播局面，同时也是出于对花部戏曲读者接受的期待心理。但是应该看到，《梨园集成·自序》两篇的雅俗之辩，以及对于阳春白雪、下里巴人的审美区分，都是在文体自重的预设前提下，对皮黄选本的美化与拔高，甚至以期模糊花、雅间的界限。而在此后，《二黄寻声谱》（含续集）等选本在其序文中，开始对以二黄（京剧）为代表的花部与以昆曲为代表的雅部戏曲剧种文体间的美学异同进行探讨。"昆病艰涩，秦病荡靡，徽、汉并患鄙俚。刚柔相济、从容大雅，厥惟京剧。盖自长庚、三胜、九龄取中州之声而运以湖广之韵，取精用宏，遂执剧坛牛耳。鑫培晚出，更集大成；其艺如烈日当空，爝火自熄。京剧门户，日益昌大。"[①] 显然，序跋作者认为昆曲、秦腔、徽调、汉调等皆有难以调和的弊病，只有京剧一种博采众长，成为戏剧艺术的集大成者。而在具体阐释京剧文体观念的论述中，一般仍以乱弹与昆曲作为对举概念，同时使用"皮黄""旧剧""中国戏"等文体术语指代京剧。并且值得关注的是，京剧选本序跋的写作几乎都是立足于大的"戏剧"观念，进行探讨京剧与社会教化、政治变革等的关联作用，鲜有单纯使用京剧或者相关专有术语用以统摄全文的。

那么，京剧选本序跋中为何使用戏剧观念取代京剧观念呢？我们认为原因大致如下。其一，戏剧作为统称术语，概念内涵更为广泛。部分选本虽以京剧为主，但是实际所选剧目文本却非仅有京剧一种，因此使用戏剧概念可以涵盖种类繁多的各项表演艺术样式。其二，以戏剧作为通俗教育之工具是清末民国时期进步文人对戏剧文体的综合认知，京剧即是其中之一。其三，各类选本虽以戏剧观念贯穿全文，甚至使用"戏"字命名，但是具体选录内容仍以京剧剧目为主。因此，其在实际上证明了京剧是当时戏剧种类中最为繁盛的一种。其四，单就京剧文体及其剧种独立而言，虽然作为表演艺术的京剧已经成熟稳定，但是作为一种可以留存纸本文献的戏曲文体或者剧种，京剧还是略显稚嫩。因此在其称谓尚未达到完整统一的阶段，各家说法也就倾向于选取更为广义的戏剧概念。整体而言，中国京剧选本的序跋一直缠绕在花雅之争的戏曲史学格局方面，并用乱弹统称包括京剧在内的各种花部地方戏。毋庸讳言，这种花雅之争的论辩实际是对以京剧为代表的花部剧种的积极肯定，序跋往往通过"论辩"之名不断模糊花、雅间的边界，进而借以抬高京剧的地位。由此可见，京剧作为一种相对后起的剧种，已然得到广泛认可。

[①] 参见郑剑西《二黄寻声谱》，上海大东书局1930年版，刘序第1页。

相对序跋，凡例因其需对京剧选本的体例进行详细阐释，因此其在称名方面一般直接使用标题（如"二黄"等）或者当时相对通行的"京调""京戏"等名称。但是应该指出，京剧选本的凡例已经开始关注京剧行当体制的建构与发展。"分类周详　本书内分京戏、梆子、汉调、昆腔、大鼓、小曲六门，而于京剧中又分须生、老旦、青衣、花旦、武生、大面、小丑七种，门类清晰，极易翻查。"（《戏画大观·例言》）"本书于叙述艺术之外，更选名伶曲本百数十出，内分生、旦、净、丑等数大部依次罗列，以备研究京剧者之习诵。"（《新编戏学汇考·凡例》）"此谱举生、旦、净、小生、老旦诸曲及二黄、西皮种种腔调各备一格，庶供摹仿。"（《二黄寻声谱·凡例》）可见，凡例中对京剧选本按照行当发展情况的分类体制标准，实际反映出京剧剧种角色行当机制建设的具体与完整。并且，京剧选本的文体发展与编纂体例可以依据京剧行当的完整机制进行分门别类，从而构建出一种门类健全、行当清晰、索引便利的选本体制。

如果说中国京剧选本的标题与解题、序跋与凡例是在显性阐释京剧文体的发展与剧种独立的过程，那么其内容类型与排序方式则是在隐性呈现理论批评的发展演变。具体来看，内容类型与排序方式对选本理论的隐性作用可以包括以下几个方面。

其一，中国京剧选本在戏曲文体方面呈现出从含混不清到明确辨体的演变轨迹。具体情况如下。

首先，如《梨园集成》收剧48种，并未明确区分皮黄与昆曲间的文体差异，因此导致其后相关研究对其中皮黄与昆曲的具体选录数目与文体区别一直未能达到统一认知，甚至石兆原认为其中包括秦腔戏本3种。[①] 这种戏曲文体间的混淆既是由于编者"雅俗共赏""雅俗兼收"标准理念的作用，也是对清代同治、光绪年间昆曲、皮黄舞台演出与戏班组建相互交叉融合的历史现实的客观呈现。此外，

---

① 参见石兆原《读〈梨园集成〉》，《文学季刊》1934年第1卷第2期。

造成《梨园集成》戏曲文体含混不清的原因还应包括选本排序分类标准的特殊性。《梨园集成》首创以剧目文本故事朝代为纲的排序方式，虽从题材来源方面清晰勾勒出了选本文献的分布样态，但却忽略了戏曲文体间的客观差异。这种皮黄与昆曲兼收而又相互混乱的排序现象，综合反映出了早期京剧选本文体意识薄弱、戏曲剧种相互掺杂的理论特征。

其次，随着花部戏曲的崛起，尤其是京剧发展的成熟稳定，中国京剧选本开始关注并且区分戏曲剧种间的文体差异。清末民初，"绘图京都××班京调脚本"系列选本是以京剧为主的选本，但是其中部分选本仍然选录同属花部戏曲的梆子腔戏本。如以清末上海集成图书公司的《绘图京都三庆班京调》12集为例，这类选本标题虽以"京调"为名，但是其中部分集册则以收录梆子腔戏本为主。当然，值得肯定的是，在以收录梆子腔戏本为主的集册中，封面标题同时明确标注"绘图山陕梆子调×集"；并且选本的整体排序仍是先京调而后梆子，从而既能显示出二者间的剧种区别，又可反映出文体间的主次差异。这类选本虽有京调、梆子兼收现象，但是梆子腔戏本的占有比例却一直呈现下降趋势，这也从另一个侧面折射出京剧与以梆子等为代表的花部戏曲在不断进行文体间的区隔与分离，京剧作为新的剧种，在不断以独立姿态进行选本编纂与发展传播。

再次，在各类以"求全"意识为指导的戏曲选本中，京剧在数量、排序、分类等方面均有绝对优势。《戏考》作为民国时期规模最大的戏曲选本，所收剧种包括京剧、昆曲、梆子等，但其仍以京剧为主。相对而言，1923年上海文明书局的《戏曲大全》是以"求全"为典型的选本，其在内容分类与具体排序方面即有十分显著的差异：京剧102种、广东剧2种、昆剧16种、昆滩10种、大鼓词13种、弹词8种、道情2种，总计153种。可以看出，京剧一类不仅数量方面独占鳌头，而且排序亦是位列第一。需要指出的是，《戏曲大全》对所选戏曲（曲艺）类型的排序并非按照所收文本的数量多寡进行的，而是大致按照剧种流行程度展开。《戏曲大全》作为上海地方书局编纂的戏曲选本,它在剧种选择与排序先后方面实际代表了当时上海地区戏曲舞台的综合发展样貌。"在20世纪的前五十年,上海是一个重要的戏曲码头,外地稍大一点的剧种都有到上海演出的经历,如京剧、越剧、评剧、秦腔、川剧、淮剧、扬剧、绍兴大班、常锡滩簧、宁波滩簧、苏州滩簧、黄梅戏等,是自然而然的事。京剧因其唱腔为各地人喜闻乐唱且被观众拥戴为菊坛霸主,而深深地扎根于上海滩。……唯有远离上海的广东粤剧,在1910年代至1930年代不但驻足上海,而且能盛行二三十年,这对于今天的人来说,是难以置信的。……能引起上海新闻媒体高度关注的,在戏曲剧种中,除了京剧,没有哪一个超过粤剧。"[1] 由此可以解释京剧在当时戏曲选本中的独立地位与势力影响,同时也可说明仅有两个剧目文本被选录的广东剧(粤剧)为何在《戏曲大全》类选本的排序仅次于京剧。

最后,京剧选本的独立发展。在《戏考》《戏曲大全》等"求全"意识明确的选本之后,京剧选本的发展便以更加明确与独立的姿态进行。20世纪30年代以后,京剧选本并列其他戏曲剧种的现象逐渐消失,京剧作为一种独立新兴并且成熟稳定的戏曲种类,它的选本文体观念也呈现出从含混不清到分类明确再到纯粹独立的演变过程。应该指出,以京剧选本为代表的文体观念的自觉发展进程即是京剧剧种成熟独立的进化过程,同时也在其中呈现出近代以来花雅之争以及花部地方戏诸种声腔不断交融、区分,而又各自独立的历史演进过程。

其二,中国京剧选本的选篇排序方式代表着京剧剧种内部行当建制的发展轨迹,以及由此演变生成的京剧流派艺术不断发展、独立与壮大。其实,《梨园集成》断代选刊的排序方式并未得到普及。相对而言,清末民初以《消闲录》等为代表的抄本形态选本节录某

---

[1] 朱恒夫:《粤剧1910年代至1930年代在上海繁盛的原因》,《戏剧艺术》2018年第3期。

一行当角色唱词底本的方式则被广泛承继。应当指出，这类行当角色唱词底本集中抄录的选本形态，最初应是伶人学习某一行当剧目的文献留存。然而伴随京剧剧种的日益成熟与稳定独立，京剧行当内部的划分标准不断明确、类别也在日趋细致。如在《梨园集成》中，角色行当的使用相对比较混乱，并且保留许多昆曲角色的使用方式，如以"占"代"贴"（副角，不分男女），或以"旦"扮演男性角色（如《长坂坡》之孔明、《祭风台》之蔡中、蔡和等皆由旦扮演）。"考旦可以去男性（推而言之，即角色不分扮演之性别。）在昆剧中为例甚多，如，《闻铃》之唐明皇，《战代州》之李鸿基皆是也。而在皮黄中则甚为少见。盖咸同时戏院，多昆乱并奏，兼演秦腔者亦有之，角色沿昆剧扮演，甚属可能。泊后昆剧渐微，皮黄角色分工渐清，此种扮演，遂成历史上之陈迹矣。"①

《梨园集成》作为戏班脚本的集中呈现，确实保留着咸同以及光绪初年昆曲行当的扮演方式，但在此后，京剧行当不断发展壮大、分工日益明确，京剧选本的体例排序也随之发生改变。1923年的《戏曲大全》与1926年的《绘图京调大观》等选本，皆以行当作为细致区分标准，并且呈现出生、旦、净、丑收剧数量依次降低的排序方式，由此成为此后选本行当排序的基本范例。中国京剧选本行当排序体例的建构，不仅代表着京剧表演体制分工的成熟与稳定，而且由此带来各类行当中流派艺术的发展与壮大。应该看到，从角色唱词底本到行当分工选本，从演员演出剧本再到流派唱腔选本，这是中国京剧选本对京剧表演体制发展与完善的忠实记录，同时也是京剧作为独立剧种日益稳定成熟而又自我建构完整清晰的有机进程。

其三，中国京剧选本选篇内容类型的变化，隐性显示出京剧市场需求的分化与读者接受审美的差异。中国京剧选本从剧选到词选再到谱选，选篇内容类型的演变是基于京剧演出市场的发展变化。

---

① 石兆原：《读〈梨园集成〉》，《文学季刊》1934年第1卷第2期。

从全本到折子、从名伶唱片到精彩唱段、从阅读文本到表演指南，京剧选本择选重心不一、类型各异的文献特征，既是京剧舞台的更新演进规律呈现，也是京剧选本发展过程中，依据读者接受美学差异所不断做出的更新与调整，从而使选本能够做到花开各异而又与时俱进。

通过对中国京剧选本标题与解题、序跋与凡例、内容与排序等外在承载形式的梳理、归纳与解读，可以看出选本理论的重要内涵价值主要包括两个方面：一是对京剧选本作为纸本文献的文本功能与价值定位的探讨，二是呈现京剧作为新兴戏曲剧种自我文体觉醒与剧种独立的发展历程。需要指出的是，标题与解题、序跋与凡例、内容与排序等外在表现形式对京剧选本的理论批评是以选本作为整体而进行的宏观批评，并且还有可能扩大到京剧选本以外更为广阔的戏剧及其选本领域。然而，对于选本所收具体剧目文本的理论批评，则是中国京剧选本理论研究的另一个范畴。

第二节　京剧理论

中国京剧选本之所以会有选本理论与京剧理论的明确区别，是因为从《戏考》开始，针对入选剧目的文献考述与文本批评开始成为一种新的理论承载范式。这种范式的建立与延续，不仅使剧目文本的考述与评介成为京剧选本内容的有机组成部分，而且由此开拓了专门针对剧目文本的文学批评以及关于舞台表演的观演批评等理论新领域，进而使中国京剧选本的理论特征由选本理论更加细致化、具体化地发展到了京剧理论领域。

一　剧目文本的文学批评

中国京剧选本作为文本中心的集结场域，其在序跋与凡例中，或多或少会有谈及剧目文本删改以及剧目文学鉴赏与批评的内容。

此外，1911年9月8日开始，上海《申报·自由谈》栏目连载吴下健儿的《戏考》评论文章，随后同名京剧选本《戏考》诞生，每剧之前附有相关"述考"内容，由此成为选本对剧目文本文学批评的重要承载形式。

中国京剧选本的序跋对选录剧目文本的文学批评最先宏观地呈现在"删改"方面："怕混鱼目，市上草笺。迩来频约善才，删除赝本；用是掇罗妙曲，汇集大成。""幸居圣代，借以鼓吹休明；消此浮生，用是删除淫艳。"可以看出，《梨园集成·自序》两篇出于对选本文献鱼目混珠的顾虑，而对所选剧目进行删改修订。其实，关于中国古代文学最早的诗歌总集《诗经》的成书过程即有"孔子删诗"一说。而在中国文学总集或者选本发展过程中，删改一直是文学批评的重要表现方式之一。《四库全书总目》有言："文籍日兴，散无统纪，于是总集作焉。一则网罗放佚，使零章残什，并有所归；一则删汰繁芜，使莠稗咸除，菁华毕出。是固文章之衡鉴，著作之渊薮矣。"① 因此，"删汰繁芜"的文献整理方法即是中国文学总集与选本进行文本整理、选择、批评的具体指导方式之一。

此后，序跋对京剧剧目文本的文学批评更加细致、具体、深入，其中代表则是1929年上海大东书局《新编戏学汇考》编辑作者之一的吴兴凌善清所作《编者凌序》一文：

> 予固不知戏，沈子对于皮黄之学亦一知半解之流。故是书之出版，能否有裨于皮黄而足餍阅者之心，不可知。要其希冀乱弹之中兴而思有以保存其固有之艺术，则区区之心所敢自信者也。或者又曰，如子言乱弹之宜保存固矣，奈其词曲鲁鱼亥豕不通特甚，不足以入大雅之目乎。曰是又不然，乱弹剧本之文字，固不及昆曲，然大都亦出于文人之手笔。间有伶人自撰者，其词句初亦未尝不琅然可诵。特伶人教曲，师以口授，徒

---

① （清）永瑢：《四库全书总目》下卷，中华书局1965年版，第1685页。

以心记，退而笔之，识字不多，只记其音，而不讲求其字义。如书"带马"为"代马"之类，比比皆是。（予辑戏曲编时，见《四进士》中黄大顺所念引子中有"朝外边侍郎，莫登天子堂"句，大奇。几费思索，始知为《神童诗》中"朝为田舍郎，暮登天子堂"之讹，不禁哑然。又《断太后》净唱"想是妖魔亡梁到"，"亡梁"二字费解，当作"魍魉"。诸如此类，不胜枚举。《捉放曹》名剧也，曲中陈宫之做场诗："头戴乌纱奉孝先，思想开国万民欢。家严有语呼兄弟，得配汪洋水底天。"真不知所云。拟依原诗中字音之阴阳尖团而润饰之。某君力持不可谓戏剧系另有一种学识，不能拘泥文字之通否是。则非予所敢知矣。）故出之于口，则听之颇了了；阅其脚本，则殊难索解。坊间之录其词而锲以行世者，复将错就错，不加校正，辗转相讹，不堪卒读。此皆传者之误，而非编剧者之过也。予尝于剧中之动作，而验其含有文学之价值而知之。

通过上引《编者凌序》的部分论述可以看出，《新编戏学汇考》的编辑出版是对清代以来乱弹剧本文学误漏百出、文辞粗糙、文理不通等的拨乱与纠正。作者认为乱弹戏剧文本虽然未像昆曲一样皆是文士大夫所作，但其文学辞采方面一样具有琅然可读之功。然而，由于当时伶界师徒口授心记的传播方式，最终导致剧目选本中的鲁鱼亥豕之处不胜枚举，进而导致京剧选本的文学色彩削减弱化，甚至难以卒读。同时作者指出，造成这种不良结果的根本原因是在乱弹戏剧的传播渠道方面，"而非编剧者之过也"。从而作者举例说明《新编戏学汇考》对剧目文本文学批评的具体工作，其以《四进士》《断太后》《捉放曹》等具体文本中的引子、唱词、定场诗句等为例，详细阐释京剧剧目文本传播过程中的讹误现象，并且由此指出其对剧目文本的修改校订工作。毋庸讳言，编者凌善清对京剧个案文本文辞鄙俚、讹误的举例分析，实际以小见大地折射出清末以来中国京剧选本的整体生长样态。这种剧目文本辗转讹误的尴尬现象，既有"手民"文学水平的限制性因素影响，更有雅俗文学分野、花部乱弹久遭轻视的文学观念作祟。《新编戏学汇考》通过《编者凌序》表现选本对剧目文本的删改以及由此带来的更深层面的文学批评的发生，则是此后中国京剧选本不断进行自我调整与努力践行的方向。

中国京剧选本对剧目文本的删改批评集中呈现在1949年以后，尤其是在20世纪50年代"戏改"工作具体展开之后。1953—1959年中国戏曲研究院出版《京剧丛刊》50集即是对于20世纪50年代"戏改"工作的具体践行，其在"编辑凡例"中指出："凡传统剧本，都是根据目前舞台上流行的底本进行整理的。其中若有比较重要的改动，即在每剧的'前记'或'附注'中有所说明。"删改剧目文本几乎成为《京剧丛刊》编辑整理工作中的一项重要标准，这种删改既是对当时"戏改"工作的积极响应，同时也是京剧选本文学批评环节的具体展开与实践。

从1957年开始，北京市戏曲编导委员会编辑出版《京剧汇编》109集。尽管该种选本的编选初衷是对剧目文本进行原样呈现，"《京剧汇编》是京剧艺术遗产的忠实记录，也是它与《京剧丛刊》中所收剧目的不同之处"[1]，"此书与《京剧丛刊》不同，全部收录未经加工的传统剧目原本"[2]，但在实际层面，《京剧汇编》所收剧目文本仍然无法完全做到"未经加工"。其在"前言"中指出："'京剧汇编'所收的剧目，曾搜集同一剧目几种不同的底本，加以校勘；或请在京的老艺人帮助订正；年久失传，暂时无法考证的孤本，仍照原本刊出。校勘的工作，以尽可能保存原来面貌为原则，仅对原本中错别字和不够通顺的句子，加以改正；间有过分冗杂，而无保

---

[1] 北京市艺术研究所、上海艺术研究所编著：《中国京剧史》下卷，中国戏剧出版社2000年版，第101页。

[2] 北京市艺术研究所、上海艺术研究所编著：《中国京剧史》下卷，中国戏剧出版社2000年版，第317页。

留必要的字句，在不损害原意的条件下，略作删动。"因此，《京剧汇编》中真正能够做到"原本刊出"的剧目文本仅有那些不能形成对校的"孤本"。然而即便如此，"孤本"中的错讹不通之处仍是选本删改工作的必行之处。应该指出，以《京剧汇编》为代表的选本无法真正做到"原本刊出"的原因，一方面是长期以来中国京剧的剧目文本在其流播过程中几无定本而又难免存在错讹；另一方面则是由于选本作为某类文学作品的选录与集结中心，编选过程之中秉承编选作者的主体意识进行"整齐划一"的删改与批评，本就属于文学选本生产过程中的必要环节。

然而，中国京剧选本发展过程中，对于剧目文本的文学批评不仅止于删改错讹文字、不通唱词等较为显见的外在层面，更是借此展开对剧目文本结构布局、关目情节、角色形象等内在文学要素的具体揣摩、修缮、批评。中国文史出版社2005年版《李瑞环改编剧本集》之"后记"以及每剧"编者附记"皆对剧目文本的改编过程进行详细记录，通过改编对蕴藉其中的文学特质予以更加深刻地阐释："他（笔者按：李瑞环）坚持'先继承后发展、继承与发展相结合'的思路，对不同的版本反复比较，取长补短，千方百计保留原剧的优点和特点，能留尽留；同时在结构上巧为剪裁，在文字上精雕细刻，芟除枝蔓，减少重复，增减并改，弥补缺陷。有些关键词句更是细致推敲，刻意求工。……瑞环同志改编的这些剧本，力求主题突出、立意高远，使人物形象更加鲜明，结构情节更为合理……有些时候，所提意见虽然是小改小动，同样会使剧情合情合理，唱词通顺优美。"① 可以看出，《李瑞环改编剧本集》对京剧剧目文本的改编，主要体现在有关唱词文采的删改润色、剧目结构的精简立体、主题思想的突出鲜明、角色形象的丰富饱满等几个方面。而在具体以《雷峰塔》《女起解》等为代表的个案文本中，唱词的增删、结构的调增、立意的凸显等问题，皆是该种选本进行文学批评的具

---

① 李瑞环：《李瑞环改编剧本集》，中国文史出版社2005年版，第188—189页。

体表现。这种由选本作者直接介入剧目文本内部，在整理编选的基础上进行二次创作的方式，不仅是文学批评理论的产生过程，而且也是文学批评理论具体指导、影响文学创作的实践过程。如何改编以及改编之后的实际效果如何，这是此类京剧选本在整理、编选、批评剧目文本过程中所要具体面对与解决的问题。综合来看，以《李瑞环改编剧本集》为代表的京剧选本不同于此前选本相对简单的剧目整理与文本校勘工作，它的改编工作带有文学创作的具体实践与追求，而且始终是在"批判性发展"思维的指导下对原来剧目文本的不合情理之处进行加工与改进。这类选本是将文学批评与文学创作具体结合，并且应用指导选本的编选、修改与二次创作。

其实，从《戏考》开始，中国京剧选本对剧目文本的文学批评不仅包括整理校勘与删改修订，而且具体到了对所选每剧进行剧目"述考"。所谓"述考"，又作"考述"，是京剧选本《戏考》承自《申报·自由谈》之《戏考》栏目，发展而来的一种针对剧目文本的批评方式，也即"戏考"之"考"所具体指涉的内容。京剧选本中的述考环节基本包括三个方面：其一，是对京剧剧目题材内容的文献来源进行溯源；其二，针对剧目文本进行的评介议论；其三，针对舞台演出的审美批评以及基于导演视角的表演批评。而就京剧理论的剧目文本文学批评而言，主要是在题材述考与文本评介两个方面。如以《戏考》第13册大错述考《黛玉葬花》一种为例：

> 林黛玉葬花，为《石头记》中大观园十二影事之一，即第二十七回埋香塚黛玉泣残红之一段。固已尽人皆知，亦无待大错赘述。至编入戏剧，则曾闻樊樊山，已先为兰芳梅郎编排之。梅郎于京师已曾串演，其扮演此剧之摄影，曾见诸本馆所出之游戏杂志中，洵歌场韵事也。惟其脚本则吾未之见。然传闻梅郎于此剧，练成之后，亦不常演。《红楼梦》剧之难编难演，即斯可想见矣。此脚本系予倩所编，复经冥飞、尘因为之润词。其唱白句语，悉从原书中剪裁而出，风雅细腻，洵于剧本中得

未曾有。惟程度过高尚，戏情过幽深冷淡；恐终非今日戏世界中，具一般普通听戏之眼光者，所欢迎也欤！

这段考述文字较为典型地代表了《戏考》中部分剧目文本前的述考内容写作体例。首先，对剧目本事来源进行考证说明，指出京剧《黛玉葬花》取自小说《红楼梦》之具体回目故事。当然，鉴于《红楼梦》之黛玉葬花片段传播广泛，作者略去对其具体故事内容的介绍。其次，梳理戏剧（一般专指京剧）之中黛玉葬花题材的编演情况，指出文人作家樊樊山等人曾为梅兰芳编排该剧，演于北京梨园，并有梅兰芳所演《黛玉葬花》剧照流播市上（《戏考》第15册即有相关剧照），引起其后名伶的竞相模仿。接着，述考作者王大错指出自己并未亲见梅兰芳编演的《黛玉葬花》脚本，深以为憾。因此《戏考》所录《黛玉葬花》一种，乃为海派名伶欧阳予倩所编脚本，又经剧作家张冥飞、杨尘因二人为其润色。对于该本的文本色彩，作者认为"唱白句语，悉从原书中剪裁而出，风雅细腻，洵于剧本中得未曾有"。最后，作者根据梅兰芳版本《黛玉葬花》的实际演出频率，指出该剧"程度过高尚，戏情过幽深冷淡"，舞台演出遇冷的实际情况。综上，即《戏考》对所收剧目的作者身份、本事源流、舞台影响、文学风格等进行述考评介的基本写作模式。其中，针对剧目文本文学风格的批评既是王大错以读者身份阅读欧阳予倩版本《黛玉葬花》的审美感受，又是其以选本述考作者身份对选本读者阅读剧目文本之前所进行的直接引导与干预。因此，这段述考文字既是作者借助文学批评的方式在剧目文本与潜在读者之间进行的沟通与互动，从而在文本与读者之间充当解说引领的桥梁作用；又有作者针对舞台表演发出的观感体验说明，以及基于导演视角的评论指导。

综合《戏考》以及其他同类选本中相关剧目文本前的述考内容来看，中国京剧选本的述考评介主要是对剧目文本的题材源流、内容主旨进行梳理、考辨与概述；从而在此基础上，对剧目思想的微

第四章 理论形式与内涵价值 261

言大义进行阐释,以期彰显蕴藉其中的人生哲理与教化观念。值得关注的是,《戏考》中存在先后收录同一剧目的两种或多种脚本的情况,那么对于这类情况,它的述考评介又是如何具体展开的呢?我们试以《戏考》第 1 册所收《双狮图》(一名《举鼎观画》又名《薛蛟颁兵》)与第 23 册所收《举鼎观画》(一名《双狮图》)之剧前考述为例,对其进行对比分析:

> 唐武则天时,薛刚闯祸,满门抄斩。刚逃出占据寒山,积粮招兵,为报复之计。时刚兄猛,被武三思全家诛戮,有儿蛟,尚在襁褓,亦将受戮。猛有至友徐策,服官在朝,闻信后,往法场祭之,暗将己儿藏之金斗,换出薛蛟,以留薛门后裔。行刑时策子被狂风吹去。迨蛟年长,膂力过人,策亦拜相。一日策往朝堂,蛟与书童至门外,将石狮举起戏玩,适徐相回府,见狮易处,问书童知蛟所为。乃唤蛟入祖先堂,观薛家被难图。蛟莫明其故,策为细讲当日冤情,声明蛟非亲生子,实薛门后裔。蛟闻言大哭,誓必报仇。策乃修书付蛟,嘱至寒山助叔报仇。剧中白口至"家院磨墨伺候",接唱一段,全神贯注,疾徐高下,最难得中。前在春桂,听刘鸿声唱,最为出色。其后跑城,乃策子回来,做工首推三麻子。(《戏考》第 1 册《双狮图》)

> 京戏脚本,初时悉本乱弹。自京津以及皖汴汉越江湖各班,无不翕然宗之。虽腔调或异,而曲本则遵守前规,南北若合一契。自山陕班入京,分得一席地,积渐而盛行于南省。近且江湖班中,亦皆京腔秦腔夹杂演唱,于是乱弹之樊篱尽破,而一戏遂有两脚本矣。如《南天门》《曹福登仙》,《汾河湾》《仁贵回窑》,《玉堂春》,《蝴蝶梦》,《忠孝图》等,不一而足。此外则辗转相授,口传或误,旋经名伶窜改订定,因此亦不免稍有异同。此剧本已见诸第一册中,因其前数场稍有歧义处,故特再觅得叫天、鸿声两名伶所唱之真本,亟为披露,以饷读者。

当亦研究戏学诸君所急欲一睹者乎。至其剧中情节考实,已详前编,不复赘述矣。(《戏考》第23册《举鼎观画》)

对比可知,《戏考》对于同一剧目《举鼎观画》不同脚本的载录述考,内容侧重差异鲜明。当其首次出现于选本之中,《戏考》的述考内容主要包括两个方面,其一是对剧情故事的梗概陈述,其二是对舞台表演的审美评介;二者相较,重点在于剧情概述方面。这种述考方式是《戏考》中最为普遍通行的行文体例,尤其关于剧情梗概的陈述方面,也是《戏考》之后附有剧情述考内容的同类选本惯常采用的方法。毫无疑问,《戏考》之"考"首先即是对剧目文本的题材源流及剧情内容的考辨概述。这种行文体例一方面带有清代以来考镜源流的学术传统,另一方面,就其整体内容与风格而言,则是更多偏于文献综述与故事提要内容的写作,客观呈现出一种"述"多而"论"少的格局。那么,这种以"述"为主的剧前考述又是如何以文学批评的姿态具体介入京剧剧目文本中的呢?我们可以借助作者与读者身份的重叠,以及正文本与副文本的互文相关等文学理论方法对其进行详细阐释。

作者与读者的身份重叠方面:述考内容作者的第一重身份并非作者,而是剧目文本的读者。然而作为读者,其所阅读到的剧目文本内容是十分有限的——这是因为京剧多以折子戏本为主,而在折子以外,同时又与折子以内的剧情故事密切相关的内容则是读者无法通过剧目文本所能完全获知的。例如《举鼎观画》中,薛刚闯祸与徐策换子的剧情背景则是另一折子戏本《法场换子》所重点演绎的,作为读者无法从有限的折子戏本《举鼎观画》中得知详情;即便剧中"观画"一段,老生徐策对此段背景有所转述,但是并不详细。那么,此时述考内容作者的第二重身份,也即作者本身的作用也就得到具体发挥。作为作者,其在提炼概括剧目文本的发展源流与剧情梗概之时,需要重新按照形成定式的"述考"体例对其进行叙述。这种叙述既是对剧情故事的书写与重组,又有关于剧目文本内容之外的文献梳理，以及相关剧情前史（或者后史）的延展。因此，通过作者身份带来的述考内容实际远远超出读者身份的剧目文本阅读体验，但是作者身份的展现与应用又是在读者身份阅读剧目文本的前提下得以实现的。而以作者身份最终完成的述考内容，又给京剧选本的读者在正式开始阅读剧目文本之前提供了一种详细解说与综合导读的功能。并且，述考内容的解说与导读实际带有述考作者对剧目文本的主观审美感知，这种审美感知最终又会影响选本读者的阅读体验。

正文本与副文本的互文相关方面：副文本概念是由法国文论家热拉尔·热奈特于20世纪70年代末期率先倡导使用的，随后广泛应用于中国文学研究的相关领域。一般认为，副文本是相对于正文本而言的，二者共同构成全本文（或称文本）。但在中国京剧选本方面，其所具体选择的剧目文本或者唱段乐谱应是正文本，此外附着在全文本上的其他相关文本内容皆是副文本。述考内容作为副文本之一，它与正文本剧选的关联程度相对插图、序跋等其他副文本内容而言，则是最为密切的。作为副文本的述考，不仅是对正文本剧目文本的提炼简介，而且还有可能对正文本表达缺失的内容进行补充叙述——如在《双狮图》的述考文字中，对剧情前史的相关叙述。同时，正文本剧选可以视作对副文本述考内容的具体演绎或者详细阐释。应当指出，正文本剧选与副文本述考在对同一核心内容进行不同文体间的表述与演绎时，二者之间形成了跨文体的互文效果，也即戏剧文体的剧目文本与散文文体的剧前考述同时对"举鼎观画"这一核心主题进行不同程度的书写呈现。因此，以"述"为主的述考内容对剧目文本的文学批评既是述考作者作为读者身份接受审美的理论诠释，又是站在作者角度引领阅读的批评导论，同时还是其以副文本形态的散文文体对正文本形态的戏剧文体的跨文体阐释与互动。

而当同一剧目《举鼎观画》的不同脚本再次出现时，述考内容直接略去剧情概述部分，而将重心转移到了不同脚本产生的具体原因以及由此引发的更为广阔的戏剧史学发展背景方面。作者对京剧与其他乱弹剧种的交叉关系进行勾勒，由此指出伴随京腔与秦腔互相夹杂演唱的演出历史背景，"一戏遂有两脚本"的剧目文本发展格局也就因此得以形成。而对同一剧目两种脚本的文献功能，作者认为至少包括两个方面：一是针对一般读者而言，可供阅读鉴赏；二是对研究者而言，"当亦研究戏学诸君所急欲一睹者乎"，可以用于对比研究。

那么，关于同一剧目，两种文本孰优孰劣的问题，或者由此带来的更深层次的问题：京剧剧目文本与其他乱弹戏曲剧目文本孰优孰劣的问题，述考作者又是如何认识的呢？我们可从其所提到的另一剧目——《汾河湾》与《仁贵回窑》两种脚本前的述考内容进行分析。

《戏考》第8册收有《汾河湾》（一名《仁贵打雁》），剧前考述完全围绕剧情梗概展开。而《戏考》第20册收有《西皮汾河湾》（一名《丁山打雁》），此种剧前考述指出第8册所收为梆子腔脚本，此册所收为西皮，是谭鑫培与王瑶卿合演之真本，也即京剧脚本。对于同一剧目，梆子与京剧二者间的差异，《西皮汾河湾》则有一段详细论述："至其剧情，西皮与绑（梆）子本属相同，毋庸赘述。惟唱白之间，相去迳庭，阅者正可两两参阅也。按仁贵妻名柳迎春，绑（梆）子本作柳金花；仁贵未说破时称柳为薛大嫂，绑（梆）子本称为柳奶奶。皮簧戏中，凡至两人盘问时，每用'沾亲''非亲''带故''非故'及'远看''近觑'等字眼，至绑（梆）子本，则用'有亲''无亲''有故''无故'及'远看''近瞧'等字眼，即此'瞧'字'觑'字之不同，已可知为系何脚本。且又可见皮簧中之下一字眼，实较绑（梆）子为细腻得当也！"这段述考文字认为京剧与梆子对同一剧目的核心剧情演绎基本相同，而其具体差异在于剧目文本的细节处理方面。作者举以"瞧"与"觑"等科介设置的区别，认为京剧脚本比梆子脚本更加细腻得当。诚然如此，"瞧"与"觑"所代表的科介动作意义不同，化为演员身段动作呈现出的舞台美感也有实质区别。因此,述考作者通过实际对比脚本间的细微差异,而对两种剧目文本的高下做出评判,并且由此阐述其对京剧与梆子二者审美差异的认知。这种比较研究过程及其结论,综合代表了《戏考》对京剧与其他乱弹剧种的美学批评态度。

概言之,中国京剧选本中关于剧目文本的文学批评形式既散见于选本序跋以及相关改编后记中,又集中呈现在以《戏考》等为代表的选本述考环节。而在具体内涵价值方面,剧目文本的文学批评一方面通过删改、修订等直接介入方式表达编选作者的美学思想,另一方面则在述考环节间接传递文学理论的批评话语;它们共同构成京剧理论中文本文学批评的全部内容。

二 舞台表演的观演理论

中国京剧选本是以脚本实录为辑录标准的,脚本作为舞台演出所必依据的纸本文献,京剧选本对其进行辑录时,通常伴有"名伶脚本"的冠名,这在一定程度上显示了其与舞台表演密不可分的关联。而在中国京剧选本的具体发展历史中,序跋、考述以及专门围绕表演教学编选而成的选本,都有不同程度、不同视角论及剧目表演的内容。整体来看,中国京剧选本关于舞台表演的理论建设主要分为两个方面,一是基于观众视角的审美批评,二是基于导演视角的表演指导;二者常有相互交叉之处。

相对以杂剧、昆曲等为代表的中国古代戏曲选本而言,京剧选本的编选作者更加熟悉舞台演出,甚至本身就是京剧演员、班主、戏迷,因此,其在整理编选过程中,始终围绕当时舞台演出最为繁盛的剧目进行,这种价值取向天然带有对舞台表演的审美追求。而在围绕选本具体展开批评时,观演理论则是其中重点。我们知道,《戏考》开始建立起的述考内容基本分作两个方面,其一是关于剧目文本的文献考述与文学批评,其二是舞台表演的观众审美与导演意识。下面,我们对《戏考》述考部分舞台表演的观演理论进行分析与阐释。

通过前引《戏考》第 1 册与第 20 册所收《举鼎观画》脚本两种的剧前考述文字可以看出，述考作者基于自己观看《举鼎观画》的舞台表演发出相关审美批评。作者认为："剧中白口至'家院磨墨伺候'，接唱一段，全神贯注，疾徐高下，最难得中。前在春桂，听刘鸿声唱，最为出色。其后跑城，乃策子回来，做工首推三麻子。"（《戏考》第 1 册《双狮图》）《举鼎观画》中老生徐策乃是唱做俱重之角色，念白"家院磨墨伺候"接唱【二黄慢板】之"墨浓笔饱诉衷肠，止不住双泪涌胸膛。（写介）"一段，即是唱做兼重之戏份。作者根据其在上海春桂茶园观看老生名伶刘鸿声之演出，指出其为本剧唱工最佳；而对该剧"跑城"一段，尤其是其中做工，作者则认为首推三麻子。这段围绕舞台表演的批评文字恰是作者基于自己观众视角的审美经验，对于《举鼎观画》之角色徐策与老生行当名伶刘鸿声、三麻子的综合认知与评判。而在京剧舞台演出史上，刘鸿声（1875—1921）的确是以唱工见长，嗓音宽阔洪亮，声调铿锵有力，博采众家之长而又发挥自身优势。甚至"辛亥革命后，刘鸿声大紫大红，以'刘派'号召，连谭鑫培都要退避三舍"[1]。根据《海上梨园新历史》记载，刘鸿声在上海演出极受追捧："沪上人士咸以先睹为快。登台之日，接踵而至，卖座之盛，得未曾有。"[2] 因此可知，述考作者对刘鸿声扮演老生徐策的唱工称赞当是基于舞台观演的真实审美感受。

基于观众审美视角的述考文字，对于"跑城"一段三麻子做工的推崇，更是得到相关京剧史料与选本文献的一致认可。三麻子（1850—1925），本名王鸿寿，又作王洪寿。京剧红生演员，有"红生泰斗"之称，也被认为是早期南派京剧的代表人物之一。三麻子虽以"关公戏"最为擅长，但是"不仅以红生戏著名，而且也以

---

[1] 北京市艺术研究所、上海艺术研究所编著：《中国京剧史》上卷，中国戏剧出版社 1990 年版，第 445 页。

[2] （清）苕水狂生：《海上梨园新历史》，载傅谨主编《京剧历史文献汇编（清代卷）》第 2 册，凤凰出版社 2011 年版，第 665 页。

《徐策跑城》、《扫松下书》等老生戏著称,并曾与谭鑫培同台演出"①。关于三麻子的做工,苏雪安在其《京剧前辈艺人回忆录》中如此描述:"京戏班的长处在处处漂亮,短处也在太漂亮了,容易流于形式。学三麻子的人,都是京戏出身,身上漂亮,可惜缺少一些古朴气息,三麻子还带着几分原始性的动作(即如台步就不同,三麻子的抬腿甚高,落脚甚重,可能走一步,肩背有点震动,京班走法,与此相反,完全在腰腿上使劲,所以上身不动),所以许多地方的造象,都能暗合古典画像。这就使人看上去能发生另一种追慕古人的意境,而忘记了在看演员演戏。……至于三麻子所演的水淹七军、跑城、扫松、斩经堂这些戏,都还是属于徽调范围以内,他应该是根据旧本演出的,所以创造性也不如关羽戏来得多,但这不等于说他没有创造。"② 那么,三麻子在京剧《徐策跑城》中的做工及其创造性具体体现在哪些地方呢?我们可以在《中国京剧史》中找到答案:"王鸿寿演戏还善于运用特技刻划人物,如在演《徐策跑城》中,边跑边吹髯口,把髯口吹起好似迎风扑面一样,生动地烘托了徐策闻到薛蛟搬兵回到城下的欢悦心情。"③ 此段关于三麻子舞台表演《徐策跑城》做工的详细描述,较为完整地阐释了《戏考》述考中"其后跑城,乃策子回来,做工首推三麻子"的观演审美批评,同时也是对苏雪安所言其在《跑城》等剧中的做工创造性问题的回应。

其实,述考作者对三麻子演出《徐策跑城》的审美批评还可以从相关京剧选本中找到印证。民国十六年北京致文堂书局出版的《戏词指南》内题"京津名伶真本唱片",收录唱词选段22种,即有《徐策跑城·三麻子》一种。民国十八年北平中华印书局出版的

---

① 北京市艺术研究所、上海艺术研究所编著:《中国京剧史》上卷,中国戏剧出版社1990年版,第439页。
② 苏雪安:《京剧前辈艺人回忆录》,上海文化出版社1958年版,第138—139页。
③ 北京市艺术研究所、上海艺术研究所编著:《中国京剧史》上卷,中国戏剧出版社1990年版,第441页。

《唱曲大观》第 1 册，封面解题"话匣唱片二簧梆子准词"，收录唱词选段 214 种，亦有《三麻子之徐策跑城》一种。由此可知，三麻子演出《徐策跑城》的舞台美感确实得到多方认可。更为重要的是，民国十四年上海世界书局出版的《戏画大观》作为一种以戏带画、戏画并重的京剧选本，即有专门绘制《三麻子之徐策跑城》戏画（图 4-1）。根据《戏画大观·例言》所载，所绘戏画是绘图作者在"入场观剧、实地写生"基础上完成的。该本采用图文互证模式，选取名伶最具代表之剧目唱段及其舞台表演最具神韵之身段动作，进行图文间的互文诠释。而绘图作者钱病鹤（1879—1944），历任上海诸报图画主笔，曾在《民权报》《申报》等报刊上发表时事漫画多幅，是近代以来著名漫画作家。他所绘的《三麻子之徐策跑城》，捕捉老生徐策得知儿子薛蛟搬兵回城时的欣喜若狂之态，完美展现了《戏考》述考作者"做工首推三麻子"的审美评价。结合《戏考》同时代京剧选本对三麻子之《徐策跑城》唱段的选录情况，以及京剧史学著作、舞台观演回忆录、京剧选本插图等多种文献的综合记

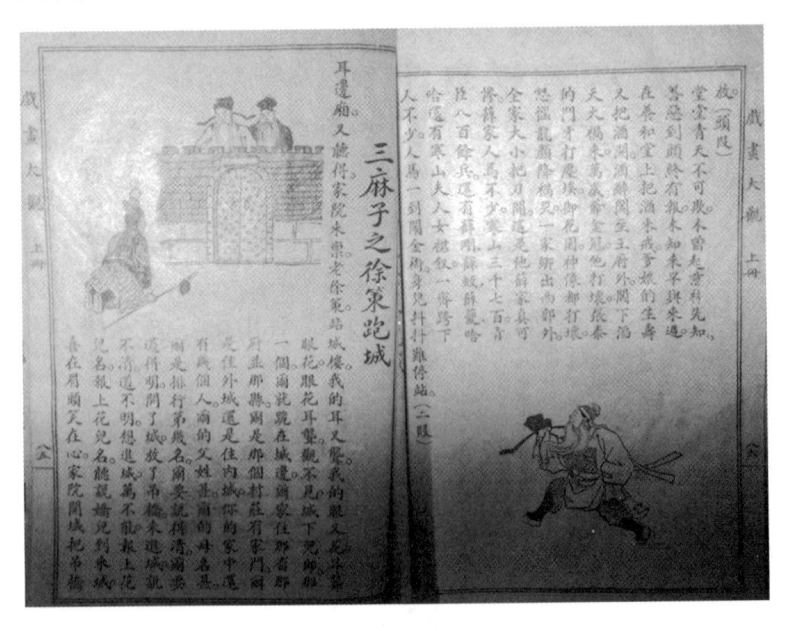

图 4-1 钱病鹤绘图《三麻子之徐策跑城》

录与评价，可以看出，《戏考》述考作者基于京剧舞台表演观众视角的审美批评不仅持论公允，而且切中肯綮，综合呈现出了清末民国阶段京剧舞台表演的艺术水准与剧评理论。

需要重点指出的是，《戏考》的述考作者在以观众视角对京剧舞台表演的审美体验过程做出具体鉴赏、批评时，还就此展开导演视角的表演指导。《戏考》第 22 册收录《将相和》一种，其在剧情梗概述考之后，又对舞台表演发表评论："此剧事实，出于《东周列国志》说部中，与正史上并不枘凿。惟加以点缀耳。剧本系名伶汪笑侬之手笔，措词命意，迥与他剧本不同。中间几处说白，于政界中人，寓有箴规之意，允称高尚。去岁笑侬在沪上第一台，串演此剧，卖座为之一空。其魔力之广大，有如此者？近见共舞台客串某，步笑侬之后尘，嗓音尚觉清亮，而于态度举动，似嫌鄙俗，不合大臣身分。倘能加以琢磨功夫，亦属伶界中之不多得者也。"这段述考在对《将相和》的本事源流进行说明之后，指出该剧乃为汪笑侬编演。

汪笑侬（1858—1918），原名德克俊（亦作德克金），满族八旗出身。汪笑侬擅演老生剧目而兼为剧作家，清末京剧改良运动兴起，笑侬热心于此，创编京剧剧本多部，用以讽刺时事、政治，享有"伶隐"之称，《将相和》一剧即是其所创编剧本之一。述考部分指出该剧虽以东周列国廉颇、蔺相如之事作为关目，但其主题意旨则在借机阐释作者汪笑侬对政治时局的慨叹，故而述考作者认为"中间几处说白，于政界中人，寓有箴规之意，允称高尚"。应该看到，述考作者在对该剧主题思想以及笑侬舞台演出反响作以归纳说明之后，重点指出"近见共舞台客串某，步笑侬之后尘，嗓音尚觉清亮，而于态度举动，似嫌鄙俗，不合大臣身分"。这种审美批评并非单单出于观众视角的观感赏鉴，更是作者站在导演立场对客串某伶做工神态及其对剧中角色体认不清等表演弊病的具体指导。作者认为某伶步笑侬之后扮演生角蔺相如，嗓音唱工尚好，但是对生角蔺相如的国之重臣身份缺少感悟体验，因此显露做工鄙俗之弊。而在具体指出某伶之病以后，作者认为"倘能加以琢磨功夫，亦属伶界中之不多得者也",这种论调亦是基于导演视角对舞台表演所给予的指导与希冀。当然,述考作者导演视角的批评指导是在其长期以来观演审美基础上所累积发展形成的,其对某伶做工鄙俗的审美评判是以原剧作者汪笑侬作为具体参照对象的。因此,作者基于导演意识进而提出某伶可以切实遵照改正、琢磨进步的舞台表演指导意见。

更为重要的是,《戏考》的述考作者在以导演美学视角审鉴剧目文本舞台表演的优劣之时,还会因导演美学视角的作用,直接介入、甚至决定剧目文本的最终选择取向。《戏考》第 28 册所收《卖胭脂》(一名《卖高红》)一种,剧前述考指出:

> 知好色则慕少艾,古人真能透澈世故人情,有此立说。可知青年子弟,见有王嫱西施之美,而漠然无动于中者,实出乎情理之外。易地以观,凡闺房处女,苟遇合翩翩佳公子,容或有失于自检,误用其爱情。所以男女不亲授受,诚足为防闲之善法也。近今自由之风,盛行于女界,少年男女,互相投刺谒候、握手言欢,恬不为怪,俨然交际上之一份子。如此举动,亦为家长所允许。若郭怀王月英一事,其实亦中自由之毒耳。郭怀赴汴梁考试,名落孙山,逗留不返,闲步街衢,借以遣兴。见胭脂店内,坐一妙龄女子,绰约风姿,殊可人意。郭怀本系风流蕴藉者,遂借买胭脂为进身之阶,叩问芳名,则云王氏月英。二人恣意调笑,一对野鸳鸯,从此于飞交颈。正在难舍难分之际,而月英之母,自探亲回来,被其冲散。幸老母通达世情,不欲剥夺掌上珠自由之权,绝无嗔怒意,听其所为而已。枥老编辑戏剧,宗旨向取纯正,作为通俗教育之助。所选花旦戏,聊备一格。脚本中倘有秽亵之语,一概屏弃不用。是剧表男女相悦之情,稍涉浮滑,惟望登台串演者,切勿迎合社会上心理,形容过甚也可。

围绕《卖胭脂》的述考内容,作者并未按照惯常行文体例直接述考剧情本源，而是先就男女之情的交际法度发表议论。这种开篇即发议论的原因大致有二：一是因为民国初年女性解放成为当时热议话题，社会各界对女性解放及其如何解放的态度千差万别，因此述考作者就此发表论述；二是《卖胭脂》一剧恰好作为男女私定终身的代表剧目，故而作者可以由此借题发挥。而就述考文字来看，作者对男女自由结合之事，态度较为保守，并且指出《卖胭脂》所叙郭怀与王月英之事即是"自由结合"之毒。具体而言，《卖胭脂》本事所演为北宋汴梁城中，青年男女私定终身之事，述考作者以此为例认为民国初期的男女结合、互为交际的自由之风有其失于检点之处。同时，作者指出《戏考》编选宗旨取向纯正，是通俗教育之工具；而其之所以选择《卖胭脂》一剧，是因为该剧是花旦戏本的代表，因此得以入选，以备选录体式之完整。但是随后作者明确指出，"脚本中倘有秽亵之语，一概屏弃不用"。这种审美价值取向既是其对剧目文本文学批评的具体体现，也是作者基于舞台表演观演审美的经验结论。进而作者站在导演立场指导该剧："是剧表男女相悦之情，稍涉浮滑，惟望登台串演者，切勿迎合社会上心理，形容过甚也可。"可以看出，作者并非完全保守地反对《卖胭脂》一类表现青年男女爱情的剧目，但是对脚本中存在的"秽亵之语"以及由此带来的表演中的"浮滑"之处，作者却是秉承"宗旨向取纯正"的态度原则予以极力反对的。并且就此立足于导演视角，指导该剧演出中切勿为了迎合观众心理、追求票座利润，出现"形容过甚"之举，从而丧失戏剧表演的艺术水准。

鉴于此，述考作者基于导演视角对《卖胭脂》一剧舞台表演中可能存在"形容过甚"的审美批评，是否带有因为观念保守而存在的杞人忧天式的自我恐慌心理呢？我们先引清末章回小说《九尾龟》中关于该剧舞台表演的描写段落作为参考：

> 一会儿的工夫，小菊英《烧骨记》唱过，就是冯月娥的《卖胭脂》，刚刚出得戏房，就听得楼上楼下的人齐齐的喝一声

采,轰然震耳,倒把个章秋谷吓了一惊。章秋谷在上海的时候,也看过冯月娥的戏,觉得平平常常的,也没有什么出类拔萃的地方。如今见了冯月娥,又细细的打量了一番,觉得还是和从前差不多,面貌本出平常,唱工又不见得大好,只有那一对秋波生得水汪汪的,横波一顾,剪水双清,着实有些勾魂摄魄的魔力。章秋谷看了,暗想:"虽然一双眼睛生得好些,却究竟不是全材,唱工做工也都很是平常,为什么天津地方的人,要这般的赏识他?"想着,又留意看他的做工,觉得似乎比以前做得老到些儿。那里知道这个蚂(冯)月娥,做到"买胭脂调戏"的一场,竟当真和那小生捻手捻脚两个人滚作一团,更兼眉目之间,隐隐的做出许多荡态,只听得楼上楼下一片声喝起采来。

秋谷本来最不喜欢看的就是这些淫戏,如今见冯月娥做出这般模样,不觉浑身的鸡皮疙瘩都直竖起来,别过了头不去看他,口中说:"该死该死,怎么竟做出这个样儿来?真是一些儿廉耻都不顾的了。"金观察等看了也说:"形容得太过了些,未免败坏风俗。"……

秋谷正和云兰说笑,忽然又听得那些座客齐齐的喝起采来,秋谷连忙看时,只见冯月娥索性把上身的一件纱衫卸了下来,胸前只扎着一个粉霞色西纱抹胸,衬着高高的两个鸡头,嫩嫩的一双玉臂,口中咬着一方手帕,歪着个头,斜着个身体,软软的和身倚在那小生的肩上,好似没有一丝气力的一般。鬓发惺忪,髻鬟斜軃,两只星眼半开半合的,那一种的淫情荡态,就是画都画不出来。这个时候不要说引得那班听戏的人人人心动,个个神摇,就是章秋谷这样的一个曾经沧海的人,也不因不由的心上有些跳动起来。云兰坐在秋谷背后,也有些杏眼微饧,香津频咽,耳中只听得一片喝采的声音,好似那八面春雷、三千画角,直震得人头昏脑痛、两耳欲聋。①

---

① (清)张春帆:《九尾龟》,齐鲁书社1993年版,第592—593页。

该回回目标题为"演活剧刻意绘春情 儆淫风当场飞黑索"。作为小说,《九尾龟》的描写叙述自然有其合理虚构之处,但是应该承认,清代后期以来以《品花宝鉴》开始为代表的狭邪小说"固然不是历史资料,但于考察晚清北京地区戏曲的发展,有一定的启示作用"[①]。《九尾龟》的叙述背景则以主人公章秋谷尽日于上海、天津等地妓馆戏园、堂子茶园游迹生活为主,其中不乏描写沪、津等地梨园生活的场景,因此可作稗官野史之词参考。小说通过章秋谷等人视角完整叙述了其在戏园之中观看女伶冯月娥演出《卖胭脂》的详细经过,尤其对生旦二人表演"买脂调戏"一场的细节描摹与观众反响,更是绘声绘色、栩栩如生。然而小说中,章秋谷等人则以"淫戏"视之;并在该回的后半段"儆淫风当场飞黑索"中描述冯月娥因为表演"淫戏"而被官方索拿下狱。

所谓"淫戏",是清代以来官方与乡约榜文禁毁戏曲小说中频频使用的词语。应该指出,"淫戏"的罪责指归首先应是非官方、非正统之义,其次才是男女风月之情。《卖胭脂》作为花部戏曲中"表男女相悦之情"的典型代表,清代以来,不断罪以"淫戏"之名遭到列榜禁毁。道光十四年《京江诚意堂戒演淫戏说》首开花部禁戏列目禁毁之风,即列《卖胭脂》《挑帘裁衣》等为"淫戏",宜应禁演。[②] 其后代表乡约禁戏高潮的《翼化堂条约》附列《永禁淫戏目单》及《禁止演淫盗诸戏谕》再次前列此剧。[③] 同治七年江苏巡抚丁日昌掀起官方禁戏新声,开列《小本淫词唱片目》亦有《卖胭脂》。[④] 此后上海《申报》等载戏评文章多次禁毁"淫戏"《卖胭脂》等剧,并且这种禁毁态度一直延续到民国时期。

综合小说《九尾龟》关于"淫戏"《卖胭脂》舞台表演过程中

---

① 李平:《〈品花宝鉴〉中的戏曲资料与价值》,《中华戏曲》1996年第1期。
② 参见(清)余治《得一录·礼》卷五,同治己卯(1869)刻本,第83页。
③ 参见(清)余治《得一录·礼》卷五,同治己卯(1869)刻本,第80、82页。
④ 参见王利器《元明清三代禁毁小说戏曲史料》,上海古籍出版社1981年版,第147页。

"形容过甚"的细节描摹,以及清代禁戏政令中屡屡禁毁该剧的历史现实依据来看,《戏考》所指斥的"脚本中倘有秽亵之语""是剧表男女相悦之情,稍涉浮滑"的批评态度并非空穴来风。《戏考》秉持"宗旨向取纯正,作为通俗教育之助"的批评态度,对于《卖胭脂》等剧中的秽亵之语采取"一概屏弃不用"的处理方式,并以这种批评态度直接干预《戏考》剧目文本的选择取向。实际上,《卖胭脂》的脚本并非只有《戏考》所选一种,我们可以其他文献中收录的《卖胭脂》脚本样态作为参照,整体查考《戏考》文本文学与舞台表演的理论批评意识形态。台湾《俗文学丛刊》第317册收录《卖胭脂》抄本两种,其中编号 Pi038 - 0433 - 2 的抄本更为鲜明地表现出了"秽亵之语"的倾向。① 该本中,旦角王月英上场引子"花发春心动"即已表露少女春心萌动之情,随后生角郭怀登场初见旦角便有"见礼,调情介"的科介预置。接着,戏本反复"调情介(科)"的做工提示,简短的折子戏本中计有八次生旦调情动作。同时,脚本中生角唱词亦是反复指明"一心心要想去调戏佳人",并有"(旦唱)没奈何笑颜开解衣松带,我和你鸳鸯枕两下交情。〔(生)抱旦下〕"之段落刻意描绘青年男女慕色生情、因色调情的场景。而在脚本结尾,付角月英之母又言:"(付白)嗳哟!慢说是我女儿见了这样后生,就是老身当初幼年的时节,我就恨不得这么把他一抱!哎哟哎哟!啧啧!"从中可以看出,该种脚本从始至终充斥着各种情色因素的暗示,并且由此营造出一种风流调情而又浮夸香艳的氛围。

毋庸置疑,《戏考》对"是剧表男女相悦之情"本无苛责之意,但是基于读者视角的文学批评与导演视角的表演理论,述考作者指出该剧"稍涉浮滑""形容过甚"的文本与舞台走向,其实是对以京剧为代表的花部地方戏曲审美批评的典型态度。脚本预置的男女调情已使情欲销噬理性,场上搬演的刻意描绘更将色欲因素聚焦放

---

① 参见台湾"中央研究院"历史语言研究所《俗文学丛刊》第317册,台北:新文丰出版股份有限公司2001年版。

大。青年男女因缘生情、因情结合之事逐渐流于因情生欲、因欲苟合。本应活色生香的闺门花旦王月英走向活色生艳，本是持正风流的儒雅小生郭怀变得偏颇下流。细究其中，理性难掩情欲的做工，却又引得满堂喝彩，游走于情欲与理性两难之境的《卖胭脂》实则凸显的是招徕票座与艺术操守间的两难抉择。显然，小说《九尾龟》以及京剧选本《戏考》述考对于这种舞台表演太过露骨直白的艺术方式都是持以反对态度的。《九尾龟》对于女伶冯月娥的刻意表演，则有当场被索拿下狱的儆戒描述。而在《戏考》中，作者对以《俗文学丛刊》（编号 Pi038 - 0433 - 2）为代表的淫亵之语相对显露的剧目文本则是予以摒弃不用。对以《卖胭脂》为代表的风情剧目，述考作者在以导演批评视角明确指出的批评态度是："惟望登台串演者，切勿迎合社会上心理，形容过甚也可。"所谓"迎合社会上心理"，即是单纯追求票座盈利，而对剧目文本的风情因素则是尽量淡化或摒弃，以免表演中过分彰显导致失去基本艺术道德水准。

其实，述考作者王大错基于导演视角对舞台表演的指导批评俯拾皆是，"至于舞台上该不该演黄色内容，大错最关心的是是否'形容太过'"[①]。大错对舞台表演"形容太过"的批评意识同时还可见于其他剧前考述之中。第 12 册《贵妃醉酒》剧前考述有言："此剧为花旦做工兼带唱工戏，纯以身段软腰见长。惟识者见之，甚觉其无谓，且亦形容太过。若遇恶劣之花旦演之，则每每描摹过当，尤觉不堪，直令人作三日恶。曩年路三宝演此，颇为一般人所称许。"第 20 册《穆柯寨（带烧山）》剧前考述亦言："此剧纯为穆桂英阵上招聘（婿）而作，故所演专重在此。其大略，不外伯当、丁山等一套老文章而已。前此梅兰芳、朱素云演此，最擅其长。妙在形容得恰到好处，而无过于淫浪之态。"综合而言，《戏考》对京剧舞台表演是否"形容过甚"的理论批评大致有三种原因：其一，出于净

---

① ［美］陆大伟：《〈戏考〉中的现代意识》，《戏曲研究》第七十四辑（2007 年第 3 期），文化艺术出版社 2007 年版，第 25 页。

化舞台、营造健康观演环境的时代需求;其二,是对以京剧为代表的戏剧表演艺术水准的基本要求;其三,《戏考》认为戏剧具有通俗教育之功能,因此主旨思想与舞台表演皆应取向纯正,才能真正实现教化作用。因此,这种"形容过甚"的舞台审美批评集中代表了《戏考》基于导演视角的指导意识,也是对清代以来花部地方剧目风情"淫戏"舞台表演的纠偏与匡正。

中国京剧选本关于舞台表演的导演理论还集中呈现在以表演指南为取向的选本中。冯春航以其丰富的舞台表演经验与积极的戏曲教学态度,在《戏曲指南·序》中从表演角度对笑、白、哭、唱做出详细指导。而在具体选本篇目中,《戏学指南》则从导演视角对选录文本的舞台表演提出具体指导与要求。如在第 10 册《南天门》中,开篇"说明"指出:"此剧须唱做兼工,虽老伶工又或惧作。外上场时旧派作左右甩须时行摇头动须,须动如水波。(须后脑摇洒,方能如此。若不知此诀,或知此而不练习,必不能入彀。)并须面露恨容,混身洒抖,倒毛后右足跪地,唱'点点珠泪'一句,又须悲壮为上。"这段说明,不仅详细阐释了老生曹福登场表演的做工、神情,而且对如何达到完美做工的训练方法予以指导分析。

《戏学指南》中的分段说明不仅是导演视角下的表演教学指导,而且十分精准地把握住了剧本表演的核心问题。第 13 册《晴雯补裘》中,"说明"首先指出:"是剧晴雯一角种种身段表情,一举一动,须要体贴入微,至足传神,恰到好处。"而对该剧身段表情的提纲挈领指导是基于作者对"补裘"一段繁重做工的认识与理解。"补裘"开始,脚本预置连续性科介身段与哀婉唱词互为表里:"(揉手介)……(身颤介)……(补衣介)……(梳雀羽介)……(引线介)……(执剪介)……(引线介)……(拿竹弓撑衣介)……(拿熨斗熨衣介)……(作晕倒椅上介)。"面对如此繁重而又连续的科介身段与其间夹杂的多个唱段,"说明"认为:"三段快板咬字吐音,宜实不浮,折腰斜倚,姿式适合,不可过以装腔做势,须有一种娇羞情状，尤为妩媚动人也。"简言之，也就是从剧中角色的真实状态与情感出发，切身体验并且恰当呈现旦角晴雯带病补裘的过程，而非无病呻吟、故作惺惺之态。总而言之，这种关于舞台表演的具体说明，不仅是以《戏学指南》为代表的表演文本所重点阐释与强调的指导方法，而且其中蕴含着丰富典型的导演思想意识。

综合而言，选本中关于京剧理论的表达兼具作者、读者、导演、观众等多重审美批评视角，并且这些批评视角时常相互交叉。同时，清代以来考镜源流的学术传统与品花捧角的梨园风尚，共同融合表现在京剧理论之中。毋庸讳言，散见于序跋、述考等文献中的京剧批评理论或有失之琐碎、浅显的弊端，但是贵在自然、真实。尤其许多关于京剧鼎盛阶段舞台演出的品鉴、批评与导演意识，较为完整地呈现出了时代名伶风采、观众审美风格以及舞台表演理论。

第三节　选本经典化

何谓经典？古代汉语中"经"与"典"二字本来相互独立的，东汉许慎《说文解字》释"经"曰："织也，从糸巠声。"清段玉裁《说文解字注》又曰："从糸二字依《太平御览》卷八百二十六补"，同时又曰，"南北曰经，东西曰纬"。可以看出，"经"字本义指代纵横交织。《说文解字》释"典"曰："五帝之书也。从册，在丌下，尊阁之也。"因此，"典"字本有典籍之义，所谓三坟五典是也。《说文解字》之后，"经"字意义不断发展扩充，"典"字相对稳定地指涉典籍著作。而从东汉末年刘熙之《释名》开始，"经"与"典"二字出现同义互训，"经，径也，常典也。"其后，南朝刘勰《文心雕龙》连用"经典"一词。

需要指出的是："近代以来，许多理论家更倾向于从关系本体论的角度来看待经典，将它视为一个被确认的过程，一种在阐释中获得生命的存在。"① 应该看到，这种"被确认的过程"也即文学经典化的过程。

中国京剧选本的发展过程不仅是对剧目文献的整理与保存的过程，而且是在反复选择、淘汰的文学经典化过程。关于中国京剧选本经典化的研究，我们可以先从现象发生层面对其进行梳理，然后再对促成经典化的具体方式进行探讨，最后再来追索中国京剧选本经典化可能带来的结果与影响。

中国京剧选本经典化现象较为突出地呈现在选本的标题命名与内容选择两个方面。先看标题命名方面，中国京剧选本的标题命名呈现出从"全"到"选"再到"经典"的发展过程。从《梨园集成》开始，中国京剧选本的命名方式即已显露出一种集成求全的综括意识，其在《自序》两篇中分别有言"搜罗妙曲，汇集大成""不愧当年雅颂，集千狐之腋"，即是对于标题"集成"一词的具体注解。清末民初"绘图京都××班京调脚本"系列选本在其标题命名中亦常出现"全集""全部"等字，如清末上海集成图书公司《绘图京都三庆班京调十二集》又作《改良京调秘本全部》，上海文宜书局亦有《绘图京都三庆班京调全集》等。可以看出，即便这类选本基本围绕某一戏班展开，但是其在编选汇集过程中仍然带有较为鲜明的集成求全意识。

而从20世纪20年代开始，中国京剧选本标题命名的集成求全意识得到不断彰显，并且一直持续到20世纪50年代。民国十二年上海文明书局的《戏曲大全》与民国十四年上海世界书局的《戏画大观》分别开启了中国京剧选本"大全/大观"系列标题命名的模式，由此"大全/大观"的命名方式基本成为20世纪20年代至20世纪50年代京剧选本最为常见的标题后缀。然而仍需看到，除却《戏曲大全》等极个别选本有意识地搜罗囊括当时最为流行的戏曲剧种及其代表剧目文本外，绝大多数"大全/大观"系列选本只是流于

---

① 黄曼君：《中国现代文学经典的诞生与延传》，《中国社会科学》2004年第3期。

外在形式的口号宣传，实际离"全"甚远。因此，这种标题名称"大全"或"大观"的京剧剧目文本"集成"，实际仍然属于择选形态。

那么，中国京剧选本的标题称名何时呈现由"全"到"选"的过渡变化呢？我们认为，应从1954年中国戏剧家协会编辑、（北京）艺术出版社出版的《梅兰芳演出剧本选集》开始的，各种由"选"命名的京剧选本纷纷出现。以"选"为名的京剧选本大致可以分作四类。

第一类即是以《梅兰芳演出剧本选集》为代表的演员演出剧本选集，具体还包括《周信芳演出剧本选集》（艺术出版社1955年版）、《程砚秋演出剧本选集》（中国戏剧出版社1958年版）、《郝寿臣演出剧本选集》（北京出版社1962年版）等。在此基础上，发展形成流派剧目或者唱腔选集，如1973年未注版本信息但又标明"内部参考　阅毕收回"的《京剧流派唱腔简介资料唱词选》，以及此后的《京剧流派剧目荟萃》（文化艺术出版社1989—1996年版）等。第二类是以剧作家选本为主。如《田汉戏曲选》（湖南人民出版社1981年版）、《翁偶虹剧作选》（中国戏剧出版社1994年版）等。第三类是以"戏曲选"为整体格局而以京剧为主体、甚至唯一的选本。如《中国唱片戏曲选》（文化生活出版社1955年版），虽以"戏曲"作为综合称名，但是其中所选剧种唱段唯有京剧一种，而以《中国传统戏曲剧本选集》（中国戏剧出版社1957—1958年版）为代表的戏曲选集，则以京剧为主同时兼选其他地方剧种。第四类则是专门选录京剧的剧本选集。如《京剧唱腔选集》（音乐出版社1958年版）、《革命现代京剧唱腔选集》（音乐出版社1967年版）等。应该指出，我们对以"选"为名的京剧选本进行分类的标准依据有二，一是前两类以剧目文本作者（表演作者与创作作者）为标准，二是后两类以选录剧种（京剧或兼有其他剧种）为标准。

至此，我们可以十分清楚地看到中国京剧选本的标题命名明确呈现出由"大全"至"选集"的转变。毫无疑问，这种由"全"到

"选"的标题取向实际折射出的是京剧选本逐渐明确的自我选择与自我淘汰态度，标题称名的直观变化典型反映出文学观念中对具体选本观念的认知与进化。认为京剧剧目文本可以历经从"全"到"选"的过渡，也就承认京剧发展存在淘汰选择与优势进化的过程，这种过程也即选本经典化。而在中国京剧选本的具体历史进程中，选本标题更以"经典"二字作为直接命名方式，以明确昭示京剧选本最终完成的经典化蜕变。1996年陈予一主编、国际文化出版公司之《经典京剧剧本全编》开始从京剧剧本的经典剧目着手构建选本。编者陈予一《写在前面》一文对"经典京剧剧本"进行界定："剧目的选择以目前仍经常上演的优秀的传统题材剧目为主。"可以看出，符合"经典"的首要条件便是当时仍在经常演出，其次才是优秀的传统题材剧目。当然，经典并不仅仅局限于传统题材剧目，2008年连波主编、安徽文艺出版社出版的《京剧现代戏经典唱段100首》即是一种专以经典现代戏为对象的选本。据其"前言"所载："这本唱腔选中的剧目，不限于《智取威虎山》、《海港》、《红灯记》、《沙家浜》、《奇袭白虎团》和《龙江颂》、《红色娘子军》、《平原作战》、《杜鹃山》九个'样板戏'，而是选编了从上世纪60年代初就产生的如《白毛女》及至1979年创演的《蝶恋花》等19个剧目中较为优秀的唱段100首。"需要指出的是，20世纪80年代以来京剧发展走向振兴，京剧成为经典国粹艺术，京剧选本自然就有系列经典文献与之同生，这些现象都是息息相关而又相互作用影响的。

标题命名作为中国京剧选本最为直观的外在呈现，其从"大全"到"选集"再到"经典"的历时发展阶段特征，精准地代表了中国京剧选本自我经典化的认知过程。然而，在此进程中，究竟有哪些剧目或者唱段能够成为经典？以及成为经典的具体要求又有哪些？我们可从中国京剧选本呈现的内容方面着手考察。

中国京剧选本的发展过程中，除却民国时期的《戏考》及1949年以后的《京剧丛刊》《京剧汇编》《京剧传统剧本汇编（续编）》

等少数几种选本能够依据相关择选体例与标准最大限度收录剧目文献之外，绝大部分选本皆是从"选"出发，部分收录剧目或者唱段。那么，中国京剧选本从《梨园集成》开始，发展至今140余年，其中不断流传的"经典"剧目文本及其代表唱段究竟包括哪些呢？此前，我们就在"选本之'选'与比较研究"章节中对以《梨园集成》为起点的选篇进行统计分析，其中《鱼藏剑》《祭风台》《薛蛟观画》《汾河湾》《四郎探母》等即是其中代表。但也应该指出，《梨园集成》实际收剧只有48种，并且部分剧目很快遭到淘汰，因此它并不能完全代表京剧选本剧目文本的全部经典。而且清末民初时期，大批新编剧目接连涌现，也在一定程度上扩大了经典剧目的选择范围。当然，在京剧现代"革命戏"产生以前，中国京剧选本的整体取向基本围绕传统题材剧目展开，即便选录剧目十分丰硕的《戏考》等，也是以传统题材为主。而在传统题材剧目中，真正得到不断选录并逐步演变成为经典的，主要还是那些舞台演出效果较好而且思想内容相对健康的剧目。但是就在演出效果（以票房为准）与艺术价值二者之间，中国京剧选本往往更多偏向前者。

其实，陈予一在其主编的《经典京剧剧本全编》之"写在前面"里已经十分清楚地使用"经常上演""优秀"和"传统题材剧目"三个限定条件以界定京剧选本的"经典"。即便其中"优秀"一词相对模糊，同时"传统题材剧目"也只是经典剧目产生和可供选择的更大范围而已，因此真正起决定性作用的一直是"经常上演"——也即票房市场。而在该文中，更有一段详细论述对此加以注解："本书书名中的'经典'和'全编'字样主要出于商业上的考虑。为了照顾那些刚刚开始欣赏京剧的读者，我们不得不放弃了一些在专业演职员和票友看来'特别吃功夫'的，但剧情缓慢、唱工繁重的经典剧目，比如著名的老生戏《淮河营》、《打棍出箱》，老生花脸的合作戏《捉放曹》等。若仅仅为了欣赏戏文，像《文姬归汉》、《孔雀东南飞》、《桃花扇》、《六月雪》、《宝莲灯》和《十五贯》这类名剧也应收编，但这些剧目的京剧全剧已很少上演，本着简明实用的原则，也只好放弃了。"① 最后，这本《经典京剧剧本全编》实际选录了以《伍子胥》《汾河湾》《四郎探母》《锁麟囊》等为代表的传统题材剧目57种（全本戏以其所选具体折子计算），它的选择标准与选择结果一定程度上反映出了京剧经典化之后的剧目走向。当然，除传统题材之外，现代"革命戏"题材剧目也在不断进行经典化进程。

在以标题称名与内容选择为综合代表的京剧选本经典化现象背后，究竟存在哪些具体方式能够促成、甚至决定京剧选本的经典化呢？我们认为，在中国京剧选本的经典化历程中，"选择"与"树立"是两种非常重要的方式。

先说选择。作为选本，选择是其最为重要的态度与生成方式，但是京剧选本的选择并非仅仅限于选本作者的审美取向，而是更多来自京剧剧目在其传播过程中的市场需求。以市场导向为基本标准的选择态度贯穿着京剧选本发展的始终，同时也是选本经典化的重要生成方式。《梨园集成·自序》两篇寄予的"《三都》乍出，尽是传钞"以及"价重鸡林"的希冀，实际都是出于市场收益的考量。《经典京剧剧本全编》更是在其序跋中毫不掩饰地指出："本书书名中的'经典'和'全编'字样主要出于商业上的考虑。"② 美国学者陆大伟在对《戏考》进行研究时，也曾指出："当时编辑这套集子的人，事先没有固定的想法而反而跟着京剧界那十几年的变化而走，为的好像不过是要赚钱而已。"③ 这种赚钱的目的也就决定了中国京剧选本的选择方式是深受市场影响的，甚至市场可能最终起到决定性作用。舞台演出市场最为叫座的剧目自然成为选本市场中读者期待视野最为瞩目的焦点。《戏考》能够"跟着京剧界那十几年的变化而走"，实际就是那段时间的市场票座直接影响作用于《戏考》

---

① 陈予一：《经典京剧剧本全编》，国际文化出版公司1996年版，第4页。
② 陈予一：《经典京剧剧本全编》，国际文化出版公司1996年版，第4页。
③ ［美］陆大伟：《梅兰芳在〈戏考〉中的影子》，《文化遗产》2013年第4期。

的选择方式与选择结果。票座越高，期待越高，不断入选而被反复传播并且最终成为经典的可能性也就随之增大。那些久经舞台演出市场考验，不断得到传承发展的优秀剧目，自然最终也就成为经典剧目。这种市场中心的选择过程符合京剧舞台剧目盛衰的规律，以及观众（读者）审美需求发展的基本逻辑，也就由此成为选本经典化的重要方式之一。

再说树立。这种方式主要是针对"革命样板戏"的经典化过程而言的。毫无疑问，"样板"即是标准、典范之义，"样板戏"的称名与定位本身就是将其作为京剧典型的模范"样板"，已然自带经典光环。而在1967—1976年间，公开出版的京剧选本只能是经由明确的意识导向进行树立的经典。然而，即便京剧"样板戏"最初是以树立的方式成为经典，并且以此为中心发展形成一批选本，但是应该看到，这些被树立的经典"样板戏"在以后的京剧选本中也要不断接受市场选择和审美检验，才能最终完成真正意义上的经典化过程。

当然，中国京剧选本经典化的方式并非仅有选择和树立两种，而且二者也非各自独立、互不影响的关系。实际上，学界对文学经典化的探讨从未停止："文学经典是如何成为可能的？究竟是文学作品的内在美学要素使得它当仁不让，是因为迎合了某种意识形态的需要而被权力代理人黄袍加身？还是由于材料、技术的因素而被造物主偶然操弄的结果？或者是经济权力在文化领域的意志表现？"[1]其实我们认为，这些因素虽然在某一阶段可能起到主导、甚至决定作用，但是并不能够就此完全排斥其他因素的间接影响。如以《四郎探母》为例，该剧单就文学与艺术层面来看，完全可以算作京剧中的经典剧目之一，并且该剧十分具有票座号召力量。但是由于不同时代、各种意识形态对"四郎隐遁番邦"行为的多重阐释，该剧在京剧历史上遭到过不同程度的禁演。1948年11月13日，《人民日

---

[1] 朱国华：《文学"经典化"的可能性》，《文艺理论研究》2006年第2期。

报》第1版发表《有计划有步骤地进行旧剧改革工作》的文章，即以《四郎探母》"提倡民族失节"为由，对其进行禁演。而在20世纪50年代以及此后更久，《四郎探母》一直处于被禁状态，并且这种禁演状态直接影响到了京剧选本对该剧的选择取向。如在20世纪60年代前后，选录剧目颇为丰硕的《京剧丛刊》（收剧160种）与《京剧汇编》（收剧498种）都对《四郎探母》进行了摒弃处理。因此可以看出，一定时期里，京剧选本的选择取向既要受到剧目文本自身经典要素或者市场选择的影响，同时更要受到意识形态等外部因素的制约。

最后，我们再来探讨一下中国京剧选本经典化之后可能带来的结果。中国京剧选本经典化之后，最为显著的结果就是重复，入选频率越高也就证明重复概率越大。这种重复既指京剧选本内容，也指舞台演出剧目。重复之后，中国京剧选本便有如下影响。一方面，经典剧目反复打磨，对于京剧文化的内向传承与外向传播皆有益助，如以收录"具有教学和演出价值"为主的《京剧选编》便有此种特征。[①] 另一方面，经典化可能造成京剧趋雅远俗的审美倾向，这与《梨园集成》等选本最初希冀的"雅俗共赏"理念背道而驰，也与《戏考》等立足的"通俗教育之助"相去甚远，甚至更会使京剧乃至整个花部戏曲失去根植于俗文化系统中的艺术命脉而最终走向没落。而此，则是更加需要我们高度警惕与不断反思的问题。

本章小结

一般而言，带有明确标准与强烈目的发展形成的文学选本必然同时呈现出由"选"而生的理论批评形态。中国京剧选本在以文献辑录、整理乃至辑佚、校勘为核心的发展过程中，理论批评形态与

[①] 参见中国戏曲学院编《京剧选编·编辑凡例》，中国戏剧出版社1990年版。

之同步演进。

　　研究中国京剧选本的理论问题，首先应该明确的是中国京剧选本的理论有其明确的外在承载形式，以及由此所代表与生发的内在价值内涵。具体而言，中国京剧选本的外在承载形式主要包括标题与解题、序跋与凡例、内容与排序、考述与评介等几个方面。通过这些外在承载形式的变化，中国京剧选本的理论内涵价值主要围绕选本理论、京剧理论、选本经典化三个方面展开。

　　选本理论是以中国京剧选本作为整体考察对象的。通过梳理京剧选本标题与解题、序跋与凡例、内容与排序等外在表现形式的发展变化，以及其中详细阐发的观点内容，可以看出选本理论的价值内涵重点指向两个方面：其一，关于选本的文本功能以及由此影响下的价值定位方面；其二，在于京剧选本不断发展觉醒的文体意识与其所代表的京剧剧种独立方面。京剧选本的文本功能与价值定位先后围绕阅读文本的教化人心与表演文本的戏学指南展开，功能定位的差异也就代表选本价值的追求不同。而在文体意识与剧种独立方面，伴随京剧选本的演进更新，其对自我认知的探索过程也在不断趋于明晰与进步。从文体混杂到文体清楚，从剧种交缠到剧种独立，京剧选本在其外在承载形式中不断进行理论认知的突破与发展。

　　相对选本理论的整体宏观建构，中国京剧选本中关于京剧剧目的理论批评则是偏于微观个体。中国京剧选本从《戏考》开始加入的剧前述考环节，即是专门针对单篇剧目文本的评介。这些评介首先是以剧目文本为核心对象，对其展开文学层面的题材溯源、流变以及文本批评。同时，京剧作为表演艺术精粹，述考部分围绕剧目舞台表演的观演理论及其导演批评也是京剧理论的重要内容。当然，除却述考，京剧选本的序跋也在不同程度地展开文本批评与观演理论。应该指出，选本中关于京剧理论的表达通常兼具作者、读者、导演、观众等多重审美批评视角，但是最终通过选本作者（或者述考作者）一人之口予以集中阐释，因此也就需要选本作者（或者述考作者）具有较高的理论素养与审美品位。

作为选本，以"选"为主的文献集合过程也即京剧选本的经典化过程，关于京剧选本经典化的研究可从外在现象、促成方式以及相关影响等角度展开。一方面，京剧选本经典化的现象在其标题称名方面主要表现为从"大全"到"选集"再到"经典"的命名方式变化。而在内容选择方面，基于对剧目文本的反复认同，选本对经典剧目文本的选择不断趋于统一。另一方面，构成京剧选本经典化的方式主要是以选择和树立为主。选择是以市场票座为基本导向的，而树立则是更多偏向经由某种意识形态刻意为之的结果。当然，作为方式，选择和树立及其他更为多样的方式，其实是相互交叉影响的。而在选本经典化之后，其所带来的重复结果及其影响也是值得深入探讨的问题。

至此，关于中国京剧选本理论的研究可以总结为以标题与解题、序跋与凡例、内容与排序、考述与评介等为主体的外在承载形式层面，以及由此深入展开的选本理论、京剧理论、选本经典化等内涵价值层面。综上可知，中国京剧选本理论形式与内涵价值的研究，是以宏观整体与微观个案相互结合，而又呈现历时流变特征的综合研究。

第 五 章

副文本研究:插图与广告

1979年法国文论家热拉尔·热奈特在《广义文本之导论》中首次提出"副文本"概念,并在随后《隐迹手稿》(1982)、《门槛》(1987)、《普鲁斯特副文本》(1988)及《副文本入门》(1991)系列著作中不断深化与细化副文本研究。

现今学界已将副文本理论成功引入中国文学研究领域,并且取得骄人成果。但是鉴于研究对象的个体差异,学界对副文本的理解也有所不同:

> 就中国古代文学研究而言,对副文本的范畴,当有所修正,主要包括标题、序跋、题词、封面、插图、牌记、凡例、笺注、评点等。①

> 不过结合中国现代文学的实际,应对副文本的概念作一些修正:……"副文本"是相对于"正文本"而言的,是指正文本周边的一些辅助性文本因素,主要包括标题(含副标题)、序跋、扉页或题下题词(含献词、自题语、引语等)、图像(含封面画、插图、照片等)、注释、附录文字、书后广告、版权页等。②

---

① 何诗海:《作为副文本的明清文集凡例》,《文学评论》2016年第3期。
② 金宏宇:《中国现代文学的副文本》,《中国社会科学》2012年第6期。

可以看出，学界关于副文本的核心内涵认知明确，但是界限外延尚有异议。我们认为，"副文本"确实是对应"正文本"而言的，并且二者共同构成"全文本"。以书为例，严格来说，除开正文以外的目录、参考文献以及其他任何共同构成书的内容的元素都是副文本。具体到中国京剧选本领域，除开所选剧目/唱段/曲谱以外的其他内容，皆应属于副文本范畴。当然，我们在此着重讨论的是京剧选本副文本中的插图与广告部分，以期把握其与正文本剧选（包括唱段与曲谱）、全文本选本间的逻辑关联。

第一节 插图：技术革新·中心转移与文本阐释

图像还是插图？这是研究中国京剧选本关于"图"的概念辨析。上文所引金宏宇之《中国现代文学的副文本》中使用的图像概念，包含封面画、插图、照片等。确实，图像概念更为广泛："图像与文字一样，都是一种艺术地认识世界、表现世界的方式，在广义上也是一种'语言'，或者说，是一种'符号'。作为'语言'或'符号'，无论是文字还是图像，都是人际沟通的基本媒介。"[①]

但是，结合中国京剧选本及副文本理论来看，插图一词显然更为合理。原因如下。第一，封面、卷首、文内、封底等处只是图像介入文本的不同方位，相对以文字为中心的京剧选本而言，介入方式都是插入。第二，绘图抑或照片，只是物质技术呈现图像的方式差异，并不能改变图像插入文本的客观事实。第三，从副文本理论来看，图像只有以插入的方式介入全文本并对正文本产生阐释价值或者辅助功能，才可称作副文本。否则，其他任何与正文本相关的图像都有可能称作副文本，并且这些图像并不一定通过插入方式进

[①] 郭英德：《文学图像研究的学理依据与研究方法》，载颜彦《中国古代四大名著插图研究》，社会科学文献出版社2014年版，第3页。

入全文本，那么副文本概念将被不断泛化而失去意义。因此，我们承认图像概念包含插图，但在副文本领域，"插图"一词则是更为合理地解释了图像与文字间的主副关系，同时排除了其他并未构成文本内容而又可能与文本发生关联的任何图像因素。

中国京剧选本的插图在版式形态方面呈现出从文内插图到封面、卷首插图的过渡，在物质技术方面表现出由绘图到照片的革新，在内容传达方面体现出从戏台中心到名伶中心的转变。下面，我们就从这些现象变化着手，深入分析潜在其中的文本阐释问题。

一 技术革新与插图概览

中国京剧选本的插图经由一个从无到有的发展过程。而在这个过程中，从传统手绘到现代照相，图像呈现技术革新；从木刻雕版到现代排印，印刷技术不断演进。由此直观呈现出了中国京剧选本经由技术革新带来的插图版式形态与时俱进的发展变化。正因如此，我们拟从中国京剧选本中的绘图与照片两种插图系统入手，梳理呈现伴随物质技术革新带来的插图版式形态变化的过程。

物质技术革新与版式形态变化是中国京剧选本插图最为直观的现象传达。《梨园集成》的刊刻形态基本承续中国古代雕版印刷的成书模式，书坊刊刻误漏较多且无插图。而以刻本形态呈现的京剧选本除却《梨园集成》之外，还有清代末年的《真正京调四十二种》以及民国八年经由苕溪灌花叟主裱订而成的《醉白集》中的部分文本，但是它们均无插图。应该指出，传统雕版印刷技术刊刻颇费人力、物力，而且雕版的使用寿命相对较短，因此代价颇为昂贵。京剧本就属于"词曲小道"一类，且又更是花雅之争中的花部"俗曲"，其在发展最初之时，并未得到文士阶层的广泛关注。而在追求利益最大化的书坊角度，自然摒弃雕刻费时、耗资不菲的插图，从而也就形成早期以刊刻形态为代表的京剧选本未附插图的现象。而与刻本相似，抄本形态的京剧选本亦是受到物质技术的限制，同样不会出现插图。

中国京剧选本的插图因物质技术革新先后经历绘图与照片两种插图形态系统,下面我们先来梳理绘图版式形态的三个发展系统。

绘图版式形态发展的第一个系统,也即"绘图京都××班京调脚本"系列选本的出现。清代光绪中期以来,石印、铅印技术相继传入并且迅速崛起,由此开始急遽冲击传统坊刻出版方式,京剧选本的广泛印行乘势兴起。同时,伴随印刷技术革新的是京剧选本插图的出现。印刷出版技术的革新使绘图成为清末民初京剧选本出版市场的一项标配:"绘图京都××班京调脚本"的题名可以精确地概括此一阶段京剧选本的综合特征(见图5-1)。封面标题题首强调绘图,但在封面未有任何插图;不仅封面不附插图,而且一般正文中仍有单独一页突出标题,同样不附插图。那么,从京剧选本的封面标题到正文标题不断强调的绘图究竟是以何种方式插入选本中的呢?通过梳理清末民初绘图形态的系列选本,可以看到该类选本插图基本采取正文卷内、一剧一图,卷内标题之后、正文之前、先图后文、单页整版的插图版式(见图5-2)。

图5-1 "绘图京都××班京调脚本"封面

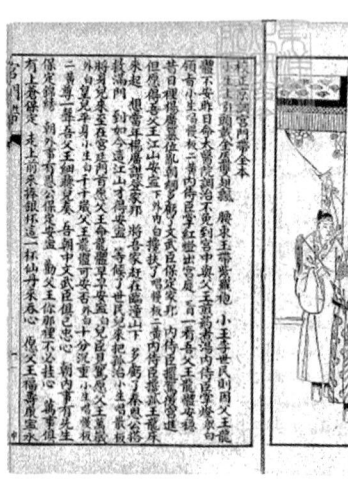

图5-2 《宫门带》之先图后文

由图5-1可见,"绘图京都××班京调脚本"系列选本的插图形态基本统一采取卷内标题之后、正文之前的版式，一剧一图。然而对于所配插图，一般分作图中附有文字标题与未附文字标题两种情况。其一，插图版内附有文字标题的版式形态（见图5-2），一般标题也即剧名，这种情况相对较为清楚明确。其二，对于插图版内未附文字标题的情况，一般也被默认所附插图即是剧目插图。但是因其插图未有文字标题，因此可能由此产生图文不符——也即插图错误的情况。如以光绪中期石印本《绘图京调五集》所收《乌龙院》（见图5-3）与《绘图京调七集》所收《南天门》（见图5-4）二种为例，二者配图完全相同，并且图内皆无文字标题。《乌龙院》正文标题"校正京调坐楼杀媳全本"，且其页间亦作"坐楼杀媳"。剧目取材于《水浒传》第二十回"虔婆醉打唐牛儿　宋江怒杀阎婆惜"前后。剧叙宋江纳妾阎婆惜，并以乌龙院为其母女栖身之所。婆惜与登徒子张文远有私而日厌宋江，有日，宋江夜宿乌龙院而遗失其与梁山往来书信，问之婆惜，直认不讳。婆惜以书反复要挟并欲告官，宋江无奈将其杀之。《南天门》正文标题"校正京调南天门

图5-3　《绘图京调五集》　　　图5-4　《绘图京调七集》
　　　之《乌龙院》　　　　　　　　　　之《南天门》

走雪逃难全本",页间题作"南天门"。剧叙明代吏部尚书曹正邦因触犯魏忠贤而被贬,携眷返乡途中遭遇埋伏,仅有老仆曹福与女玉莲幸免于难。曹福、玉莲二人共赴山西大同投亲,时值寒冬,冻僵难行。二人一路艰辛,行至广华山,天降大雪,曹福解衣给玉莲御寒,自己却被冻死。上天嘉其忠义,引封为仙。玉莲则由大同总镇蔡同善派人接回得救。

通过对比题材内容可以看出,《乌龙院》与《南天门》是两种完全不同的京剧剧目,并且二者应工角色亦有鲜明差异。《乌龙院》由生角扮演宋江,旦角扮演阎婆惜;《南天门》则由外角(老生)扮演曹福,旦角扮演曹玉莲。不仅生角应工行当有异,而且同为旦角,阎婆惜则由花旦应工,曹玉莲则由青衣应工,从中亦可见出细节区别。由此再来仔细揣摩插图,二者插图皆为一生一旦的格局:生角头戴儒巾,身着长袍,脚踩厚底靴,左手胸前揽须,右手执扇指向前方,目光指引扇子指向之处,横眉倒竖,满面怒容。旦角服饰则是清末汉装常服而又花团锦簇,头戴珠花饰物,双手叉腰,面带怒容而斜睨生角。由此看来,插图展示的生旦二者角色关系是有一种潜在的紧张氛围的。而在更为微妙的细节处理方面,则更加明确了插图的内容指向。其一,是生角的髯口。插图中生角佩戴黑色三髯,而非白色满髯,证明角色身份应为生角而非外角(老生)。[①]其二,生角右手执扇,扇子作为道具并不符合《南天门》中老生身份,更不符合剧情演绎的寒冬走雪场景。其三,旦角服饰花纹精美,亦不符合青衣装扮,应属花旦。其四,旦角斜睨生角的眼神与姿态,以及插图中二者之间潜在的紧张氛围,并不符合《南天门》中的人物关系场,反而更加贴合《乌龙院》中"坐楼杀媳"的关目前兆。因此种种,综合来看图 5-3 与图 5-4 是完全相同的两幅插图,其实表现的只是《乌龙院》一种内容,由于插图内部缺少标题,从而

[①] 按:绘图中对于生角髯口会有不同处理方式,黑色与白色髯口会在颜色与线条方面做出差异化处理。

导致了一图多用而又图文不符的错误情况。相对而言，图5-2这种插图版内附有图像标题的版式更加清楚明确，因此得到更为广泛的运用。

绘图版式形态发展的第二个系统，也即以民国十四年上海世界书局出版的《戏画大观》为代表，标题强调"戏画"也即有"戏"有"画"且"戏"与"画"并重。该本作为词选类型选本，插图版式采取文内插图、一段一图、图文交错模式（见图5-5至图5-8）。需要重点指出的是，该本插图出自清末民国时期著名画家钱病鹤之手，是绘图作者在实际观摩各位名伶演出基础上完成的。因此，即便对于同一剧目，因演出名伶的不同以及唱段选录的区别，也会直接影响插图内容的侧重差异。以《打棍出箱》为例，《戏画大观》分别收录《王又宸之打棍出箱》（见图5-5）、《王雨田之打棍出箱》（见图5-6）、《贵俊卿之打棍出箱》（见图5-7）、《贯大元之打棍出箱》（见图5-8）四种，基于表演名伶的个体差异，以及选段内容的具体区别，绘图作者对同一剧目的具体呈现也有不同。通过插图及其选段可以发现：图5-5《王又宸之打棍出箱》着重展现生角范仲禹夜深人静之时，对与妻儿失散的悲切感叹，因此画面只有生角一人。而另外三幅则是重点展现生角受到净角欺骗之后的自我忏悔，因此绘图又将净角作为穿插人物进行展现。需要指出的是，绘图对王雨田、贵俊卿、贯大元三位名伶对同一唱段的展示也存有细节描摹区分。由此可见，《戏画大观》又名《全国名伶秘本戏画大观》，并将编辑者署名为"全国名伶"，这种做法并非单是出于自抬身价的宣传广告行为，而是确有著作版权的归属意识。

绘图版式形态发展的第三个系统是以民国十五年上海世界书局出版的《绘图京调大观》2集为代表。从其标题命名来看，强调"绘图"与"京调"的方式基本延续清末民初阶段"绘图京都××班京调脚本"系列选本的综合特征。但是就其插图版式形态而言，则

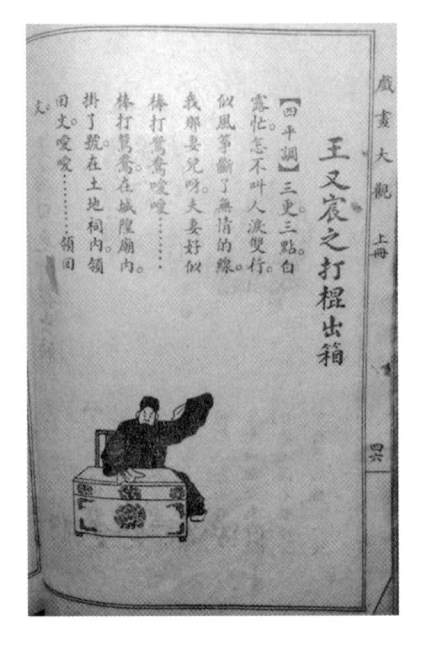

294　中国京剧选本研究(1790—1949)

图 5-5　《王又宸之打棍出箱》　　图 5-6　《王雨田之打棍出箱》

图 5-7　《贵俊卿之打棍出箱》　　图 5-8　《贯大元之打棍出箱》

已发生明显变化。首先，插图版式由正文卷内、一剧一图的模式转变成了封面插图（见图 5-9）与卷首插图（见图 5-10）。其次，因插图版式的变化同时带来了插图数量的变化，原本一剧一图的稳定数量关系遭到破坏，取而代之的是封面插图只有一幅，卷首插图数量多寡不一，但是远远低于选录剧目数量的情况。如在《绘图京调大观》第 1 集中收剧 52 种，但是插图只有 13 幅（包括封面插图 1 幅），这种插图版式以及数量关系的变化打破了图文关系间的稳定性。最后，同样作为绘图，对比"绘图京都××班京调脚本"系列选本的插图（如图 5-3）与图 5-10 可以发现，后者的绘图背景不再限于中国古典戏曲舞台的写意风格（如图 5-3《乌龙院》插图即是戏曲舞台表演场景），而是更多偏于剧目故事场景的写实展现。如图 5-10《独木关》的绘图虽然在角色装扮方面仍是戏曲舞台演出状态，但在环境设置方面则是偏于写实，不合中国古典戏曲舞台写意风格。

图 5-9　《绘图京调大观》封面插图　　　图 5-10　《绘图京调大观》卷首插图

而在第三个系统，当插图由正文卷内移向封面、卷首，内容也由剧目场景扩展到了角色脸谱。民国十五年李菊侪编辑、上海泰东书局出版的《戏本》第2册卷首即有脸谱图8幅、手式图2幅、搂髯口图说6幅,另外文本内部还有剧前插图。这种变化不仅扩展了京剧选本插图的具体表现内容,而且使插图更加趋向于实际舞台演出层面。其实,绘图版式形态的发展变化,尤其是到第三个系统之中,插图版式由正文卷内移至封面卷首,内容也从戏台演出场景的写意风格转变成了剧目故事场景的写实展现,实际是在不断受到照片插图形态的冲击影响。下面我们再来归纳照片版式形态的发展变化,基本也可分作三个发展系统。

照片版式形态发展的第一个系统以"京调唱本排印本"系列最具代表性。清末民初,北京打磨厂泰山堂、致文堂、宝文堂、老二酉堂及杨梅竹斜街中华印刷局集中出版了系列京调唱本。这些京调唱本统一采取封面插图版式,并且配图多以名伶剧照为主(见图5-11)。以图为中心,图上标题(包含解题)、图下牌记、左右两侧配以相关剧目标题或者宣传文字。需要指出的是,这种以名伶剧照为主的插图版式,往往图上标题剧目也即插图剧照,同时左右两侧的名伶姓名也即插图剧照的名伶本人。如在图5-11中,封面最上横题"钓金龟",其下插图也即京剧《钓金龟》剧照。插图右侧竖题"龚云甫游六殿",左侧竖题"滑油山上天台"。其中"龚云甫"对应解题"名角准词",同时指示插图之中老旦角色即为龚云甫,扮演《钓金龟》中康氏;余下《游六殿》《滑油山》《上天台》则为该种唱本具体所收剧目之名,加上最上标题《钓金龟》一种,总计选录剧目4种。这种封面剧照居中的插图方式是京调唱本系列选本最常见的版式形态。当然,除此之外,也有少数京调唱本是以时代女性照片或者与所选剧目毫不相关的其他剧目照片作为插图的。如以图5-12为例,该剧封面标题《徐母骂曹》与《虮蜡庙》两种,实际收剧也是如此,但是插图内容则是与选篇剧目毫无关联的《黛玉葬花》剧照。

图 5-11　北京打磨厂泰山堂之《钓金龟》

图 5-12　杨梅竹斜街中华印刷局之《徐母骂曹》

照片版式形态发展的第二个系统是由《戏考》开始建立的。上海《申报》1912年8月1日的《自由谈》副刊载有《阳历八月十号阴历六月廿八日〈戏考〉出版了》的广告指出:

《戏考》第一册本拟于八月五号出版，兹以加入名伶杨小楼等小影，雕刻需时，不得已缓至八月十日发行。先将其内容揭露如下：一　名伶小影（汪桂芬即汪大头）（谭鑫培即小叫天）（恩晓峰）（王楞仙之化妆）（贾碧云）（著名青衫王瑶卿与小叫天合演南天门跌雪图）（杨小楼）（贵俊卿）（吴彩霞）（陈文启）（德建堂）（朱素云）（赵如泉）（吕月樵）（沈韵秋）（王永利）（纳绍先）（小桂芬）（伍月华）（朱筱艺）（沈月来）（林步青）（小桂枝）（王蕙芬之化妆）。二　戏考（空城计）（打鼓骂曹）（捉放曹）（文昭关）（天水关）（黄金台）（黄鹤楼）（柴桑口）（取成都）（战北原）（七星灯）（双狮图）（洪羊洞）

(乌龙院)(清官册)(三娘教子)(桑园寄子)(硃砂痣)(牧羊卷)(乌盆计)。三 曲本，戏目同前。

广告所言"小影"也即照片，其将《戏考》具体内容分作三个部分：第一为名伶照片（共 24 张），第二为《戏考》目录（共 20 种），第三为曲本内容（共 20 种）。因此可见，名伶照片作为《戏考》内容的第一部分附在卷首，排列位置相较选本目录还要靠前。并且，对于"名伶小影"的加入，《戏考》专门对此作以广告说明，由此可见重视程度。自此以后，《戏考》不断刊登广告寻求名伶照片用以附在选本卷首。但是就其版式形态来看，《戏考》对于照片的插入始终将其放在封面之后、目录之前；照片之旁附有相关文字说明，同时目录页内也会开列照片目录。至于照片内容，一般分作名伶戏装与名伶便装两种。然而由于《戏考》收剧数量庞大，当时照相技术有限，因此单册之中照片内容很难与选录剧目做到相互照应。如在《戏考》第 1 册"名伶小影"中即有"著名青衫王瑶卿与小叫天合演南天门之图"（见图 5-13），但是直至《戏考》第 4 册才有收录《南天门》剧本。在此还需指出的是，《戏考》虽然已将照片插

图 5-13 《戏考》之《南天门》（右图）

图广泛应用于选本卷首，但是其在封面设计方面一直未用照片。而民国十二年上海文明书局出版的《戏曲大全》12 册也是采用卷首插图版式，但是仅在第 1 册之总卷首附有插图，其余分册未附。

照片版式形态发展的第三个系统也是对前面两个系统的综合，即将照片插图同时用于选本的封面与卷首。就其封面插图，一般保留"京调唱本排印本"系列封面设计风格；而卷首插图，则与《戏考》等相同。封面与卷首同时采用照片插图的版式形态始于 20 世纪 20 年代，最初是以北京中华印刷局、致文堂书局等编印的词选类型选本为主，而后广泛应用到各类型选本中，并且 1926 年的《绘图京调大观》也受此影响。这种封面与卷首综合使用照片插图的版式形态一直延续至今。而在 20 世纪 50 年代以后，部分京剧选本不仅在封面与卷首使用照片插图，而且还在选篇剧目文本之中配以相关剧照插图，从而使得副文本插图与正文本剧选的关联更加紧密。

通过上述梳理可以发现，中国京剧选本副文本插图的演变轨迹是紧随近代以来物质技术变革而不断变化更新的。从传统雕版印刷到近代石印、铅印技术的飞跃，是中国京剧选本副文本插图从无到有的生成过程。尽管明清以来雕版印刷出版的戏曲小说插图现象十分普遍，但是京剧选本产生初期，雕版形态的《梨园集成》等并未配以插图。伴随石印技术的引入与广泛使用，绘图形态的插图逐渐成为京剧选本的标准配置：一剧一图、先图后文的版式形态成为石印本"绘图京都××班京调脚本"系列选本的综合特征。而在此后，因物质技术的再次革新，铅印与照相技术的发展，京剧选本的插图版式也从正文卷内转移到了封面或者卷首。总之，中国京剧选本副文本插图的版式形态变化是与近代印刷、照相技术的革新演变密切关联的。

二　中心转移与阐释疏离

插图作为中国京剧选本的副文本，其与物质技术革新以及版式形态发展同步演进变化的是插图表现出的中心内容的转折。从绘图形态的戏台中心①到照片形态的名伶中心,中国京剧选本的副文本插图在其中心内容呈现方面发生重要转移,而在版式形态与中心内容不断发展变化的基础上,副文本插图与正文本剧选间的文本阐释核心内容也由此发生了转变。

(一) 中心转移:从戏台中心到名伶中心

绘图是中国京剧选本插图物质技术的第一种方式,也是现代照相技术产生以前各类书籍插图最为通行的技术方式。绘图,顾名思义是以手绘图像方式表现绘图作者对某个场景的印象、感悟与理解,而后再经印刷技术插入文本之中,使其成为全文本选本的重要内容之一,并与正文本剧选发生文本阐释关系。

作为中国京剧选本的副文本插图,其以绘图方式呈现出的内容,形象地传达出了作者对剧情内涵的灵感理解与戏台表演的顷刻捕捉。然而对此需要进行分辨的是,绘图作者对剧情内涵的灵感理解,往往是建立在其观看表演的基础上的,并且最终呈现出的插图画面即是对戏台表演进程中的顷刻捕捉。何谓"顷刻捕捉"?莱辛的《拉奥孔》中解释为:"绘画在它的同时并列的构图里,只能运用动作的某一顷刻,所以就要选择最富于孕育性的那一顷刻,使得前前后后都可以从这一顷刻中得到最清楚的理解。"② 换言之,"莱辛认为绘画应该在定时定点的场景呈现中展示事件发展的来龙去脉,从而使观者把握整个事件的发展过程"③。对于绘图形态的中国京剧选本副文本插图而言,这种"顷刻"不仅最富于孕育性地勾连剧情进展的前前后后,而且还是这一剧目在戏台演出过程中最富人物关系张力的画面定格。同时,也是围绕剧目名称呈现出的最具典型意义的图像阐释。

---

① 按:在此我们使用"戏台"而非"舞台",是因为"戏台"一词对中国京剧选本的插图场景更具有针对性,同时也更加符合中国古典戏曲演剧的现实状态。
② [德]莱辛:《拉奥孔》,朱光潜译,安徽教育出版社2006年版,第92页。
③ 颜彦:《中国古代四大名著插图研究》,社会科学文献出版社2014年版,第164页。

为何要将绘图形态的京剧选本副文本插图归为对戏台中心表演高潮画面的顷刻捕捉呢？我们可从文字文献与插图文献两个层面对其展开分析。

先来分析文字文献层面。应该承认，中国京剧选本的副文本除却我们在此重点讨论的插图与广告两大部分外，还应包括标题、序跋、凡例之属。其中，凡例的出现相对较晚，而且1949年以前的京剧选本附有凡例的情况亦不常有，因此凡例中论述插图的内容也就更加少见了。而在绘图版式形态的京剧选本中，仅有《戏画大观》前附《例言》之第二条指出："一　插图精美　本书注重美术。每逢名伶献技时，特请海上美术家入场观剧，实地写生，姿态逼真，栩栩欲活。总计戏画二百余幕，人手一编，赛似临场观剧，妙用无穷。"据此《例言》可知，《戏画大观》所附插图是由绘图作者钱病鹤执笔完成的，其中所绘插图皆以戏台中心的观演写生为蓝本，而非凭借绘图者的个人想象。对于这种以戏台中心的实地观演体验为基础的绘图选本，作者认为"赛似临场观剧"，甚至《提要》补充说明："摹绘姿势、灵妙入神，宛如目睹活剧好戏。……较之置身戏院，耗财劳神者，实有天壤之别。"从而将其文本功能提升到了观画即可取代观剧的层面。

虽然《戏画大观》之外，鲜有京剧选本再对绘图形态的副文本插图临场写生的生产过程予以明确交代，但是我们可以由此证明绘图形态的京剧选本是对戏台中心表演顷刻的忠实记录。犹如动态热闹的场上表演高潮瞬间，定格成为静态形象的京剧选本手绘插图；即便移作纸上，仍可想见台上。与此同时，中国京剧选本的绘图对于戏台中心的刻画还表现在其标题方面。清末民初"绘图京都××班京调脚本"系列选本是以绘图方式表现京剧选本插图最为集中的阶段，而其选本标题在强调"绘图"的同时，也在强调"名班"。这种命名方式不仅使选本成为名班、名伶脚本的具体体现，而且也使绘图与名班、名伶脚本互为映衬，共同形成选本是舞台演出脚本实录的证据。因此，中国京剧选本的标题、序跋、凡例等文字文献层面虽然直接涉及绘图形态戏台中心的内容有限，但是从其"入场观剧、实地写生"的过程交代来看，绘图作者的创作是在戏台中心的观演前提下完成的。

再来分析插图文献层面。我们强调绘图形态的副文本插图是以戏台观演为中心的原因，除了部分文字文献的论述记载之外，最为重要的还是从中国京剧选本的插图本身出发。在物质技术尚未发达之前，绘图作为中国京剧选本副文本插图得以呈现的唯一方式，它是如何通过手绘图画方式传达作者"临场观剧，实地写生"的艺术生产过程的呢？我们可以根据清末民初"绘图京都××班京调脚本"系列选本的具体插图内容对此问题进行详细分析。图5-14为光绪中期石印本，内署"京都响遏行云楼原稿"的《绘图京调乙集》，插图内容为《四郎探母中本》；图5-15为清末上海集成图书公司石印本《绘图京都三庆班京调申集》，插图内容为《别宫祭江》；图5-16为民国三年上海改良小说书局石印本《中华共和梨园界京戏脚本十一集》，插图内容为《托兆碰碑》。这三幅取自不同选本、不同剧目的插图，是如何在绘图形态内具体展现戏台中心演出顷刻的呢？我们可从插图中的人物装扮与环境设置两个方面加以探讨。

图 5-14　《四郎探母》　　　　**图 5-15　《别宫祭江》**

图 5-16 《托兆碰碑》

绘图形态的中国京剧选本插图对角色形象的表达统一呈现在人物的戏曲服饰装扮方面,这是中国京剧选本插图能够鲜明区别于同题材小说插图,以及明清时期的戏曲选本插图最为显著的特征。图 5-14 呈现的是《四郎探母中本》的一幕,需要指出的是,清末民初的京剧选本通常将《四郎探母》分作前、中、后三本,中本也即"盗令"部分,图 5-14 即是将盗令前的夫妻议事画面予以呈现。生角四郎杨延辉头戴翎子、面挂三髯,身穿朝服、脚踩厚靴,正襟危坐;左手扶着腰间玉带,右手捋着面下胡须,目视前方,若有所言。旦角铁镜公主则是旗装服饰,怀抱婴儿,身后丫鬟随侍。绘图对于生角杨延辉与旦角铁镜公主的形象描绘完全符合当时京剧舞台演出的角色装扮风格,并且这种风格一直延续至今。图 5-15 呈现的是旦角孙尚香祭江画面,插图中旦角背向上场门而面向前方,身穿素服,以手拭泪,两侧丫鬟亦是宫装女子装扮。图 5-16 描绘的是老生杨继业碰碑场景,图中老生头失盔帽、面戴满髯,胡须苍苍、满面愁容,脚踩厚靴、跌跪在地,一手扶额哀戚,一手怒指碑石;碑后站一童子,手持拂尘。绘图中老生杨令公英雄末路、无奈碰碑前的悲惨绝望之态令人望而叹惋。通过对三幅插图人物装扮的考察可以看出:翎子、髯口、厚靴、宫装一类服饰内容既是绘图作者所精心描摹的,同时也是京剧舞台角色身份的具体象征。并且,这种舞台装扮风格一直延续至今。

由此可见,绘图形态的插图着力展现的是戏曲舞台上的演出场景,而非题材故事中的人物画像。因为一旦失去了戏台中心的演出场景与题材故事的人物画像二者间的界限区别,绘图内容可能就会因此变得模糊不清。我们再以图5-17之《绘图京调大观》第1集卷首之《黛玉葬花》插图为例,对戏台中心的演出场景与题材故事的人物画像间的界限意义进行详细阐释。插图中,黛玉形象迥异于京剧中常见的闺门旦造型,身上服饰亦不同于一般旦角装扮。这种绘图形象明显受到梅兰芳演出《黛玉葬花》的影响(见图5-18)。对于旦角林黛玉的装束,梅兰芳曾经如此描述:"黛玉的扮相与嫦娥小有不同,(一)服装:葬花时上穿大襟软绸的短袄,下系软绸的长裙,腰里加上一条用软纱做的短的围裙,是临上装的时候,把它折叠成的。外系丝带,两边还有玉佩。回房时外加软绸素帔,用五彩绣

图5-17 《绘图京调大观》之《黛玉葬花》　　图5-18 梅兰芳之《黛玉葬花》

成八个团花,缀在帔上。(二)头面:头上正面梳三个髻,上下叠成'品'字形,旁边戴着翠花或珠花。"[1] 对比图 5-17 的绘图与图 5-18 的照片,可以发现绘图作品显然是对梅兰芳《黛玉葬花》古装扮相的完整继承。并且,京剧选本《绘图京调大观》在其目录中明确将《黛玉葬花》以及梅派剧目《千金一笑》《麻姑献寿》等归为旦部之"古装花旦戏",亦可作为其证。

然而,值得继续追问的是,梅兰芳对于《黛玉葬花》造型的创新,为何能够成功并且影响深远?这就要从梅兰芳编演的第一部古装戏《嫦娥奔月》谈起。梅兰芳于民国四年排演节令戏《嫦娥奔月》时,别出心裁地将剧中嫦娥的扮相改作古装:"所以我的主张,应该别开生面,从画里去找材料。这条路子,我们戏剧界还没有人走过。我下了决心,大着胆子,要来尝试一下。在这原则确定以后,我的那些热心朋友,一个个分头替我或借或买的收集了许多古画。根据画中仕女的装束,做我们创制古装戏的蓝本。"[2] 基于《嫦娥奔月》创作演出的成功经验,梅兰芳及其"热心朋友"沿着"古装戏"的路径开始编演"红楼戏",其中第一种即是《黛玉葬花》。由此可见,梅兰芳对嫦娥、黛玉乃至麻姑(《麻姑献寿》)、天女(《天女散花》)一类角色形象的造型灵感来自古装仕女图像。既然角色形象的造型设计本就来自图像,那么当其以副文本插图的"新身份"重新回归到图像系统中时,就可看到其与古典仕女图像的异曲同工之妙了。因此,梅兰芳版本的《黛玉葬花》因其主要取材于小说《红楼梦》第二十三回"西厢记妙词通戏语 牡丹亭艳曲警芳心",同时参考第二十七回"滴翠亭杨妃戏彩蝶 埋香塚飞燕泣残红";所以,其对旦角林黛玉的舞台装扮既是基于仕女图像的审美借鉴,又是对于小说情节的画面还原。换言之,《绘图京调大观》中的《黛玉葬花》插图一旦离开京剧选本这一副文本插图生存的根源所在,

---

[1] 梅兰芳:《舞台生活四十年》,中国戏剧出版社 1987 年版,第 297 页。
[2] 梅兰芳:《舞台生活四十年》,中国戏剧出版社 1987 年版,第 281—282 页。

单就图像中的人物造型本身而言，读者根本无从分辨这幅插图究竟是属于小说情节插图，还是戏曲演出场景插图。甚至因梅兰芳对于《黛玉葬花》古装扮相的成功，将其插图移至小说之中作为副文本亦能得到同样的阐释效果。

同时，京剧选本对于《黛玉葬花》插图的特殊呈现，不仅是因其舞台形象偏于古装仕女造型，从而造成一旦脱离文本环境，便有混淆难辨之惑；更是由于插图对于环境氛围的点染塑造，更加模糊了戏台中心演出场景与题材故事人物画像间的界限区别。仔细观察图 5-17 可以发现，绘图在林黛玉手把花锄的整体造型之外，还加入了树木、山石、春草一类渲染环境氛围的景物。这种做法在以写意为主导的中国戏曲舞台上是十分不可取的，但是对于题材和造型均有特殊本源的《黛玉葬花》而言，这种偏于写实的绘图风格却又显得无可厚非。而在《黛玉葬花》之外，《绘图京调大观》第 2 集共有插图 26 幅，另有《独木关》一种在戏曲角色造型之外加入写实性的环境描摹（见图 5-10）。其余 25 幅插图除却表现角色之时，偶有加入桌椅等戏台常见道具之外，再无其他多余事物。对于这种大幅度留白的绘图风格，我们甚至可以将留白部分看作戏曲角色正在表演时的戏台空间，一旦绘图之中出现戏台空间之外的景物——诸如图 5-10 之《独木关》中的远山、城池、冷月等，便使整幅插图有画蛇添足之嫌，从而失去了戏台中心独特的写意意境。

至此，我们明确认知到了绘图形态的中国京剧选本插图是以戏台中心的演出场景作为插图人物形象塑造的基本原则，并以梅兰芳《黛玉葬花》的个案现象考辨了绘图一旦模糊了演出场景与人物画像间的风格界限，便会出现混淆视听的弊端。而在另一层面，我们强调绘图形态的戏台中心也是基于其对戏台环境的明确设置。如果说我们对于《绘图京调大观》中插图的留白需要通过阐释与解读才能将其视为角色演出过程中的戏台空间，那么图 5-14、图 5-15、图 5-16 则是通过环境设置具体展示戏台中心的演出场景。具体而言，绘图形态的中国京剧选本插图对于戏台中心的演出场景暗示可从

"幕与灯""桌与椅"两类不同功能的构图细节设置方面寻找例证。

幕与灯，这是戏台中心公共空间的环境渲染。图5-14中，丫鬟身后，画面的最远处设有一根圆柱，圆柱之上绘有一盏罩灯，罩灯之中绘有隐约可见的燃烧灯光。而在圆柱左侧，则用组合而成的卐字花纹代表帘幕，帘幕之中的几何曲线表示幕布被撩起，其中的留白空间则表示被撩起的幕后是另一个不可被读者（观众）观看的空间——也即供演职人员化装调控的后台。毋庸讳言，图5-14对于帘幕的勾画是用比较刻板的几何直线表示的。对比之下，图5-15的描摹则是细致而清晰的。图5-15以旦角孙尚香为中心，在其身后矗立一根圆柱，同样柱上设有正在燃烧照明的罩灯；在其左侧，也即画面层次的最深处，设有一幅具有花纹细节的帘幕。帘幕的上方为帘，帘下线条也即流苏装饰，流苏之下则是被撩起的帷幕，帷幕中的留白同样表示不可被看的后台空间。而在图5-16中，帘幕与灯的绘图则更加精美逼真。图中，帘幕与灯皆在画面右侧，灯的支架的回纹描绘与帘幕被撩起的线条感觉既细腻又真实。同时，图5-16对于戏台中心公共空间的环境渲染还表现在画面最深处的横向栏杆上面，栏杆、圆柱、帘幕共同构成戏台前后的空间区隔。

桌与椅，则是戏台中心演出场景的基本道具。一桌二椅，这是中国古典戏曲舞台上最基本、最常见、也是最富多重内涵意义的砌末道具。图5-14中，二椅在前，一桌在后，生角杨四郎与旦角铁镜公主夫妻二人对坐，因此一桌二椅构成的演出场景即是"坐宫·盗令"一段的宫闱内院。图5-15有桌无椅，桌上设有香炉烛台，此桌便是供桌，桌后站立的是伤心拭泪的旦角孙尚香，桌前则是旦角面对祭奠的滔滔江水。而在图5-16中，则是有椅无桌，椅前设"李陵碑"道具，椅上站一童子手执拂尘。此时之椅，既可指代李陵墓之坟头，又可作为童子驾御之云团。因此，一桌二椅的基本道具配置因随剧情发展的不同需要而在插图中具有意义迥异的内核指向。插图借助桌与椅这种中国古典戏曲中具有典型意义的砌末道具，精准地传达其在具体剧目演出进程中的独特意义，同时将插图画面定格成了戏台中心的演出场景。

通过对三幅插图的分析，可以看出，虽然幕与灯在三幅插图中各自只出现一次，或左或右；而在实际的戏台空间场域中，幕与灯则是两两相互对称的关系。尤其帘幕方面，因有"出将""入相"的上、下场门区别，左右两边的帘幕绘图即是分别代表上、下场门的具体差异。同时应该看到，绘图作者对幕与灯或左或右的区别设置，其实是基于其所依据的观众位置视角差异。因绘图作者所在观众席位的空间差异，也就致使其视觉聚焦的内容不同；故而，绘图作者能够看到并在有限的绘图空间中表现出的内容也是千差万别的。然而，即使存在绘画聚焦艺术的不同，绘图作者仍然通过图中角色的目视前方用以表示"前方"即是戏台对面的观众席位。其实，"最令人感兴趣的，不是方法本身而是方法的选择"①。中国京剧选本的副文本插图正是在有限的绘图空间中，通过对不同图像元素的选择与运用，借助帘幕与灯、一桌二椅等戏台空间最为常见的事物，以及对角色装扮的形象描摹，共同形成戏台中心演出场景高潮的顷刻传达。

从戏班脚本到名伶脚本，这是中国京剧选本脚本实录的演变轨迹，同时也是京剧选本插图由绘图戏台中心向照片名伶中心发展过渡的进程。以"绘图京都××班京调脚本"系列为代表的选本，其在封面标题中着重凸显名班，但是部分选本却在正文每剧之前同时强调"京都头等（壹等）名角×××曲本（脚本）"，用以证明所选文本皆是名伶秘本。而在插图层面，因绘图物质技术的客观局限性，所绘之图即便是以名伶为具体内容，但是仍需具体展示其在戏台中心表演过程中的精彩画面，并且同时需要文字标注加以详细说明。否则单从绘图内容来看，读者根本无从分辨所绘名伶是何人。即以《全国名伶秘本戏画大观》为例，如若失去《例言》之二与选段标题"王又宸之打棍出箱"等文字注解，那么"绘图"则与"名伶"

---

① 姜澄清：《中国绘画精神体系》，辽宁教育出版社1992年版，第239页。

在文本关系方面产生疏离,而基于名伶表演顷刻完成的绘图也会因此失去意义。

照片,作为近代物质技术革新的产物,迅速应用并且取代绘图的节奏与插图版式形态的过渡几乎同步进行。当插图从卷内转移到更为引人注目的封面与卷首时,插图的物质技术也从传统手绘转向现代照相。

同样作为中国京剧选本的副文本插图,照片因其对图像呈现技术的革新,使得视觉中心的信息传达与审美效果都在由此发生转变。"照片乃是一则空间和时间的切片。在一个由摄影形象支配的世界里,所有的界限('框架')俨然都是专断的。一切事物都可以与其他事物分割,可以被切断。……它是一种拒绝联系和连续性,但又赋予每一刻以神秘性质的世界观。"[①] 因此,照片"拒绝联系和连续性"的特征,与莱辛《拉奥孔》中"前前后后都可以从这一顷刻中得到最清楚的理解"的特征是截然相反的。

对于照片形态的名伶中心个人风采展示,我们亦可从文字文献与插图文献两个层面对其分别解读。

文字文献层面,"名伶小影"一词是中国京剧选本开始使用照片作为插图内容时即已重点宣传的方向。而在具体选本中,《戏考》以"名伶小影"的照片置于每册卷首,并且将其作为选本内容的重要组成部分之一。同时,选本中每幅照片的标题多以"名伶"开头、"小影"结尾。图5-19与图5-20分别为《戏考》第23册卷首所载"梅兰芳天女散花图摄影之一""梅兰芳天女散花图摄影之二",每图左侧分别标注"名伶小影"文字。图5-21与图5-22分别为《戏学汇考》第1册卷首所载"名伶贯大元戏装小影""名伶荀慧生(即白牡丹)便装小影"与"名伶尚小云便装小影",题首皆以"名伶"二字为开端。应该指出的是,"名伶"不仅是中国京剧选本的

[①] [美]苏珊·桑塔格:《论摄影》,艾红华、毛建雄译,湖南美术出版社1999年版,第33—34页。

副文本插图标题所要重点强调的,更是照片本身所能直接凸显与具体呈现的。我们认为中国京剧选本的插图物质技术由绘图到照相的变革,同时也是戏台中心到名伶中心的转移。

图 5-19　梅兰芳《天女散花》摄影之一 　　图 5-20　梅兰芳《天女散花》摄影之二

图 5-21　名伶贯大元
　　　　　戏装小影 　　　　图 5-22　名伶荀慧生、名伶尚小云便装小影

照片形态的副文本插图分作名伶便装与名伶戏装两种风格,然而无论便装还是戏装,照片所要传达的重点内容都是名伶精心修饰

过的个人风采。换言之，名伶照片的核心内容既不在于表达其所擅演的剧目文本，也不在于表达其所扮演的某个角色，而单单在于其通过现代摄影技术展示的个人风采。当然，这种风采既有名伶在其戏装之后作为"名伶"所能传达的剧中人物神韵，也有其作为"个人"所要重点呈现的面貌神采。如在图 5-21 中，一般而言，读者无法通过照片及其标题立即得知名伶贯大元具体扮演的剧目与角色，但是可以根据照片中的人物身段、神态、表情看到名伶贯大元在装扮须生一类角色时的神韵。而在图 5-22 中，名伶荀慧生及尚小云的便装小影是其个人真实面貌的展示，但是单就照片而言，一般读者仅能得知这是一幅青年男子的半身照片，根本无法将其与具体京剧名伶联系在一起。因此，此时名伶照片的意义只能通过标题文字或者其所依附的其他文本环境得以彰显。

然而，即便对于名伶戏装，从其角色装扮与摄影环境来看，照片所要重点凸显的也是名伶装扮之后的个人风采与身段艺术。图 5-23 与图 5-24 分别是《戏学汇考》第 1 卷所载"名伶朱琴心戏装小影""名伶杨宝森戏装小影"，文字标题仅仅说明"戏装"，但未具体指出何戏之装。而从照片来看，图 5-23 中名伶朱琴心所扮角色是旦角无疑，图 5-24 中名伶杨宝森所扮亦是其所擅演的老生，但是读者根本无法就此判定二人所扮角色究竟是何戏中的何人。尤其是图 5-23 中，朱琴心的古装旦角装扮适用剧目较多，因其缺乏具体能够彰显角色身份的砌末道具等，从而导致其与所扮剧目中的角色人物之间产生距离。甚至一旦失去文字标题、脱离选本环境，这幅照片插图可移作同时期的古装电影或者广告牌中的仕女图片作使用。相对而言，图 5-24 中杨宝森的装扮完全采用老生（靠把老生）最为常见的装扮——盔甲、靠旗、白须满髯，同时手提大刀，从而使得照片聚焦的中心在戏曲行当范围之内。然而即便如此，中国京剧因其独特的行当艺术，以此装扮出现的戏曲人物并非个案，《定军山》中的黄忠、《失街亭》中的王平、《李陵碑》中的杨继业等均可采用此种装扮艺术。

图 5-23　名伶朱琴心戏装小影　　图 5-24　名伶杨宝森戏装小影

  同时，照片对于摄影环境的展示更加模糊了戏曲场景的具体背景，甚至完全脱离了戏曲舞台的背景空间。图 5-21 中名伶贯大元的戏装小影所展示的背景环境是一幅湖畔树木风景图，远山近水、高树低花，这种幕布风景并非戏曲舞台所有，而是当时摄影棚内常用造景。图 5-23 与图 5-24 的背景环境则是房屋建筑，但是仔细观察仍可发现，这种建筑画面既非戏台，亦非实景，而是摄影棚内幕布，这是当时京剧选本照片插图较为通行的摄影方法："初版《戏考》的照片，大部分是照相馆室内摄影，很少有室外或舞台上的摄影。"① 然而，这些棚内幕布造景非但无助于戏曲场景的展示，反而会因为部分幕布偏于西洋油画风格而使名伶刻意装扮的戏装角色造型美感氛围遭到破坏。这就说明，对于照片形态的中国京剧选本副文本插图而言，名伶戏装与名伶便装一样，其所重点追求与展现的都是名伶精心修饰的个人风采。因而，名伶照片作为插图，虽在客

---

  ① ［美］陆大伟：《〈戏考〉中的现代意识》，《戏曲研究》第七十四辑（2007 年第 3 期），文化艺术出版社 2007 年版，第 16 页。

观方面有利于探寻时代伶人的装扮艺术与表演身段,却又无法避免刻意营造的角度摆拍。

(二) 阐释疏离:从焦点叙事到热点营销

插图现象的表面变化,是如何传递副文本对于正文本阐释价值的变化?又是如何影响中国京剧选本发展走向的变化?这些隐藏的本质问题更加值得探究。我们认为,作为副文本范畴的插图,无论版式变化、技术革新,还是内容传达,集中显示的都是副文本插图对于正文本剧选的关系疏离。

绘图形态的插图版式,基本采用一剧一图、先图后文的模式。插图位于文内剧目标题之后、正文之前,因此是对剧目内容进行的先入直观视觉性导入阐释。插图介于标题页与正文页之间,具有中间纽带作用。插图的介入,既是对剧目标题做出的破题解读,又是对正文剧本引发的读者期待。插图是选剧内容的浓缩画面展现,文字是插图画面的具体演绎表达;图文之间形成一一对应的互文关系,甚至图与文密不可分:因为一旦缺失插图,选本标题与剧目标题同时强调的"绘图"二字便不成立。

然而,当插图从正文内部移向选本封面或者卷首,便首先打破了原本一剧一图的稳定结构。正文本剧选与副文本插图在文本版式的安排设置方面因为一剧一图稳定结构的破坏而产生了距离,即便这种距离仍然限制在全文本选本之内,但是图与文的对应关系因前后距离的简单变化而不可避免地造成正、副文本间的关系疏离。具体而言,插图经过正文卷内移向封面或者卷首之后,由此开始疏离正文本剧目而变得相对独立,进而导致原来副文本插图与正文本剧选之间相互援引、互为阐释的文本关系也被淡化。即便部分副文本插图仍然具有阐释正文本剧选的功能,但是因图像插入位置的空间移动,也会导致这种阐释因有其他文本内容夹杂其间而产生隔阂。如图5-17所列《绘图京调大观》第1集卷首插图《黛玉葬花》,虽然正文中"旦部·古装花旦戏"门类收有《黛玉葬花》选本,但是插图《黛玉葬花》与剧选《黛玉葬花》之间隔有其他插图5幅以及剧选文本 24 种，而且这些插图与剧选文本与《黛玉葬花》并不能构成文本阐释关系，反而成为《黛玉葬花》图文之间互文关系的文本障碍。因此，插图版式的变化直接导致正文本剧选与副文本插图之间互文阐释关系的逐渐疏离，进而也会导致文本内部由此产生间隙。而当阐释关系逐渐疏离、文本间隙不断扩大，京剧选本的副文本插图对正文本剧选的导读与阐释功能也会逐渐弱化，甚至全部消失。一旦副文本插图与正文本剧选间的文本阐释关联消失殆尽，那么副文本插图也就因此失去介入全文本选本的权利。这种文本阐释间的发展规律，也同样符合中国京剧选本从无插图到有插图，从文内插图到封面卷首插图的历时演变过程。

需要关注的是，副文本插图的版式变化带来的文本阐释疏离不仅是由插图位置的空间移动所引起的，而且还是因为插图数量、插图内容以及插图顺序的变化所共同作用的。当正文卷内一剧一图的稳定数量关系遭到破坏之后，插图数量与剧选数量之间逐渐失去平衡。一般而言，封面因其版式要求的独特性与版面容量的局限性，致使附于选本封面之上的插图仅有一幅，然而选本所收剧目数量至少包括两种，否则便不能构成"选本"概念。因此，封面一幅插图与文内多种剧选之间无法达到图与文之间数量关系的平衡。在此基础上，插图开始从封面扩展到了卷首。卷首相对封面而言，拥有更多版面容量，甚至可以不受版面限制而自由插入图像。如在《戏考》第 1 册中，选录的剧目文本数量为 20 种，但是卷首插图数量则有 24 幅，并且这种现象并非个案，《戏考》第 5 册、第 7 册、第 8 册等皆是插图数量多于剧选数量。然而整体而言，像《戏考》这种每册卷首皆附插图的现象并不常见，更为普遍的情况是插图的数量远远少于剧选的数量。其实不论孰多孰少，或者卷首插图与正文剧选间的数量关系刚好对等，单就图与文之间的阐释关系来看，都是不断疏离的。

而从插图版式方面来看，造成这种文本之间阐释疏离的原因，除却数量关系间的互不平衡，还应包括插图内容及其排列顺序与剧选文本之间对应关系的失序。插图内容与剧选文本间的对应关系失序，主要是由名伶便装照片的插入所引起的。如在《戏考》第1册中，选剧20种，插图24幅，二者之间本有一一对应的互文可能，但是具体来看，插图24幅只有2幅是名伶戏装照片，其余22幅皆是名伶便装照片，并且这22位名伶与正文所选20种剧目之间并无直接对应关系。不仅如此，甚至另外2幅戏装照片也与第1册所收选剧文本毫无关联。其实，"《戏考》有照片这件事，大错在述考中一次都没提及。因为每一册的照片和当册所收的剧本往往找不到任何关系，好像编辑剧本工作与编辑照片工作，两者分得很远"①。因此，这种"找不到任何关系"的情况恰恰说明插图内容与剧选文本之间对应关系的失序。同时，部分选本的卷首插图即便偶有对应剧选文本，但是插图排列的先后顺序与剧目文本的排序无关，同样造成了正、副文本对应关系的失序。应该看到，中国京剧选本的副文本插图与正文本剧选之间，从紧密结合的一剧一图到各自独立的对应失序，显示的是副文本插图对正文本剧选的不断疏离。正、副文本的关系疏离，也就直接导致副文本插图对正文本剧选图像阐释功能价值的弱化，乃至最终消失。

那么，正、副文本间的关系疏离以及由此引发的更深层次的阐释功能弱化究竟是如何演变的呢？这就需要回归到插图本身表达的画面话语中寻找答案。从绘图到照片，既是技术革新，也是中心转移，更是正、副文本之间逐渐疏离的过程。强调绘图文本的戏台中心，这是因为插图作者对于绘图作品的描绘是基于隐含观众（读者）视角对于显性戏台演出顷刻的审美表达。也就是说，插图作者的第一身份是戏场观众，第二身份才是插图作者；只有拥有第一身份的戏场观众才能借助观剧经验，将其捕捉到的精彩瞬间通过第二身份的插图作者进行传达。最有力的证明便是：几乎所有的绘图文本都

---

① ［美］陆大伟：《〈戏考〉中的现代意识》，《戏曲研究》第七十四辑（2007年第3期），文化艺术出版社2007年版，第15页。

会显示戏台装置的帘幕与道具，用以表明这是一幅正在戏台进行演出的顷刻画面。同时，《戏画大观·例言》之二"美术家入场观剧，实地写生"的插图来源说明，也同样在佐证绘图形态的插图文本是以戏台中心的演出顷刻作为重点表现内容的。

因此，选择哪个顷刻？为何选择这个顷刻？以及如何描绘这个被选择的顷刻？这些问题，则是至关重要的。

通常来看，绘图形态的中国京剧选本插图对于顷刻的选择一定是戏台演出过程中最具高潮的画面，并且这个高潮往往具备两个要素。其一，是要与剧目标题相互呼应，对于剧目要有画龙点睛的图像阐释效果。其二，则须通过画面呈现出其叙事效果，这种叙事既是对于演剧高潮的焦点叙事，同时也是勾连剧本前后内容，使之成为一个独立、完整的"最富孕育性的顷刻"。也即莱辛在《拉奥孔》中所言，通过这个画面"使得前前后后都可以从这一顷刻中得到最清楚的理解"。

具体结合插图来看，图 5-25 为民国元年石印本《绘图京都三庆班京调脚本辛集》所收《双投山》插图，该剧本出自小说《水浒传》第四十四回"杨雄醉骂潘巧云　石秀智杀裴如海"与第四十五回"病关索大闹翠屏山　拼命三火烧祝家店"前后。剧叙杨雄之妻潘巧云与僧私通，为杨之义弟石秀勘破。石秀杀僧之后，与杨在翠屏山杀死潘巧云及其丫鬟迎儿，事后二人投奔梁山。京剧选本一般将此剧分为三部分："吵家""杀僧""投梁"，《双投山》也即最后部分。然而应该指出的是，"双投山"是剧情的结尾，也即戏台的落幕，并不便于入画。因此，绘图作者巧妙地选择了迫使石秀、杨雄二人不得不去双投山的原因，同时也是戏曲演出过程中最具高潮的画面——石秀杀嫂进行呈现。绘图中，石秀手持尖刀、摆开架势，双眉倒竖、面色凝重，全然一副手起刀落、即将血溅当场的张力姿态。在其面前，潘氏与迎儿双双扑跪在地，二人皆是一手高高举起、身体向后倾斜，既是呼救时的自保姿态，亦是求饶中的哭天抢地，这种表达更加剧了石秀举刀握拳、即将动手前的画面紧张感。相对石秀的剑拔弩张、潘氏与迎儿的挣扎求饶，置于插图中的第四个人物杨雄则有一种不忍之态。图中杨雄将身扭向别处、不忍直接面对，一手握拳、一手制止，对于石秀即将杀死自己妻子、丫鬟的高潮举动带有一种不能认同，却又无可奈何之态。

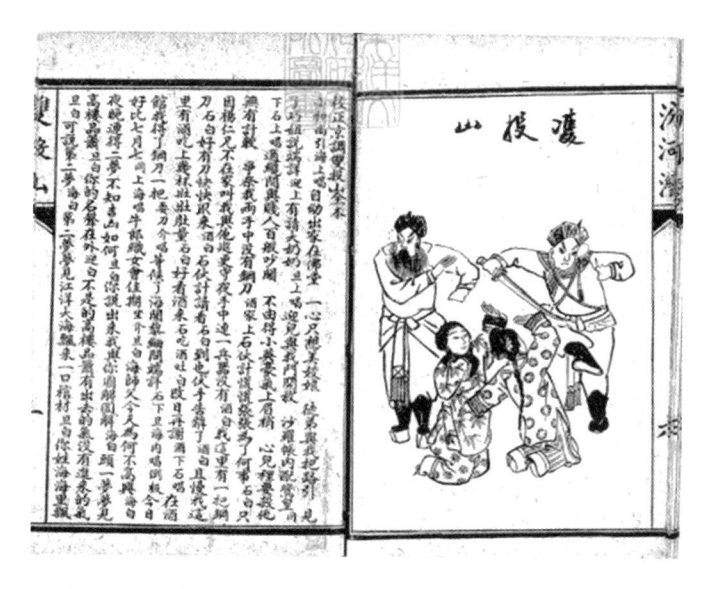

图 5－25　《绘图京都三庆班京调脚本辛集》之《双投山》

而且需要特别指出的是，图中虽有四个人物，但是占据画面中心并且掌控插图叙事节奏的却只有石秀一人：潘氏与迎儿所跪之人是石秀，而非自己的丈夫（或主人）；并且插图对石秀、潘氏与迎儿三人的设置构成了一个重心在上的锐角三角形，最尖锐的一角在石秀，另外两角则落在潘氏与迎儿身上。杨雄与石秀二人虽然同处一条水平线上，并且二人皆有握拳、出手姿势，但是插图对于这种姿势的意义赋予恰好是相反的：杨雄出手制止，石秀出手杀人。甚至杨雄的出手与潘氏、迎儿二人的举手在此刻都为一个目的——乞求举刀杀人的石秀住手。由此可见，插图是以石秀作为主导地位而叙述蕴藉其间的高潮故事的。那么，插图对于四人关系的张力叙事呈现，是否真正符合剧目文本与戏台表演中的高潮性项刻呢？剧选

《校正京调双投山全本》是如下记录"杀山"这段高潮关目的：

（石白）杨雄你与我杀！
（旦唱）到教我家心胆惊！上前来就把石秀叫，连叫数声不答应。回头来便把夫君叫，放我这条命残生。
（杨拿刀欲杀不杀介）
（石白）杨雄，为何不杀！
（杨白）我与他夫唱妇随，焉能下得起手？
（石白）你不杀他，我就杀你！
（杨白）贤弟帮我代劳。
（石白）连累我一条人命不成？
（杨白）对天明誓！
（石白）但凭与你！
（杨唱）杨雄跪在地尘埃，尊一声空中过往诸神：我有三心并二意，死在千军万马中。
（石杀旦下）
（石白）贱人已死，心似桃花！
（杨白）打下涧去！一家人被你杀得干干净净，你我兄弟逃往何处？
（石白）投奔梁山！
（杨白）走！
（同下）（完）

由此可见，作为脚本实录的中国京剧选本，对于石秀、杨雄二人杀山投梁的过程记录完全符合插图中石秀怒杀、杨雄不忍、潘氏与迎儿乞饶的张力叙事画面。这种画面既是戏台中心演出高潮的顷刻捕捉，也是剧目文本走向结局的原因呈现。读者（观众）可以通过这一画面预见石秀、杨雄二人双投山的结果，也能由此推断潘氏、迎儿走向死亡的原因。同时，插图标题"双投山"既是对图像叙事的精准概括，也是对剧目名称的画龙点睛。值得重点指出的是，绘图作者对于插图文本的布局谋篇与意义阐释自始至终都是站在观众视角对戏台演出高潮的顷刻画面捕捉。绘图作者所采用的观众视角的差异自然直接影响插图表现的内容与重心，因此也就较好地解释了为何部分插图中，幕与灯的构置会有左右方位的不同（如图5-15与图5-16），进而由此可以推断出绘图作者观众视角出发点的不同。简言之，绘图作者采用的观众视角与插图画面的内容重点呈反向对称关系，幕与灯在左，绘图作者所在的观众席位与出发视角则在右，反之亦然。

绘图作者采取观众视角连接显性演出与隐性观看的同时，恰好阐释文本标题的"脚本"冠名：只有演出才能印证所选剧目属于脚本，只有观众才能正面阐释戏台对面的视觉经验。通过观众视角传达的戏台中心演出画面自然带有插图作者的主观审美感受，这种感受既是其对剧目精神的理解，也是其给文本读者呈现的场上演出时空预览，从观看层面理解，当副文本插图拥有插图作者的观剧经验和全文本读者的阅读前经验双重属性时，它就开始不断介入正文本剧选进行阐释。在此阐释过程中，既承载着插图作者的审美表达，又影响着文本读者的阅读理解，甚至还有可能影响文本读者可能发生的观剧体验。因此，作为副文本的绘图拥有强烈的主观情绪，它是作者观剧审美经验的主观表达。绘图文本围绕剧目内容的戏台中心表现作者、感染读者，积极主动阐释正文本、影响全文本接受效果，从而达到文本内外逻辑的高度统一。

此外，因绘图作者的个体差异，同样可能带来绘图文本焦点叙事的差异。绘图文本焦点叙事的差异性主要体现在不同绘图选本对同一剧目插图顷刻呈现的审美区别。如图5-26为光绪中期《绘图京调六集》之《二进宫》插图，图5-27为清末上海集成图书公司《绘图京都三庆班京调子集》之《二进宫》插图，图5-28为民国元年《绘图京都三庆班京调脚本甲集》之《二进宫》插图，图5-29为民国三年上海改良小说书局《中华共和梨园界京戏脚本九集》之

《二进宫》插图。对比四幅插图可以发现，前面三幅对《二进宫》的理解与描摹皆以旦角李艳妃、净角徐延昭、生角杨波三人为保大明江山的托孤议事画面作为中心，第四幅则以净角徐延昭与生角杨波进宫途中的商定计策画面为中心。并且，前三幅图的观察视线是从戏台中心的正对方向出发，而第四幅则是以戏台一侧的上场门为重点。从中可以说明绘图作者因个人对于剧选文本理解的不同，以及观看体验的差异，直接影响绘图文本内容呈现的区别。那么，究竟哪种绘图画面更能切合剧目文本的叙事重心与中心思想呢？根据《二进宫》的剧情来看，该剧核心关目即是徐延昭、杨波二人与李艳妃共同商议保定大明江山。而在戏台中心的演出过程中，亦以三人间的对唱最为引人激赏，并且其后京剧选本如《京剧优秀唱腔选编》（山东文艺出版社2003年版）等专门选录三人对唱唱段。由此可知，图5-26至图5-28三幅插图对剧目文本内涵的把握更加明确，图5-29为虽以净角徐延昭、生角杨波二人进宫过程作为重点表现内容，但却造成了旦角李艳妃的缺失，也就导致了插图叙事的不完整。

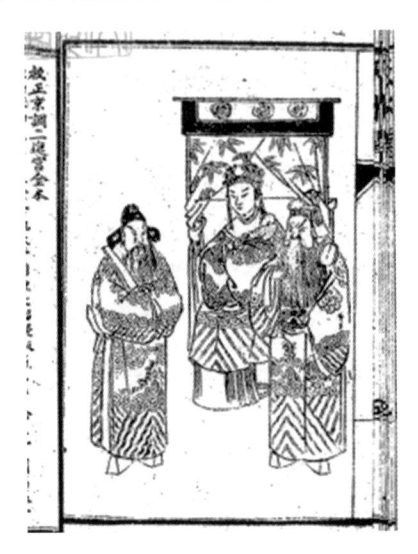

图5-26　《绘图京调六集》之《二进宫》

图5-27　《绘图京都三庆班京调子集》之《二进宫》

图 5 – 28　《绘图京都三庆班京调　　图 5 – 29　《中华共和梨园界京戏
　　　　　　脚本甲集》之《二进宫》　　　　　　　　脚本九集》之《二进宫》

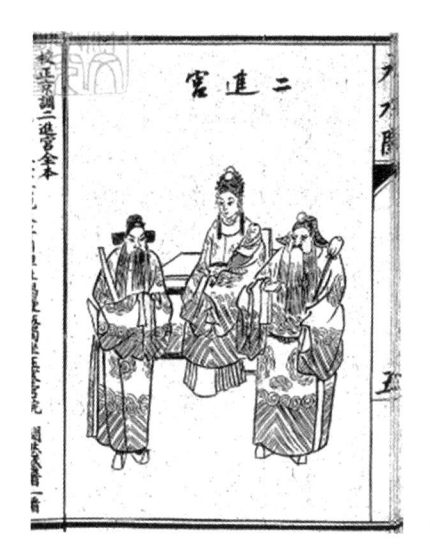

　　相对绘图文本的主观表现而言，照片更加客观理性地呈现出名伶中心的个人风采。名伶戏装照片方面，虽然内容呈现或为剧选文本的某个片段，但是这个片段既非戏台中心的演出剧照顷刻，又非所选剧目的高潮画面再现，而是名伶戏装个人风采的重点凸显。也就是说，即便名伶身着戏装、摆开姿态，但是其所表达的内容重点既不在舞台演出，也不在文本剧情，而在名伶作为演员身份的个人展现，并非作为戏中角色的情感传达。如以秋胡戏妻故事演变而来的《桑园会》为例，绘图与照片对同一剧目的图像传达便截然不同。

　　图 5 – 30 为民国三年上海小说书局石印本《中华第一等共和班戏曲脚本》之六所收《桑园会》绘图，图 5 – 31 为民国八年中华图书馆排印本《戏考》第 28 册卷首 "秦腔青衣坤伶金刚钻之桑园会" 照片，[①] 图 5 – 32 为民国十年中华图书馆排印本《戏考》第 31 册卷

---

　　① 按：民国七年出版之《戏考》第 24 册已有 "坤伶青衣金刚钻之桑园会" 照片，但是较为模糊，因此选用第 28 册中相对清晰的一种。

首"女客串程小仙之马蹄金"照片。对比三幅插图可以发现,绘图5-30以生角秋胡与旦角罗氏相遇场景为重点描摹对象,剧目标题为"桑园会",绘图文本以镰钩、箩筐等道具表示旦角罗氏采桑女的身份,同时以椅表示旦角"轻轻忙把桑枝上"(《校正桑园会京调全本》)的采桑动作与身段。凡此种种,皆为在空置的戏台上写意地呈现生、旦相遇的具体地点——桑园。因此,"桑园"是剧情展开的重要环境,而"会"则是剧情演绎的核心关目。既然称"会",则需生、旦二人同时出现在画面中。绘图文本以生角拱手施礼相见与旦角低头回避传达二人桑园之会的主动与被动,形象传神地表现出生角秋胡作为桑园会的积极主动一方,而旦角罗氏因其女性身份与礼法限制则有被动回避之举。因此,绘图文本呈现的是作者对《桑园会》戏台中心演出顷刻的捕捉,并且这一顷刻完整阐释出剧情发展的高潮片段。相对而言,以图5-31与图5-32为代表的照片文本,重在展现坤伶金刚钻与女客串程小仙的戏装风采,并非对《桑园会》演出进程中的精彩画面抓拍,而是名伶以戏装修饰后的造型摆拍。因此,如用"抓拍"代表绘图文本对戏台演出的顷刻捕捉,那么"摆拍"则是刻意展现的戏装风采,二者对剧目文本的理解与阐释也就由此产生分歧与距离。

图5-30 《中华第一等共和班戏曲脚本》之《桑园会》绘图

图5-31 《戏考》之《桑园会》照片

图 5-32　《戏考》之《马蹄金》照片

如此来看，戏装照片只是时代名伶用以展现个人风采的技术方式，并未就此更多地承担阐释剧目文本内涵思想的责任。由于照片"拒绝联系和连续性"的特质，也就无法呈现剧情关目的故事核心。照片的物质技术方式只是摄影作者借助摄影器材对名伶风采的客观呈现，摄影作者可能并不理解，甚至从未接触过某个选本剧目，只需根据名伶对个人风采展现的需求进行技术层面的处理与传达即可。然而，通过摄影技术客观还原的戏装风采插图，并不代表摄影作者对剧目文本的个人理解，当然也无法显示其对该剧戏台表演的观看经验，从而也就导致摄影作者缺少通过照片插图介入文本阐释的可能与空间。应该看到，戏装照片虽在名伶风采展现方面保持客观立场，但却由于疏离剧目文本与舞台演出而偏于失真。并且，缺少摄影者理解正文本剧选的照片，自然无法带有其对剧目演出观感经验的情感表达，也就无法成为引领读者期待视野的导入性阐释。甚至部分照片的失真，可能引起读者对正文本剧选的误读。名伶便装照片更是如此，它们既不能表达选剧文本内容，又未能呈现戏台装扮，只是展示名伶个人风采，故而更加疏离正文本。

既然副文本插图中的照片并未承担阐释正文本剧目的功能，那么其与全文本之间的逻辑关联在何处？细读文本可以发现，这是中国京剧选本围绕名伶中心展开的热点营销策略。

名伶照片中心的京剧选本通常会在主标题之外反复使用"名伶秘本/名伶准词"一类副标题。副标题的加入与名伶照片的配合使用，虽然未能直接阐释作为正文本的剧选，但却对读者接受的期待视野产生影响。照片的插入，不管其是戏装抑或便装，首先最为直观地阐释了标题中的"名伶"二字，其次引导读者认定全文本京剧选本所选剧目皆是"秘本"或"准词"。这种强化标题、图文互证的阐释逻辑旨在启发读者进入正文本阅读之前先要接受照片、标题等副文本内容，从而带着这种接受产生期待视野。但是这种期待可能会在读者进入正文本阅读之后便会失望，因为绝大多数打着"名伶秘本/名伶准词"旗号、运用名伶风采插图的京剧选本通常只是一种宣传方式与营销手段，实际难以兑现。这种正、副文本间的关系疏离也就导致了以照片为代表的副文本插图与全文本选本的逻辑关联止于宣传营销层面，而无法进入更深层次的文本阐释空间。因而，这种插图作为一种宣传画，"那目的，大概是在诱引未读者的购读，增加阅读者的兴趣和理解"[①]，其实更加偏重营销"诱引"层面。

至此，我们可以看到中国京剧选本的副文本插图在以绘图与照片作为两种基本表现手法之时，因插图作者对插图文本介入程度的不同，直接导致副文本插图与正文本剧选、全文本选本之间阐释关联的差异。强调绘图形态的副文本插图具有主观审美的焦点叙事功能，而照片形态的副文本插图则以客观呈现的热点营销为主，这是由于二者各自对于同一剧目文本插图理解与呈现的具体区别。换言

---

① 鲁迅：《连环图画琐谈》，载《鲁迅全集》第六卷《且介亭杂文》，人民文学出版社2005年版，第28页。

之，在绘图形态内部，因绘图作者的个体差异性，可能直接导致其对剧目文本理解的差异，从而又将这种差异因个人的主观审美直接呈现在插图文本中；而在照片形态内部，对于同一剧目文本照片插图的差异表现，并不是由摄影作者所能决定的，而是因戏装名伶的个人风采展示差异所形成的，摄影作者只是通过技术手段客观呈现不同名伶的风采差异而已。同时，绘图文本是以戏台中心的焦点叙事作为主要任务的，而叙事本就具有一定的主观特性，因叙事主体（绘图作者）的理解与审美差异，直接影响叙事内容（绘图文本）的差别。然而，照片文本则以名伶中心的热点营销作为主要任务，即便名伶照片对同一剧目的风采展现有所不同，但是这种不同是因名伶个体差异及其装扮效果的差异所引起的，并非摄影作者在客观呈现过程中所能轻易改变的。并且，作为热点营销，名伶照片对于同一剧目文本虽有风采展现的不同，但是营销宣传手段却始终如一。

中国京剧选本插图的发展处于近代以来物质技术革新的特殊阶段，因此它既承继了中国古代戏曲小说文本插图的绘图风格，又采取了现代摄影的照相技术，从而将图像呈现技术的演进过程与京剧选本插图的版式形态过程相互结合。然而，对于中国京剧选本而言，剧选文本才是它的核心，插图文本只是配合剧选文本共同构成京剧选本的内容之一。因此，从副文本理论角度去审视插图之于正文本剧选及全文本选本的多重关系，更加有利于把握图文之间的互文阐释意义，同时便于厘清正、副文本主、次关系的意义与作用。

第二节　广告：广告内容·广告媒介与关联传播

广告行为，古已有之，泛指具有"广而告之"的人际传播行为。近代以来，伴随西方文明传入与商业文明发展，特指商业行为信息传播的狭义广告概念逐渐得到确立。具体来看，近代"广告具有付费性、充满活力、产业精神与妙趣横生等四方面的传播内涵,是对当时全球最强大国家的广告内涵的科学概括,也是英文词广告(advertising)一词的内涵"①。因此,广告学界对广告定义的主流认知基本包括三个要素:明确的广告主、使用付费形式、非人际传播的提示。② 这也将是我们探讨中国京剧选本副文本广告的前提范畴。

一 现象梳理:广告内容与广告媒介

明清以来,书坊林立,图书出版发行的商业模式与广告策略与之俱兴。但是这种广告行为更多偏向广义告白与宣传方面。因此,有关明清时期的书业广告研究内容也多围绕书名广告、序跋广告、插图广告等广义告白与宣传行为展开。近代商品经济的迅速发展带兴图书市场热,符合狭义广告范畴的图书广告开始出现。"图书广告则一般是指出版社以付费的方式,利用各种传播媒介向广大读者及公众传递图书、服务及相关信息,以促进销售的大众传播手段。"③简言之,也即通过商业广告模式促进图书的销售与传播。而对图书广告的内涵意义,一般认为应该包括图书广告以及与之密切相关的出版社品牌广告两个层面。

在中国京剧选本领域,副文本广告的研究范畴是指以京剧选本为文本中心,探讨附着其上的各种副文本广告。这些广告既有关于京剧选本自身的,也有关于其他商品的。因此,京剧选本一边作为广告内容,一边作为广告媒介,二者共同构成中国京剧选本副文本广告的研究内容。从清代末期开始,兼具广告内容与广告媒介双重属性的京剧选本几乎同步发展,并且互为依存。为了便于厘清二者间的功能区别,也为了更好地探讨广告现象与文本本质的复杂关联,

---

① 王凤翔:《对汉语"广告"一词意义流变的考察》,《新闻与传播研究》2016年第4期。
② 参见[日]清水公一《广告理论与战略》,胡晓云、朱磊、张姮译,北京大学出版社2005年版,第3—6页。
③ 刘拥军:《现代图书营销学》,苏州大学出版社2003年版,第264页。

我们先将二者现象部分各自梳理，再来综合研究本质关联以及关于京剧选本传播的系列问题。

中国京剧选本作为广告内容最早见于清末民初。其时，北京（北平）打磨厂中心的堂印本"京调唱本"系列选本形成出版高潮，由此，开列堂印书坊唱本目录的广告开始出现。这类广告一般附在选本正文之后、单页开列，广告版式设计十分简单，广告标题之后即列相关选本书目内容。如以其中《刀劈三关·滑油山》一册尾页所附题名《北京老二酉堂书坊唱本目录》的广告为例，标题之下分作七栏，开列具体唱本书目14种：《走雪山》《莲英夜托梦》《小放牛》《枪毙阎瑞生》《叹情楼》《马前泼水全本》《探亲家》《洪羊洞代盗骨》《双吊孝》《桑园会代三叹》《汾河湾》《路遥知马力》《玉堂春》《吊金龟全本》。可以看出，精简明确的广告标题即已符合近代商业广告的基本要素，详细开列的唱本目录更是完整呈现出广告内容的重心所在。这种广告设计是以老二酉堂这一出版机构作为广告标题进行出版社品牌宣传的，其中所列广告内容既是属于书坊唱本，也与广告所附选本《刀劈三关·滑油山》这种选本册子同出一辙。

值得关注的是，清末民初的堂印京调唱本系列选本大多只署出版机构，不著出版时间。然而，我们可以根据广告内容这类副文本信息大致推测选本产生的时间。具体来看，《北京老二酉堂书坊唱本目录》所列14种目录之中，《莲英夜托梦》与《枪毙阎瑞生》两种剧本是有确切产生时间可以考证的。据《戏考》第40册所收《头本阎瑞生（代惊梦）》之剧前述考内容所载："阎瑞生谋财害命，兜风勒毙王莲英，为民国九年间，上海之实事。"因此，作为当时实事剧目的《枪毙阎瑞生》最早出现在京剧选本中应该也是在民国九年以后，"该剧民国9年（1920年）11月27日首演于大舞台，主要演员有毛韵珂、赵如泉、贾璧云、张金安、李瑞亭等，共3本。民国10年（1921年）元旦，林树森、张文艳、吕君樵、露兰春等演于共舞台。民国10年（1921年）3月1日，赵君玉、夏月润、周凤文、夏月珊等公演于新舞台。此次演出时间达一年之久"①。由此可以推知，北京老二酉堂出版的《刀劈三关·滑油山》等附有《枪毙阎瑞生》系列广告内容唱本的产生年代应该在1920年以后。

这种开列京剧唱本目录作为广告内容的设计方式随后得到不断延续发展：北京杨梅竹斜街中华印刷局排印出版的系列京调唱本即在书后附有《北京中华印刷局售书广告》。相对《北京老二酉堂书坊唱本目录》，《北京中华印刷局售书广告》的商业广告模式与定位更加精确，原因有三。其一，广告标题更加明确直接。使用"售书广告"作为标题，广告意图得到最大限度彰显，广告效果显然更具优势。其二，信息更加精确。作为图书广告，不仅开列具体书目，而且每书之下皆有具体定价，广告信息更加详细。其三，广告内容更加丰富。作为北京中华印刷局的售书广告，内容扩大到了所有范围的图书。具体来看，这则售书广告的图书内容包括：《劫海慈航》《太上感应篇注释》《唱道真言》《太乙金华宗旨》《修道真言》《心法咨言》《善言》《道藏真诠》《菜根谭前后集》《达生福幼合篇》《佛说大报父母恩》《三圣经白话注释》《关帝明圣经》《万佛经》《息战》《救劫文》《唱曲大观一册》《戏词一至十册》《昆弋曲词一至二册》《秦腔戏词一至二册》《戏出大观一至五册》《戏剧一至二册》《霓裳影》《红腔素影》《庚娘传脚本》《珊瑚传脚本》《歌姬艳影》《李桂芬别传》《暗室青天脚本》《京调胡琴工尺秘诀》《文明大鼓词一至二十四册》《活捉王魁脚本》，凡32种。然而伴随广告内容范围的不断扩大，其中所列京剧选本只有《唱曲大观》《戏出大观》等少数几种。因此，开列京剧选本书目作为广告内容的方式虽然得到延续，但其所占比重却在迅速降低，最终退居书目广告一隅。同时，我们也可根据广告内容《唱曲大观》等京剧选本的出版时间，推知中华印刷局系列唱本的大致产生年代及其流行时段。

伴随广告行业的整体发展与繁荣，京剧选本作为广告内容的设

---

① 徐幸捷、蔡世成：《上海京剧志》，上海文化出版社1999年版，第184页。

计风格逐渐由简变繁、精彩细致。最初开列众多书目的广告方式逐渐变作对于单种选本的重点宣传推介。如在《戏学指南》第1册扉页中即有标题《陶冶身心的要素 戏剧的研究》的书目广告（见图5-33），所列上海大东书局印行的戏剧图书6种，其中《曲海总目提要》《二黄寻声谱》《戏学汇考》3种作为重点推介对象，其下附有小字详细介绍图书情况。其后，《戏学指南》更在每册封底、单页整版详细推介相关京剧选本。这种单页整版广告，既有选本内容的重点推介，又有具体价格与订购信息，并且根据文案内容的重要程度设计具体版面风格与字体大小。如在《戏学指南》第1册、第5册、第12册封底皆有《戏学汇考》的广告（见图5-34），其对《戏学汇考》的广告推介即以选本信息的重要程度做出版面合理布局与字体调节，从而使得广告内容的视觉效果更具冲击力。

图5-33 《戏学指南》之书目广告一

图5-34 《戏学指南》之书目广告二

相对而言，单页整版重点推介一种京剧选本的广告，就其广告内容写作方面来看，必定详细精准，并且颇具文采，否则，难以引起读者阅读兴趣。如在《戏学指南》第2册、第4册、第6册、第

11 册封底所附《二黄寻声谱》的广告内容便是其中典型:

> 半打唱片,一架唱机,便可学戏。不必请教师:自然入门;不必进票房:自然成功。手续何等简便,趣味何等浓厚。这是一班戏迷朋友最渴望的一个问题,往昔认为理想,现在居然实现,究属怎样办呢?喏!只要你买了留声机和唱片以外……再备一部郑剑西编的《二黄寻声谱》,按谱寻声,有心领神会之妙。因为这部书里所载的……完全当代名伶唱词。仿照昆曲成例,注以正确的工尺,高下徐疾,不差分毫,稍知曲乐,领悟极易。选举精严、包罗美备:生旦净丑各部,不是正宗的不选,存粕取英,以能为后学楷模的作自然的标准。戏学门径充分指导:二黄浅说,字音尖团,工尺腔调,胡琴过门,五音四呼,调嗓等,极详细明晰。全部两集,正集定价六角,续集定价七角。大东书局印行。

这则广告文案,重点内容突出、逻辑套路明确、宣传角度新颖。其从唱片与唱机等新鲜事物入手引发读者兴趣,进而设计引导读者(尤其是潜在的戏曲观众)学戏必备"一部郑剑西编的《二黄寻声谱》"。切入广告正题之后,广告内容便从按谱寻声、名伶唱词、包罗完备、指导充分四个角度详细阐释京剧选本《二黄寻声谱》之于同类商品的竞争优势。并且,这种广告内容的撰写并非夸大其词,而是确实符合《二黄寻声谱》选本的内涵特征。在此,还需重点提出的是,以《二黄寻声谱》等为代表的单页整版广告,其在内容写作方面俨然已经具备强烈的文学色彩,并且现今学界对于现代文学的广告研究也从"文学广告"与"广告文学"两个角度积极展开。[①]

[①] 参见袁进主编《中国近代文学编年史:以文学广告为中心(1872—1914)》(北京大学出版社 2013 年版)与钱理群编《中国现代文学编年史:以文学广告为中心(1915—1949)》(北京大学出版社 2013 年版)等。

同时，广告作为副文本，其与文学的关联也在逐渐得到重视："广告已成为中国现代文学一个文学性极强的副产品，一些广告词早已超越一般商品广告的范畴，进入一种新型的广告文学的殿堂，成为中国现代文学不可分割的一部分和重要延伸。"[1] 而在中国京剧选本范畴之内，以京剧选本作为广告内容的广告也同样从文学角度不断拓展写作内容、提升写作技巧，同时从副文本的层面丰富中国京剧选本的文化价值与文学生态体系。

其实，京剧选本作为广告内容不仅可以在其他同类选本之上，而且更为普遍的现象是在各类报纸、杂志登载广告，如《戏考》等选本在上海《申报》上的大幅广告。但其已经超出以中国京剧选本为文本中心的研究范畴，暂不讨论。

中国京剧选本作为广告内容的同时，已经兼具广告媒介的功能；二者同生同长、密不可分。从广告媒介的角度来看，京剧选本因其可以提供广告版面从而可能承担任何种类的广告内容。因此，作为广告媒介的中国京剧选本对于其他同类选本的广告推介只是众多广告内容之一。但是中国京剧选本自从作为广告媒介开始，即已自觉选择与其同根共生的同类京剧选本作为广告内容。随后，伴随中国京剧选本对广告功能认知的逐渐清晰，其所能够提供的广告版面也在不断扩大，从而能够承担的广告内容也就越来越多。

具体来看，作为广告媒介的中国京剧选本能够承担的广告内容是逐步发展扩大的。京剧选本作为图书，其在广告媒介功能下选择广告内容时，自然是以同类图书作为首要选择的，并且这类图书本身即与作为广告媒介的京剧选本相同，如《北京老二酉堂书坊唱本目录》的广告；同时还以同一出版机构的相关图书为主，如《北京中华印刷局售书广告》等。而在这个过程中，京剧选本的广告媒介作用是在逐渐扩大的，这从其所承担的图书广告即可得知：从同类京剧选本到各类图书。而在各类图书广告中，又以中国古代戏曲小

---

[1] 彭林祥：《中国现代文学广告的价值》，《中国社会科学》2016年第4期。

说等"俗文学"为主,同时也有部分现代文学作品。如《戏本》第2册的书后广告即有郁达夫的《茑萝集》、郭沫若的《女神》等。在以图书为主的同时,其他商品也在不断通过京剧选本这一广告媒介登载广告,如北京杨梅竹斜街中华印刷局的京调唱本系列即有"武治追风散"等药品广告多种。

而在众多京剧选本中,对于自身广告媒介认知最为清晰的当属《戏考》。这是因为《戏考》在认识到自身具有广告媒介功能之后,开始积极主动发挥这种媒介功能。《戏考》(第22册)通过刊载《推广营业不可不登广告!!!》这种招租广告启事,扩大自身广告媒介功能:"近因远近各界,时有来函商诸敝馆,欲谋于《戏考》中附刊广告。敝馆知其利于推行,可操左券。为特订定价目,分别地位,特辟此广告界中之新纪元,以告各界之欲谋推广营业者。如蒙惠登,请向敝馆账房接洽可也。"可以看出,《戏考》的招租广告是其作为京剧选本广泛传播,并被认定具有广告媒介的功能与价值之后才出现的。同时,出版机构一方又对《戏考》的广告媒介功能稳操胜券,因此刊发招租广告公开售卖广告版面。并且,《戏考》对于广告版面的价格定位因其所处文本位置的差异而各有不同,如以"特别地位"之"夹订在卷首名伶小影间者"的版面,"每册每一面每年定价一百四十元"。这种"定价目""分地位"的计费方式最大限度地认可并且发挥了《戏考》因版面位置差异而形成的广告媒介功能的价值。其后,这则招租广告同时附有英文版本"SWEET ARE THE USES OF ADVERTISEMENT!!!",由此可见《戏考》对自身广告媒介功能认知的逐渐清晰,以及广告业务范围的不断扩大。

实际上,《戏考》的招租广告启事及其具有的广告媒介功能确实得到广泛认可,这从《戏考》刊发的广告内容即可得到印证:从京剧选本到各类图书,从香烟、药品到书馆、相馆,从曲师招生到广告招租……广告文案从简到详、中英双语切换自如,可谓琳琅满目、应有尽有。值得提出的是,《戏考》对广告版面的分门别类标价方式也被践行,如在《戏考》第30册扉页即有一幅插图广告,广告内容为中国南洋兄弟烟草公司的大喜香烟。这则广告单页独版，排在卷首名伶小影之前，属于《戏考》中广告版面价位最为昂贵的一种，因此这种广告并不常见。

自此以后，中国京剧选本的广告媒介功能得到更加广泛地认同与发挥，《戏考》以后的京剧选本积极刊发广告的行为层出不穷。但是需要指出的是，不管作为广告媒介还是广告内容，中国京剧选本副文本广告的发展脉络基本止于20世纪50年代。

二 本质探源：选本传播与文本关联

副文本广告的内容与媒介现象既已明确，那么二者间的逻辑关联会是怎样？选本广告与选本传播的内在关系又是如何？同时，其与正文本剧选以及全文本选本的文本关联又在哪里？对于这些问题，下面我们就来进行本质探源。

虽然中国京剧选本自有广告开始就已兼具广告内容与广告媒介的双重属性，但是二者仍有先后、轻重之分。作为商品，中国京剧选本在市场流通与文本生产传播过程中，首先必须发现自身具有提供广告版面、承载广告内容的功能，也即认识到自己具有广告媒介的属性，然后才有权利选择所要承载的广告内容类型。基于由近及远、从熟到生的传播规律，京剧选本一旦发掘自身具有的广告媒介属性之后，便会优先选择与其关系最为密切的同类京剧选本作为广告内容进行传播。并且，最初那些作为广告内容的京剧选本与作为广告媒介的京剧选本共属同一出版机构，甚至本身就是同一出版系列的不同个体。这种对广告内容选择的传播规律也很符合图书广告中对于出版社品牌形象的集中宣传行为。

然而，伴随出版机构对京剧选本广告媒介功能认知的逐渐清晰，以及对此媒介功能使用的不断扩大，京剧选本所能承载的广告内容类型也由同类选本逐渐转向其他图书乃至各类商品，最终完成只载广告、不选内容的商业运作模式。因此，广告作为中国京剧选本的副文本之一，媒介功能是其与生俱来的先天属性，内容类型则是传播规律的后天选择。媒介功能的增强带来内容类型的增多，内容类型的增多导致京剧选本作为广告内容占有比例的缩小，从而带来京剧选本转向其他报刊进行广告的可能。因此可以看出，在中国京剧选本副文本广告领域，媒介功能是先于且重于内容类型的。

不管作为广告内容还是作为广告媒介，中国京剧选本的副文本广告与中国京剧选本的传播都是密切相关的。从其作为广告内容的层面来看，"所谓书业广告是指书业企业以付费的方式，通过一定的媒体向广大读者传递图书商品及书业企业有关信息的一种图书促销方式"①。也就是说，作为广告内容的京剧选本，它的广告目的最终是要促进商品（即京剧选本）的销售与传播；作为商品的京剧选本，广告是其传播过程中极为重要并且十分奏效的方式之一。当然，广告属于宣传，因此"图书宣传就是通过各种媒介，对图书的内容、形式、出版情况、收藏情况、发行方式等方面，进行广泛地宣扬、传播，以吸引、诱发人们的注意和重视，增强人们对图书的了解，从而促使他们去阅读和购买"②。图书宣传的主要特点包括两种，一是以促进销售为目的，二是宣传本店（本出版社）所经营的图书。③由此可见，不管是在狭义范围内的图书商业广告还是广义范围内的图书宣传，京剧选本作为广告或者宣传内容的最终目的都是促进销售、扩大传播。

再从作为广告媒介层面来看，中国京剧选本对自身具有广告媒介功能的认知本身就是在选本传播的过程中所发现的，并且伴随京剧选本的广泛传播，其对自身广告媒介功能的认知也在逐渐清晰和精准。《戏考》在其《推广营业不可不登广告！！！》的招租广告中即有专门论述因京剧选本的传播所带来的广告媒介功能的认知：

---

① 方卿、姚永春：《图书营销学》，山西经济出版社1998年版，第341页。
② 徐召勋：《图书宣传》，高等教育出版社1997年版，第2页。
③ 参见徐召勋《图书宣传》，高等教育出版社1997年版，第3页。

教育家有言：中国无普及全国社会之事业，惟戏剧则独普及全国上、中、下三社会，而有此伟大之魔力。故敝馆所出《戏考》一书，风行全国，久受各界欢迎。每年每册销至三万余册，现已出至二十六册。廿七、念（廿）八、念（廿）九、三十等册，亦均将不日赶速出版。统计每年三十册合销之数，不下百万余册。且销去一册，则朋友辗转相借，必不止一人阅看。故百余万册，实在竟有数百余万，或千余万人之过目，可见其行销之巨且远，实非寻常书籍日报可比。诸君试思，若于此种书上刊登广告，其效力之速且大，尚何待言！

通过引文可以看出，《戏考》对自身广告媒介功能的认知是在选本传播的过程中发掘出的。这则广告从戏剧作为全国各个社会阶层最为通行的教育方式入手，指出戏剧在当时社会所具有的传播力量，从而在对《戏考》销量统计的基础上，指出《戏考》所拥有的传播功能是十分强大的。当然，就其销量统计来看，"虽然此数字略有夸张，但是根据申报馆版的销路来判断的话，也不是没有可能。《戏考》可以说是民国时期最大的畅销书"[1]。其实，《戏考》的销量可以直接从它的不断再版乃至十数版的发行方面得到证明。因而，销量的巨大，直接说明《戏考》作为京剧选本传播力度的巨大与传播范围的深广，这自然也就证明其所具有的广告媒介功能是十分可能的。并且，《戏考》通过"且销去一册，则朋友辗转相借，必不止一人阅看"的读者群体传播规律，更加证明其作为广告媒介的独特优势。而事实上，《戏考》所登载的广告内容类型不断丰富，同样也在说明其所具有的广告媒介功能不断增强；而其广告媒介功能的增强，当然也就证明了《戏考》一类京剧选本传播力度的加大与传播

---

[1] ［日］松浦恒雄：《〈戏考〉在民国初年的文化地位》，载杜长胜《京剧与现代中国社会·第三届京剧学国际学术研讨会论文集》下册，文化艺术出版社2010年版，第764页。

范围的深广。

当然,《戏考》之后的中国京剧选本很难再次达到其销量与传播范围,但是通过这些选本不断再版的版本发行信息与所刊载的丰富繁多的广告内容类型,都可看出选本传播对其所具有的广告媒介的重要意义。并且,中国京剧选本的广告内容与广告媒介是相互作用的,当其作为广告内容不断打开销路、扩大传播,其所拥有的广告媒介功能也就由此不断增强。同理,广告媒介的增强,也即证明京剧选本传播范围的扩大。

那么,作为副文本的广告又是如何关联正文本剧选与全文本选本的呢?这还要从中国京剧选本所刊载的广告内容谈起。

中国京剧选本上最先出现的副文本广告是京剧选本自身。作为广告内容,它们虽未构成对正文本剧选的直接阐释,但是作为副文本,它们却与正文本剧选一起构成全文本选本之间互为参照的镜像文本关联。读者可以通过书目广告获得打开关联其他同类京剧选本的渠道,从而拥有阅读更多京剧选本的可能。这种可能得以实现的前提是读者已经阅读正文本剧选,并且以其作为范例来对广告内容中的京剧选本书目产生期待视野。

在此基础上,我们可以根据副文本广告内容与正文本剧选的亲疏关系,推演二者间的文本关联程度。当作为广告内容的京剧选本书目与作为广告媒介的京剧选本文本共属同一出版系列时,二者即可建构互为镜像的"京调唱本"文本群现象或者同一出版机构的品牌现象。然而更为普遍的现象是,作为广告媒介的京剧选本承载的副文本广告内容与正文本剧选之间既不构成阐释,又无镜像关联,甚至二者本就属于互相独立平行的两种文本系统。此时,副文本广告内容的重要价值在于其与正文本剧选共同构成全文本选本,并且证明全文本选本在商品流通与文本生产传播中具有广告媒介功能。

其实,广告内容、广告媒介与京剧选本之间存在一种互为牵引的消长关联:当广告媒介功能不断扩大,广告内容随之不断增多,那么广告内容与京剧选本间的文本关联程度就会不断缩小;然而,文本关联程度的缩小，却又反向证明中国京剧选本商品属性的市场流通与文本生产传播的影响力度不断增大，也就说明读者对正文本剧选的接受需求不断增强，才会带来副文本广告在全文本选本中的比例扩大。当然，不管作为广告内容还是广告媒介，副文本广告更为重要的价值与意义在于增加了文本功能，拓展了文本空间，还原了文本成长的文化生态背景与历史发展语境。

本章小结

对于纸本文献的中国京剧选本而言，文字（包括工尺音乐符号）部分的剧选（包括唱段与曲谱）才是其最为重要的文本中心，而插图与广告则是伴随出现的文本。因此，当以正文本视角看待文本中心的剧选时，那么插图与广告自然就是副文本，二者共同构成全文本选本。

插图的出现，首先是将表演艺术的京剧从文字层面的脚本实录同步转换成为图像层面的演出顷刻。中国京剧选本插图的出现与发展，自始至终是与近代物质技术的革新密切相关的。从绘图到照片，图像呈现技术的演变直接导致视觉中心的转移。从卷内一剧一图到封面、卷首插图数量不等，作为副文本的插图在其位置转移方面，越来越趋向外在——也即变得更加容易引人关注。但是，其与正文本剧选的文本关联则由此越来越疏离。从绘图文本戏台中心的焦点叙事到照片文本名伶中心的热点营销，既是插图现象的变化，也是插图功能的更迭，同时还是副文本插图与正文本剧选以及全文本选本之间文本阐释关系的不断疏离。当然，我们强调绘图文本戏台中心的焦点叙事特征，是因为绘图文本具有连环画式的戏台展演效果，它的出现即是对剧情故事的高度概括与精确呈现；而强调照片文本名伶中心的热点营销特征，则是因为照片"拒绝联系和连续性"的本质及其对"名伶秘本/准词"的精准阐释。

广告，尤其是狭义的广告概念，则是近代商业信息传播的产物。中国京剧选本副文本广告的研究，是以商业广告概念为基本研究范围的。有学者认为："把发刊词、宣言、编后记、序跋、文坛消息、公开发表的通信等都纳入文学广告范围，尽管这会让文学广告的指涉范围扩大，但会导致文学广告的泛化。"[1] 因此并不符合我们对京剧选本副文本广告研究的理解。中国京剧选本副文本广告的研究主要分作现象梳理与本质探源两个层面。现象梳理层面是从作为广告内容的京剧选本与作为广告媒介的京剧选本两个角度分别展开的，本质探源层面则是从选本传播与文本关联角度探究副文本广告与正文本剧选及全文本选本间的传播规律与消长关联。作为广告内容，广告对中国京剧选本的传播具有十分明确的促进意义；作为广告媒介，中国京剧选本因其媒介功能的逐渐发展，也在客观证明选本传播的不断扩大。同时，广告内容、广告媒介与京剧选本之间存在的互为牵引的消长关联，也为观察中国京剧选本的发展规律提供了一种更为开阔的文化视角。

最后，还要指出的是，关于插图与广告的研究都是必须以中国京剧选本为文本中心才能具体展开的。只有如此，从副文本的范畴探讨插图和广告与正文本剧选及全文本选本间的各种文本关联才有意义；否则，有关中国京剧选本的插图和广告研究可能会被不断泛化而至失去研究边界。

---

[1] 彭林祥：《中国现代文学广告的价值》，《中国社会科学》2016 年第 4 期。

结　　语

　　剧本与表演之于戏剧的关系犹如一体两翼、相辅相成。但就享有国粹盛誉的京剧而言，表演研究远远重于剧本研究的现象造成研究格局的极度失衡。

　　中国京剧选本作为承载京剧剧目文献最为集中、最为丰厚的史料场地，是亟须得到重视和研究的对象。我们在以文献、文学、理论、副文本等多个维度建设关于中国京剧选本的宏观研究格局之时，还应看到关于京剧选本的个案研究以及京剧剧目的个案研究也是值得不断细化和深化的问题。中国京剧选本作为近代戏剧历史发展转型阶段的典型文本代表，它在剧目文献层面完整呈现出了中国京剧发生、发展、流变、衍播的连续性过程，它与清代中期以来数量丰硕的梨园演出史料文献互为表里，共同勾勒花雅交融以来戏剧文化生态格局的变动轨迹。同时，中国近代、现代、当代历史的连续急遽变化，势必也对中国京剧选本产生深刻影响：政治、经济、思想、文化等不断转型，使得中国京剧选本在编辑出版、文本阐释、经典生成、传播接受诸环节中，既有前后接续的核心脉络，又有不断自我突破的增长节点。

　　首先，从文献历史的角度来看，中国京剧选本的发生是在中国古代戏曲选本进入转型阶段之后得以出现的。它的发生既映照出以传奇、杂剧为典型的古代戏曲选本不断走向衰落，又证明了花部诸腔的崛起其实也在深受雅部昆曲的滋养与哺育（这点可从京剧剧目文本的来源多有承袭改编昆曲传奇剧本得到印证）。因此，谈到中国京剧选本的文献历史发展，既要看到花雅之争，更要看到花雅交融；同时，还要看到京剧与其关系密切的其他花部地方戏曲剧种间的复杂关系。这种关系同样呈现在中国京剧选本中：其一，是在以收录京剧为主的选本中同时收录其他剧种文本；其二，早期的京剧选本与其他地方戏曲选本间的文本交叉影响关系，如《梨园集成》与流行于汉口的《新镌楚曲十种》间的衍播关系。其次，从文学的角度来看，以京剧为代表的花部戏曲文学历来颇遭非议。然而，纸本文献的大量存在客观证明了中国京剧选本是以阅读文本为首要目的的，"选"与"本"是组成中国京剧选本的方式与结果，选本的生成即是京剧文学发展不断稳定的过程。当然，相较昆曲传奇的典雅绮丽，京剧自然显得通俗无华。然而应该看到的是，京剧的崛起正是对过度典雅化昆曲的反叛，它的成功既得益于声腔艺术的博采众长，也离不开剧目文本的通俗易懂。因此，文本中心的中国京剧选本，即是展开京剧文学研究的基础。再次，从理论的角度来看，选择本身就是一种审美意识形态，选择之后组合成的选本则是审美批评的集中呈现。中国京剧选本因其文本文献的特殊性，它的理论价值可从选本理论与京剧理论两个方面得以证明；前者是关于选本的宏观审美建构，后者是关于剧本的微观个案批评。同时，中国京剧选本对剧目文本的选择与淘汰过程也是京剧文学发展的自我经典化过程。最后，从副文本角度来看，插图与广告都是中国京剧选本中十分重要的副文本，它们在以不同形式关联阐释正文本剧选的同时，也从文化生态层面还原全文本选本所依存的生长环境。

　　研究中国京剧选本不仅是观照京剧选本的发展演变历史与生成生长样态，更为重要的是以史为鉴，反观当下京剧乃至整个中国传统戏曲发展与生存的困境。

　　百余年来，中国京剧选本承载着京剧剧目淘汰与创新、发展与传承的艰辛历程，可为当下戏曲领域的剧本创作与舞台演出提供丰富切实的经验帮助。剧本创作方面，中国京剧选本完整承载并且准确记录着京剧产生以来的剧目文本发生、发展与演变的具体过程。

这些数量丰硕的剧目文本，既是当下戏曲剧本创作、改编、移植的养料库藏，又是戏曲艺术发展"以本为鉴，而知得失"的重要凭证。换言之，当下戏曲剧本的创作既可以从数以千计的京剧剧目文本之中寻找灵感、主题、材料，又需要从中借鉴剧本成功与否的发展规律，从而总结经验教训，为当下戏曲剧本的创编工作提供帮助。舞台演出方面，应该看到，"音乐是戏曲的灵魂，没有了声腔曲调，也就没有了戏曲"①。中国京剧选本中词选与谱选类型选本的大量存在与不断出版，客观证明了经典唱段之于戏曲传播与传承的重要作用。从谭鑫培的"店主东带过了黄骠马"到梅兰芳的"海岛冰轮初转腾"，中国京剧选本对优秀唱段的记录不仅成为当下京剧舞台演出最为炙热的经典范本，而且还应成为今后戏曲舞台音乐创作与表演的重要摹本。值得关注的是，中国京剧选本中的词选、谱选类型选本的发展是与录音唱片技术的发明、发展密切相关的。因此，当下舞台演出对京剧流派声腔及表演艺术的传承与创新即可通过选本文献、唱片文献、录音录像文献、戏曲电影文献等多重"物质文化"着手，研究并继续发扬光大以京剧为代表的非物质文化遗产。

综上可知，中国京剧选本的出现与发展是中国戏曲史发展至近代以来的重要文本文献记录，它以脚本实录的文本中心综合呈现出了近代以来戏曲史交融变革与京剧史崛起发展的历时轨迹。并且，中国京剧选本的丰富存在也从"物质文化"层面为非物质文化遗存的京剧表演艺术研究提供了切实可行的文献资料与路径方法。关注中国京剧选本，不仅是在历史的视角中勾勒其发展变化的轨迹，还需要在文学的语境中探讨它的独特魅力与价值。更为重要的是需立足当下、借古鉴今，既从文献保护的角度重新整理、校勘、出版中国京剧选本，又从艺术传承的角度不断振兴、发扬京剧以及整个中国传统戏曲艺术。

---

① 朱恒夫：《振衰起敝，艰难前行——新时期戏曲概论》，《上海艺术评论》2018年第 2 期。

余　　论

1949 年以后中国京剧选本发展略论

本书中，我们将中国京剧选本研究的重心放在 1949 年之前。而事实上，中国京剧及其选本一直活跃至今。因此，对 1949 年以后中国京剧选本的阶段发展特征，我们有必要在此予以简要论述说明。

1949 年以后，京剧乃至整个戏曲艺术的发展无不紧随中国共产党的文化政策而发生变化："在中华人民共和国成立之前，中国共产党在所控制的地方和自己的军队中，利用戏曲为革命事业服务；而在中华人民共和国成立之后，因为是执政党，有了将自己的理念付诸戏曲实践的权力，于是，戏曲比起以往任何时期变化更大。"[①] 同时，中国京剧选本的发展走向最为显著的特征也即受到相关文化政策的深刻影响。其实，1948 年 11 月 13 日，《人民日报》第 1 版即已发表有关戏曲改革的专论文章《有计划有步骤地进行旧剧改革工作》。文章指出："我们虽然对于平剧及其他各种旧剧进行了若干改革的工作，但这个工作是做得非常不够的。旧剧的各种节目，往往不受限制，不加批判地任其到处上演，在广大群众的思想中传播毒素，这种现象，是与新民主主义文化建设的方向相违反的，是必须改变的。现在人民解放战争胜利形势飞跃发展，大城市相继被解放，旧剧改革的任务，便更急迫地提到我们面前，需要我们认真地加以

[①] 朱恒夫：《中国共产党与现当代戏曲的发展》，《上海师范大学学报》（哲学社会科学版）2018 年第 5 期。

解决。"因此,在对"旧剧"进行全面改革的同时,中国京剧选本的出版发行工作自然也是其中重要内容之一。

1951年5月5日中央人民政府政务院颁发《关于戏曲改革工作的指示》,中国京剧选本的编辑出版工作由此出现转变。首先,1953—1954年,上海部分书局沿袭"戏考·大观"系列选本的出版方式遭到严厉批评,并且迅速成为时代绝响。较为突出的是,李簾在其文章《纠正滥编滥印传统戏曲剧本的现象》中,点名批评由何俊良编辑、吴泉山校正、上海汇文书店1954年出版的《全出京戏剧本》,上海戏学书局1954年出版的《改良京剧本》及潘侠风编辑、北京文达书局1953年出版的《京剧新编》等选本;同时指出:"出版传统戏曲剧本,把清理遗产的成果记录下来,是有其现实意义的。但与目前戏曲改革工作脱节,以赚钱为目的,滥编滥印传统剧本,或毫不顾及戏曲改革的精神,把一些传统剧本,任意窜改后,即占为己有,草率出版,这不仅会造成读者的错觉,给戏曲改革工作带来不应有的阻碍,而且拿这样的剧本广泛发行,也是对广大读者极不负责的态度。"[1] 由此可见,中国京剧选本的出版发行工作开始出现新的面向。其次,为了配合"戏改"工作,中国京剧选本开始出现官方组织整理结集出版的行为。1953—1959年中国戏曲研究院率先编辑出版《京剧丛刊》(1—50集)。据《中国京剧史》等载,《京剧丛刊》是50年代进行的"戏改"工作的具体成果,其中所收的全部剧本都经过整理加工,其中有的作了比较重要的改动。需要指出的是,尽管20世纪50年代"戏改"风行,但是校勘底本、原本刊出的京剧选本工作并未间断。1957—1964年北京市戏曲编导委员会编辑出版的《京剧汇编》(1—106集)"是京剧艺术遗产的忠实记录,也是它与《京剧丛刊》中所收剧目的不同之处"[2]。最后,从1954年《梅兰芳演出剧本选

---

[1] 李簾:《纠正滥编滥印传统戏曲剧本的现象》,《戏剧报》1954年第7期。
[2] 北京市艺术研究所、上海艺术研究所编著:《中国京剧史》下卷,中国戏剧出版社2000年版,第101页。

集》开始,京剧演员个人演出剧本选集的出版酝酿生成,这既是对此前名伶中心的集中反映,又是对此后流派中心的鲜明预示。

1964年3月,北京举行部分地区京剧现代戏观摩演出大会,由此至1979年中国京剧选本进入"革命现代戏"选本的集中出版阶段。1964年的京剧现代戏观摩演出大会并非只是会演,而且随即迅速出版《1964年京剧现代戏观摩演出唱腔选集》3集。该著的出版标志着中国京剧选本发展出现重大转折,"革命现代戏"成为此后15年间京剧选本唯一公开发行的内容题材,先后出版相关选本十余种。更为突出的是,这批选本集中出版主要唱腔、唱段选集,目的是"供给广大京剧音乐爱好者、音乐工作者学习、交流和研究的参考"[①]。较为特殊的是,这批京剧"革命现代戏"选本还包括1967年上海文化出版社的《毛主席语录京剧唱腔专辑》,它的出版标明京剧作为当时重要的宣传工具之一,能够及时有效地传达时代政治理念。与"革命现代戏"选本的公开出版相对,这一时期京剧传统题材戏选本出版只能"内部发行"。1973年5月《京剧流派唱腔简介资料唱词选》选本出现,按照行当分为四册:老生部分,旦角部分,花脸部分,老旦·武生·小生部分。这批选本所收皆为当时每一行当著名演员流派代表剧目,用于"内部参考"学习,例如旦角一册收录梅(兰芳)派、程(砚秋)派、荀(慧生)派、尚(小云)派、张(君秋)派、赵(燕侠)派6派代表唱腔29种。颇具意味的是,这批选本仅有印行年月,不见出版机构,每册封面标明"内部参考 阅毕收回"。《京剧流派唱腔简介资料唱词选》的出现,证明了即便在"革命现代戏"最为强劲的时期,传统流派剧目仍然作为可供参考学习的"内部资料"哺育供养着"革命现代戏"的发展。这种现象,不仅说明了京剧传统剧目的无限魅力,而且反映出中国京剧选本发展历史的内在逻辑链条从未间断。

[①] 中国戏曲研究院编:《1964年京剧现代戏观摩演出唱腔选集》(第一集),音乐出版社1964年版,第1页。

1979年《京剧传统唱腔选集》出版，中国京剧选本自此走向回归与复兴阶段。所谓回归，是指中国京剧选本重新开始公开出版传统剧目选本；所谓复兴，是指中国京剧选本综括此前所有出版类型与内容，同时衍出新生。回归与复兴阶段的中国京剧选本集中呈现出以下特点：第一，除却专门强调"传统"或"现代"的京剧选本，其余选本基本二者兼收；第二，演员演出剧本选集繁荣发展，并且由此带兴演员唱腔/琴谱选集、流派唱段/剧目选集出版；第三，各级学院不断出版具有教学演出价值的京剧选本；第四，1981年开始，剧作家选本出现：田汉、华粹深、马少波、翁偶虹等剧作家选本不断行世，剧作家选本的繁荣与演员演出剧本选集一起构成京剧选本史上"案头"与"场上"两个中心并驾齐驱的局面；第五，民国时期的部分京剧选本得到整理与再版，其中以《戏考》的影印再版与《戏典》的整理出版最具代表性。在这些共同点之外，还有几种特殊选本需要强调：其一，1992年人民日报出版社出版徐世英编著《京剧唱词选注》，首次对京剧唱词中的典故与疑难进行详细注解，将京剧唱词与古典诗词同等对待，一定程度上证明了京剧唱词的文学性；其二，以2005年中国文史出版社出版的《李瑞环改编剧本集》为代表，表明中国共产党和国家领导人对京剧剧本修订整理工作的身体力行与带头作用、对京剧事业当代繁荣发展的积极扶持与大力倡导；其三，"中国戏曲海外传播工程"丛书对部分京剧剧目的英译出版，这套丛书所选京剧剧目虽然均以单本印行，但从丛书选本工程着眼，其对京剧选本的海外传播意义重大，并且是代表民族优秀文化遗产"走出去"的积极尝试与推进。

另外还需指出的是，1949年以后京剧选本的整理与出版工作还在台湾与香港等地积极展开。

一般认为，京剧在台湾的真正发展需从1948年顾正秋率团赴台演出为起点。[①] 而在京剧选本领域，因选本发展相对京剧历史发展的

---

① 参见王安祈《台湾京剧五十年》，宜兰：台湾传统艺术中心2002年版。

"延迟"特性，以及1949年前后中国历史、政治等方面出现的重大变革的影响，京剧选本在台湾的发展与传播是在1949年以后才真正展开的。

概言之，京剧选本在台湾的发展与传播是对1949年以前北京、上海、重庆等地京剧选本的出版与传播的承继与发扬，同时根据京剧在台湾的发展与变革不断做出相应调整与更新。整体来看，台湾出版的京剧选本以梅花馆主主编的《平剧脚本》50集丛刊（东海书局1957年版）、张伯谨主编的《国剧大成》15集（含续编3集，振兴国剧研究发展委员会1969—1974年版）、王安祈的《国剧新编——王安祈剧集》（行政院文化建设委员会1991年版）等较具代表性。

较之台湾，香港出版的京剧选本则是略显暗淡。虽然周康燮主编《传统京剧丛编（整理本）初编》3集（香港大东图书公司1977年版）之"出版说明"指出："本编辑入传统京剧整理本之比较突出，足以反映中国道德、文化、风俗及古代政治、军事者，依剧目故事历史时代，编次为传统京剧丛编，分期刊行。借供海外京剧社团参考采用，并以向研究戏曲艺术之士。"但是类此京剧选本的出版并未在香港广泛传播，从而可知京剧及其选本在台湾与香港等地流播盛行的具体差异。

附　录

《中国京剧选本(1790—1949)》版本信息一览

序号	选本名称	编选作者	出版机构	出版时间	收剧总数（种）
1	梨园集成（24册）	李世忠	安徽安庆竹友斋	1880	48
2	京都三庆班京调十集（存8册）	—	上海海左书局	1906	36
3	绘图三庆班三套京调脚本（48册）	—	上海文宜书局	光绪年间	80
4	绘图京调（17册）	—	—	光绪年间	62
5	真正京调四十二种（24册）	—	—	清末	42
6	绘图京都三庆班京调（12集）	—	上海集成图书公司	清末	59
7	绘图京都三庆班京调二集（7册）	—	上海观澜阁	清末	34
8	绘图京都三庆班京调全集（1册）	—	上海文宜书局	清末	5
9	京都三庆班京调脚本（3册）	—	上海文宜书局 上海章福记书局	清末	15
10	京都三庆班京调脚本（12册）	—	—	清末	54
11	京都三庆班京调脚本甲集（1册）	—	上海文宜书局	清末	5
12	京都义顺和班京调十二集（存4册）	—	—	清末	16
13	京剧剧本四种（4册）	—	清内府抄本	清末	4
14	皮黄曲本四十八种（48册）	—	清内府抄本	清末	48
15	皮黄钞本一组（1册）	—	抄本	清末	15
16	宽心集（1册）	—	抄本	清末民初	4
17	攀香山房抄戏词（1册）	—	抄本	清末民初	13
18	群词会志（1册）	—	抄本	清末民初	4

续表

序号	选本名称	编选作者	出版机构	出版时间	收剧总数（种）
19	沙桥·醉写·叫关·文昭关（1册）	—	抄本	清末民初	4
20	戏词九出（1册）	—	抄本	清末民初	9
21	戏曲杂抄（1册）	—	抄本	清末民初	8
22	戏曲杂志（2册）	—	抄本	清末民初	6
23	消闲录（1册）	—	抄本	清末民初	41
24	杂记词本（1册）	—	抄本	清末民初	8
25	戏曲脚本一组（11册）	—	抄本	清末民初	16
26	绘图京都三庆班京调十二集（12册）	—	上海观澜阁	清末民初	59
27	改良布景京都三庆班京调十五集（存13册）	—	上海茂记书庄	清末民初	65
28	改良绘图京都三庆班京调十集（存7册）	—	—	清末民初	35
29	京都三庆班京调脚本（10册）	—	上海章福记书局 上海文宜书局	清末民初	47
30	京都三庆班京调脚本十集（10册）	—	—	清末民初	45
31	最初名班京调十五集（15册）	—	—	清末民初	74
32	绘图京都三庆班京调全集（12册）	—	上海鸿文书局	清末民初	60
33	特别改良绘图文明梆子京调（14册）	—	北京学古堂	清末民初	68
34	绘图最新梆子腔京调（1册）	—	—	清末民初	4
35	曲本七十九种（3册）	—	—	清末民初	79
36	刀劈三关·滑油山（1册）	—	—	清末民初	2
37	华容道·封金挂印·取成都（1册）	—	—	清末民初	3
38	三娘教子·辕门斩子（1册）	—	—	清末民初	2
39	上天台·钓金龟·探阴山（1册）	—	—	清末民初	3
40	四郎探母·梵王宫（1册）	—	—	清末民初	2
41	托兆碰碑·洪羊洞（1册）	—	—	清末民初	2
42	戏曲名伶唱段选集（1册）	—	—	清末民初	19
43	相府算粮·大登殿·人不如狗（1册）	—	—	清末民初	3
44	碌砂痣·空城计·斩马谡·骂毛延寿·路遥知马力（1册）	—	—	清末民初	5

附录 《中国京剧选本(1790—1949)》版本信息一览

续表

序号	选本名称	编选作者	出版机构	出版时间	收剧总数（种）
45	新印京调全编（1册）	—	—	清末民初	39
46	绘图京都三庆班京调脚本（10集）	—	—	1912	50
47	中华共和梨园界京戏脚本（12集）	谭叫天	改良小说书局	1914	50
48	戏考（顾曲指南）（40册）	中华图书馆编辑部	上海中华图书馆	1915—1922	530
49	醉白集（44册）	苕溪灌花叟主	—	1919	137
50	京曲工尺谱（1册）	怡情轩主 江天一	上海世界书局	1921	57
51	戏曲大全（12卷）	林善清	上海文明书局	1923	153
52	戏本（第1册）	李菊侪	上海泰东图书局	1925	12
53	刺巴杰·文昭关·秋胡戏妻·打鼓骂曹（1册）	—	北京致文堂	1926	4
54	当铜卖马·茂州庙·望儿楼·翠屏山（1册）	—	北京致文堂	1926	4
55	钓金龟·滑油山·目莲救母·柳林池·小上坟（1册）	—	北京致文堂	1926	5
56	三娘教子·朱买臣休妻·马前泼水（1册）	—	北京致文堂	1926	3
57	斩黄袍·骂王朗（1册）	—	北京致文堂	1926	2
58	战冀州·过五关·斩黄袍·赶三关（1册）	—	北京致文堂	1926	4
59	唱词大观（第1册）	齐嘉笨①	北京中华印书局	1926	142
60	绘图京调大观（2册）	许志豪	上海世界书局	1926	103
61	戏本（第2册）	李菊侪	上海泰东图书局	1926	14
62	戏词指南（1册）	—	北京致文堂书局	1927	22
63	唱曲大观（第1册）	齐家本	北京中华印书局	1929	214
64	戏出大观（第6册）	齐家本	北平中华印书局	1929	23
65	戏出大观（第7册）	—	北平中华印书局	1929	18
66	新编戏学汇考（10册）	凌善清 许志豪	上海大东书局	1929	110

① 原文为"齐嘉笨"，应为"齐家本"之误。

续表

序号	选本名称	编选作者	出版机构	出版时间	收剧总数（种）
67	二黄寻声谱（1册）	郑剑西	上海大东书局	1929	32
68	二黄寻声谱续集（1册）	郑剑西	上海大东书局	1930	39
69	戏学指南（16册）	大东书局	上海大东书局	1931	80
70	风琴胡琴京调曲谱大观（4集）	许志豪	上海大东书局	1931	76
71	名伶秘本京调大观（4集）	大美书局	上海大美书局	1936	82
72	京调大观（存2集）	戏剧研究社	上海春明书店	1937	17
73	京戏大观（3册）	大文书局	上海大文书局	1938	30
74	京剧大全（第8集）	王伯诚	天津成文信书局	1939	20
75	京戏汇考（6集）	孙虚	安东成文信书局	1941	41
76	京戏大观	张魁善	满洲新闻社印刷所	1943	27
77	京剧大观（4集）	留香馆主	上海春明书店	1946	101
78	京戏考（1册）	留香馆主	上海春明书店	1947	17
79	戏典（4册）	南腔北调人	上海中央书店	1948	157
80	新京戏指南	京戏研究社	上海儿童出版社	1949	194
81	最新京剧大观（第1集）	潘侠风	北京建业书局	1949	4
82	中华新剧京调名角脚本十二集（12册）	—	—	民初	48
83	蚍蜡庙·葭萌关（1册）	—	北平打磨厂泰山堂	民国时期	2
84	拜寿算粮·祭长江（1册）	—	北平打磨厂泰山堂	民国时期	2
85	黑驴告状·活捉三郎（1册）	—	北平打磨厂泰山堂	民国时期	2
86	采花赶府·双包案·诸葛亮招亲·孟获叹月·骂杨广（1册）	—	北平打磨厂泰山堂	民国时期	5
87	打花鼓·打杠子（1册）	—	北平打磨厂泰山堂	民国时期	2
88	打龙袍·富春楼（1册）	—	北平打磨厂泰山堂	民国时期	2
89	当锏卖马·贵妃醉酒（1册）	—	北平打磨厂泰山堂	民国时期	2
90	倒门厅·探亲相骂（1册）	—	北平打磨厂泰山堂	民国时期	2
91	钓金龟·滑油山·李陵碑·上天台（1册）	—	北平打磨厂泰山堂	民国时期	4
92	定军山·五本狸猫换太子·刁刘氏（1册）	—	北平打磨厂泰山堂	民国时期	3
93	恶虎村·骂毛延寿（1册）	—	北平打磨厂泰山堂	民国时期	2

续表

序号	选本名称	编选作者	出版机构	出版时间	收剧总数（种）
94	汾河湾·拾黄金·枪毙阎瑞生（1册）	—	北平打磨厂泰山堂	民国时期	3
95	过五关·茂州庙（1册）	—	北平打磨厂泰山堂	民国时期	2
96	行路训子·大保国（1册）	—	北平打磨厂泰山堂	民国时期	2
97	黑驴告状·活捉三郎（1册）	—	北平打磨厂泰山堂	民国时期	2
98	黄金台·阎瑞生自叹（1册）	—	北平打磨厂泰山堂	民国时期	2
99	击鼓骂曹·凤仪亭（1册）	—	北平打磨厂泰山堂	民国时期	2
100	苦中苦·烧骨计·梁武帝·马上缘（1册）	—	北平打磨厂泰山堂	民国时期	4
101	连环套·紫霞宫（1册）	—	北平打磨厂泰山堂	民国时期	2
102	牧羊卷·御碑亭（1册）	—	北平打磨厂泰山堂	民国时期	2
103	南天门·六月雪（1册）	—	北平打磨厂泰山堂	民国时期	2
104	南阳关·鱼肠剑（1册）	—	北平打磨厂泰山堂	民国时期	2
105	七星灯·丑表功（1册）	—	北平打磨厂泰山堂	民国时期	2
106	三气周瑜·新安驿（1册）	—	北平打磨厂泰山堂	民国时期	2
107	桑园寄子·反延安（1册）	—	北平打磨厂泰山堂	民国时期	2
108	失街亭·空城计·斩马谡（1册）	—	北平打磨厂泰山堂	民国时期	3
109	拾玉镯·海潮珠（1册）	—	北平打磨厂泰山堂	民国时期	2
110	双断桥·锯大缸·走雪山（1册）	—	北平打磨厂泰山堂	民国时期	3
111	天水关·打金枝（1册）	—	北平打磨厂泰山堂	民国时期	2
112	问樵闹府·别皇宫（1册）	—	北平打磨厂泰山堂	民国时期	2
113	乌盆计·贵妃醉酒（1册）	—	北平打磨厂泰山堂	民国时期	2
114	武家坡·击鼓骂曹（1册）	—	北平打磨厂泰山堂	民国时期	2
115	戏迷传·骂王朗（1册）	—	北平打磨厂泰山堂	民国时期	2
116	小上坟·红梅阁·徐策跑城·伐东吴（1册）	—	北平打磨厂泰山堂	民国时期	4
117	游龙戏凤·柳林池（1册）	—	北平打磨厂泰山堂	民国时期	2
118	玉堂春·金水桥（1册）	—	北平打磨厂泰山堂	民国时期	2
119	战冀州·乌龙院（1册）	—	北平打磨厂泰山堂	民国时期	2
120	长坂坡·梵王宫（1册）	—	北平打磨厂泰山堂	民国时期	2
121	状元谱·望儿楼（1册）	—	北平打磨厂泰山堂	民国时期	2

续表

序号	选本名称	编选作者	出版机构	出版时间	收剧总数（种）
122	捉放曹·刺巴杰（1册）	—	北平打磨厂泰山堂	民国时期	2
123	六月雪·击鼓骂曹（1册）	—	北京打磨厂泰山堂	民国时期	2
124	落马湖·锁五龙·打严嵩（1册）	—	北京打磨厂泰山堂	民国时期	3
125	牧羊卷·穆柯寨（1册）	—	北京打磨厂泰山堂	民国时期	2
126	马前泼水·望儿楼·打鼓骂曹（1册）	—	北京打磨厂泰山堂	民国时期	3
127	枪毙阎瑞生·莲英托梦·莲英惊梦·孟获叹月·珠帘寨·卖马（1册）	—	北京打磨厂泰山堂	民国时期	6
128	双断桥·锯大缸·骂王朗（1册）	—	北京打磨厂泰山堂	民国时期	3
129	搜孤救孤·七星灯（1册）	—	北京打磨厂泰山堂	民国时期	2
130	探亲相骂·武家坡（1册）	—	北京打磨厂泰山堂	民国时期	2
131	天水关·黄金台·阎瑞生自叹（1册）	—	北京打磨厂泰山堂	民国时期	3
132	托兆碰碑·洪羊洞（1册）	—	北京打磨厂泰山堂	民国时期	2
133	乌盆计·鱼肠剑（1册）	—	北京打磨厂泰山堂	民国时期	2
134	小放牛·小上坟·南阳关·马前泼水（1册）	—	北京打磨厂泰山堂	民国时期	4
135	斩黄袍·骂殿·黄鹤楼（1册）	—	北京打磨厂泰山堂	民国时期	3
136	战城都·哭祖庙（1册）	—	北京打磨厂泰山堂	民国时期	2
137	战冀州·战蒲关·乌龙院（1册）	—	北京打磨厂泰山堂	民国时期	3
138	战宛城·白水滩（1册）	—	北京打磨厂泰山堂	民国时期	2
139	长坂坡·梵王宫·打金枝（1册）	—	北京打磨厂泰山堂	民国时期	3
140	硃砂痣·探阴山·定军山（1册）	—	北京打磨厂泰山堂	民国时期	3
141	捉放曹·桑园寄子·落马湖（1册）	—	北京打磨厂泰山堂	民国时期	3
142	连环套·黄鹤楼·紫霞宫（1册）	—	北京打磨厂泰山堂	民国时期	3
143	草桥关·天雷报（1册）	—	北京打磨厂泰山堂	民国时期	2
144	大劈棺·红梅阁·徐策跑城（1册）	—	北京打磨厂泰山堂	民国时期	3
145	刀劈三关·挑滑车（1册）	—	北京打磨厂泰山堂	民国时期	2
146	钓金龟·滑油山·游六殿·上天台（1册）	—	北京打磨厂泰山堂	民国时期	4
147	恶虎村·南阳关·骂毛延寿（1册）	—	北京打磨厂泰山堂	民国时期	3
148	八大锤·祭塔（1册）	—	北京杨梅竹斜街中华印刷局	民国时期	2

续表

序号	选本名称	编选作者	出版机构	出版时间	收剧总数（种）
149	白良关·恶虎村（1册）	—	北京杨梅竹斜街中华印刷局	民国时期	2
150	白门楼·浣花溪（1册）	—	北京杨梅竹斜街中华印刷局	民国时期	2
151	草桥关·奇冤报（1册）	—	北京杨梅竹斜街中华印刷局	民国时期	2
152	查关·打面缸（1册）	—	北京杨梅竹斜街中华印刷局	民国时期	2
153	嫦娥奔月·千金一笑（1册）	—	北京杨梅竹斜街中华印刷局	民国时期	2
154	春香闹学·完璧归赵（1册）	—	北京杨梅竹斜街中华印刷局	民国时期	2
155	黛玉葬花·游龙戏凤（1册）	—	北京杨梅竹斜街中华印刷局	民国时期	2
156	打金枝·贵妃醉酒·忠孝全（1册）	—	北京杨梅竹斜街中华印刷局	民国时期	3
157	单刀赴会·取洛阳·洗耳记（1册）	—	北京杨梅竹斜街中华印刷局	民国时期	3
158	当锏卖马·玉堂春（1册）	—	北京杨梅竹斜街中华印刷局	民国时期	2
159	荡湖船·滑油山（1册）	—	北京杨梅竹斜街中华印刷局	民国时期	2
160	刀劈三关·托兆碰碑（1册）	—	北京杨梅竹斜街中华印刷局	民国时期	2
161	盗宗卷·南天门（1册）	—	北京杨梅竹斜街中华印刷局	民国时期	2
162	定军山·宝莲灯（1册）	—	北京杨梅竹斜街中华印刷局	民国时期	2
163	独木关·丁甲山·风云会（1册）	—	北京杨梅竹斜街中华印刷局	民国时期	3
164	杜十娘怒沉百宝箱·水漫金山寺·药茶计（1册）	—	北京杨梅竹斜街中华印刷局	民国时期	3
165	二度梅·雪杯圆·晋阳宫（1册）	—	北京杨梅竹斜街中华印刷局	民国时期	3

续表

序号	选本名称	编选作者	出版机构	出版时间	收剧总数（种）
166	发财回家·拾黄金·八十八扯（1册）	—	北京杨梅竹斜街中华印刷局	民国时期	3
167	法场换子·阳河摘印·举鼎观画（1册）	—	北京杨梅竹斜街中华印刷局	民国时期	3
168	汾河湾·武家坡（1册）	—	北京杨梅竹斜街中华印刷局	民国时期	2
169	古城会·问樵闹府·宇宙疯（1册）	—	北京杨梅竹斜街中华印刷局	民国时期	3
170	过关见娘·打龙袍·天水关·玉堂春（1册）	—	北京杨梅竹斜街中华印刷局	民国时期	4
171	行路训子·大保国·金钱豹（1册）	—	北京杨梅竹斜街中华印刷局	民国时期	3
172	红鸾禧·凤凰山（1册）	—	北京杨梅竹斜街中华印刷局	民国时期	2
173	虹霓关·游六殿（1册）	—	北京杨梅竹斜街中华印刷局	民国时期	2
174	虹霓关·游六殿·宁武关（1册）	—	北京杨梅竹斜街中华印刷局	民国时期	3
175	华容道·五人义·丁甲山（1册）	—	北京杨梅竹斜街中华印刷局	民国时期	3
176	黄家台·洪羊洞（1册）	—	北京杨梅竹斜街中华印刷局	民国时期	2
177	击鼓骂曹·甘露寺（1册）	—	北京杨梅竹斜街中华印刷局	民国时期	2
178	击鼓骂曹·沙桥饯别（1册）	—	北京杨梅竹斜街中华印刷局	民国时期	2
179	借东风·神亭岭·清风寨（1册）	—	北京杨梅竹斜街中华印刷局	民国时期	3
180	金水桥·龙凤呈祥·罗成叫关·托兆小显（1册）	—	北京杨梅竹斜街中华印刷局	民国时期	4
181	空城计·斩马谡·十八扯（1册）	—	北京杨梅竹斜街中华印刷局	民国时期	3
182	哭长城·锯大缸（1册）	—	北京杨梅竹斜街中华印刷局	民国时期	2

续表

序号	选本名称	编选作者	出版机构	出版时间	收剧总数（种）
183	连环套·葭萌关（1册）	—	北京杨梅竹斜街中华印刷局	民国时期	2
184	六月雪·开山府（1册）	—	北京杨梅竹斜街中华印刷局	民国时期	2
185	六月雪·开山府（1册）	—	北京杨梅竹斜街中华印刷局	民国时期	2
186	路遥知马力·太真外传（1册）	—	北京杨梅竹斜街中华印刷局	民国时期	2
187	落马湖·审头刺汤（1册）	—	北京杨梅竹斜街中华印刷局	民国时期	2
188	马前泼水·捉放曹·小上坟·乌盆计（1册）	—	北京杨梅竹斜街中华印刷局	民国时期	4
189	马上缘·五花洞（1册）	—	北京杨梅竹斜街中华印刷局	民国时期	2
190	摩天岭·百寿图·雍凉关（1册）	—	北京杨梅竹斜街中华印刷局	民国时期	3
191	女起解·女斩子·金光阵·马嵬坡（1册）	—	北京杨梅竹斜街中华印刷局	民国时期	4
192	七星灯·望儿楼·状元谱（1册）	—	北京杨梅竹斜街中华印刷局	民国时期	3
193	敲骨求金·状元印·天齐庙（1册）	—	北京杨梅竹斜街中华印刷局	民国时期	3
194	清官册·忠烈图（1册）	—	北京杨梅竹斜街中华印刷局	民国时期	2
195	秋胡戏妻·战长沙·浔阳楼（1册）	—	北京杨梅竹斜街中华印刷局	民国时期	3
196	群英会·马鞍山（1册）	—	北京杨梅竹斜街中华印刷局	民国时期	2
197	桑园寄子·九更天（1册）	—	北京杨梅竹斜街中华印刷局	民国时期	2
198	桑园寄子·九更天·独木关（1册）	—	北京杨梅竹斜街中华印刷局	民国时期	3
199	上天台·请宋灵（1册）	—	北京杨梅竹斜街中华印刷局	民国时期	2

续表

序号	选本名称	编选作者	出版机构	出版时间	收剧总数（种）
200	审刺客·取帅印·锁五龙（1册）	—	北京杨梅竹斜街中华印刷局	民国时期	3
201	失街亭·空城计·斩马谡·别皇宫（1册）	—	北京杨梅竹斜街中华印刷局	民国时期	4
202	双珠凤·戏迷传·穆柯寨（1册）	—	北京杨梅竹斜街中华印刷局	民国时期	3
203	水淹七军·临江会·贾家楼·叹皇灵（1册）	—	北京杨梅竹斜街中华印刷局	民国时期	4
204	四郎探母·汾河湾（1册）	—	北京杨梅竹斜街中华印刷局	民国时期	2
205	四郎探母坐宫盗令·南阳关·斩黄袍（1册）	—	北京杨梅竹斜街中华印刷局	民国时期	3
206	搜孤救孤·牧羊圈·风云会（1册）	—	北京杨梅竹斜街中华印刷局	民国时期	3
207	探阴山·庆顶珠（1册）	—	北京杨梅竹斜街中华印刷局	民国时期	2
208	天雷报·二进宫·麻姑献寿（1册）	—	北京杨梅竹斜街中华印刷局	民国时期	3
209	天雷报·二进宫·麻姑献寿（1册）	—	北京杨梅竹斜街中华印刷局	民国时期	3
210	铜网阵·贪欢报·挡亮（1册）	—	北京杨梅竹斜街中华印刷局	民国时期	3
211	文昭关·牧虎关（1册）	—	北京杨梅竹斜街中华印刷局	民国时期	2
212	问樵闹府·宇宙锋（1册）	—	北京杨梅竹斜街中华印刷局	民国时期	2
213	问樵闹府·宇宙锋·铁笼山（1册）	—	北京杨梅竹斜街中华印刷局	民国时期	3
214	乌龙院·三娘教子（1册）	—	北京杨梅竹斜街中华印刷局	民国时期	2
215	戏目莲·宫门带（1册）	—	北京杨梅竹斜街中华印刷局	民国时期	2
216	下河南·打花鼓（1册）	—	北京杨梅竹斜街中华印刷局	民国时期	2

附录 《中国京剧选本(1790—1949)》版本信息一览　357

续表

序号	选本名称	编选作者	出版机构	出版时间	收剧总数（种）
217	献地图·辕门斩子（1册）	—	北京杨梅竹斜街中华印刷局	民国时期	2
218	小放牛·双吊孝·南天门（1册）	—	北京杨梅竹斜街中华印刷局	民国时期	3
219	小放牛·探亲家（1册）	—	北京杨梅竹斜街中华印刷局	民国时期	2
220	徐母骂曹·蚍蜡庙（1册）	—	北京杨梅竹斜街中华印刷局	民国时期	2
221	薛礼叹月·逍遥津（1册）	—	北京杨梅竹斜街中华印刷局	民国时期	2
222	胭脂褶·战樊城（1册）	—	北京杨梅竹斜街中华印刷局	民国时期	2
223	阎瑞生·双星观（1册）	—	北京杨梅竹斜街中华印刷局	民国时期	2
224	阳平关·骂王朗（1册）	—	北京杨梅竹斜街中华印刷局	民国时期	2
225	殷家堡·战城都（1册）	—	北京杨梅竹斜街中华印刷局	民国时期	2
226	殷家堡·战城都（1册）	—	北京杨梅竹斜街中华印刷局	民国时期	2
227	鱼肠剑·黄鹤楼（1册）	—	北京杨梅竹斜街中华印刷局	民国时期	2
228	鱼肠剑·黄鹤楼·沙桥饯别（1册）	—	北京杨梅竹斜街中华印刷局	民国时期	3
229	岳母刺字·孝感天·战太平（1册）	—	北京杨梅竹斜街中华印刷局	民国时期	3
230	铡美案·铡包勉（1册）	—	北京杨梅竹斜街中华印刷局	民国时期	2
231	斩黄袍·吊金龟（1册）	—	北京杨梅竹斜街中华印刷局	民国时期	2
232	战冀州·战蒲关·打龙袍（1册）	—	北京杨梅竹斜街中华印刷局	民国时期	3
233	战宛城·马芳困城（1册）	—	北京杨梅竹斜街中华印刷局	民国时期	2

续表

序号	选本名称	编选作者	出版机构	出版时间	收剧总数（种）
234	硃砂痣·刺巴杰（1册）	—	北京杨梅竹斜街中华印刷局	民国时期	2
235	捉放曹·铁莲花（1册）	—	北京杨梅竹斜街中华印刷局	民国时期	2
236	战宛城·望儿楼（1册）	—	北京杨梅竹斜街中华印书局	民国时期	2
237	失街亭·斩马谡·别皇宫（1册）	—	北京杨梅竹斜街中华印书局	民国时期	3
238	南阳关·马前泼水（1册）	—	北京杨梅竹斜街中华印书局	民国时期	2
239	小放牛·探亲家（1册）	—	北京杨梅竹斜街中华印书局	民国时期	2
240	连营寨·破洪州（1册）	—	北京杨梅竹斜街中华印书局	民国时期	2
241	借东风·黛玉葬花（1册）	—	北京杨梅竹斜街中华印书局	民国时期	2
242	蚒蜡庙·刀劈三关（1册）	—	北京致文堂	民国时期	2
243	白良关·恶虎村（1册）	—	北京致文堂	民国时期	2
244	大劈棺·锯大缸（1册）	—	北京致文堂	民国时期	2
245	定军山·摩天岭（1册）	—	北京致文堂	民国时期	2
246	独木关·上天台·逍遥津（1册）	—	北京致文堂	民国时期	3
247	汾河湾·武家坡（1册）	—	北京致文堂	民国时期	2
248	连营寨·宝莲灯（1册）	—	北京致文堂	民国时期	2
249	落马湖·托兆碰碑（1册）	—	北京致文堂	民国时期	2
250	桑园会·汾河湾·孟获叹月·枪毙阎瑞生·莲英夜托梦·骂毛延寿·路遥知马力（1册）	—	北京致文堂	民国时期	7
251	失街亭·空城计·斩马谡·别皇宫（1册）	—	北京致文堂	民国时期	4
252	四郎探母·水淹七军·吴汉杀妻·徐策跑城（1册）	—	北京致文堂	民国时期	4
253	天水关·二进宫·春香闹学（1册）	—	北京致文堂	民国时期	3

续表

序号	选本名称	编选作者	出版机构	出版时间	收剧总数（种）
254	乌龙院·滑油山·马前泼水·三娘教子·阎瑞生莲英托梦·莲英托梦·武家坡（1册）	—	北京致文堂	民国时期	7
255	武家坡·拜寿算粮·孟获叹月·枪毙阎瑞生·莲英托梦考·骂毛延寿·路遥知马力（1册）	—	北京致文堂	民国时期	7
256	献地图·打渔杀家（1册）	—	北京致文堂	民国时期	2
257	小放牛·双吊孝·走雪山（1册）	—	北京致文堂	民国时期	3
258	辕门斩子·南天门·连环套（1册）	—	北京致文堂	民国时期	3
259	走雪山·三世修（1册）	—	北京致文堂	民国时期	2
260	黑驴告状·凤仪亭（1册）	—	北京打磨厂老二酉堂	民国时期	2
261	马前泼水·捉放曹·小上坟·乌盆计（1册）	—	北京打磨厂老二酉堂	民国时期	4
262	女斩子·金光阵·贵妃醉酒（1册）	—	北平崇外打磨厂东口路南宝文堂	民国时期	3
263	大登殿·秦琼观阵·八十八扯·阎瑞生自叹·莲英托梦（1册）	—	北京崇外瑞文书局	民国时期	5
264	纺棉花·凤阳花鼓（1册）	—	天津大胡同江东书局	民国时期	2
265	锯大缸·小放牛·珠帘寨·路遥知马力（1册）	—	天津大胡同江东书局	民国时期	4
266	戏曲精华（1册）	—	北京老二酉堂	民国时期	29
267	全出京戏大观（1册）	—	上海尚古山房	民国时期	4
268	京剧新戏考（1册）	—	上海东亚书局	民国时期	90
269	京调大观（1册）	—	—	民国时期	24
270	修订平剧选（1册）	—	—	民国时期	4
271	探亲家·打龙袍（1册）	—	—	民国时期	2
272	京戏大观/名伶秘本（1册）	—	—	民国时期	24

参考文献

一 基础文献类

《北京出版史志》编辑部:《北京出版史志》,北京出版社1993年版。

北京图书馆:《民国时期总书目（1911—1949）》,书目文献出版社1986年版。

《重庆戏曲志》编辑委员会:《重庆戏曲志》,文化艺术出版社1990年版。

傅谨主编:《京剧历史文献汇编（清代卷）》,凤凰出版社2011年版。

傅谨主编:《京剧历史文献汇编（清代卷·续编）》,凤凰出版社2013年版。

黄钧、徐希博:《京剧文化词典》,汉语大词典出版社2001年版。

李汉飞:《中国戏曲剧种手册》,中国戏剧出版社1987年版。

李修生:《古本戏曲剧目提要》,文化艺术出版社1997年版。

齐森华、陈多、叶长海:《中国曲学大辞典》,浙江教育出版社1997年版。

上海艺术研究所、中国戏剧家协会上海分会:《中国戏曲曲艺词典》,上海辞书出版社1983年版。

陶君起:《京剧剧目初探》,中国戏剧出版社1963年版。

王文章、吴江主编:《中国京剧艺术百科全书》,中央编译出版社2011年版。

徐幸捷、蔡世成:《上海京剧志》,上海文化出版社1999年版。

《续修四库全书》编纂委员会:《续修四库全书·集部·戏剧类》,上海古籍出版社 2002 年版。

俞为民、孙蓉蓉:《历代曲话汇编（近代编）》，黄山书社 2009 年版。

俞为民、孙蓉蓉:《历代曲话汇编（明代编）》，黄山书社 2009 年版。

俞为民、孙蓉蓉:《历代曲话汇编（清代编）》，黄山书社 2008 年版。

俞为民、孙蓉蓉:《历代曲话汇编（唐宋元编）》，黄山书社 2006 年版。

曾白融:《京剧剧目辞典》，中国戏剧出版社 1989 年版。

《中国戏曲志》编辑委员会:《中国戏曲志·安徽卷》，中国 ISBN 中心 1993 年版。

《中国戏曲志》编辑委员会:《中国戏曲志·北京卷》，中国 ISBN 中心 1999 年版。

《中国戏曲志》编辑委员会:《中国戏曲志·福建卷》，文化艺术出版社 1993 年版。

《中国戏曲志》编辑委员会:《中国戏曲志·甘肃卷》，中国 ISBN 中心 1995 年版。

《中国戏曲志》编辑委员会:《中国戏曲志·广东卷》，中国 ISBN 中心 1993 年版。

《中国戏曲志》编辑委员会:《中国戏曲志·广西卷》，中国 ISBN 中心 1995 年版。

《中国戏曲志》编辑委员会:《中国戏曲志·贵州卷》，中国 ISBN 中心 1999 年版。

《中国戏曲志》编辑委员会:《中国戏曲志·海南卷》，中国 ISBN 中心 1998 年版。

《中国戏曲志》编辑委员会:《中国戏曲志·河北卷》，中国 ISBN 中心 1993 年版。

《中国戏曲志》编辑委员会:《中国戏曲志·河南卷》，文化艺术出版社 1992 年版。

《中国戏曲志》编辑委员会:《中国戏曲志·黑龙江卷》，中国 ISBN 中心 1994 年版。

《中国戏曲志》编辑委员会:《中国戏曲志·湖北卷》，文化艺术出版社1993年版。

《中国戏曲志》编辑委员会：《中国戏曲志·湖南卷》，文化艺术出版社1990年版。

《中国戏曲志》编辑委员会：《中国戏曲志·吉林卷》，中国ISBN中心1993年版。

《中国戏曲志》编辑委员会：《中国戏曲志·江苏卷》，中国ISBN中心1992年版。

《中国戏曲志》编辑委员会：《中国戏曲志·江西卷》，中国ISBN中心1998年版。

《中国戏曲志》编辑委员会：《中国戏曲志·辽宁卷》，中国ISBN中心1994年版。

《中国戏曲志》编辑委员会：《中国戏曲志·内蒙古卷》，中国ISBN中心1994年版。

《中国戏曲志》编辑委员会：《中国戏曲志·宁夏卷》，中国ISBN中心1996年版。

《中国戏曲志》编辑委员会：《中国戏曲志·青海卷》，中国ISBN中心1998年版。

《中国戏曲志》编辑委员会：《中国戏曲志·山东卷》，中国ISBN中心1994年版。

《中国戏曲志》编辑委员会：《中国戏曲志·山西卷》，中国ISBN中心2000年版。

《中国戏曲志》编辑委员会：《中国戏曲志·陕西卷》，中国ISBN中心1995年版。

《中国戏曲志》编辑委员会：《中国戏曲志·上海卷》，中国ISBN中心1996年版。

《中国戏曲志》编辑委员会：《中国戏曲志·四川卷》，中国ISBN中心1995年版。

《中国戏曲志》编辑委员会：《中国戏曲志·天津卷》，文化艺术出版社1990年版。

《中国戏曲志》编辑委员会：《中国戏曲志·西藏卷》，文化艺术出版社 1993 年版。

《中国戏曲志》编辑委员会：《中国戏曲志·新疆卷》，中国 ISBN 中心 2000 年版。

《中国戏曲志》编辑委员会：《中国戏曲志·云南卷》，中国 ISBN 中心 1994 年版。

《中国戏曲志》编辑委员会：《中国戏曲志·浙江卷》，中国 ISBN 中心 1997 年版。

中国大百科全书总编辑委员会《戏曲　曲艺》编辑委员会：《中国大百科全书·戏曲　曲艺》，中国大百科全书出版社 1983 年版。

庄一拂：《古典戏曲存目汇考》，上海古籍出版社 1982 年版。

二　专著文献类

北京市戏曲研究所：《京剧史研究》，学林出版社 1985 年版。

北京市艺术研究所、上海艺术研究所编著：《中国京剧史》，中国戏剧出版社 1990 年版。

北京市政协文史资料委员会：《梨园往事》，北京出版社 2000 年版。

蔡冠洛：《清代七百名人传》，中国书店 1984 年版。

曹其敏、李鸣春：《民国文人的京剧记忆》，中国戏剧出版社 2013 年版。

常立胜：《中国京剧装扮艺术》，中国戏剧出版社 2015 年版。

车文明：《中国古戏台调查研究》，中华书局 2011 年版。

陈白尘、董健：《中国现代戏剧史稿》，中国戏剧出版社 1989 年版。

陈昌文：《都市化进程中的上海出版业 1843—1949》，上海人民出版社 2012 年版。

陈洁：《民国戏曲史年谱（1912—1949)》，文化艺术出版社 2010 年版。

陈平原：《左图右史与西学东渐——晚清画报研究》，（香港）三联书店有限公司 2008 年版。

程华平：《明清传奇编年史稿》，齐鲁书社 2008 年版。

丁汝芹：《清代内廷演戏史话》，紫禁城出版社 1999 年版。
丁淑梅：《清代禁毁戏曲史料编年》，四川大学出版社 2010 年版。
丁淑梅：《中国古代禁毁戏剧编年史》，重庆大学出版社 2014 年版。
丁淑梅：《中国古代禁毁戏剧史论》，中国社会科学出版社 2008 年版。
董上德：《古代戏曲小说叙事研究》，广东高等教育出版社 2011 年版。
董维贤：《京剧流派》，中国戏剧出版社 2006 年版。
杜桂萍：《清初杂剧研究》，人民文学出版社 2005 年版。
方卿、姚永春：《图书营销学》，山西经济出版社 1998 年版。
方兆本：《安徽文史资料全书·安庆卷》，安徽人民出版社 2007 年版。
傅谨：《20 世纪中国戏剧史》，中国社会科学出版社 2016 年版。
傅谨：《中国戏剧史》，北京大学出版社 2014 年版。
高步瀛：《演唱戏目次数调查表》，1916 年石印本。
郭绍虞：《中国文学批评史》，上海古籍出版社 1979 年版。
郭文生：《近代皮黄剧韵》，中国戏剧出版社 2015 年版。
郭英德：《明清传奇史》，人民文学出版社 2012 年版。
郭英德：《明清传奇戏曲文体研究》，商务印书馆 2004 年版。
郭英德：《明清传奇综录》，河北教育出版社 1997 年版。
黄仕忠：《日藏中国戏曲文献综录》，广西师范大学出版社 2010 年版。
黄仕忠：《中国戏曲史研究》，中山大学出版社 1997 年版。
贾志刚：《中国近代戏曲史（1912—1949）》，文化艺术出版社 2011 年版。
姜澄清：《中国绘画精神体系》，辽宁教育出版社 1992 年版。
金登才：《清代花部戏研究》，中华书局 2014 年版。
康保成：《中国近代戏剧形式论》，漓江出版社 1991 年版。
［英］柯律格：《明代的图像与视觉性》，黄晓娟译，北京大学出版社 2016 年版。
［德］莱辛：《拉奥孔》，朱光潜译，安徽教育出版社 2006 年版。
李昌集：《中国古代曲学史》，华东师范大学出版社 1997 年版。
李舜华：《礼乐与明前中期演剧》，上海古籍出版社 2006 年版。

李伟：《20世纪戏曲改革的三大范式》，中华书局2014年版。

李晓：《京昆简史》，中华书局、上海古籍出版社2010年版。

李志远：《明清戏曲序跋研究》，知识产权出版社2011年版。

梁淑安：《中国近代文学论文集（1919—1949）》戏剧卷，中国社会科学出版社1988年版。

廖奔、刘彦君：《中国戏曲发展史》，中国戏剧出版社2013年版。

刘体智著，刘笃龄点校：《异辞录》，中华书局1988年版。

刘拥军：《现代图书营销学》，苏州大学出版社2003年版。

陆萼庭：《清代戏曲与昆剧》，中华书局2014年版。

栾梅健、张霞：《近代出版与文学的现代化》，复旦大学出版社2015年版。

梅兰芳：《舞台生活四十年》，中国戏剧出版社1987年版。

穆辰公：《伶史》，宣元阁1917年版。

欧阳予倩：《自我演戏以来（1907—1928）》，中国戏剧出版社1959年版。

潘建国：《物质技术视阈中的文学景观：近代出版与小说研究》，北京大学出版社2016年版。

齐如山：《国剧浅释》，中国戏剧出版社2015年版。

齐如山：《京剧之变迁》，辽宁教育出版社2008年版。

齐如山：《齐如山文集》，河北教育出版社2010年版。

钱穆：《中国文学论丛》，生活·读书·新知三联书店2002年版。

乔光辉：《明清小说戏曲插图研究》，东南大学出版社2016年版。

秦华生、刘文峰：《清代戏曲发展史》，旅游教育出版社2006年版。

［日］青木正儿：《中国近世戏曲史》，王古鲁译著，蔡毅校订，中华书局2010年版。

［日］清水公一：《广告理论与战略》，胡晓云、朱磊、张姮译，北京大学出版社2005年版。

丘慧莹：《清代楚曲剧本及其与京剧关系之研究》，新北：花木兰文化出版社2012年版。

宋俊华：《中国古代戏剧服饰研究》，广东高等教育出版社2003年版。
［美］苏珊·桑塔格：《论摄影》，艾红华、毛建雄译，湖南美术出版社1999年版。
苏雪安：《京剧前辈艺人回忆录》，上海文化出版社1958年版。
苏移：《京剧二百年概观》，北京燕山出版社1989年版。
苏移：《京剧发展史略》，北京燕山出版社2013年版。
苏移：《中国京剧史（1790—1949）》（插图本），中国戏剧出版社2016年版。
［新西兰］孙玫：《中国戏曲跨文化研究》，中华书局2006年版。
孙书磊：《明末清初戏剧研究》，社会科学文献出版社2007年版。
谭帆：《金圣叹与中国戏曲批评》，华东师范大学出版社1992年版。
谭帆：《优伶史》，上海文艺出版社1995年版。
谭帆：《中国古代小说文体文法术语考释》，上海古籍出版社2013年版。
谭帆：《中国小说评点研究》，华东师范大学出版社2001年版。
谭帆：《中国小说史研究之检讨》，上海古籍出版社2020年版。
谭帆：《中国雅俗文学思想论集》，中华书局2006年版。
谭帆、陆炜：《中国古典戏剧理论史》，华东师范大学出版社2005年版。
（清）畹香留梦室主：《淞南梦影录》，上海进步书局。
汪超宏：《明清曲家考》，中国社会科学出版社2006年版。
王安祈：《台湾京剧五十年》，宜兰：台湾传统艺术中心2002年版。
王定安：《湘军记》，岳麓书社1983年版。
王海刚：《明代书业广告研究》，岳麓书社2011年版。
王汉民、刘奇玉：《清代戏曲史编年》，巴蜀书社2008年版。
王芷章：《清升平署志略》，上海书店1999年版。
王芷章：《中国京剧编年史》，中国戏剧出版社2014年版。
吴新苗：《清代京剧史料学》，中国文史出版社2017年版。
解玉峰：《花雅争胜——南腔北调的戏曲》，江苏人民出版社2017

年版。

徐珂：《清稗类钞》，中华书局 1986 年版。

徐凌霄：《皮黄文学研究》，世界编译馆北平分馆 1936 年版。

徐慕云：《中国戏剧史》，上海古籍出版社 2001 年版。

徐召勋：《图书宣传》，高等教育出版社 1997 年版。

许金榜：《中国戏曲文学史》，中国文学出版社 1994 年版。

颜全毅：《清代京剧文学史》，北京出版社 2005 年版。

颜彦：《中国古代四大名著插图研究》，社会科学文献出版社 2014 年版。

杨连启：《清代宫廷演剧史》，文化艺术出版社 2017 年版。

么书仪：《晚清戏曲的变革》，人民文学出版社 2006 年版。

叶长海：《中国戏剧学史稿》，中华书局 2014 年版。

叶长海：《中国戏剧研究》，福建人民出版社 2006 年版。

尤海燕：《明代折子戏研究》，新北：花木兰文化出版社 2014 年版。

于质彬：《南北皮黄戏史述》，中华书局 2014 年版。

余上沅：《国剧运动》，上海书店 1992 年版。

（清）余治：《得一录》，同治己卯（1869）刻本。

（清）余治：《庶几堂今乐》，苏州得见斋光绪六年（1880）刻本。

俞为民：《曲体研究》，中华书局 2005 年版。

袁国兴：《非文本中心叙事——京剧的"述演"研究》，广东人民出版社 2013 年版。

张次溪：《清代燕都梨园史料（正续编）》，中国戏剧出版社 1988 年版。

张俊卿：《明清戏曲选本的流变》，云南大学出版社 2016 年版。

张瑞墀：《两淮戡乱记》，载中国史学会《中国近代史资料丛刊·捻军（一）》，上海人民出版社 1957 年版。

张天星：《晚清报载小说戏曲禁毁史料汇编》，北京大学出版社 2015 年版。

张秀民：《中国印刷史》，上海人民出版社 1989 年版。

赵山林：《中国近代戏曲编年（1840—1919）》，华东师范大学出版社2008年版。

赵山林：《中国戏剧学通论》，安徽教育出版社1995年版。

赵山林：《中国戏曲传播接受史》，上海人民出版社2008年版。

赵易林整理：《赵景深日记》，新星出版社2014年版。

郑振铎：《郑振铎文集》，人民文学出版社1988年版。

周亮：《明清戏曲版画》，安徽美术出版社2010年版。

周秋良：《观音故事与观音信仰研究——以俗文学为中心》，广东高等教育出版社2011年版。

周贻白：《中国戏剧史长编》，上海书店出版社2007年版。

朱崇志：《中国古代戏曲选本研究》，上海古籍出版社2004年版。

朱恒夫：《后六十种曲》，复旦大学出版社2013年版。

朱恒夫：《中国戏曲美学》，南京大学出版社2008年版。

朱万曙：《明代戏曲评点研究》，安徽教育出版社2002年版。

左鹏军：《近代传奇杂剧研究》，广东高等教育出版社2011年版。

三 论文文献类

抱器：《五爷带班》，《戏杂志》1922年创刊号。

陈恬：《论京剧折子戏的艺术特征》，《戏剧文学》2006年第9期。

陈恬：《森严与松散："名角制"京剧班社结构初探》，《南京大学学报》（哲学·人文科学·社会科学）2011年第6期。

陈维昭：《戏曲凡例与明清戏曲流变》，《文化遗产》2014年第4期。

陈志勇：《稀见明末戏曲选本四种考述》，《文化遗产》2014年第1期。

杜桂萍：《明清戏曲"宗元"观念及相关问题》，《中国社会科学》2018年第3期。

杜海军：《论戏曲选集的戏曲批评与价值》，《广西师范大学学报》（哲学社会科学版）2009年第5期。

傅谨：《清末京剧的发育与成熟》，《中国文化研究》2012年夏之卷。

龚和德：《京剧唱片与〈大戏考〉》，《福建艺术》2011年第4期。

谷曙光:《民国五年北京剧坛演出状况分析——以〈演唱戏目次数调查表〉为中心》,《戏曲艺术》2009年第1期。

郭英德:《稀见明代戏曲选本三种叙录》,《清华大学学报》(哲学社会科学版)2007年第3期。

何诗海:《作为副文本的明清文集凡例》,《文学评论》2016年第3期。

虎闱:《"文化社会之花"王钝根》,《图书馆杂志》2008年第5期。

黄菊盛:《从太平军降将到戏班老板——〈梨园集成〉编者李世忠考》,《戏曲研究》第二十九辑,文化艺术出版社1989年版。

黄曼君:《中国现代文学经典的诞生与延传》,《中国社会科学》2004年第3期。

黄婉怡:《戏曲散出选本〈冰壶玉屑〉叙考》,(台湾)《戏剧研究》第十二期(2013年7月)。

金宏宇:《中国现代文学的副文本》,《中国社会科学》2012年第6期。

康保成:《〈四郎探母〉源流考》,《戏剧艺术》2016年第6期。

李东东:《竹友斋刊本〈梨园集成〉文献述评》,《戏曲艺术》2014年第3期。

李东东、丁淑梅:《〈戏考〉本民初京剧旦本红楼戏七种研究》,《红楼梦学刊》2014年第4期。

李簾:《纠正滥编滥印传统戏曲剧本的现象》,《戏剧报》1954年第7期。

李平:《〈品花宝鉴〉中的戏曲资料与价值》,《中华戏曲》1996年第1期。

李志远:《戏曲选的批评学建构探析》,《求是学刊》2017年第1期。

刘建欣:《地域文化与明清戏曲选本编选者》,《晋阳学刊》2015年第1期。

刘建欣:《戏曲"宗元"思想与明清戏曲选本》,《学术交流》2014年第2期。

刘汭屿:《梨园内外的战争——20世纪第二个十年上海京剧界之冯贾"党争"》,《文艺研究》2013年第7期。

刘淑萍：《铅印本定义商榷——论近代铅印制版技术》，《北京印刷学院学报》2017年第1期。

［美］陆大伟：《〈戏考〉中的现代意识》，《戏曲研究》第七十四辑（2007年第3期），文化艺术出版社2007年版。

［美］陆大伟：《梅兰芳在〈戏考〉中的影子》，《文化遗产》2013年第4期。

彭林祥：《中国现代文学广告的价值》，《中国社会科学》2016年第4期。

齐森华：《试论明清折子戏的成因及其功过》，《上海大学学报》（社会科学版）2006年第2期。

施旭升：《论戏曲的"经典化"及"去经典化"》，《戏曲艺术》2011年第1期。

石兆原：《读〈梨园集成〉》，《文学季刊》1934年第1卷第2期。

［日］松浦恒雄：《〈戏考〉在民国初年的文化地位》，载杜长胜《京剧与现代中国社会·第三届京剧学国际学术研讨会论文集》，文化艺术出版社2010年版。

孙霞：《20世纪戏曲选本研究概述》，《戏曲艺术》2006年第2期。

谭帆：《"叙事"语义源流考——兼论中国古代小说的叙事传统》，《文学遗产》2018年第3期。

谭帆：《关于中国古典剧论的两点思考》，《社会科学战线》1993年第6期。

谭帆：《曲论研究的历史回顾与展望》，《戏剧艺术》1999年第6期。

王凤翔：《对汉语"广告"一词意义流变的考察》，《新闻与传播研究》2016年第4期。

王运熙：《总集与选本》，《古典文学知识》2004年第5期。

吴存存：《"软红尘里着新书"——香溪渔隐"凤城品花记"与晚清的"花谱"》，《中国文化》2006年第2期。

吴存存：《清代梨园花谱流行状况考略》，（台湾）《汉学研究》2008年第26卷第2期。

吴敢：《〈中国古代戏曲选本·剧本选集〉叙录》（上、下），《徐州教育学院学报》1999 年第 2、3 期。

吴敢：《〈中国古代戏曲选本叙录〉选目》，《艺术百家》1999 年第 2 期。

伍光辉：《论晚明文人戏曲选本的编辑理念》，《求索》2013 年第 3 期。

解玉峰：《从全本戏到折子戏——以汤显祖〈牡丹亭〉的考察为中心》，《文艺研究》2008 年第 9 期。

［荷兰］伊维德：《我们读到的是"元"杂剧吗——杂剧在明代宫廷的嬗变》，宋耕译，《文艺研究》2001 年第 3 期。

俞为民：《明代选本型曲谱考述》，（台湾）《戏曲学报》第 6 期（2009 年 12 月）。

张雪莉：《〈牡丹亭〉评点本、改本及选本研究》，博士学位论文，复旦大学，2010 年。

赵景深：《最早的京剧总集〈醉白集〉》，《戏曲论丛》第一辑，甘肃人民出版社 1986 年版。

赵宪章：《语图叙事的在场与不在场》，《中国社会科学》2013 年第 8 期。

赵兴勤：《折子戏·短剧·单齣选本与戏曲传播》，《徐州工程学院学报》2007 年第 1 期。

周志辅：《昭代箫韶之三种脚本》，《剧学月刊》1934 年第 1 期。

朱崇志：《论清代中期戏曲选本的转型》，《东莞理工学院学报》2006 年第 5 期。

朱恒夫：《近三十年中国戏曲剧本创作的基本分析》，《艺术百家》2011 年第 3 期。

朱恒夫：《京剧老生的美学特征》，《上海戏剧》2013 年第 6 期。

朱恒夫：《粤剧 1910 年代至 1930 年代在上海繁盛的原因》，《戏剧艺术》2018 年第 3 期。

朱恒夫：《振衰起敝，艰难前行——新时期戏曲概论》，《上海艺术评论》2018 年第 2 期。

朱恒夫:《中国共产党与现当代戏曲的发展》,《上海师范大学学报》(哲学社会科学版) 2018 年第 5 期。

朱万曙:《〈全清戏曲〉整理编纂的理念》,《文艺研究》2017 年第 7 期。

左鹏军:《关于蔡莹和他的〈味逸遗稿〉》,《博览群书》2001 年第 3 期。

索　引

A

案头　68，172－179，182，188，190，191，199，200，204，206，230，345

B

版本　11，18－21，26，30，33，47，51－54，56－59，61－63，65，67，69，71－78，80，87，91，92，94，96，105，106，109－111，117，143，152，169，173，204，205，243，258，260，279，305，332，336

比较　6，12，21，22，38，39，74，75，106，118－120，123，124，126，128，129，134，135，137，138，141，142，145，146，149，150，152，155，160，162－164，167，168，172，173，200，220，232，246，253，257，258，265，281，307，343，346

比例　73，77，78，84，87，88，123，126，128，134，137，138，156，157，160－168，251，334，337

编辑　7，8，13，20，33，34，38－41，46－48，50，51，55，60，63，78，88－92，94－97，105－115，117，123，181，203，255－257，270，279，282，284，293，296，315，339，343，346

编者　19，29，31，43－45，55，59，90－98，101，102，104，113，116，117，173，179－181，234，246，248，250，255－258，280

标题　31，32，34，35，40－42，49，50，57，61，62，72，74，76，83，92－95，142，160，179－182，189，233，238，243－248，250，251，254，273，278－280，282，285－287，290－293，296，301，308－311，313，316，318，

319，322，324，327－329

C

插图　23，24，31，62，72，74－77，144，221，263，268，287－293，295，296，298－320，322－326，332，337，338，340

阐释　35，42，81，171，173，207，208，224，235，239，240，242，243，248－250，256，258，261－263，265，267，269，276，277，283，285，288，289，299，300，304，306，313－316，319，322－325，330，336，337，339，340

场上　9，66，68，70，71，81，82，84，85，119，123，126，127，136，137，139，146，164，169，170，172－178，181，185，187，190，194，195，198－200，202，209，211，216，218，228，230，274，301，319，345

唱片　4，36，85，87－89，150，152，241，254，267，268，273，279，330，341

传播　1，2，9，11，13，18，20，24，25，36－39，45，47，49，51，63，64，71，96，142，149，162，174，189，196－201，203，206，233，234，243，248，251，256，260，282－284，325－327，

332－339，341，342，345，346

F

凡例　23，115，233，234，239－243，248，250，254，257，284－287，301

副文本　23，24，26，242，262，263，287－289，299－302，305，308－310，312－315，319，324－327，331，333，334，336－340

G

广告　23－25，34，36，38，39，51，74，77，87，88，93－95，106－109，111－113，125，179，181，235，238，287，288，293，297，298，301，311，325－338，340

H

花部　1，2，5，9，12，14，15，17，18，22，24，28－30，93，101，103，105，122，126，155，156，160，161，169，170，173，176－179，183－185，188，192，193，201，205－207，220，222，225，229，231，234，237，243，245，246，248，249，251，252，257，273，274，276，284，289，339，340

索　引　375

绘图　20，23，31，32，35，49，71－75，92－94，97，120－122，128－137，139，141，142，144，146－148，159，160，164，165，180，192，205，215，220，221，223－226，228，238，245，251，253，268，278，288－293，295，296，299－310，313，315－317，319－322，324，325，337

J

价值　3，4，8，10－12，14，15，17－19，21－23，25－27，36，52－54，60，63，67，80，81，84，89，95，111－113，116，119，123，134，136，142，170，184，186，198，200，201，206，207，230，232－243，254，256，265，271，273，281，284－286，288，313，315，331，332，336－338，340，341，345

脚本　6，22，30－32，38，39，49，58，60，63，64，66，68－74，77，92－95，115，120－122，128－137，139，141－144，150，152，159，164，171－174，176－183，193，195，199－203，205－208，215，220，226，230，233，234，238－242，245，251，253，256，259－266，270，271，274，276，278，290，293，295，299，301，302，308，316－319，321，322，328，337，341，346

京调　5，6，18，20，31，32，35－37，40，42，46，47，49，50，60，62，71－73，75－77，80，89，92－94，97，120－122，128－137，139，141，142，144，146－149，156，159，160，164，165，180，205，208，213，215，216，220，221，223－226，228，238，241，245－248，250，251，253，278，289－291，293，295，296，299，301，302，304－306，308，313，316－322，327，328，332，336

京剧　1－12，14－54，56，58－60，63－98，101，103－129，133－147，149－152，154－156，160－208，211，215，216，218－222，224－260，262－269，274－286，288－290，292，296，299－306，308－316，318，320，324－346

京戏　5，31，38，39，41，42，49，51，71－74，80，94，98，129－133，135，166，226，241，247，248，250，261，267，302，319，321，343

经典化　14，23，204，233，277，

278，280，282－286，340

剧目 2，5，6，8，12－15，19，23，30，35，41，45，51，54，55，58，60－62，66－68，70，72－79，81，82，85，88，89，91，92，101，104，105，107，115，117，120，122－129，133－146，148－150，152，155－157，160－165，167－169，171，172，176，177，181，182，190－196，198－200，202－205，207－212，215，218－220，226，228－230，237，238，240，242，245，246，249，251－265，268－271，274－276，278－286，288，291－293，295，296，298－300，302，305，307，311，313－325，327，339－341，343－346

剧种 2－5，9，22，24，27，28，30，35，42，43，45，46，78－80，84，89，127，143，150，155，156，160，161，168，172，189，191－193，206，207，220，221，224，225，233，243－254，264，265，278，279，285，340

L

《梨园集成》 1，5－8，10－12，14，19，21，29，30，32－34，37，43－45，52－59，63，64，82－84，91，96－98，100－105，112，116，120，122－124，126－128，136，142，143，145，147－150，155－164，172，178－180，202，203，211，215，220，234，235，238，245，248，250－253，255，278，281，282，284，289，299，340

理论 8，10，11，13，14，16，20，22－26，29，35，36，81，90，114，115，161，186，192，197，201，220，232，233，235－237，239，240，242，243，248，250，251，254，259，262，263，265，269，274－277，283－288，325，326，339，340

历史 2，4－6，8，10，12，14－17，20，21，25－27，30－32，43－46，50，51，89，113，116，117，119，120，124，126，137，142，155，158，162，163，167，174，177，180－184，189，192，194，198，208，209，244，248，250，252，253，264－266，273，274，280，283，337，339－341，344－346

流变 2，12－14，25，26，35，58，99，118－120，122，128，136，139，141－143，145，146，150，152，155，165，167，168，

177, 198, 200, 206, 225, 285, 286, 326, 339

M

媒介　3, 4, 24, 36, 199 – 201, 235, 288, 325, 326, 331 – 338

名伶　25, 31, 32, 36, 38, 39, 42, 44, 51, 75 – 79, 85 – 89, 93 – 95, 101, 108, 109, 111 – 117, 128, 144, 150, 152, 156, 164, 166, 168, 176, 178 – 182, 185 – 187, 191, 192, 194, 195, 204, 209, 230, 237, 239 – 243, 246, 250, 254, 260, 261, 265 – 269, 277, 289, 293, 296 – 298, 300, 301, 308 – 312, 315, 321 – 325, 330, 332, 333, 337, 344

P

批评　1, 14, 23, 35, 140, 171, 179, 191, 203, 208, 232 – 234, 250, 254 – 260, 262, 263, 265 – 267, 269 – 271, 274 – 277, 284, 285, 340, 343

皮黄　2, 5, 7, 10, 11, 16, 18, 19, 27 – 30, 45, 56, 57, 63 – 67, 69, 71, 81, 85, 90, 93, 94, 97, 101, 103 – 105, 144, 157 – 160, 174 – 177, 187, 188, 193, 194, 222, 234, 245, 246, 248 – 251, 253, 255

频率　22, 57, 118, 120, 123 – 129, 133, 136 – 140, 142, 155, 167, 168, 182, 199, 260, 284

Q

曲谱　12, 20, 36, 65, 88, 89, 97, 104, 115, 119, 152, 216, 241, 288, 337

S

市场　36, 37, 39, 40, 49 – 51, 70, 73 – 77, 82, 87 – 89, 95, 96, 111 – 113, 134, 136 – 141, 163, 167, 195, 200, 203, 237, 253, 281 – 284, 286, 290, 326, 333, 337

T

体例　4, 19, 23, 27, 29, 30, 39, 57, 70, 161, 163, 164, 186, 191, 201 – 203, 241, 242, 250, 253, 260, 262, 270, 281

W

文本　2, 11, 13, 16, 21 – 24, 42, 44, 46, 52, 54, 61 – 63, 66, 68, 81, 84, 86, 89, 92, 97, 109, 118, 134, 142, 146, 169 – 171, 175, 177 – 179, 181 –

184，186，187，190 – 208，213，
215 – 221，224 – 231，233 – 238，
240 – 245，249，251，252，254 –
260，262 – 265，270，271，274 –
281，284 – 289，296，299 – 301，
306，308，309，311，313 – 326，
331 – 333，336 – 341

文体　1，9，14，17 – 19，30，42，
90，93，118，171，173，175 –
177，185，189，204，207，220，
233，239，243，244，247 – 252，
254，262，263，270，285

文献　1 – 8，10 – 22，24 – 33，
37，53，54，57，59，60，62 –
65，72，77，80，84，85，89，
98，99，102，104，112，117 –
120，122，128，146，150，157，
165 – 168，171，172，177 – 180，
184 – 186，189，191，198 – 203，
205 – 207，220，231 – 234，238，
240，244，246，247，249，251，
253 – 255，259，262 – 266，268，
274，277，278，280，281，284，
286，288，300 – 302，309，337，
339 – 341

文学　1，3，6，9 – 11，16，18，
19，21 – 26，35，48，51，54，
56 – 58，63，64，68，69，71，
76，80，81，83，85，90，93，
94，96，97，106，113，114，118，

126，145，149，157 – 159，169 –
172，174 – 177，180，183，184，
186 – 192，194，197 – 207，211，
219，229，230，232 – 237，242，
243，246，250，253 – 260，262，
263，265，271，274，275，278，
280，283 – 285，287，288，324，
330 – 332，338 – 341，345

舞台　1，8，9，11，17，23，35，
55，58，63，64，68，85，89，
94，104，111 – 116，123 – 127，
129，136，139，140，142，152，
155，164 – 166，169，170，172 –
178，181，183 – 192，194 – 206，
215，218，219，230，231，234，
238，240，250，252，254，257，
259，260，262，264 – 271，273 –
277，281 – 285，295，296，300，
301，303 – 307，312，321，323，
327，328，340，341

X

戏班　19，29 – 32，43 – 45，53，
55，58，64，67 – 70，74，89，
98，100 – 105，117，123，178 –
181，195，204，230，234，250，
253，267，278，308

《戏考》　6，10，11，19，20，34 –
41，51，82，84，87，97，105 –
113，116，120，123，125，127，

索　引　379

128，139，142 - 144，146 - 150，152，155，163，164，181，202，203，205，208，210，215，216，226，228，235，236，238，243，247，251，252，254，255，259 - 262，264 - 271，274 - 276，280 - 282，284，285，297 - 299，309，312，314，315，321 - 323，327，331 - 336，345

戏台　187，188，190 - 192，289，296，300 - 302，304，306 - 308，310，312，315 - 325，337

行当　22，32，35，66，70，78 - 80，86，88，93，100，124，125，138，139，142，147，152，156，162 - 166，210，211，215，218，219，229，245，250，252，253，266，292，311，344

形态　1，4，5，8，11，14，17，18，21 - 23，25 - 30，32，33，36 - 38，46，52 - 54，56 - 59，61 - 65，68 - 78，80，86，87，89，105，112，117，119，128，134，167，171，173，177，178，180 - 183，194，196 - 198，201，220，232 - 234，238，243，246，252，253，263，274，279，283，284，286，289 - 291，293，296 - 304，306，309，310，312，313，316，324，325，340

序跋　23，102，232 - 234，236 - 243，248 - 250，254，255，263，265，277，282，285 - 287，301，326，338

选本　1 - 54，56 - 58，63 - 78，80 - 98，102，104，105，109 - 113，115 - 120，122 - 129，133 - 143，145 - 152，155 - 157，159 - 169，171 - 174，177 - 184，191，194，196，199 - 207，211，215，216，218，220，221，225，228 - 260，262，263，265 - 268，275 - 286，288 - 290，293，295，296，298 - 303，305，306，308 - 316，318 - 320，323 - 346

选篇　10，11，22，29，41，42，45，47，76，77，80，82，118，120，128，129，134，135，137，140 - 142，149，150，155，156，160，162，164 - 168，181，203，233，252，253，281，296，299

Y

演员　4，17，39，44，45，68，79，93，94，107，114 - 116，125，127，141，143，149 - 151，155，165，166，168，172，180，182，185，186，195，197，200，209，225，230，253，264 - 267，279，321，327，344，345

Z

折子　13，76，81 – 85，122 – 124，126，127，142，143，157，162，163，175，178，208，213，221，254，262，274，282

中国　1 – 56，59，60，63 – 65，67 – 75，77，80 – 86，88 – 98，100 – 107，109，110，112 – 120，122 – 129，133，134，136，138 – 143，145 – 147，150，152，154 – 157，160，162 – 174，176 – 186，188，189，192 – 194，196 – 198，200 – 209，211，218，220，225，227 – 230，232 – 239，242 – 244，248 – 255，257 – 260，263，265 – 267，276，278 – 290，295，299 – 303，305 – 316，318，324 – 327，330，331，333 – 346

中心　12，16，19，22，24，25，31，32，37，43，46 – 50，60，72，86，87，89，95，106，109，112，114，116，118 – 120，136 – 138，141，142，145，146，148 – 150，152，155，161，167 – 171，175，178，180 – 192，194 – 207，229 – 231，233，234，242 – 244，254，258，283，288，289，296，299 – 302，304，306 – 311，315 – 322，324 – 327，330，331，337，338，340，341，344，345

后　　记

　　本书是在我的博士学位论文《中国京剧选本研究》的基础上修订完成的。2020年10月，我的博士学位论文忝列国家社科基金后期资助暨优秀博士论文出版项目。本书虽然也对1949年以后中国京剧选本的发展及其相关问题做了探讨，但是并未详尽。因此，严谨起见，我听取了项目审稿专家的意见，将书名修改为《中国京剧选本研究（1790—1949）》。而对1949年以后中国京剧选本的深入探讨，将是我接下来的重要研究任务。如今这本书出版在即，于我而言，后记仿佛比正文更难下笔——因为一个不太擅长表达自己情感的人，总是不知道如何合理地表达自己的情感。

　　谈到后记，首先想到的就是我的博士导师谭帆先生。初次见到先生，是在2014年12月14日，思勉人文高等研究院的博士研究生申请—考核面谈环节。在此之前，我虽然多次通过邮件与先生联系，但却未曾谋面。而当我最终通过思勉人文高等研究院的考核，成为先生门下弟子的时候，内心既兴奋又惶恐。兴奋是在于自己获得了继续学习的机会，惶恐当然是对自己根基浅薄的自知。如今想来，犹且庆幸能够忝列先生门下。入学之后，先生不断督促我要按照思勉人文高等研究院的开列的必读书目认真读书，多与其他学科的同学相互交流学习。先生的良苦用心，既是对思勉人文高等研究院的融合文史哲培养理念的践行，更是对我"过早地进入了一个狭窄的研究空间"的悉心教诲。读博期间，最开心的事情就是每次与先生的见面交谈。虽然刚开始感觉先生有种"温和的威严"，然而直到现在，我感受到的一直都是温和。先生总是能以寥寥数语指出问题的关键，让人茅塞顿开，而有拨云见月之感。博士学位论文选题、框架的拟定，具体的写作、修改，无不凝聚着先生的心血。尤其是在博士学位论文写作期间，因我在外访学，先生时常通过短信、邮件询问写作进度与生活事宜，让我倍感温暖。

2019年6月，博士毕业后的我进入上海师范大学人文学院，跟随朱恒夫先生做师资博士后。能够进入上海师范大学跟随朱老师继续学习，于我而言，又是一件极为幸运的事情。朱老师为人热情爽朗、平易近人，治学严谨认真、孜孜不倦。进站之前，朱老师耐心细致地帮我联络进站事宜，让我极为感动。进站之后，朱老师更是时时关心我的科研与教学工作。博士后两年面临着较为繁重的考核压力，而在这个过程中，朱老师更是惠我良多，让我不断进步。

在此，我还要感谢我的硕士导师四川大学丁淑梅老师。丁老师将我带入戏曲研究领域，常常在学习和生活上给予我指导与关心。离开蓉城以后，虽然与丁老师见面的机会很少，但是每次见面，总有聊不完的话题。

我时常感到羞愧，因为自身资质平庸，未能学到三位导师治学的精髓。而后惟有更加刻苦努力，方能不负他们的栽培之恩。

感谢台湾"中央"大学孙玫老师不弃，给我宝贵的访学机会并帮我解决很多困难。感谢华东师范大学程华平老师、朱惠国老师、李舜华老师，复旦大学黄霖老师、陈维昭老师，上海师范大学赵维国老师，同济大学朱崇志老师，中国人民大学谷曙光老师等诸位老师在论文开题、写作、预答辩、评阅、答辩诸环节给予的悉心指导与帮助。同时还要诚挚感谢论文外审和项目申请期间，诸位匿名评审专家老师给予的宝贵意见，让本书得以进一步修改完善。

博士学习期间，思勉人文高等研究院的诸位师友给予我许多帮助，尤其是同窗好友黄江军帮我完成项目相关申请材料的复印工作，不胜感激。同时感谢谭门兄弟姐妹们的帮助与关心，尤其是王庆华、刘晓军、毛杰三位师兄和徐坤、郑莉两位师姐在学习和生活中帮我排忧解难。还要感谢张建雄和康石佳两位密友的鼓励与信任。

本书在项目申请和结项出版的过程中,多次得到上海师范大学社科处董丽敏老师、李正平老师以及上海师范大学人文学院查清华老师、詹丹老师、孙超老师等诸位老师的无私帮助,在此深表感谢!中国社会科学出版社的王小溪老师对本书的编辑出版付出极多,感激不尽!

本书部分章节的主要内容曾在《文艺理论研究》《戏剧艺术》《戏曲艺术》《文化遗产》《戏曲研究》《艺术百家》《艺术学研究》《戏剧文学》《中华艺术论丛》及台湾戏曲学院《戏曲学报》上发表,特此说明。其中部分论文获得了"王国维戏曲论文奖""中国戏曲文化周青年学术论文奖""田汉戏剧奖·理论奖""中华戏剧学期刊联盟青年优秀论文奖"等奖项,感谢以上期刊和奖项的编辑与评委老师们的肯定与鼓励!

最后,感谢父母与姐姐无私的爱!感谢妻子蒋诗萍女士一直以来无限的支持与付出,还有儿子大元元的暖心陪伴!这篇落入俗套的后记,其实承载着我读博以来的点点滴滴与我内心难以言尽的真情。

李东东
2023 年 2 月 11 日于沪上陋室